二月河 大河歷史小說
帝王三部曲

절대군주 건륭황제

【일러두기】
· 번역 원본은 1999년 4월 중국 하남문예출판사가 펴낸 제2판 1쇄본을 사용하였습니다.
· 본문에 나오는 인명과 지명 중 만주어를 제외한 모든 한자는 한글발음대로 표기하였으며, 독특한 관직명은 이해하기 쉽도록 의역한 부분도 있습니다. 그리고 소설 진행상 불필요한 부분은 축역하였습니다.

(절대군주)건륭황제. 8 / 이월하 저 ; 한미화 옮김. -- 서울 ; 산수야, 2006
352p. ;22.4cm.

판권기관칭 : 二月河 大河歷史小說
원서명 : 乾隆皇帝
ISBN 89-8097-132-X 04820 ₩ 8,000
ISBN 89-8097-124-9(세트)

823.7-KDC4
895.1352-DDC21   CIP2005001240

小說[乾隆皇帝]根據與作家二月河的契約屬於山水野. 嚴禁無斷轉載複製.

[건륭황제]의 한국어판 저작권은 작가 이월하와의 독점계약으로 산수야에 있습니다.
신저작권법에 의해 국내에서 보호받는 저작물이므로 출판사의 사전 허락 없는 무단전재와 복제를 금합니다.

二月河 大河歷史小說
帝王三部曲

絕代君主
건륭황제
乾隆皇帝

⑧

산수야

二月河 大河歷史小說
절대군주 건륭황제 ⑧

초판 1쇄 발행   2005년 11월 20일
초판 2쇄 발행   2011년 1월 10일

지은이   이월하
옮긴이   한미화
발행인   권윤삼
발행처   도서출판 산수야

등록번호   제1-1515호
등록일자   1993년 4월 30일
주소   서울시 마포구 망원동 472-19호
우편번호   121-826
전화   02-332-9655
팩스   02-335-0674

값   8,000원

ISBN 89-8097-132-X 04820
ISBN 89-8097-124-9 (세트)

이 책의 모든 법적 권리는 도서출판 산수야에 있습니다.
저작권법에 의해 보호받는 저작물이므로
본사의 허락 없이 무단 전재, 복제, 전자출판 등을 금합니다.

산수야의 책은 독자가 만듭니다.
독자 여러분들의 소중한 의견을 기다립니다.

8 乾隆皇帝

제3부 일락장하(日落長河) | 2권

검은 속셈 · 7
태감들의 비밀 · 37
사람 팔자 · 66
궁중의 여인들 · 96
우정(友情) · 127
기구한 운명 · 150
지모초(知母草) 피어 있는 무덤 · 173
남경으로 잠입하다 · 202
점쟁이의 비밀 · 224
능리(能吏) · 250
일지화(一枝花)가 걸어온 길 · 283
유혹과 덫 · 309
관구(冠狗) · 327

13. 검은 속셈

하이란차에 대한 비밀심문은 해시(亥時) 무렵까지 이어져 드디어 사건의 경위는 드러났다. 그러나 하이란차가 관인(官印)이 찍힌 감합(勘合)을 소지하고 있지 않아 확실한 신분은 아직 검증할 길이 없었다. 더욱이 그 몸에서 십만 냥짜리 은표를 찾아낸 위지(尉遲)는 무척 당황스러웠다. 고민 끝에 그는 하이란차와 정아를 아문 뒤편의 수용소에 따로 수감하라 명하고는 서둘러 수레를 타고 성 북쪽에 위치한 염정사(鹽政司) 아문으로 고항(高恒)을 찾아갔다.

염고(鹽庫)까지 한 울타리 안에 둔 염정사 아문은 대단히 컸다. 족히 사방 2리는 될 것 같았다. 동쪽과 북쪽으로 창고가 즐비하게 늘어서 있었고, 서쪽은 자그마한 화원이었다. 화원을 끼고 또 큰 뜰이 있었다. 덕주의 유명한 부호인 마 과부의 저택이었다. '마 과부'라 알려진 이 여인이 바로 고항이 내무현(萊蕪縣) 태평진(太

平鎭)에서 비적들을 정벌할 때 알게 된 마신씨(馬申氏)였다. 뛰어난 미색을 자랑하는 마신씨는 돈 많은 지주와 혼인하였으나 부부정사에 맥을 못 추는 남정네에게 불만이 이만저만이 아니었다. 그러던 중 풍류를 즐겨 세 폭 붉은 치마에 휘감기면 정신을 못 차리는 고항을 만났으니 둘의 불같은 첫날밤은 예상하고도 남음이 있었다. 댕기 풀어 순정을 맹세한 사이는 아니었어도 그날 이후로 마신씨는 고항에 대한 절절한 그리움으로 야위어가고 있었다.

  백방으로 사람을 놓아 수소문한 끝에 마신씨는 비로소 고항이 덕주(德州)에 있다는 것을 알게 되었다. 다시 만난 두 사람은 서로 죽고 못 사는 사이임을 확인하고는 같이 살기로 했다. 고항은 사재를 들여 마신씨의 남편인 마기요(馬驥遙)에게 염정고사(鹽政庫司)의 관직을 사주었고, 부부는 소금창고를 지킨다는 미명하에 덕주로 오게 되었다. 바로 염정사 아문 옆 화원에 마신씨를 데려다 놓고 뜰마저 통해 있으니 고항과 마신씨는 부부 이상으로 왕래가 잦았다. 덕주 사람이라면 둘의 적나라한 관계를 모르는 이가 없었다. 뒤에서 수군대며 고항을 '과부 새서방'이라고 손가락질하다 보니 마신씨는 남정네가 멀쩡히 살아있는데도 '마 과부'로 낙인찍히고 말았던 것이다.

  위지로서는 눈을 감고도 찾아 들어갈 수 있을 정도로 익숙한 염정사 아문이었다. 아문에 당도하여 수레에서 내려서니 9품 무관인 문정(門政)이 급히 예를 갖춰 맞았다.

  "지부 어른, 저희 통정사(通政使)께오선 서원(西院)에서 마 고사(庫司, 창고지기)와 의논중이십니다. 피(皮) 현령께서도 화청에서 통정사 어른을 기다리고 계십니다! 이 시간에 두 분 어른께서 필히 요긴한 사연이 있어 걸음하신 것 같은데, 하관이 가서 모셔오도록 하겠습니다."

"피충신(皮忠臣)도 와 있다고?"

위지가 대문 안으로 들어섰다. 우중충하고 거대한 창고를 바라보며 말했다.

"그럼 가서 아뢰고 오든가. 우리가 여기서 기다린다고 하게. 창고 동북쪽 모퉁이 담을 높인다더니, 높였나? 물건을 잘 건사해야지 툭하면 소금을 도둑맞으니 우리가 여기만 매달리다보면 다른 일을 못 본다고."

"높였습니다, 벌써 높였죠!"

문정이 굽실거리며 대답했다.

"하관들이 어찌 감히 어르신의 분부를 어기겠습니까? 지금 당장 가서 아뢰겠습니다. 어서 안으로 드시죠!"

말을 마친 문정은 곧 종종걸음으로 고항을 찾아 나섰다.

그 시각 고항은 한창 마 과부와 승강이를 벌이고 있었다. 문정이 연거푸 세 개의 대문을 통과하여 안뜰로 들어가 보니 평소에 마기요가 있던 서쪽별채는 불이 꺼져 있었다. 상방(上房)에 불이 켜져 있었고, 안에서 고항과 마신씨의 기척이 들렸다. 입을 감싸쥐고 킥킥 웃으며 계단을 오르려던 문정이 마 과부가 훌쩍이며 우는 소리에 급히 발길을 멈추고는 발소리를 죽여 석류나무 밑으로 물러났다. 그로선 감히 엿듣지도 못하고, 돌아갈 수도 없고 난감했다. 고개를 들어 하늘을 보니 별들이 총총했다. 귀에는 마 과부가 울먹이며 말하는 소리가 솔솔 스며들었다. 알고 보니 마 과부가 고항 몰래 어딘가에 화원 한 채를 더 구입했던 일이 들통나 둘은 감정이 상해 있었던 것이다.

방 안에 있는 고항은 더위에 흠뻑 젖어 있었다. 상비죽선(湘妃

竹扇)으로 큰바람이 일어나지 않자 고항은 파초(芭蕉) 잎으로 만든 큰 부채를 힘껏 흔들어대며 말했다.
 "뭘 잘했다고 눈물 찔찔 짜고 그러오. 내가 지금 틀린 말을 했소? 원래 나무가 크면 잡새들이 날아드는 법이라고! 날 끌어내리려고 기웃거리며 가랑이 잡아당기는 자들이 얼마나 많은데, 또 공금으로 집을 샀단 말이오. 조정에서 몇 번씩이나 지방의 재정적 자가 도를 넘었다고 지적하며 대대적인 수사를 벌일 뜻을 내비치고 있는 시점이란 말이오. ……지금 그리 나대고 다니는 것이 칼침 맞고 싶어 대가리 내밀고 있는 것과 뭐 다를 바가 있소?"
 "집은 내 명의로 우리가 샀는데, 당신이랑 무슨 상관이 있다고 그래요?"
 마신씨가 더욱 크게 소리내어 울며 하소연을 했다.
 "진이년 집 사 주고, 아견이 그 계집에게도 화원 사 주고, 어제는 취아 언니까지 고 어른이 구중궁궐 부럽지 않은 고광대궐을 사 주었노라고 자랑을 늘어놓던데요? 그것들한테는 다 사주면서 저한테는 그리 인색해도 되는 거예요?"
 고항이 화를 거두고 다가갔다. 껴안고 어깨를 깨물어주려고 했지만 뾰로통한 마신씨에게 저만치 밀려난 고항이 사정하듯 달랬다.
 "알았어, 알았어…… 소리 좀 낮춰, 밖에서 다 들을라. 밖에 거기 누구야?"
 마신씨가 서 있던 창가로 다가온 고항이 문득 창문너머로 석류나무 밑에 서 있는 문정을 발견했다. 기침을 하며 아무 일도 없었던 듯 대수롭지 않은 표정을 지어 밖으로 나온 고항이 눈을 가늘게 뜨고 말했다.

"난 또 누구라고! 자네가 여긴 어쩐 일인가?"

그러자 황공하여 어쩔 줄 몰라하며 문정이 급히 위지와 피충신이 방문하여 기다리고 있노라고 아뢰었다. 그리고는 덧붙였다.

"이 밤중에 방문한 걸 보면 필히 긴요한 용무가 있을 거라 짐작하여 주인을 모시러 오게 되었습니다."

그 말에 고항이 한숨을 내쉬었다.

"좀 있다 건너간다고 이르게."

문정이 물러가자 다시 방안으로 돌아온 고항이 말했다.

"내가 부리는 몸종이오. 신경 쓸 거 없어. 방금 들었지, 누가 와서 기다리고 있다는 걸! 저들이 필히 우리 염정사의 재정적자를 조사하려고 왔을 거야! 이제 속이 시원해? 내가 대파처럼 거꾸로 처박히면 자네한테 득이 될 게 뭐가 있어?"

그제야 사태의 심각성을 조금은 깨달은 듯 침을 묻혀가며 '우는' 시늉을 하던 마 과부가 피식 웃음을 터트렸다.

"적자가 생겨봤자 얼마나 되겠어요? 그랬잖아요, 천하의 까마귀 너나없이 다 검다고, 요즘 세상에 소매 속이 깨끗한 청관(淸官)이 어디 있느냐고 했잖아요. 뒤가 안 구린 관원이 없다면 폐하께오서 아무리 진노하신다고 해도 몽땅 잡아죽일 수는 없지 않겠어요?"

여인이 일어나 자신이 눈물, 콧물 닦던 손수건으로 고항의 이마에 맺힌 땀을 닦아주었다.

"그래서, 남자가 식은땀까지 흘렸어요? 걱정하지 마세요. 아직 돈은 주지 않았으니 사정이 생겨 집을 못 사겠다고 물러버리죠 뭐. 사실은 이번에 홧김에 일을 저질러버리려고 했어요. 호색한이라도 천하에 다시는 없는 호색한 같으니라고! 주변에 시중드는 여자란 여잔 다 품어봤으면 됐지, 어디 또 밖에다 눈 돌리고 그래요?"

마 과부가 밉지 않게 눈을 흘겼다. 그리고는 더워서 쩌 죽겠노라며 아우성을 치더니 겉옷을 훌렁훌렁 벗어 던졌다. 속이 훤히 들여다보이는 하얀 속곳이 풍만한 몸매를 그대로 드러냈다. 통통한 허벅지와 풍성한 젖무덤의 도발적인 자태가 자주 보아왔지만 새삼스레 욕정을 부채질했다. 벌써 눈동자가 풀려 얼빠진 사람처럼 뚫어지게 바라보는 고항에게로 온갖 요염한 자태를 다 부려가며 다가온 여인이 그 목을 껴안으며 신음하듯 말했다.

"그랬잖아요, 머리에서 김이 나면…… 밑으로 그 열을 빼줘야 한다고……."

평생 감겨 살아온 여자들의 석류치마를 합치면 하늘을 덮고도 남을 정도로 고항은 정사에 쏟는 공이면 세상에 못할 일이 없을 것 같은 그런 사람이었다. 옷을 갈아입듯 입맛에 따라 여자들을 하룻밤 노리개로 삼아온 고항은 한 여자에게 이처럼 꼼짝못해보긴 머리털 나고 처음이라고 입버릇처럼 말해왔다. 마신씨에게는 외모와 애교뿐만 아니라 다른 천교백미(天嬌百媚)들에게서 느낄 수 없는 아교같이 끈질긴 흡인력이 있었다. 혼을 쏙 빼놓는 육감적인 자태와 사내의 욕정을 한껏 부채질하는 기교로 불을 지펴 놓고는 애간장이 타 들어가는 고항을 살짝 비켜가곤 했다. 천하의 경성경국(傾城傾國)들을 마음대로 품고 버렸던 고항이 비굴하게 쫓아다닌 여인은 오직 정사(情事)의 마술사인 마 과부뿐이었다. 게다가 마신씨는 고항이 한눈에 반했으나 좀처럼 곁을 주지 않아 그 신비가 여전한 당아와 흡사했다. 몇 년 동안 만리장성을 쌓아왔어도 번번이 새롭기가 첫날밤 같았다. 품안으로 파고드는 마 과부를 껴안고 침대로 다가가 벌렁 넘어진 고항이 말했다.
"알았어, 골 때리는 번뇌는 밑으로 팍팍 쏟아버리지! 내가 다 벗고 덤비면 또 쏙 빠져나가려고 그러지?"
"아니, 안 그럴 게요."
마신씨가 살살 눈웃음을 치며 말을 이었다.
"그건 배불리 먹이면…… 집생각 안 할까봐 그랬죠."
"그럼, 어서 홀랑 벗어."
"애들이 보면……."
"괜찮아."
"둘 다 하나도 걸치지 않고 발가숭이가 되어 엎치락뒤치락하니 꼭 짐승 같네!"
여인의 속곳을 벗겨내고 한 덩어리가 되어 돌아가며 고항이 말했다.
"벌써 질척거리잖아…… 난 이 소리가 제일 좋아…… 만져봐, 오늘 아주 요절내버리고 말 거야. 지난번에 목욕하면서 그렇게 하니까 좋았지?"
고항의 말에 그때 너무 좋아 기절할 뻔했던 순간을 떠올린 여인이 바르르 떨며 남자에게로 덮쳐들었다. 혀끝으로 간질거리더니 입안에 넣고 탐욕스레 남자의 그것을 빨아댔다. 숨소리가 거칠어졌고 이상야릇한 신음소리가 연신 터져 나왔다. 풍성한 젖가슴을 출렁이며 말을 타듯 올라탄 계집이 위에서 흔들대며 좋아라 했다. 한 마리 사자 같았다.
"너무 좋다…… 이대로 죽어버려도 여한이 없겠어…… 조금만 더…… 요즘은 당신이 이 계집, 저 계집 들쑤시고 다니니 나야말로…… 오늘은…… 적자를 메우네……."

그런데, 순간 절정을 치닫고 있던 둘의 정사는 찬물을 뒤집어쓴 형국이 되고 말았다. '적자(赤字)' 두 글자를 듣자마자 고항의 그것은 직격탄을 맞은 듯 폴싹 주저앉고 말았던 것이다. 신음소리가 점점 커지던 마씨가 못내 실망하여 빨고 만지고 온갖 재주를 부렸지만 한번 시들어버린 그것은 좀처럼 일어설 줄을 몰랐다. 땅이 꺼져라 한숨을 쉬며 마씨가 원망을 쏟아놓았다.

"조금만 더 해주지, 좋다가 말았잖아요. 결정적일 때 죽는 건 뭐예요? 그 순간에 딴 년 생각했던 거죠?"

고항은 미안한 마음이 있었지만 위지와 피충신의 늦은 방문에 불안한 속내를 비출 수도 없고 난감하기만 했다. 좋다가 만 마신씨는 뾰로통해져 옷을 입고 머리를 만지며 단단히 토라진 것 같았다. 일어나 주섬주섬 옷을 입고 난 고항이 뿌리치는 마신씨의 어깨를 감쌌다.

"오늘은 어쩌다 그렇게 됐어. 미안하오. 어찌된 영문인지는 나중에 알려줄게. 예전에 송(宋)나라 고종(高宗)도 이 짓을 하다가 '금병(金兵)이 쳐들어왔다'는 말에 놀라 그때부터 평생 써먹지 못했다잖아. 그러니 삼천 궁녀들의 옥문(玉門)이 다 곰팡이가 슬어 못 쓰게 되지 않았겠어? 중요한 일이 있어 가봐야 하니 다음에 잘해줄게!"

말을 마친 고항은 곧 문 앞으로 다가갔다. 그러나 마신씨가 얄미워 죽겠다는 듯 밉지 않게 흘겨보았다.

"다음이라뇨? 조금 있다가 와야해요…… 알았죠?"

"알았네!"

고항이 대답과 함께 서둘러 계단을 내려섰다.

그 시각 무릎을 맞대고 앉은 피충신과 위지도 골머리를 앓고 있었다. 내정의 유력한 소식통이 전해온 바에 의하면 조정에서는 류통훈의 아들인 류용을 파견하여 피충신이 공금으로 도자기 매매를 해온 데 대해 대대적인 수사에 착수할 것이라고 했다. 사실 이 일은 이 둘이 손을 잡고 했던 것이었다. 산동성(山東省) 번고(藩庫)에서 5만 냥을 유용해 쓰는데, 고항은 그네들더러 7만 냥짜리 차용증을 쓰게 하여 앉아서 은자 2만 냥을 꿀꺽해버렸다. 며칠 동안 산동 포정사로부터 빚독촉이 성화같았다. 당초 떼어주기로 했던 이자 1만 냥도 필요 없으니, 호부에서 파견한 수사관이 도착하기 전에 원금만이라도 빨리 갚으라고 닦달이었다. 더욱이 장부의 허점을 찾아내는 데는 족집게라는 전도(錢度)가 호부의 지휘봉을 잡았으니 이 구멍을 막지 못하는 날엔 감자새끼 줄줄이 딸려 나오듯 어디까지 일이 번져나갈지 모를 터였고, 이 때문에 척을 지게 될 사람들이 한둘이 아니었다. 이 일은 벌써 고항에게 보고를 올렸으나 아직 이렇다할 대책이 없었으니 둘은 바늘방석에 앉은 게 따로 없었다.

그러던 와중에 하이란차에게서 나온 10만 냥짜리 은표는 두 사람에게 있어 커다란 유혹이 아닐 수 없었다. 전부가 아니라 반만 빼앗을 수만 있어도 발등의 불을 무사히 끌 수 있을 터였다. 그러니 욕심이 나다 못해 눈알이 빨갛게 충혈될 지경이었다. 하지만 필경은 어떤 돈인지를 잘 아는지라 꺼림칙하지 않는 것도 아니었다. 자칫 '군향착복(軍餉着服)'이라는 죄명을 뒤집어쓰는 날엔 꼼짝없이 서시(西市, 사형장)로 끌려가게 될 것은 불을 보듯 뻔한 결과였다.

먹자니 불덩이요, 놓자니 고깃덩어리였다. 둘은 서로 머리를 굴려 막판에는 하이란차를 죽여 증거를 인멸하는 데까지 생각이 미쳤다. 그러나 둘 다 속에 담고만 있을 뿐 털어놓지는 않았다. 만약 단순히 '도주병'의 죄명이라면 형부에 넘겨 조정 차원에서의 수사가 이뤄지고 그에 걸맞는 판결이 날 터였다. 그러나 고만청 등 여섯 명의 목숨을 빼앗은 살인범으로서의 비중을 크게 부각시킨다면 이는 민사사건에 속하는 만큼 현지에서 수사할 명목이 충분할 터였다. 쥐도 새도 모르게 하이란차를 없애버린다 해도 "형이 지나치게 무거웠다"는 죄만 감내하면 모든 일이 만사대길일 것 같았다.

두 사람이 검은 속내를 감춘 채 사건 자체에만 매달려 논의하고 있을 때 고항이 팔자걸음으로 들어섰다. 둘이 긴 옷자락을 치켜들고 인사를 올리려고 하자 고항이 탐탁하지 않은 표정으로 손사래를 쳤다.

"됐소! 그런데, 이 야밤 삼경에 무슨 일이오?"

"조정에서 체포령을 내린 도주병 하이란차 때문에 늦은 밤에 뵙기를 청했습니다."

위지가 조심스레 입을 열었다.

"도주병인 주제에 오늘 부두에서 사람을 여섯이나 죽이고, 셋은 중상을 입혔습니다. 이같은 대형사건은 민심을 교란시키고 조운중지(漕運重地) 덕주의 인상을 험악하게 만들어 지방에 미치는 악영향이 이만저만이 아니라 생각됩니다."

그러자 이번엔 피충신이 거들고 나섰다.

"성(城) 전체가 발칵 뒤집혔습니다! 대청 개국 이래 덕주에서 이런 흉흉한 사건이 터지기는 처음입니다."

"음!"

짤막하게 대답하고 안락의자에 앉은 고항이 냉차를 마시며 위지가 고하는 사건의 경위를 들었다. 가끔씩 미간을 찌푸리기도 하고 살살 고개를 젓기도 하던 고항은 위지의 보고가 끝나고 한참 지났음에도 가타부타 말이 없었다. 오랜 침묵 끝에야 비로소 한숨을 내쉬며 입을 열었다.

"그 하이란차라는 사람은 나도 아는데, 겉으로 보기엔 히죽히죽하며 골빈 놈처럼 굴지만 사실은 의롭고 담대하고 배포 있는 진짜 호걸이지!"

의외의 반응을 보이는 고항의 태도에 위지와 피충신은 마주보며 못내 의아스러워 했다. 피충신이 말했다.

"오늘 보니 머리는 비상하였습니다. 많은 사람들 앞에서 자신의 신분을 확 밝혀버리니 우리가 무례하게 굴 수도 없고……. 하지만 비상하다고 봐주고 의리 있다고 그 죄를 간과할 수는 없는 게 아닙니까? 그는 도주병에다 살인죄까지 이중범죄를 저질렀습니다. 백주(白晝)에 무고한 목숨을 여섯씩이나 앗아갔으니 이 죄는 전에 지은 죄보다 더 큰 것 같은데, 어찌 처리해야 할지 모르겠습니다."

"그래도…… 생각했던 바는 있을 게 아닌가?"

고항이 금박이 살아 꿈틀거리는 자기(瓷器) 찻잔을 만지작거리며 심드렁한 표정으로 물었다.

"말을 들어보니 자네들은 살인죄를 적용하여 여기서 사건을 떠맡으려고 하는 것 같은데……."

그러자 고항이 '흠명범인(欽命犯人)'이라며 북경으로 보낼 것을 주장할세라 조마조마해있던 위지가 내심 안도의 한숨을 쉬었다.

"두 가지 죄를 따져볼 때 아무래도 여섯 명의 목숨을 빼앗은 죄가 더 큰 것 같아서 그리 말씀을 올렸습니다."

피충신은 위지가 핵심을 말하지 못하고 겉돈다고 생각하여 초조하기만 했다. 위지의 말에도 고항이 여전히 심드렁한 표정을 고치지 않자 피충신이 말했다.

"상술한 죄목뿐만 아니라 하이란차는 그 출처가 불분명한 은표를 10만 냥이나 소지하고 있었습니다. 게다가 그자는 이미 군직을 파면당하여 실은 일반 백성이나 다름없습니다. 일개 필부가 우리 경내에서 그 많은 사람을 죽였음에도 우리가 적극적으로 나서서 수사를 하지 않는다면 성(省)에서도 좌시하지 않을 것이 분명합니다."

"뭣이? 10만 냥짜리 은표라고 했나?"

고항의 축 처졌던 눈꺼풀이 당기듯 치켜 올라갔다. 순간 그는 두 사람이 야밤에 방문한 숨은 의도를 알 것 같았다. 그것은 살인죄를 크게 부각시켜 현지 수사를 정당화시켜 결국에는 심문이라는 명목하에 하이란차를 죽이고 그 돈을 꿀꺽하자는 검은 심보였다. 잠깐 소름이 끼치지 않은 건 아니었다. 그러나 여자들 때문에 진 풍류빚 때문에 골머리를 앓고 있던 고항에게 있어 10만 냥의 유혹은 양심과 의리, 충심 그 이상이었다. 10만 냥이 무사히 수중에 들어온다면 못해도 4만 냥은 차려질 것이다. 그리 되면 국가차원의 재정수사를 피해가기 위해 여기저기서 꾸어다 유용한 공금을 막는 위험천만한 짓을 안 해도 될 것이다. 고위직에 몸담고 있는 고항은 조정의 내막에 대해 비교적 많이 알고 있었다. 건륭은 겉보기에는 옹정보다 너그럽고 자비로워 보이지만 죄수를 처결할 때는 적어도 네 번씩은 고민을 거듭하던 옹정과는 달리 주필(朱筆)을 들었다 하면 사정없이 죽죽 가위표를 긋곤 했다. 또한 높은 자리에 있는 관원일수록 그 사회적인 파장을 고려하여 같은 죄목

일지라도 훨씬 무겁게 죄를 묻는 경향이 있었다. 설령 자신의 속전 속결에 미진한 점이 있을지라도 그에 대해 후회하는 걸 본 적이 없었다……. 그 군주에 그 신하라고, 형부의 류통훈도 속된 말로 씨알 하나 먹히지 않는 무쇠였으니 생각할수록 고항은 진저리가 쳐졌다…….

고항은 홍촉(紅燭)을 무색케 하는 반짝이는 눈빛으로 찻잔을 뚫어지게 바라보고 있었다. 피충신과 위지는 사뭇 긴장된 표정으로 그가 어떤 결단을 내릴지 조마조마하여 지켜보았다. 오래도록 침묵하던 고항이 갑자기 "후훗!" 하고 웃음을 터트렸다.

"그자가 덕주에서 살인을 저질렀는데, 덕주 현령이 나 몰라라 하면 안 되지. 그걸 말이라고 하나? 난 염무(鹽務)만 해도 골치 아픈 사람이오. 적당히 알아서들 하게나."

자신의 속마음은 비췄으면서도 팔을 걷어붙일 순 없다는 뜻으로 풀이되는 말이었다. 피충신이 헤헤 마른 웃음을 지으며 말머리를 돌렸다.

"통정사 어른, 호부의 전도가 이미 제남(濟南, 산동성 성도)에 당도했는데, 번고 문을 열어 젖히고 조사에 비협조적이라면서 계속 이대로 버티면 산동 번사(藩司)의 공명철(鞏明哲)을 탄핵하겠다고 엄포를 놓았다 합니다. 공명철이 이 마당에 우리에게 이자 달라는 소리는 못하겠지만 우리가 7만 냥짜리 차용증을 남기지 않았습니까? 이대로라면 맷돌에 손 끼이지 않을 수가 없을 것 같습니다! 이 역시 하관들이 밤중에 무례한 방문을 시도한 이유 중의 하나입니다."

자신이 2만 냥을 챙겼으니 수염만 쓰다듬으며 모른 척할 수만은 없었다. 이들이 그 2만 냥을 빌미로 자신의 목을 옥죄고 있다고 생각하니 내심 불쾌해진 고항이 표나게 굳은 표정으로 물었다.
"이번에 그 돈으로 자네들은 대체 무슨 장사를 한 건가? 비단인가, 아니면 방직기계? 뭐가 제대로 되어가긴 하는 거야? 본전은 언제쯤이면 뽑을 수 있을 것 같은가? 차용증은 내가 보증인으로 되어 있지 않은가. 반환일은 이제 반년밖에 안 남았네. 서두르게, 괜히 나까지 곤욕 치르게 만들지 말고!"
"그러니 저희 둘은 국구(國舅) 어른과 한 배를 탄 몸이지요. 같은 배를 탔으면 전복되지 않기 위해서 한 마음, 한 뜻이 되어 노를 저어 나가야 할 게 아닙니까?"
피충신이 번득이는 이마를 문지르며 간사한 웃음을 흘리며 덧붙였다.
"남경, 소주, 항주 쪽으로 방직기계를 보내고 오는 길에 비단을 가져다 파는 경우도 있고, 사천으로 약재나 원단을 내다 팔고 올 때 안휘성 동릉(銅陵)에 들러 동(銅)을 사다 동기(銅器)를 만들어 내다 파는 수도 있습니다……."
"동?"
고항이 다시 심드렁하여 차갑게 한마디 끼어들었다.
"그건 폐하께서 가장 좌시할 수 없어 하시는 최대의 악이라는 걸 모르는가! 하나밖에 없는 목을 갖고 장난치는 것도 아니고……."
그러자 위지가 껄껄 웃음을 터트렸다.
"위험부담이 큰 만큼 이문이 많이 남지 않습니까! 한 탕만 가져다 부려놓으면 최소한 30배의 이문은 남길 수 있습니다. 지난번엔 배가 뒤집히는 바람에 큰 손해를 보았으니 이번엔 성공하여 빚도 갚고 해야죠. 솔직히 말씀드리겠습니다. 이번에 사천으로 보낸 목재도 금천(金川) 전사(戰事)가 잠정적으로 중단되는 바람에 벌레 물린 데 바르는 약만 조금 팔았을 뿐 목재는 본전도 못 건지게 생겼습니다. 그나마 위험을 무릅쓰고 동이라도 안 가져오면 무슨 수로 빚을 갚겠습니까?"

고항이 당치도 않다는 듯이 입을 비죽거렸다.

"아무리 돈이 좋다지만 목숨을 잃고서야 무슨 의미가 있겠나! 세관에 걸리면 어떡하려고 그러나?"

그러자 위지가 대답했다.

"소금 속에 깊숙이 파묻어 웬만해선 찾아낼 수가 없습니다. 그런 염려는 거두셔도 됩니다. 문제는 위에서 내려왔을 때 재수 없이 걸릴까봐 걱정이죠! 부전자전(父傳子傳)이라더니, 류용은 어찌 그 아비 류통훈을 그리도 빼다박았는지 모르겠습니다. 무호(蕪湖)로 내려간 지 두 달밖에 안 됐는데, 어제 관보를 보니 벌써 재수 옴 붙은 자들이 여럿 있는 것 같았습니다. 무호 쪽 관가에 있는 벗들이 그러는데, 류용이 미복을 하고 다녀 어떻게 생겼는지도 모른다고 합니다! 혹시 지금쯤이면 덕주로 올라오고 있는 건 아닌지 모르겠습니다! 재수가 없을라치면 뒤로 넘어져도 코가 깨진다고, 조심해야겠습니다."

"장사는 자네들이 시작했으니 뒤로 깨지든 앞으로 처박든 맘대로 하게!"

은근히 스산한 분위기를 조성하여 압박을 가해오는 두 사람을 향해 고항이 내뱉듯 말했다.

"날 연극에서나 나오는 무지렁이 국구(國舅)로 보면 오산이네! 하이란차 사건을 독자적으로 처리하고 싶으면 하라고 했지 않은 가. 내게 뭘 더 바라나? 내가 그리 명령을 내렸다는 식으로 백지흑자(白紙黑字)의 증명이라도 남기라는 건가, 아니면 내가 친히 심문하길 바라는 건가?"

"아니, 절대 그런 건 아닙니다."

고항의 종잡을 수 없는 표정에 당황한 두 사람이 연신 허리를 굽실거렸다.

자리에서 일어나 촛불에 시선을 박고 있는 고항의 두 눈이 푸릇하게 빛이 났다. 한참 후에야 그는 천천히 입을 열었다.

"그가 꼭 하이란차라는 법은 없네. 가혹한 형벌에 장사가 없다고 제대로 자백을 받을 때까지 알아서들 하게. 됐네, 그만 물러들 가게!"

"예!"

위지와 피충신은 명을 받고 홀가분한 마음으로 물러갔다. 둘의 그림자가 어둠 속으로 사라져 가는 모습을 지켜보던 고항의 입가에 음흉한 미소가 번졌다. 시계를 꺼내보니 벌써 자시(子時)가 가까운 시간이었다. 고개를 들어 길게 숨을 몰아쉬고 난 그가 밖을 향해 가볍게 불렀다.

"공자(貢子, 문정의 이름)는 들어오너라!"

"찾아 계셨습니까?"

문정이 마치 땅에서 솟아난 것처럼 홀연 고항의 앞에 나타났다. 미리 손짓으로 예를 면하게 하며 고항이 물었다.

"굉달객잔(宏達客棧)에 투숙한 그 손님의 정체를 알아보았느냐?"

"예, 확실히 밝혀졌습니다!"

문정이 또박또박 대답했다.

"류용(劉鏞)이 분명합니다. 호부주사(戶部主事)인 당각신(唐

閣臣)도 내려와 아직 무호에 남아있다고 합니다. 우리 영성(英誠)이가 무호에서 덕주까지 쭉 따라붙었다고 하오니 절대 틀림이 없을 것입니다."

"미행이 있다는 걸 상대가 눈치채지는 못했겠지?"

"그럴 리는 없습니다!"

"알았네!"

고항이 흡족한 표정을 지으며 덧붙였다.

"임무를 훌륭하게 완수했네!"

기분이 좋은 듯 방안을 한 바퀴 휙 돌고 난 고항이 책상 앞으로 다가가 붓을 들어 편지를 쓰려고 했다. 그러나 곧 붓을 내려놓고는 장롱을 열어 그 속에서 와룡대(臥龍帶) 하나를 꺼냈다. 조심스레 손으로 쓸어보고는 공자에게 건네주었다.

이는 바느질이 대단히 꼼꼼하게 된 고급스런 허리띠였다. 까만 비단에 까만 실로 누빈 허리띠는 변두리를 노란 금선(金線)으로 만(卍)자 무늬를 수놓았고, 역시 금실로 꾸불꾸불 살아서 꿈틀대는 것 같은 용무늬가 선명했다. 이는 고항이 태평진에서 류대머리의 소굴을 부수고 비적들을 섬멸하는데 큰 공로를 세웠다 하여 건륭이 친히 하사한 어사 와룡대였다. 이는 곧 고항의 신분을 드높여주는 상징물인지라 그는 감히 사람들 앞에서 허리에 두르고 다닐 수가 없었다. 일반 관원들은 황제가 하사한 이런 와룡대를 한번 보는 것만으로도 굉장한 영광으로 느낄 정도였다.

"지금 이 와룡대를 가지고 가서 류용을 만나보거라."

얼굴 가득 의아스러운 표정을 감추지 못하고 있는 공자를 향해 고항이 말했다.

"내가 사정이 여의치 않아 만나러 갈 수가 없으니, 여기서 만사

제쳐두고 기다리고 있겠노라고 이르거라!"
"자기도 못 오겠다고 하면 어쩌죠?"
"그럴 리가 없어. 그가 감히 그럴 수가 있겠어?"
"끝까지 자기는 류용이 아니라고 잡아떼면 어쩌죠?"
"객잔에 앉아 밥 먹고 있는 걸 내가 직접 목격했다고 하거라."
고항의 얼굴에 웃음기가 사라졌다.
"중요한 일이 아니면 나도 이 시간에 누굴 오라, 가라 할 사람이 아니야. 정 못 오겠다면 두말 말고 돌아와."
"예, 알겠습니다!"

공자가 물러갈 때는 벌써 4경(四更) 무렵이었다. 멀리 닭이 홰를 치는 소리가 들려왔다. 하루 중 가장 어둡다는 날이 밝기 전의 '가마솥 밑바닥'같은 어둠이 무겁게 깔려 있었다. 한여름이지만 이른 새벽공기는 알맞게 선선했다. 지의를 받고 사건을 수사하러 내려온 형부의 낭관(郎官)을 기다리는 고항의 마음은 긴장과 불안, 후회로 복잡했다. 사실 그는 재물에 눈이 어두운 편도 아니었고, 술이 좋아 술집에 돈을 쏟아 부은 것도 아니었다. 머리가 뛰어나고 차사에 막힘이 없어 전국의 염정(鹽政)을 통괄하는 위치에 있는 그는 비록 푸헝과는 비할 수 없지만 그 많은 '국구'들 중에서 그래도 '인물' 축에 속했다. 누가 봐도 전정(前程)이 밝은 그가 다만 여색(女色)에 지나치게 집착하여 오늘과 같은 고뇌를 자초하게 되었던 것이다…….

이미 엎지른 물이요, 돌이킬 수 없는 현실이었다. 앉았다 섰다 좌불안석하며 기다리고 있노라니 창 밖 낭하에서 가벼운 발소리가 들려왔다. 흠흠! 마음을 다잡고 의자에 앉아있으니 공자가 젊은 관원 한 사람을 데리고 들어왔다.

"국구 어른, 류 어른을 모시고 왔습니다!"

말을 마치고 공자는 곧 밖으로 물러갔다. 앉자마자 다시 일어난 고항은 말없이 유심히 류용을 뜯어보았다.

젊은 날의 류통훈을 보는 것 같았다. 보통 체격에 건장한 어깨, 조금 안으로 휘어진 다리며 검붉은 대춧빛 긴 얼굴, 빗자루 같은 짙은 눈썹 밑에 날카로운 세모눈, 메기처럼 큰 입에 뾰족뾰족한 콧수염, 어느 모로 보아도 닮지 않은 구석이 없었다. 팔망오조(八蟒五爪)의 관복 위에 백로보복(白鷺輔服)을 받쳐입은 6품관(六品官)의 복장이 구김살 하나 없이 깔끔했다. 이는 그 아비 류통훈보다 돋보이는 점이었다.

예를 행하고 나서 똑같이 자신을 뜯어보는 류용을 보며 고항이 피식 웃어 보였다. 그리고는 편히 앉으라고 자리를 내어주었다.

"잘 왔소, 숭여(崇如, 류용의 호). 지각이 있는 조정의 신하라면 한집식구나 다름없으니 집에 온 것처럼 편히 앉게, 편히!"

"감사합니다, 국구 어른!"

류용이 의젓하게 자리에 앉아 하인이 건네는 차를 받아 탁자 위에 내려놓았다.

"밤 깊은 시각에 어인 분부가 계시어 하관을 부르셨는지요?"

그 물음에 고항은 한숨부터 내쉬었다. 그리고는 알 듯 말 듯한 서글픈 미소를 흘리며 답했다.

"자네가 그리 꼿꼿하게 앉아 딱딱한 사무적인 어투로 물어오니 당장 말문이 막히는구먼. 왕래가 잦은 편은 아니지만 자네 부친인 연청은 나랑 막역한 사이지. 워낙 연청이 여기저기 기웃거리는 걸 싫어하고, 나 또한 그런 연청의 성품을 존경하여 우린 자주 만나는 편이 아니라네. 소신껏 자신의 차사에 진력하는 명신(名

臣)으로 그 입지를 굳혀 가는 연청과는 달리 난 '국구'라는 멍에를 지고 사니 요즘은 더 만날 기회가 적어진 것 같네……. 세상사람들은 염정사 차사를 공금을 물 쓰듯 횡령하는 파렴치한 족속들이 발 담그는 구정물통 정도로 백안시하고 있지만 실은 다 그런 게 아니라네……."

류용은 그저 혼자 북 치고 장구 치는 고항의 말을 잠자코 듣고만 있을 뿐이었다. 가끔 부친을 칭찬하는 대목에선 몸을 약간 숙여 예를 표할 뿐 시종 엄숙하고 진지한 표정을 짓고 있었다. 내심 젊은이의 패기와 배짱에 감탄하며 고항은 돌연 말머리를 꺾어 대단히 침통한 말투로 말했다.

"나도 푸상처럼 밖에서 군공(軍功)을 세우고, 안으로 정무에 전념하며 훌륭한 신하로 살고 싶은 마음이 간절하네. 그런데 어쩌겠나, 어중이떠중이 몰염치한 소금장사치들과 하루종일 씨름하다 보니 저도 모르게 그네들과 동색(同色)으로 물들어 가는 걸! 지난번에 귀비 누님이 따끔하게 정문일침을 놓더구먼. 더러운 냄새를 풍기면 똥파리가 날아들게 돼 있다면서 몸가짐을 바로 하지 않으면 아비 등쳐먹는 장사치들이 무슨 수로 접근하지 못하겠느냐고 말일세. 솔직히 난 풍류죄도 지었고, 풍류빚도 한 등짐이네. 공금을 유용한 죄도 인정하네. 내 자신이 어찌해야 할지는 잘 알고 있으니, 수사에 착수한다고 하면 날이 밝는 대로 번고를 열고 장부를 꺼내놓겠네."

"국구 어른!"

신분 차이가 엄연한 '국구'가 한낱 새내기인 자신에게 진솔한 고백을 해오는 것에 적이 감동을 받은 류용이 가볍게 한숨을 내쉬었다.

"국구 어른께서 이리 진솔하게 마음을 여시고 하관을 따뜻하게 대해주실 줄은 정말 몰랐습니다. 번고를 열어 장부를 조사하는 것은 하관의 직분(職分) 내의 차사가 아닙니다. 그러나, 밖에서 국구 어른에 대한 안 좋은 소문이 나돌고 있는 건 사실입니다. 외람된 말씀이오나 번고에 진 빚이 있다면 빠른 시일 내에 갚는 것이 최선일 듯 싶습니다."

고항은 처음보다 훨씬 마음이 가벼운 것 같았다. 류용은 빙그레 미소를 지으며 자신을 바라보는 이면에 자신을 노리는 덫이 있고, 자신은 이미 그 덫에 걸려들었다는 걸 까맣게 모르고 있었다. 고항이 재빨리 화제를 돌렸다.

"혹시 하이란차의 사건에 대해서 들은 바가 있나?"

"덕주에는 소문이 파다하던데요? 좀 있으면 만천하가 떠들썩하게 생겼습니다!"

류용이 덧붙였다.

"하관도 이미 그 현장에 가보았습니다."

"뒤집혀지겠지. 방금 위지와 피충신이 다녀갔네. 그 사건은 여기서 수사하고 종결지으려고 하는 것 같았네."

"예—에?"

"사람을 여섯이나 죽였는데다 하이란차가 10만 냥짜리 은표를 소지하고 있다고 하네."

류용의 얼굴이 어느새 딱딱하게 굳어져 있었다. 그제야 고항의 뜻을 간파한 류용이 다그치듯 물었다.

"그래서 국구 어른께선 뭐라고 하셨습니까?"

"강도 높은 형벌을 가해야 한다며 입을 모으더군."

고항이 대수롭지 않다는 표정으로 말을 이었다.

"나야 염정사의 차사만 책임질 뿐이고 지방의 정무엔 간섭할 바가 못 되니 책임도 지지 못할 바에야 알아서들 하라고 했지. 보내고 나서 곰곰이 생각해보니 뭔가 꿍꿍이속이 있는 것 같네. 하이란차가 '도주병'임은 만천하가 아는 바요, 그가 부두에서 살인을 저지를 때는 한낮에 수많은 사람들이 지켜봤고 또 현장에서 잡혔으니 그대로 진정서를 작성하여 올려보내면 될 텐데, 어인 이유로 형벌을 가한단 말인가? 심문을 하여 자백을 받아낼 일도 없는데 말일세. 너무 이상하지 않은가? 그래서 생각다 못해 자네가 나서서 어찌된 영문인지 알아보았으면 해서 불렀네."

류용이 생각하기에 이는 '이상할' 것도 없는 뻔한 꿍꿍이속이었다. 그렇다면 고항이 자신의 차사가 아니라고 하면서도 이 사건에 남다른 관심을 보이는 이유가 무엇이며, 어찌 이 밤중에 자신만을 불렀을까……. 의혹에 의혹이 꼬리를 무는 가운데 류용이 물었다.

"국구 어른, 그런데 하관이 덕주에 있는 걸 어찌 아셨습니까?"

그러자 고항이 빙그레 웃었다.

"그거야 푸상이 알려줘서 알았지! 왜? 내가 알면 안 되는 일인가?"

"그런 뜻은 아닙니다."

류용은 침착했다.

"이 사건은 국구 어른께서 충분히 주장을 펼 수 있는 일입니다. 하이란차는 어디까지나 조정에서 체포령을 내린 흠범입니다. 지방관들은 설령 총독일지라도 사사로이 형벌을 내릴 권한이 없습니다. 이 배후에 대해 하관이 좀더 솔직히 말씀을 올리겠습니다. 피충신 등은 안휘성(安徽省)에서 몰래 동(銅)을 실어와 동기(銅器) 제조상에게 팔아 넘겨 거액을 챙기고 있습니다. 또한 공금으로 장사 밑천을 삼았으니 그것만으로도 죄가 큰 자들입니다. 국구 어른께선 혹시 이들과 무슨 관련이 있으십니까?"

"절대 그런 거 없네."

고항이 딱 잘라 말했다.

"내 지위상 저네들이 평소에 나의 처소로 자주 들락거리는 건 사실이오. 그래서 급히 은자 7만 냥을 번고에서 빌리는데 보증인이 필요하다며 울상이 되어 있길래 아주 모르는 사이도 아니고 체면상 어쩔 수 없이 보증을 서 준 게 전부네. 그렇게 날 못 믿겠다면 오늘 일은 없었던 걸로 하세."

고항이 낯빛이 변하여 화를 내니 류용은 한발 물러서는 수밖에 없었다. 조심조심하면서 류용은 자리에서 일어났다.

"무슨 말씀인지 잘 알겠습니다. 하관은 이만 돌아갔다가 묘시(卯時)에 승당(昇堂)할 때 가보도록 하겠습니다. 편히 주무십시오."

그러자 고항이 말했다.

"더 이상 미복 차림으로 다니지는 못하겠네? 알아서 일처리를 해야 하네. 위지는 자네보다 관직이 높다는 걸 잊어선 아니 되겠네."

"명심하겠습니다."

류용이 예를 갖추고 물러갔다.

벌써 창이 어슴푸레하게 밝아오기 시작했다. 날을 새웠어도 오히려 정신은 맑아진 고항은 드러눕는 대신 세수를 하고는 공자를 불러 분부했다.

"덕주부 아문으로 가서 심문하는 장면을 지켜보고 오너라. 수시로 달려와 보고 올리는 걸 잊지 말고!"

검은 속셈 29

말을 마친 고항은 곧 머리를 쥐어짜며 건륭에게 올릴 밀주문을 작성했다. 그밖에 푸헝, 류통훈, 기윤, 아계와 자신의 집에 일일이 편지를 썼다.

묘시(卯時)에 덕주부에서 하이란차에 대한 재판이 진행될 거라는 소문은 벌써 성안에 자자했다. 그러나 정작 하이란차 본인은 아무것도 모르고 있었다. 어제 아문으로 압송됐으나 위지는 몸을 묶지도 문을 잠그지도 않고 깍듯이 예우해 주었다. 저녁에는 네 가지 요리에 술까지 대접하는 성의를 보였다. '부인(夫人)' 정아와는 뜻은 서로 통했지만 각자 다른 방에 수감되어 있었다.

밤새 방이 떠나갈 듯 코를 골며 달게 자던 하이란차는 날이 훤히 밝았어도 깊은 잠에서 깨어나지 못하고 있었다. 그러다 방문이 "쾅!" 하고 열리자 그제야 깜짝 놀라 눈을 번쩍 떴다. 험상궂게 생긴 대여섯 명의 아역들이 문을 박차고 들어와 어리둥절한 표정으로 있는 하이란차를 순식간에 이삿짐 묶듯 꽁꽁 묶어버렸다. 그리고는 재빨리 무거운 항쇄까지 덮어 씌웠다. 뭔가 큰 꿍꿍이가 있다는 생각을 하며 하이란차는 아역들에게 등을 떠밀려 밖으로 걸어나갔다.

그사이 뭔가 성명(聖命)이 내려졌을까? 아니 그럴 수는 없다. 북경에서 덕주까지 8백리 긴급으로 보내도 문서가 이리 빨리 도착할 수는 없다……. 그렇다면 대체 새삼스레 왜 이러는 걸까? 고개를 숙여 문득 방금 전에 아역들이 허겁지겁 입힌 수의(囚衣)에 시선이 닿는 순간 그는 가슴이 쿵 내려앉는 것 같았다. 덕주지부의 검은 속셈을 알 것 같았다. 저들은 군향을 착복하기 위해 형벌을 핑계로 나를 죽이려 드는구나! 이를 어쩌면 좋담? 떠밀리고 끌려가며 하이란차는 급히 대책을 강구했다.

벌써 관아 주변에는 구경꾼들로 꽉 차 있었다. 막무가내로 밀려드는 사람들과 아역들간에 승강이가 한창이었다. 위지가 어디서부터 입을 대어 자신을 뜯어먹을까 궁리하며 들어가던 하이란차가 문득 두 명의 아역에게 끌려나오는 정아를 발견하고는 큰소리로 불렀다.

"이봐, 정아! 두 가지를 명심하오. 첫째, 저자들이 원하는 대로 자백을 해주게. 둘째, 난 하이란차가 틀림없소. 절대 다른 의구심을 품을 필요는 없소…… 절대……."

미처 말을 마치기도 전에 하이란차의 입에는 시커먼 수건이 쑤셔 박혀버렸다. 하지만 영리한 여인은 하이란차의 말뜻을 이해하고도 남았다. 일단 불필요한 희생은 피해가자는 것이었다.

둥! 둥! 둥!

세 번의 둔탁한 당고(堂鼓) 소리가 들려왔다. 아역들이 기러기 날개 형식으로 두 줄로 늘어섰다. 바깥에선 소동이 여전한 가운데 고함소리가 들렸다.

"범인을…… 앞으로 끌어내거라!"

순간 장내는 물 뿌린 듯 조용해졌다.

하이란차가 서쪽 측문으로 끌려 들어가자 아역이 입을 틀어막았던 수건을 뽑아 내쳤다. 동쪽 문으로 정아가 들어오고 있었다. 마주친 두 쌍의 눈에는 형언할 수 없는 감정이 가득했다. 하이란차가 웃으며 말했다.

"부인, 그래도 아녀자라고 봐주나 보네? 묶지도 않고, 항쇄도 덮어씌우지 않은 걸 보니……"

하이란차의 말이 미처 끝나기도 전에 유들유들한 그 얼굴 위로

검은 속셈 31

아역의 손바닥이 사정없이 갈기고 지나갔다.
"어디라고 감히 허튼 소리야!"
눈을 부라리며 으스대는, 비린내가 날 것 같은 말라깽이 아역을 코웃음치며 노려보던 하이란차가 그제야 공당(公堂) 안을 유심히 살펴보았다.
고래등이 따로 없는 커다란 대당은 붉은 칠을 한 기둥이 대여섯 개는 넘게 떡하니 버티고 있었다. 그중 두 개의 기둥에 영련(楹聯)이 선명했다.

下民易虐
上蒼難欺

백성들은 학대하기 쉬우나
하늘은 기만할 수 없다.

저마다 일명 수화곤(水火棍)이라고 하는 곤장을 틀어쥐고 꼼짝도 않고 서 있었다. 상좌(上座)가 설치된 벽면에 검은 판에 흰 글씨로 편액이 내걸려 있었다. 거기엔 이런 네 글자가 적혀 있었다.

明鏡高懸

밝은 거울이 높이 달려 있네.

가운데 공좌(公座)에 관복차림에 의기양양한 위지가 그린 듯 앉아 있었고, 탁자를 사이에 두고 옆자리에 7품 현령인 피충신이 자리해 있었다. 그밖에 몇몇 기록관들이 붓과 종이 그리고 벼루가 준비돼 있는 낮은 탁자 앞에 앉아있었다. 하이란차가 보니 얼굴이 창백하게 질린 채 두 손을 불안스레 꼭 잡고 있는 정아의 오므린 두 다리가 가볍게 떨리고 있었다. 막 위로의 말을 건네려고 할 때 위지가 당목(撞木)을 두드리며 일갈했다.

"뭘 그리 두리번거려? 꿇어앉지 못할까?"

"꿇어!"

두 아역이 다짜고짜 하이란차의 무릎 뒤를 걷어찼다.

하이란차가 신음과 함께 털썩 무릎을 꿇었다. 피충신이 급히 위지에게 뭐라고 귀엣말을 했다. 그제야 위지는 공당의 규칙을 알려주는 걸 깜빡한 사실을 깨닫고는 명령했다.

"포승을 풀고 항쇄를 벗겨주거라!"

뻐근한 팔을 뒤로 젖히며 하이란차는 정아를 향해 손짓하는 여유까지 보였다. 눈알이 튀어나올 듯이 눈을 부릅뜬 위지를 골려주기라도 하듯 하이란차는 히죽 웃어 보였다. 그리고는 갑자기 위지와 피충신을 향해 머리를 조아리더니 노려보았다.

"뭘 두리번거리느냐고? 저 편액의 글씨를 더 이상 못 봐줄 것 같아서 그래! 내가 아랫도리 내리고 중간다리에 끼워 써도 저것보다는 낫겠다 싶어서 두리번거렸다, 왜?"

둘다 기가 막히고 환장할 노릇이라는 표정이었다. 어젯밤에 위지와 피충신은 기름에 넣어도 튀겨질 것 같지 않고, 찜통에 넣어도 삶아질 것 같지 않은 이 하이란차를 어찌 심문할 것인지를 두고 밤새도록 머리를 쥐어짰었다. 결국 초반에 기선을 제압해야 한다는 쪽으로 의견을 모았다. 그런데 이제 보니 그것도 먹힐 것 같지

검은 속셈 33

않았다. 기선을 제압하기는커녕 도리어 제압당하는 느낌을 받는 데야 어찌할 도리가 없었다. 범인을 취조하면서 으레 그러하듯 다 아는 나이며 이름, 고향을 묻고 사건 경위를 다시 한 번 확인했다. 하이란차는 그제야 어제 여섯 명이 죽었고, 부상 정도가 심하여 오늘내일 하는 사람도 두 명 있다는 사실을 알게 되었다. 애석하다는 듯 하이란차가 한숨을 내뱉었다.

"에이…… 기왕 청소하는 거 몇 놈 더 쓸어내지, 고작 여섯이 뭐냐!"

"지금 뭐라고 그랬어? 큰소리로 다시 말해봐!"

"내 말은……."

하이란차가 기왓장이 금이 갈 정도로 크게 고함쳤다. 아문 앞의 구경꾼들이 어찌된 영문인지 몰라 저마다 목을 빼들었다.

"싹수 노란 개자식들 여섯밖에 못 해치운 게 통탄스럽다 이거야! 더 듣고 싶어?"

삽시간에 주위가 걷잡을 수 없이 술렁거렸고, 억장이 막힌 위지는 한풀 꺾인 모습이 역력했다. 공당을 포효한다고 죄명을 덮어씌우려 해도 자신이 큰소리로 말하라고 했으니 벙어리 냉가슴 앓는 수밖에 없었다. 애써 마음을 다잡으며 위지가 물었다.

"왜 사람을 죽였어? 고만청이 당신과 아비 때려죽인 철천지 원수지간이라도 되는가?"

"몇번을 말해야 알아듣겠소. 그 자식이 우리 마누라를 겁탈하고 내 아들을 손찌검하는데, 가만히 있을 사람이 어딨소? 내 식구를 보호하다보니 본의 아니게 그렇게 됐소."

"덕주는 삼척왕법이 안 통하는 곳인가? 억울하면 관부에 고발하지 그랬어?"

"이놈의 동네는 법보다 주먹이 가깝거든!"

피충신은 애들 말싸움 같은 유치한 문답이 지속되자 조급증이 났다. 위지가 결코 하이란차의 상대가 못 된다는 생각에 가볍게 기침을 하며 끼어들었다.

"내가 보기에 당신은 진짜 하이란차가 아니야."

매섭게 두 눈을 치켜 뜨고 피충신이 따지듯 물었다.

"어디서 행패를 부리던 패악무도한 도둑이 하이란차로 둔갑하고 나온 거야? 이실직고하지 못할까?"

"그럼 난 누구요?"

하이란차가 되물었다.

"그러니 내가 묻지 않느냐!"

"그렇게 백번을 물어도 난 하이란차요."

밖에서 구경꾼들이 키득키득 웃어댔다. 조용히 하라고 고함을 지르며 눈을 부라리던 피충신이 다시 물었다.

"하이란차는 조정에서 체포령을 내린 흠명죄인인데, 당신이 하이란차가 분명하다면 은신하거나 관부에 자수하는 것이 정석이거늘 어찌 백주에 사람까지 죽여 스스로 목표를 드러낼 수 있단 말인가?"

"난 쌓은 공로만 있을 뿐 지은 죄가 없기에 도망갈 필요가 없었고, 사천(四川)과 하남(河南)을 경유하면서도 그곳 관부를 믿지 못해 자수하지 않았을 뿐이오."

하이란차가 정아를 가리키며 말을 이었다.

"우리 마누라한테 물어봐, 내가 거짓말하나! 덕주에 와서 자수하려고 했더니, 안 하길 잘했네! 하나같이 수채구멍 같은 놈들을 뭘 믿고…… 이기지도 못할 나를 붙잡고 시간 허비하지 말고 일찍

감치 조정에 넘겨!"

　피충신과 위지는 마냥 당당하기만 한 하이란차를 보며 마주보며 동시에 후유! 하고 한숨을 토해냈다. 진짜 하이란차인지 여부는 북경으로 압송하면 그날로 밝혀질 것이었다. 문제는 하이란차가 진짜 하이란차가 아니길 바라고, 설령 맞다고 할지라도 가짜라는 자백을 받아내어 '도주병'이 아닌 일반 '비적(匪賊)'으로 현지에서 처형해버린 후 그 10만 냥짜리 은표를 갈취하는 것이 목적인 이들은 다시 계략을 짜야 할 판이었다.

　"오늘은 이만하고 물러가거라! 저 둘은 다시 갖다 처넣고!"
　위지와 피충신은 쿵쾅 발을 굴러 보이고는 잽싸게 자리를 떠버렸다.

14. 태감들의 비밀

그로부터 이틀 뒤 내무부에는 고항과 류용이 올린 밀주문이 당도했다.

때는 한여름이었는지라 건륭(乾隆)과 부찰황후(富察皇后) 그리고 여러 빈(嬪), 어(御), 잉(媵), 답응(答應), 상재(常在) 등 비교적 신분이 있는 궁인(宮人)들은 전부 창춘원(暢春園)으로 처소를 옮겼다. 건륭의 새 처소는 여전히 담녕거(澹寧居)로 정했고, 군기처는 황자들이 사람을 접견하고 차사를 맡아 처리하던 운송헌(韻松軒)에 임시 거처를 잡았다. 양심전을 지키고 있는 사람은 육궁 부도태감(副都太監)인 고대용(高大庸)이었다. 복인(卜仁)이 처형당했으니 순리대로라면 복의(卜義)가 양심전의 총관태감으로 승격했어야 했지만 왕치(王恥)가 후래거상(後來居上, 나중에 왔지만 우위를 차지함)의 성총을 받는 덕에 당연히 복의를 제치고 그 자리를 차지하게 되었다. 그리하여 이번에 그는 복례(卜禮),

복지(卜智), 복신(卜信) 등 열 몇 명의 내시들을 거느리고 창춘원으로 옮겨와 시중들게 되었다.

  복의는 부총관태감이 되어 고대용을 따라 아직 직분도 없는 꼬마 태감들을 데리고 텅 빈 궁전을 지키고 있었다. 낮에는 빗자루 들고 청소하고 밤이면 야경순시를 돌고 나서 한데 모여 도박에 음주에 가무에 도리어 자유롭고 마음 편한 나날을 보내고 있었다. 거세(去勢)하여 남자 노릇을 못한다 뿐이지 이들 태감들은 심성이며 모든 것이 일반인과 다를 바가 없었다. 누구 못지 않게 호의호식하고 싶고 황제와 여러 고관들에게 아부하여 남다른 총애를 받고 싶어하는 욕심도 많았다. 비록 '굴러온 돌'에게 밀려난 '박힌 돌' 처지가 대단히 불만스럽고 울분이 치밀어 올랐지만 복의는 안으로 삭이는 수밖에 없었다. 건륭은 태감들에 대해 유난히 엄격했다. 규정을 어기거나 도를 지나치는 행위가 적발되면 간담 서늘한 체벌이 뒤따랐고 개돼지는 저리 가라 할 정도로 짐승보다 못하게 다루었다. 그러니, 감히 아니 불(不)자를 염두에 둘 수가 없는 복의였다. 며칠 건너 한 번 꼴로 죄를 지어 맞아죽은 말단 태감들이 동화문으로 들려나가 좌가장(左家莊)에 있는 화장터로 가는 사실은 익히 알고 있었지만 수석 태감이었던 복인이 곤장 맞아 죽는 장면을 모든 태감, 궁녀들과 함께 직접 눈으로 본 후로는 더욱 긴장을 했다.

  군주를 가까이에서 섬기는 태감들의 차사에는 크고 작은 일이 따로 없다고 건륭은 누누이 강조했었다. 내무부에서 밀주문이 담긴 노란 함을 보내오자 복의는 지체할세라 차비를 하여 몇몇 태감들을 데리고 즉각 창춘원으로 향했다.

  창춘원은 그새 몰라보게 변해 있었다. 이미 그 규모가 방대하여 비교할 수가 없는 원명원에 귀속되어 있어 그 끝과 끝을 짐작하기도 힘들었다. 서원(西苑)이라 불리는 북해자(北海子), 서해자(西海子), 비방박(飛放泊) 일대는 대부분이 원(元), 명(明) 때 어원(御苑)으로 사용하던 곳이었다. 건륭은 국력이 강성하고 부고(府庫)가 차 넘치는 태평성세를 맞아 새 설계, 새 건축의 원칙에 따라 원명원(圓明園)의 획기적인 면모일신을 야심차게 기획하고 추진했었다. 만국의 사신들이 대국의 천자를 알현하러 오는 곳으로 지정하여 만국의 대표적인 명승고적들을 그대로 옮겨와 거대하고 장엄한 대서사시에 만국이 우러러보고 혀를 차게끔 만들고자 했다. 그러나 건륭은 첫 시작부터 예부상서인 우명당(尤明堂)의 목숨건 간언에 그만 발목이 잡혀버리고 말았다. 피서를 간 열하(熱河)에서 우명당은 막대한 비용이 들어가는 원명원 재건축을 적극 주장하는 기윤(紀昀)을 면전에서 '바특한 아첨꾼'이라 지탄했고, 심지어는 건륭더러 '요순지군(堯舜之君)이 못 된다'고 목청을 높였었다. 건륭은 우명당의 목숨건 직언을 치하했지만 원명원 재건축에 대한 미련을 완전히 버린 건 아니었다. 다만 전부 헐어내고자 했던 구상은 보류한 채 한꺼번에 무리한 공사를 하지 않고 해마다 몇 군데씩 손을 보기로 했다. 해마다 은자 1천만 냥씩 투입하기로 했던 예산도 4백만 냥으로 대폭 삭감했다.

그러나 이처럼 공사규모를 줄였어도 이는 여전히 진시황(秦始皇)의 아방궁(阿房宮)과 수당(隋唐) 때의 운하(運河) 건설 이래로 최대의 공정임은 틀림이 없었다. 창춘원의 쌍갑문 입구에서 말에서 내린 복의가 이마에 손을 얹고 멀리 북으로 바라보니 아지랑이 피어오르듯 치솟는 지열 속으로 목재며 석회, 모래 등 건축자재를 실은 마차들의 행렬이 끝없이 이어지고 있었다. 장백산(長白

山, 백두산)에서 실어온 홍송(紅松), 운남(雲南)에서 공납한 녹나무는 그 굵기가 한 장(丈)은 될 것 같았다. 가늘다고 해도 두 사람이 팔을 벌려 겨우 안을 수 있는 굵기였다. 그런 자재들이 한 무더기씩 동해자, 서해자를 따라 능산(陵山)처럼 엎드려 있었다. 여기저기에 땡볕에 웃옷까지 벗어 던진 민부(民伕)들이 몇백 명씩 무리를 지어 목재며 돌을 운반하느라 여념이 없었다. 앞에서 작은 황색 깃발을 흔들며 손으로 지휘하는 사람만 있을 뿐 영차, 영차 힘 북돋우는 함성은 없었다. 창춘원에 계시는 황제의 안정을 위해 감히 소리치지는 못한다고 생각한 복의가 히죽 웃었다. 그리고는 고삐를 꼬마 태감에게 던져주고는 만수무강문(萬壽無疆門)으로 들어갔다. 이날 문을 지키고 있는 시위는 빠터얼이었다. 그를 알아본 복의가 웃으며 말했다.

"빠 군문, 수고하십니다."

"폐하께 밀주함을 올리러 왔소?"

빠터얼은 무뚝뚝하기만 했다. 배시시 웃는 태감의 얼굴은 쳐다보지도 않은 채 손을 내밀었다.

"패찰을 이리 줘 보시오!"

"빠 어른, 어제, 오늘 만난 사이도 아닌데 새삼스럽게 왜 그러십니까?"

"패찰을 달라고 했소!"

복의가 고개를 저으며 웃음을 머금었다. 건륭이 커얼친왕의 수중에서 구출해준 은혜를 결코 잊지 못할 거라며 오로지 군주에 대한 충성심으로 꽁꽁 다져진 빠터얼이었다. 언젠가 패찰을 깜빡 잊고 소지하지 않았던 기윤이 건청문 밖에서 들어오지 못해 다른 방법으로 신분검증을 받고서야 통행을 허락해 주었다던 소문을 복의 또한 못 들은 바는 아니었다. 하지만 막상 당하고 보니 황당하기만 했다. 어쩔 수 없이 복의는 두 개의 밀주함을 왼쪽 팔로 옮겨서 안고 오른손으로 허리춤에 달고 있던 패찰을 꺼내어 빠터얼에게 보여주었다.

"충심이 실로 대단하시어 그 누구도 비할 바가 못 되는 것 같습니다! 일등시위로 승격하는 건 시간문제일 겁니다!"

빠터얼은 물론 그 말속의 비아냥거림을 알아듣지 못했다. 여전히 무뚝뚝한 말투로 운송헌 방향을 턱짓으로 가리키며 말했다.

"폐하께선 운송헌에서 대신을 배알하고 있으니 들어가 보라!"

아직 존댓말도 어떻게 써야 할지 몰라 황제가 대신을 배알하고 있다고 말해 놓고도 아무렇지도 않은 빠터얼을 보며 복의는 속으로 킥킥거리며 웃었다.

담녕거를 지나 서쪽으로 죽림 사이로 난 오솔길을 따라 몇십 보 걸어갔다가 다시 오른쪽으로 꺾어져 이번에는 회자나무가 울창한 숲길을 지나가니 검푸른 백년 노송들에 반쯤 가려진 궁궐들이 보였다. 이곳이 바로 운송헌이었다. 함이 무겁지도 않고, 울창한 숲들에 둘러 쌓여 있어 이곳은 청량한 기운이 감돌았으나 복의는 여전히 땀을 비오듯 흘리고 있었다. 화신(和珅)이 몇몇 서리(書吏)들을 인솔하여 책궤(冊櫃)를 들고 나르는 걸 본 복의가 발걸음을 재촉해 다가갔다. 그러자 먼저 화신이 말했다.

"방금 아계, 류통훈, 푸헝, 기윤 그리고 악종기는 영대(瀛臺)로 들라는 지의가 계셨습니다. 그리로 가보세요!"

영대라면 가본 적이 있었다. 창춘원이 자랑하는 또 하나의 절경이었다. 사면이 호수로 둘러싸여 있는 자그마한 섬이었다. 다소 경사진 섬 위에는 그림 같은 수각(水閣)이며 정자가 군데군데 서 있었고, 각종 교목(喬木)에 꽃들이 도처에 만발하여 영롱한 꽃바구니를 방불케 했다. 멋스레 휘어진 백옥으로 된 긴 다리가 언덕에서 섬 가운데의 공(工)자 형태의 정전으로 이어지고 있었다. 의사장소를 그리로 옮긴 것은 물론 수려한 경관 때문일 터였다. 가깝게 보이지만 실은 2리 길도 더 되는 거리인지라 복의는 혼자서 헐레벌떡 함을 안고 달려갈 자신이 없었다. 생각 끝에 그는 조심스레 웃어 보이며 화신에게 사정했다.

"함이 별로 무겁지는 않지만 날이 더워서 그런지 2리 길을 더 가야 한다니 맥이 풀리는구먼. 먼길엔 경중(輕重)이 따로 없다고, 두어 사람 딸려 보내주면 고맙겠소."

"그건 좀 힘들겠는데요."

화신의 가느다란 눈썹이 약간 위로 모아졌다. 고개를 갸웃하고 좀 힘들겠다는 듯이 웃어 보이며 화신이 말했다.

"여기서 시중드는 사람들은 그 구멍에 그 무입니다. 보시다시피 어디 한가한 사람이 있습니까?"

창춘원에 들어설 때부터 기분이 언짢았던 복의는 한낱 아계의 졸개에 불과한 주제에 화신조차 자신의 청을 들어주지 않자 적이 화가 났다. 너 이놈의 새끼마저 개 눈으로 사람을 보냐? 어디 두고 보자! 속으로 이같이 이를 갈면서도 복의는 얼굴에 웃음을 머금으며 말했다.

"어휴! 사도(仕途)에 오르지도 않았는데, 벌써부터 고자세로 나오면 안 되지! 2리 길을 갔다온다고 무가 시들어버리겠소? 입연 사람 난처하게 만들지 말고 한 번만 도와주시오."

화신은 웃고는 있지만 복의가 실은 자신의 얼굴에 침이라도 뱉고 싶은 심정일 거라는 걸 알아챘다. 그렇다고 마음대로 사람을 딸려 보낼 수도 없었기에 기분이 언짢아졌다. 하지만 그도 역시 웃으며 대꾸했다.

"이게 고자세면 턱까지 치켜올리면 고고자세겠네요? 복 태감은 밑에 무가 안 달린 사람이니 어디든 마음대로 오가도 되지만 나처럼 아랫도리에 무가 달린 사람은 금원(禁苑)을 함부로 들쑤시고 다닐 수가 없지 않습니까······."

화신의 말이 끝나기도 전에 복의는 벌써 횡하니 떠나가 버렸다. 그런 복의의 등뒤에 대고 화신이 한마디 비아냥거렸다.

"살펴 다녀오십시오!"

복의는 화가 치밀어 오르다 못해 머리가 어지러웠다. 담녕거로 되돌아온 그는 원래 양심전에서 차 끓이는 차사를 맡고 있던 새내기 태감 진학회(秦學檜)와 마주쳤다. 복의와 사이가 좋은 진학회는 화를 주체하지 못해 씩씩거리며 방금 전의 속상한 상황을 털어놓는 복의의 하소연을 듣고는 히죽 웃었다.

"주인이 득세하면 개 짖는 소리도 커지는 법이오. 그 도리를 몰랐소? 어가(御駕)는 아직 영대로 움직이지도 않고 있는데, 그쪽으로 미리 가 있을 필요가 뭐 있소. 폐하께오선 아직 연기궁(衍祺宮)에서 오수(午睡, 낮잠) 중이시오. 양성각(養性閣) 쪽에 가서 기다리고 섰다가 어가가 출발할 때 직접 함을 받쳐 올리면 지금 영대로 가서 기약 없이 기다리는 것보다는 훨씬 낫지 않겠소? 꼴보기 싫은 왕치더러 대신 올려달라고 청들 필요도 없고."

두 사람은 담녕거와 동쪽 서재 사이의 샛길로 걸어갔다. 궁려(窮廬)를 돌아가니 호숫가에 무성한 나무숲 사이로 신축한 궁궐 담장이 동에서 서로 길게 녹음이 끝나는 곳까지 뻗어 있었다. 담장 너머로 높낮이가 일정치 않은 새로 지은 궁전들이 장관이었다.

궁문은 전부 남향으로 나 있었고, 10보 간격으로 선박영(善撲營)에서 나온 군교(軍校)들이 불상처럼 턱 버티고 서 있었다. 화초가 무성한 길을 따라 걸어가니 나란히 세 개의 궁전이 나타났다. 진학회가 나직이 말했다.

"다 왔소. 여기가 바로 연기궁이오."

오는 길 내내 경계가 삼엄하고 분위기가 무거워 둘은 감히 말도 붙이지 못했다. 궁전 안에 들어서서야 복의는 비로소 크게 숨을 몰아쉬며 말했다.

"세상에! 여긴 자금성보다 경계가 더 삼엄한 것 같소. 하마터면 숨막혀 죽는 줄 알았지 뭐요! 이 손에 땀 좀 보오……. 그런데, 여기의 궁전들은 모양새가 어째 꼭 서양 그림에서 본 집들같이 생겼지?"

"터키의 왕궁을 본 따 지었다고 들었소."

진학회가 동쪽에 낮게 엎드려 있는 길다란 태감방으로 복의를 데리고 들어갔다. 자리를 내어주고 냉차를 따라주며 진학회가 말했다.

"바로 직전에 보았던 궁전은 네덜란드의 왕궁을 본 따 지은 거고, 저쪽으로 더 들어가면 포르투갈의 건물 양식도 있다고 하오. 반대편에는 러시아의 크렘린궁인가 크리무궁인가 하는 왕궁과 닮았다고 하오……. 그밖에도 구라파 각국의 건축양식을 본 딴 궁전이 얼마나 많은데! 궁전마다 중간에 쪽문을 내놓아 아무리 떨어져 있는 것 같아도 다 통하게 돼 있소. 여기서 이렇게 보면 담녕거가 정중앙에 위치하고 있잖소. 담녕거를 둘러싸고 여러 나라 왕궁의 건축풍을 본 딴 궁전을 지어 대국 천자의 기세를 만방에 떨친다는 뜻을 담고 있지. 궁빈들은 여기 잠깐 머물러 있는 거고, 진짜 후궁전은 여기서 북으로 10리 안팎의 거리에 있다오!"

 진학회의 설명을 들으며 복의는 연신 숨을 들이마시며 눈이 휘둥그레졌다.

 "부처님 맙소사! 이렇게 지으려면 은자가 무지 많이 들었겠다!"

 "그거야 우리가 신경 쓸 바 아니지."

 진학회가 웃으며 덧붙였다.

 "은자로 바다를 메우든 산을 갈아엎든 우리랑 무슨 상관이오?"

 사창(紗窓)을 통해 밖을 내다보던 진학회가 말했다.

 "난 그만 가봐야겠소. 폐하께오서 터키욕탕에 드실 시간이 다 됐나 보오. 여기서 기다리고 있다가 폐하께오서 목욕을 마치고 나오시면 그때 함을 건네도록 하오."

 복의도 창밖을 내다보니 과연 태감 복신이 앞장을 선 가운데 몇몇 새내기 태감들이 건즐(巾櫛, 몸 닦는 수건)과 조복(朝服), 조관(朝冠)을 공손히 받쳐들고 건륭의 시중을 들며 서쪽 월동문에서 정전 쪽으로 가고 있는 게 보였다. 서둘러 태감 복장으로 갈아입고 나가는 진학회의 등뒤에 대고 복의가 물었다.

 "구경 좀 해도 되오? 러시아의 왕궁이 어떤지 보고 싶은데……."

 "조심해서 다니면 괜찮을 거요. 서쪽에 나라귀비마마의 처소가 있으니 되도록 거기는 가지 마오. 요즘 폐하께오서 걸음이 뜸하시어 대단히 예민해 있다고 들었소."

 진학회가 나가고 난 뒤에도 복의는 한참 기다려 뜰에 사람이 없을 때에야 비로소 발을 걷고 조용히 태감들의 방을 나섰다.

 때는 미시(未時) 무렵인지라 불을 뿜던 해도 서쪽으로 조금씩 기울고 있었다. 구름 한 점 없는 만리 쪽빛하늘이 푸른 물감을 쏟아 놓은 것 같았다. 밖에는 지열이 올라와 찜통이 따로 없을 테지만 이곳 창춘원 안은 세외도원(世外桃園)이 따로 없는 청량세계였다. 푸른 이끼가 듬성듬성 끼어 있는 자갈 깔린 좁은 산책로를 유유자적 활개치며 걸어가노라니 이름을 알 수 없는 거대한 교목(喬木)들이 울창하여 하늘을 덮은 나뭇잎 사이로, 한줌 햇볕이 금싸라기를 흘리고 있었다. 짜증스럽기만 하던 햇볕이 이처럼 따사롭고 부드럽게 느껴지기는 처음이었다. 산책로 양측에 병풍처럼 둘러싸인 포도 넝쿨과 장미꽃 넝쿨이 때로는 한데 어우러져 꽃동굴 속으로, 포도 울타리 속으로 들어가는 듯한 착각마저 들었다. 꽃향기, 포도향기 그윽하니 화사한 나비들이 입맞추느라 여념이 없고, 뭇 새들이 이 나무 저 가지 그네 타며 노니 그 지저귐 또한 여간 귀가 즐거운 게 아니었다. 모든 사람은 잠들어버리고 오직 새들만 깨어 있는 것 같았다. '크렘린궁'만 잠깐 보고 온다는 것이 홀린 듯 가다 보니 너무 많이 걸어왔다는 생각에 차사를 그르칠세라 걱정된 복의는 서둘러 발길을 돌렸다. '크렘린궁'의 동쪽 회랑을 지나며 보니 꽃바지를 입은 궁녀 하나가 두 팔을 드러낸 민소매차림에 몸 씻은 물을 쏟아 붓고 있었다. 돌아서다 복의를 발견한 궁녀가 웃으며 아는 체를 했다.

"난 또 누구라고!"
"여치야!"

복의가 궁녀의 이름을 부르며 걸음을 멈췄다. 그리고는 음흉하게 웃으며 말했다.

"목욕했냐? 방안에 너 혼자 있어?"

그러자 여치가 웃음을 질질 흘리며 말했다.

"네가 들어오면 둘이지."

복의가 주변을 두리번거려 살펴보고는 재빨리 궁녀의 속곳으로 손을 집어넣어 봉긋한 젖무덤을 만졌다.

"오늘은 너랑 놀아줄 시간이 없다. 폐하께 밀주함을 올려야 하거든!"

비록 거세를 하여 남자 구실을 못하는 태감이라고는 하지만 이성에 대한 그리움은 여전했다. 미색이 고운 여자만 보면 마음이 싱숭생숭하고 꿈자리가 그렇게 즐거울 수가 없었다. 한(漢)나라에서 청(淸)나라에 이르기까지 궁중의 일각에서는 애욕에 목마른 태감·궁녀들 간의 난잡한 남녀관계가 필요악으로 자리 잡아가고 있었다. 궁녀끼리, 태감끼리 또는 궁녀와 태감들이 집단으로 음란한 짓을 저지르는 건 다반사였다. 개중에는 몰래 둘만의 언약식을 하고 부부처럼 지내는 이들이 있었으니 그들을 일컬어 '채호(菜戶)'라고 불렀다. 복의와 여치는 바로 그런 사이였다. 오랜만에 얼굴 보는 '남자'를 그냥 보내기에는 아쉬운 듯 여치가 몸짓으로 추파를 던지며 아양을 떨어댔다. 그래도 복의가 들어올 생각을 하지 않자 얼굴을 붉히며 여치가 토라진 듯 말했다.

"나 말고 또 누구 있나봐? 양심전에서 다른 계집들이랑 놀아났지. 흥, 내가 모를 줄 알았어? 양심 없는 인간아. 폐하께오선 내낭이와 '터키욕탕'에서 씻고 있는데, 갈 데까지 안 가고 그냥 나올 줄 알아?"

"그래? 그래, 알았어. 들어가면 되잖아!"

복의가 웃으며 여치를 따라 방안으로 들어왔다. 그리고는 걸상에 앉으며 말했다.

"그런 거 없어! 내가 너같이 고운 년 놔두고 어디 한눈 팔 수 있겠냐?"

　여치는 어느새 암캐처럼 덤벼들었다. 무서운 듯 두 팔을 내밀어 투항하는 자세를 취하는 복의를 깔아뭉개며 점차 거친 숨을 몰아쉬었다.

　"보고 싶어 환장하는 줄 알았어…… 불타는 나를 놔두고 그냥 간다고? 어림도 없지……."

　아교처럼, 엿가락처럼 찰싹 들러붙어 질질 늘어지는 여치는 벌써 자신의 가슴을 다 드러내놓고 어느새 복의의 옷도 찢어버릴세라 헤집어놓았다. 밀가루 반죽처럼 흐물흐물하기만 한 복의의 그것을 만지고 주무르고 빨아대며 암캐처럼 설쳐대는 여치의 밑은 물난리가 따로 없었다. 말 타듯 타고 앉아 제풀에 흥이 나서 신음 소리가 점점 커져 가는 여치를 보며 복의도 흥분한 듯 그녀의 밑에서 흘러내린 끈적끈적한 액체를 자신의 몸에 바르며 드르르 진저리를 쳤다.

　'밀가루 반죽'을 혹사시켜 드디어 절정에 오른 여치가 비명에 가까운 소리를 질러대더니 기진맥진한 듯 복의의 몸 위에 죽은 듯 엎드렸다. 안쓰럽고 서글픈 마음에 그 머리를 쓸어 내리며 복의가 말했다.

　"미안해…… 우리 같은 건 인간 축에도 못 끼지……."

　그러자 한참 후에야 얼굴을 들며 여치가 말했다.

　"그래도 왕치는 무슨 약을 먹는다더니, 그런 대로…… 쓸만한 것 같던데? 너도 약 좀 구해 먹어."

　"네 이년! 왕치와도 이 짓을 했단 말이야?"

　복의가 여치를 밀어내며 화를 냈다. 그러자 잠깐 어리둥절해 있던 여치가 도리어 화를 내며 대꾸했다.

"남들이 다 아는 사실을 혼자만 모르면서 뭘 그래! 남자구실 해보라고 가르쳐 줬더니 되레 사람을 의심하고 있어, 쳇!"

그러자 복의가 궁금해하며 물었다.

"넌 누구한테서 들었어? 진짜 그런 약 있어?"

여치가 입을 비죽거렸다. 가볍게 코웃음을 치며 옷을 입고 나더니 창 밖을 살펴보았다. 그런 다음에야 말했다.

"이 바보야! 내가 지금 널 데리고 가서 직접 똑똑히 보여줄게!"

쥐처럼 재빨리 바깥 동정을 살피던 여치가 나라씨의 처소인 동쪽 편전을 턱짓으로 가리키며 손가락을 까닥거려 멍하니 서 있는 복의를 불렀다.

"등신아, 날 따라와……. 신발 벗어 들고……."

복의가 고분고분 신발을 벗어들고 여치를 따라나섰다. 그러나 여치는 밖으로 나가지 않고 까치발을 하여 방안에 있는 병풍을 돌아갔다. 병풍 뒤에는 비밀통로 같은 쪽문이 있었고, 문에는 창호지 대신 유리가 끼워져 있었다. 안은 너무 어두워 유리 너머로는 아무 것도 보이지 않았다. 조심스레 문을 밀고 따라 들어간 복의가 방향을 분간할 수 없어 잠시 서 있으니 그제야 뭔가 보이기 시작했다. 이곳은 남북으로는 길고, 동서로는 폭이 좁은 방이었다. 안에는 크고 작은 두 개의 나무상자가 있었고, 그 위에 금과 은으로 만든 수저며 그릇들이 잘 정돈되어 있었다. 그리고 노란 딱지를 붙인 찻잎 넣은 양철통과 찻잔, 술잔들이 동쪽 벽에 진열되어 있었고, 서쪽 '벽'은 두 겹으로 된 무거운 천으로 가려져 있었다. 창문 하나 없으니 안은 어두울 수밖에 없었다. 궁중살림에 익숙한 복의는 대뜸 이곳이 후궁의 침실에 차를 끓여 나르는 암방(暗房)이라는 걸 알 수가 있었다. 복의가 막 천의 한 귀퉁이를 열어보려 하자 여치가 손바닥을 세워 목을 치는 시늉을 하며 급히 말렸다. 그리고는 복의를 당겨 함께 휘장에 귀를 바싹 붙이고 엿들었다.

　잠시 귀를 기울이던 복의가 흠칫 놀라는 표정을 지었다. 과연 휘장 저편에서 침대소리와 함께 두 사람이 소곤대는 소리가 들려왔다. 좀더 있으니 이불을 흔들어 펴는 듯한 소리가 들렸고 나라씨가 이상야릇한 신음소리를 내기 시작했다. 간간이 남자의 거친 숨소리도 새어 나왔다……. 누가 들어도 이는 남녀간의 정사가 한창임을 알 수가 있었다. 남자가 누구일까? 호기심에 휘장에 손을 댔다 뗐다 하며 복의가 귀를 더 바싹대고 숨죽여 있으니 나라씨의 신음소리는 더 이상 들리지 않았다. 대신 난데없이 태감 왕치의 울먹이는 소리가 들려왔다.

　"쇤네는 정말 무용지물이옵니다. 오늘따라 더 말을 들어주지 않으니 죽을 맛이옵니다……."

　"내려 오지 말고 좀 더 있어봐!"

　톡 건드리면 신음이 터져 나올 것만 같은 나라씨의 달아오른 목소리가 들렸다.

　"자네가 태감인 줄 내가 모르는 게 아니잖아! 이 정도라도 애썼네……."

　"귀비마마께서 내리신 귀한 약을 먹고도 이 모양이니……."

　"가늘기가…… 젓가락 같애. 그래도 대충 요기는 할만하니 됐어……."

　"쇤네…… 그만 내려가면 아니 되겠나이까?"

　"아니! 좀더 문질러 줘……."

　"……."

　"귀비마마……."

"왜……."

"폐하와는…… 어떻게 하시옵니까?"

"어허! 이것이 위아래 없이 아무소리나 하고 있어!"

복의는 전혀 모르고 있었는지라 너무도 충격적이었다. 가슴이 쿵쿵 뛰고 말이 나오질 않았다. 다시 살금살금 방으로 돌아온 여치가 웃으며 말했다.

"이제 알겠지? 왕치가 어떻게 너를 제치고 총관태감이 되었는지! 무슨 약을 먹긴 먹었으니 귀비가 그 정도면 대충 요기는 할 수 있다고 하잖아."

복의는 여치의 말을 듣는 둥 마는 둥 아직도 놀란 토끼 눈을 하고 넋 나간 사람처럼 중얼거렸다.

"믿을 수가 없어…… 세상에 어찌 이런 일이 있을 수가 있냐…… 붙잡히면 저건 껍질 발라 내침을 당할 감이다!"

"껍질은 무슨!"

여치가 코웃음을 치며 덧붙였다.

"전에 혜빈(惠嬪)도 태감과 놀아난 적이 있대. 발가숭이 그대로 나라씨한테 붙잡혔어도 하나는 완의국(浣衣局)으로 가서 빨래하다 오고, 하나는 몇 달 동안 창고 지키다 왔다고 하잖아. 집안 흉이 밖으로 나가봤자 누워서 침 뱉기라는 걸 폐하께서 어찌 모르시겠어!"

여치의 입에서 '폐하'라는 두 글자가 나오는 순간 그제야 밀주함 생각이 문득 난 복의가 황급히 여치의 뺨을 쪽 소리나게 빨고는 뛰쳐나왔다. 뒤따라 나와 두 손으로 방망이질하여 복의의 등을 토닥토닥 때리며 여치가 단단히 일러두었다.

"오늘 우리 둘은 아무 것도 안 본 거야. 무덤까지 이 비밀을 갖고 가야 해, 알았지?"
 복의가 허둥지둥 연기궁으로 달려와 보니 다행히 건륭은 아직 목욕을 마치지 않은 것 같았다. 떠날 차비를 한 승여가 정전 앞에 대기해 있는 걸 보고서야 복의는 비로소 안도의 숨을 내쉬었다. 진학회의 태감방에 들어가 부채를 부치며 정전 쪽을 지켜보고 앉아있노라니 땀을 철철 흘리며 진학회가 들어섰다.
 "덥다, 더워"를 연발하며 냉차를 꿀꺽꿀꺽 들이마시고 난 진학회가 입가를 쓱 문질러 닦고는 입을 열었다.
 "이 찜통에 물 끓이다가 오늘은 진짜 끓는 장면을 봤지 뭐요. 폐하와 내낭이 목욕탕 안에서 그 짓을 하는데…… 와! 못 참겠더군……."
 진학회가 뭔가를 들려주려는 듯 복의를 가까이 오라며 손가락을 까닥이고 있을 때 한 무리 태감들에게 둘러싸인 건륭이 모습을 드러냈다. 복의가 보니 언홍과 영영 두 빈이 궁문 앞에 무릎을 꿇어 배웅하고 있었다.
 "…… 재미난 얘기는 나중에 꼭 들려줘야 해……."
 복의가 낄낄 웃으며 이같이 말하고는 서둘러 밀주함을 들고 달려나가 계단 밑에 조용히 서 있었다.
 "복신, 함을 받아 오너라."
 건륭이 어느새 복의를 발견하고는 이같이 분부했다. 그리고는 언홍과 영영에게 명령했다.
 "그만 일어나게, 저녁에 짐은 황후의 처소로 들것이네."
 승여에 오르려던 건륭이 승여 옆에 고개를 떨구고 서 있는 내낭을 향해 말했다.
 "내낭, 자네도 황후의 처소로 가 있거라. 짐이 의사차 영대로

가니 저녁에 황후를 보러 갈 거라고 이르거라. 저녁수라는 따로 준비할 필요 없다고 하거라. 돌아와서 언홍이네에서 수저를 들 것이니. 그런데, 어찌 왕치가 안 보이는가?"

사람들이 어찌된 영문인지를 몰라 두리번거리고 있으니 '크렘린궁' 쪽에서 왕치가 헐레벌떡거리며 달려왔다. 숨이 턱까지 차올라 겨우 손으로 가슴을 눌러 진정시키며 왕치가 비굴한 웃음을 지으며 아뢰었다.

"나라귀비께오서 낚시를 즐기시면서 소인더러 미끼를 좀 끼워달라고 하명하시기에 지체하게 되었사옵니다!"

복의는 속으로 킁킁 웃으면서 알고 보니 석연치 않은 구석이 많기만 한 왕치를 뚫어지게 노려보았다. 건륭이 회중시계를 꺼내 보았다. 시침은 미시(未時) 끝무렵을 가리키고 있었다. 승여에 올라 밀주함을 열며 건륭이 명령했다.

"출발하지!"

"폐하께오서 납신다, 물렀거라!"

왕치가 큰소리로 외쳤다. 저만치에서 그 말을 전하여 다시 외치는 소리가 높았다 낮았다 파도 타듯 들리며 멀리멀리 퍼졌다.

"폐하께오서 납신다……."

"폐하께서 납신다……."

한편 영대(瀛臺)에서는 몇몇 대신들이 벌써 반 시간째 건륭을 기다리고 있었다. 서쪽으로는 서산(西山)에 기대 있고, 동쪽으로는 옹산(甕山)과 만수산(萬壽山)을 옆구리에 끼고 있는 이곳은 남쪽으로 비방박(飛放泊)을 마주하고 있어 실은 남해자(南海子)의 서북에 위치한 셈이었다. 서쪽으로 초승달 모양의 수로(水路)

태감들의 비밀 53

가 허리띠처럼 둘러 그 물이 담녕거 서북쪽에 이르러서는 제법 큰 호수를 만들어냈다. 영대는 바로 그 한가운데에 지어졌다. 주변의 팔선동(八仙洞), 십팔학사정(十八學士亭), 대혁대(對弈臺) 등 경물(景物)이 배치되어 있어 오붓한 분위기가 느껴졌다. 동서 양쪽에 산을 끼고 있어 여름이면 남풍이든 북풍이든 울창한 숲속을 지나면서 덥고 다습한 기운이 여과되어 청량한 바람이 불어왔다. 관성정(觀星亭)에 올라 멀리 사방으로 바라보니 하늘을 이고 우뚝 솟은 옹산과 만수산의 검푸른 위용에 절로 숙연해지고 선녀가 멱을 감고 있을 것만 같은 서산 너머에는 나무꾼이 훔쳐간 선녀의 치마일 것 같은 안개가 뽀얗게 감돌고 있어 터질 것만 같은 감흥이 솟구쳤다. 남북으로 만목(萬木)이 울창하고 대나무가 울창한 사이사이에 그림같은 정자와 누각들이 황홀한 호광산색(湖光山色)을 벗하여 놀고 있었다. 말로만 들어왔던 영대의 수려한 경관을 직접 만끽할 기회가 생겼으니 사방이 막혀 답답한 사합원(四合院)에서 부채와 씨름하느니 어가(御駕)를 기다린다는 명목하에 일찌감치 나와 있기로 했던 대신들이었다.

 이들 몇몇 군기대신들은 푸헝과 아계만 제외하고는 거의 육부의 차사까지 겸하고 있는 거물들이었다. 따라서 저마다 점잖고 무게가 있어 보였다. 푸헝은 감개가 무량하여 천천히 닌간 주위를 거닐었고, 심장질환이 있는 류통훈은 조용히 난간 옆의 걸상에 앉아 수련을 하는 듯 지그시 눈을 감고 있었다. 병부상서로 새 삶을 시작한 악종기는 모든 것이 아직은 다소 어색한 듯했다. 어느 자리에서나 분위기를 주도하는 사람은 역시 기윤이었다. 달리 감동이 없어 보이는 아계를 붙잡고 그는 자신이 중책을 맡고 있는 〈사고전서(四庫全書)〉에 대해 장편대론을 펴고 있었다.

"〈사고전서〉는 크게 경(經), 사(史), 자(子), 집(集) 네 개 부(部)로 나뉘는데, 그 규모가 얼마나 방대한지는 아마 사해(四海)를 아울러도 모자랄 거요! '자부(子部)'만 해도 유형별로 유가(儒家), 병가(兵家), 법가(法家), 농가(農家), 의가(醫家), 천문산법(天文算法), 술수(術數), 예술(藝術), 보록(譜錄), 잡가(雜家), 유서(類書), 소설(小說), 석가(釋家), 도가(道家)가 포함되어 있소. 크게 네 개 부로 나뉘지만 쪼개고 또 쪼개면 총 920부에 1만 7천 8백 7권이나 되는 분량이오……. 군문은 아마 병서에 대해 관심이 많을 거요. 이 속에 원하는 병서는 전부 수록돼 있소!"

이립(而立)의 젊은 나이에 기추중지(機樞重地)에 입문한 아계는 재상의 풍모도 갖추어야겠지만 그렇다고 지나치게 무게를 잡는 것도 성격상 어울리지 않는다고 생각했다. 좀 있다 어가가 당도하면 어찌 맞이해야 할지 머리 속은 온통 그 생각뿐이었지만 워낙 거국적인 차사를 맡고 있는 기윤의 발언인지라 감히 소홀히 하지 못하고 적당히 미소도 짓고 머리도 끄덕여 장단을 맞추느라 여간 힘든 게 아니었다. 기윤이 목마른 듯 혀로 입술을 축이자 재빨리 일어나 조금 남은 찻잔에 차를 더 따라주고는 아계가 말했다.

"과연 대단하십니다! 경청하다보니 유가에 속하는데, 시비(是非)를 단정지을 수가 없는 일이 생각나 여쭤보려고 합니다."

아계의 말에 사람들은 모두 관심을 보였다.

"유가의 이론으로 단정지을 수 없는 시비도 있단 말이오?"

기윤이 웃으며 덧붙였다.

"말해보오, 어디 들어봅시다."

그러자 아계가 머리를 끄덕이며 입을 열었다.

"제가 섬주(陝州) 지부(知府)로 있을 때의 일인데요, 삼문협

(三門峽)에 청리촌(清里村)이라는 고을이 있었는데, 그곳에서 발생한 민사사건으로 인해 제가 골머리를 앓았던 적이 있어요. 그 마을의 족장이 자기 동네 공가네 며느리인 공왕씨를 행실이 부정하다 하여 고발한 사건인데요, 족장의 말에 따르면 여인이 그 마을의 몇몇 젊은이들과 떼지어 몰려다니며 음탕한 생활을 해왔고 어떤 날 밤에는 새벽까지 이상야릇한 신음소리가 들리니 온 동네가 잠을 못 이루고 밤일을 시작한다는 겁니다. 결국 족장에 의해 두 남녀가 현장에서 덜미를 잡혔고 현 아문에 고소장이 올라오니 현령이 저에게 보고하러 온 게 아니겠습니까? 구질구질하게 그따위 일이나 보려고 내가 이 자리에 앉아 있느냐며 화를 내니, 현령이 이렇게 하소연을 하는 겁니다. '이 여자는 타고나길 음란하게 타고났다고 합니다. 진작에 고소장이 올라왔으나 사람들은 또 한결같이 이 여인이 최고의 효부라며 입을 모으고 그 남정네와 시아버지, 시어머니, 시동생, 올케 모두 아문으로 달려와 이 여인이 잘못되면 자기네 가문은 문을 닫게 될 거라며 제발 보내달라고 손이 발이 되게 비는 겁니다.' 사건은 어찌어찌 판결이 났지만 이런 모순은 어찌 해결해야하는지 기윤 공께서 가르침을 주셨으면 합니다."

"음은 만악의 근원이요, 효는 백행의 기본[淫乃萬惡之首, 孝是百行之先]이시……"

기윤이 잠시 침묵했다. 깊은 사색에 잠겨 몇 번이고 입을 열었다 다시 다물며 조심스러워하더니 결국 한숨을 지으며 내뱉었다.

"전자는 행실에 옮겼을 때를 논하는데, 솔직히 마음속으로는 칠정 육욕(七情六欲)을 지닌 인간인 바에야 음심(淫心)이 없는 사람이 어디 있겠소? 후자는…… 효심과 효행의 차이점을 알아야 할 것 같소. 가진 자가 물질적인 풍요로움을 베푸는 차원에서 노인들에게 시주했을 때 이는 효행이라고 할 수 있겠지. 그러나 근본적으로 따뜻한 효심이 뒷받침이 되어 있지 않는 효행은 결코 효라고 보기 힘들 것 같소. 째지게 가난하여 남의 집 머슴 사는 아들이 평생 고기 냄새 맡아 보지도 못한 어미가 눈에 밟혀 주인집에서 밥그릇에 얹어준 고기 한 점을 소중히 싸 가지고 눈길을 달려 어미를 찾아 고기를 입안에 넣어주었다면 그 눈물나는 광경은 곧 만금이 무색한 효가 아니겠소?"

기윤이 도리는 대충 설명을 해냈지만 아계가 원하는 답은 결코 찾아내지 못했다. 아계를 비롯하여 사람들이 석연찮은 표정을 짓는 걸 보며 기윤이 덧붙였다.

"글쎄…… 이 문제는 정의(情意)와 도리(道理)가 극과 극을 치달으니 어느 손을 들어줘야 할지 갑자기 머리통이 복잡해지네……."

뒷머리를 긁적이며 난감해하는 기윤을 보며 푸헝이 웃으며 말했다.

"어떤 여자인지 참으로 대단하구먼. 우리의 천하통(天下通) 기효남이 뒷머리를 긁게 만드는 걸 보니!"

이에 기윤이 말했다.

"인간이 사는데 원칙과 도리만 가지고 살 수 있소? 사람 사는 사연 중에는 한 마디로 무 자르듯 옳고 그름을 판명할 수 없는 경우도 있지. 덕이 크면 승천하고 죄가 깊으면 지옥에 떨어짐은 천고의 진리이니, 옥황상제와 염라대왕께서 머리 맞대고 고민하실 일이지 범인(凡人)인 내가 어찌 알아……."

그 말에 사람들은 모두 껄껄 웃고 말았다. 군무에는 일가견이 있다고 자부하나 아직 정무에는 문외한인 아계는 세상 돌아가는 사연에 관심을 갖고 정무를 배워 보기로 했는지라 다시 푸헝에게 물었다.

"예부에서 며칠 전에 각 성의 열녀(烈女), 열부(烈婦) 후보자 명단을 올려보낸 걸 보았습니다. 혹시 푸상께선 강서성(江西省) 금화(金華)에서 일어난 사건을 알고 계십니까?"

"강류씨가 불한당들에게 윤간을 당하고 맞서 싸우다 죽은 사건 말이오?"

푸헝이 알고 있다는 듯 머리를 끄덕이며 말을 이었다.

"안타깝게도 이미 윤간을 당한 뒤에 죽었으니 반드시 결백함을 요하는 패방(牌坊)은 세워줄 수 없게 됐소. 말이 났으니 말인데, 연청, 그 다섯 불한당 놈들은 부의에서 어찌 처벌하기로 결정 내렸소?"

"넷은 참립결(斬立決)에 처하기로 했습니다."

귀를 열어 두긴 했으나 속으론 다른 생각을 하고 있었던 류통훈이 다소 말끝을 흘렸다.

"조사해보니 하나는 고자여서 아예 엄두를 못 냈다고 했습니다. 그래서 참하되 집행유예를 선고했습니다."

그 말에 사람들은 잔뜩 웃음을 머금었으나 감히 터트리지는 못했다. 기윤이 푸헝을 향해 고개를 돌리며 말했다.

"홍량길, 심귀우, 전향수, 주수균 등 네 명의 〈사고전서〉의 부교정(副校正)들을 질책과 함께 파면한다는 지의가 내려졌습니다. 모두가 둘째가라면 서러워 할 석유(碩儒)들인데 말입니다. 푸상이 총체적인 교정을 맡으셨으니 좀 있다 폐하께 이들의 손이 필요하다고 주청 올려주시면 어떻겠습니까? 그 많은 문자를 교열하다 보면 오자 하나쯤은 미처 발견하지 못할 수도 있는 일 아닙니까?"

그러자 푸헝이 쓸쓸한 웃음을 흘리며 답했다.

"폐하께오서 진노하시어 나까지 벌봉(罰俸) 반년의 책임을 물으셨소. 아직 모르고 있었군!"

둘의 대화보다는 주변 경관에 마음을 빼앗긴 듯한 아계와 류퉁쉰이 저만치 걸어가 어딘가를 가리키며 서 있는 걸 본 기윤이 푸헝더러 따라와 보라는 시늉을 해 보였다. 무슨 말을 할지 몰라 기윤을 따라가 산 뒤편으로 간 푸헝이 물었다.

"또 무슨 귀신놀음을 하려고 그러나?"

이에 기윤이 웃으며 답했다.

"이 사람이 푸상께 아직 세간에 알려지지 않은 비밀처방을 가르쳐 드리겠습니다. 앞으로는 절대 폐하께 훈계나 문책 당하시는 일이 없을 것입니다. 물론 알려드리기 전에 우리 두 사람 사이에 약법삼장(約法三章)이 있어야겠습니다. 만에 하나 제가 무슨 착오로 폐하께 문책 당하게 됐을 시에는 그땐 푸상께서도 저를 꼭 도와주셔야 합니다!"

"그거야 당연하지. 그런데, 그게 뭐요?"

"그들이 왜 파면 당하고 푸상께선 어찌하여 벌봉에 훈계까지 들으셨는지 그 이유를 아십니까?"

"오자를 못 잡아냈기 때문이지!"

기윤이 웃으며 머리를 절레절레 저었다. 놀라서 눈이 휘둥그레진 푸헝을 향해 기윤이 말했다.

"솔직히 말씀드리겠습니다. 그건 바로 푸상께서 오자 몇 개밖에 안 흘렸다는 데 문제가 있다고 생각합니다. 푸상께서 달리 허점을 보이지 않고 계속 이대로 물샐틈없이 차사에 임하신다면 폐하의 인정을 받지 못할 뿐더러 언젠가는 폄직 당할지도 모릅니다!"

"그게 무슨 해괴한 논리인가?"

푸헝은 당치않다는 반응이었다.

"폐하께오선 성학(聖學)이 연박(淵博)하시고 경천위지(經天緯地)의 덕을 자랑하시는 면에 있어서 추호도 성조와 세종에 뒤지지 않으십니다. 분초를 다투시는 근정(勤政) 정신과 놀라운 근골(筋骨)은 천고의 제왕들 중에서도 우위에 있는 바입니다!"

푸헝이 귀기울이는 모습을 보며 기윤이 말을 이었다.

"폐하께오선 지고무상의 성군이십니다. 신하들이 뛰어나길 원하시지만 흠잡을 데 없이 걸출한 단계에까지 이른다면 이를 간과하실 수 있겠습니까? '과유불급(過猶不及, 넘치면 부족한 것보다 못하다)'이라는 말이 이래서 나온 것 같습니다. 푸상…… 제가 명명백백하게 말씀 올린 겁니까?"

기윤의 뜻은 당연히 '명명백백(明明白白)'하게 푸헝에게 전달되었다. 자고로 천고의 충신들이 이유 없이, 영문도 모르게 파란만장한 삶을 마감한 경우가 허다했다. 이들의 충정이 비극을 초래하게 된 데는 구중을 조감하는 제왕들이 지고무상의 권위에 위기의식을 느꼈기 때문이었다. 한마디로 군주들은 '머리 위에 기어오르게' 생긴 신하를 반기지 않았던 것이다! 푸헝이 닳아 떨어지도록 읽은 육경사서(六經四書)에는 신하는 황제보다 무능해야 한다, 황제가 무능하면 신하는 '무골충' 내지 '백치'가 되어야 한다는 이치를 설명한 부분은 어디에도 없었다. 의외로 충격이 큰 것 같은 푸헝을 보며 자신이 너무 직설적으로 말하지 않았나 하는 생각에 기윤은 조금씩 후회가 되기 시작했다. 그러나 푸헝은 곧 기윤에게 다가섰다. 그리고는 정중하게 읍하여 예를 갖추며 말했다.

"좋은 가르침을 받았소. 정말 고맙소. 그 가르침은 나로 하여금 평생을 무사히 살다가게끔 도와줄 거요!"

"말씀드리고 보니 어쩐지 괜히 푸상을 좀 덜 착한 신하로 종용한 것 같은 생각이 드네요."

기윤이 이같이 말하며 이내 감정을 추스르며 말을 이어나갔다.

"하기야 명철보신(明哲保身), 명철보신하는데 신하된 우리가 자기 한 몸도 제대로 건사하지 못한다면 어찌 폐하를 일대영주(一代令主)로 보좌할 수가 있겠습니까?"

두 사람이 이같이 진정을 토로하고 있을 때 멀리서 고악 소리가 숲을 질러 점점 가까이 들려오기 시작했다. 건륭의 어가가 당도했음을 짐작한 두 사람은 마주보고 웃으며 제자리로 돌아왔다. 건륭은 벌써 맞은편 구룡교(九龍橋)까지 도착하여 거기서 승여에서 내려서고 있었다. 대신들은 재빨리 다가가 무릎을 꿇어 영접했다. 건륭이 천천히 걸어 교두정(橋頭亭)까지 다다르자 푸헝이 먼저 머리를 조아렸다.

"신 푸헝이 폐하께 문후를 여쭙사옵니다!"

"모두 일어나게!"

건륭이 걸음을 멈추어 자신의 몇몇 고굉(股肱)들을 바라보며 미소를 지었다.

"운송헌도 다른 곳보다는 서늘하다만 바람이 없어 숨막히는 것 같아 이리로 오라고 했네. 짐을 따라 공자전(工字殿)으로 들어가세."

건륭을 따라 들어간 궁전 안은 바깥 못지 않게 시원했다. 건륭이 내전으로 들어가 옷을 갈아입는 동안 몇 사람은 어좌를 두른 병풍 앞에 숙립하여 두리번두리번 실내를 둘러보았다. 통풍이 잘되게끔 사방에 커다란 창을 내어 대단히 환한 궁전을 살펴보니 벽에는 작품 하나 걸려 있지 않고 깔끔했다. 금전(金磚, 도금된 벽돌)을 깐 바닥은 그림자가 어른거릴 정도로 반들반들했고, 얇은 신발을 신은 발이 시원해질 정도로 차가웠다. 마음대로 움직이지는 못하고 고개만 돌려 둘러보고 있으니 건륭이 벌써 내전에서 나오고 있었다. 뭇새들이 일제히 날아오르는 날개 소리를 방불케 하는 소리를 내며 이들은 다함께 무릎을 꿇었다.

들어올 때는 미색 두루마기만을 입고 있었던 건륭은 금룡(金龍)을 수놓은 자주색 마고자를 껴입고 나왔다. 목에는 침향나무 향내가 나는 조주를 걸었고, 허리에는 백옥이 박힌 띠를 두르고 있었다. 관모는 쓰지 않고 왕치가 받쳐들고 있었다. 검정색 비단으로 된 단화를 신고 발소리를 쿵쿵 크게 내며 궁전 안을 거닐던 건륭이 악종기에게로 다가가 아래위로 훑어보고는 말했다.

"경은 아직 여전하구려! 그래, 끼니는 거르지 않고 잘 먹는 편인가? 연청, 자네의 심질(心疾)은 좀 차도를 보이는가? 짐이 하명하여 태의 둘과 내무부 태감 스무 명을 경의 부저(府邸)로 보내어 시중들라 했는데, 그리로 갔던가?"

둘은 급히 머리 조아려 사은을 표했다. 감동해서 울먹이는 목소리로 류통훈이 말했다.

"폐하의 하해와 같은 성은에는 눈물 흩뿌리며 감격해마지 않았사오나 사실상 친왕 대우에 다름없는 배려에 신은 그저 황감할 뿐이옵니다. 감히 태감은 곁에 둘 수가 없어 되돌려 보냈사옵고, 태의는 한 사람만 남게 했사옵니다. 폐하께오서 내리신 어사약주(御賜藥酒)를 마시고 병이라 할 것도 없는 신의 심질은 대단히 큰 차도를 보이고 있사옵니다."

류통훈의 말이 끝나자 이번에는 악종기가 커다란 종같이 크고 힘찬 목소리로 아뢰었다.

"폐하의 홍복 덕택에 신은 아직 하루에 쌀밥 세 그릇과 삶은 고기 두 근은 너끈히 먹어 없앨 수 있을 정도로 튼튼하옵니다. 폐하께서 윤허해주신다면 전장으로 나가 적들을 무찌르고 싶사옵니다!"

"고기 먹는 데는 기윤을 당할 사람이 없지."

건륭이 웃으며 푸헝과 아계를 건너뛰어 기윤을 향해 말했다.

"기효남, 자네는 어찌 명민한 사람이 그리 송곳으로 자기 눈을 찌르는 아둔한 짓을 하여 물의를 빚고 있는 겐가! 친붕호우(親朋好友)들을 불러 적당히 술잔 기울이며 즐기는 건 뭐라고 할 사람이 없거늘 경은 어찌하여 한 무리 어중이떠중이들을 청첩까지 내려 집으로 불러모아 질펀한 술자리를 만들었단 말인가? 도찰원의 어사들이 경이 대신의 체통에 어긋나는 부정한 행실을 보였노라며 탄핵문을 제출했네. 짐이 보류하고 있지만 석연치 않네."

기윤이 황공하여 연신 머리를 조아렸다.

"신이 죄를 청하옵니다. 어사들이 탄핵을 한 데 대해서도 이의가 없사옵니다! 신이 불민하여 쓰레기 같은 무리들이 들러붙게 되었음을 깊이 자책하고 반성하옵니다. 하오나 이번에 그자들을 초대한 것은 사실 두 번 다시 보지 않기 위함이었사옵니다."

"그게 무슨 소리인가?"

"음식상에 오른 주식은 발바닥의 각질을 소로 넣은 물만두였사옵니다!"

기윤이 덧붙였다.

"신이 백 명도 넘는 가인들더러 일제히 더운물에 발을 담가 각질을 벗겨내게 했사오나 그걸로는 부족했사옵니다. 그래서 아계에게 부탁하여 친병들의 묵은 때를 30근도 넘게 긁어왔사옵니다. 하오니 그 물만두를 먹은 자들이 두 번 다시 신의 문지방을 넘겠사옵니까?"

세상에 이런 기상천외한 일이! 기가 막힌 듯 멍하니 앉아있던 건륭이 드디어 이마를 치며 크게 웃었다.

"각질로 만두를 만들다니! 하하하……!"

"아유, 징그러워! 기효남은 진짜 괴물이옵니다."

푸헝이 욱욱 올라오는 구역질을 애써 참으며 말했다. 악종기는 수염을 떨며 웃었다. 그러자 아계가 변명하듯 말을 이었다.

"각질에 뭔가를 섞어 만병통치약을 만든다고 하길래 깜빡 속아 넘어가고 말았사옵니다. 워낙 대학문가이니 별 기괴한 걸 다 아는구나, 그 정도로만 생각했었사옵니다! 그네들이 자기네들이 먹은 고기만두가 각질만두인 걸 알면 아마 십년 먹은 걸 다 토악질 할 것이옵니다!"

사람들은 또 한바탕 웃어 젖혔다. 건륭이 왕치의 손에서 생사조관(生絲朝冠)을 건네 받아 머리에 썼다. 그리고는 웃음을 거두고 밀주함에서 꺼낸 두 통의 상주문을 푸헝에게 건네주었다.

"고항과 류용이 올린 밀주문인데, 둘다 장문(長文)은 아니니 돌려가며 읽어들 보게. 우연이라도 그런 우연이 있을까! 두 도수병 말일세. 하나는 감옥에서 행패부리는 죄수를 죽이고, 하나는 덕주에서 불한당을 죽였다네. 그리고 둘 다 기막힌 도화운(桃花運)이 트인 것 같고……."

이같이 말하며 어좌로 올라가 앉은 건륭이 온화한 기색으로 좌중을 둘러보며 말을 이었다.

"오늘 의사(議事) 내용에 대해선 어제 지의를 내려 고지했던 바 그대로이네. 부세(賦稅), 백련교(白蓮敎), 이치(吏治), 금천(金川)의 전사(戰事)에 대해 집중적으로 논의하고자 하네. 음, 그 밖에 나친에 대한 처벌 조항도 있고."

밀주문을 읽어보고 있던 푸헝을 비롯하여 모든 대신들의 시선이 건륭에게로 쏠렸다.

"나친과 장광사는 이미 풍대(豊臺)까지 압송되어 왔다고 하네."

건륭의 낯빛이 점차 서늘하게 식어가기 시작했다.

15. 사람 팔자

나친이 북경 근교에 도착해 있다는 사실을 전혀 모르고 있던 몇몇 군기대신들의 깜짝 놀라는 모습을 보며 건륭이 말했다.

"짐도 점심수라 때에야 보고를 받아 미처 경들에게 고지할 시간이 없었네."

꿰뚫을 듯 창 밖의 어딘가에 시선을 박고 있던 건륭이 혼자말을 하듯 나지막이 입을 열었다.

"붓대 놀리는 자나 갑옷 입은 자나 다 마찬가지야! 이치가 엉망이어서 난장판이요, 부세(賦稅)가 불균등하여 아우성이니…… 태양이 비추지 못하는 곳에 복분(覆盆)의 어둠이라. 더 이상…… 좌시할 수는 없어, 이대론 절대 안 돼……."

건륭은 다시 침묵을 지켰다. 서안 위에 놓여 있는 옥여의주를 만지작거리며 가끔씩 찻잔을 들어 조금 마시기도 하면서 대신들이 밀주문을 읽을 때까지 기다렸다. 돌려가며 다들 읽고 난 다음 푸헝이 두 손으로 밀주문을 받쳐 올렸다.

그제야 건륭은 명했다.

"이제 그만 자리에 앉게들. 의사에 앞서 짐이 쐐기를 박아두겠네. 나친은 문생들이 방방곡곡 그 어디에 아니 박혀 있는 데가 없네. 경들 중에도 나친과 다년간 차사를 같이 해온 사람이 있을 테지만 절대 그가 북경에 압송됐다는 기밀을 누설해서는 아니 되겠네. 법에 따라 그 죄를 엄히 물을 것이며, 죄가 정해진 연후에는 평소의 친소 관계에 따라 경들이 사적인 우애의 정을 베풀어도 상관하지 않겠네. 이를 어겼을 시에는 군기대신일지라도 짐의 용서를 받긴 힘들 것이네."

"폐하께오서 먼저 나친의 죄명을 정해주시는 것이 순서가 아닐까 사려되옵니다."

푸헝의 깊어진 미간을 보며 그가 뭔가 말문을 열기 힘든 속사정이 있을 거라고 생각한 아계가 먼저 입을 열었다.

"신들은 물론 입에 자물쇠를 굳게 채울 것이옵니다만 아니 땐 굴뚝에도 연기 나는 것이 요즘의 관가(官街)이옵니다. 조정에서 왕법에 따라 그 죄를 정명(定名)해 놓는 것이 바람직할 것 같사옵니다. 이는 신의 우견이오며 결과는 폐하의 성재(聖裁)에 따르겠사옵니다."

"임시변통의 계책이기는 하나 우견은 아니네."

건륭이 부드러운 눈매로 새내기 군기대신을 바라보았다. 그리고는 머리를 끄덕였다.

"미리 죄명을 정해놓으면 이 사건으로 인해 예기치 않던 다른 문제를 야기하는 일은 없을 테지. 푸헝, 경은 나친과 차사를 함께 한 시간이 가장 긴 사람이네. 정견의 일치와 상충을 거듭해왔고,

자청하여 금천으로 가기 전까지는 위치가 경을 앞섰던 나친이었으니 경이 대단히 조심스러울 줄로 아네. 짐이 경의 고충을 잘 알고 있으니 사심 없이 법대로 소신껏 임해주길 바라네. 경이 당당한 소신을 밝히는데 걸림돌이 되는 시시비비는 짐이 가려서 쳐내겠네."

진심으로 자신의 난감한 입장을 헤아려주는 건륭의 말에 푸헝의 가슴은 감격의 물결로 가득했다. 푸헝은 자리에서 나와 무릎꿇고 머리를 조아렸다.

"망극하옵니다, 폐하! 나친은 신과 더불어 폐하를 섬겨오면서 폐하에 대한 충정과 종묘사직에 대한 애정을 다하는 것에 있어서는 늘 뜻을 같이 했사옵니다. 타고난 성정이 과묵하고 차가워 다소 어둡고 편벽한 경향을 보이긴 했사오나 가끔씩 신은 그 성정이 기추대신으로서는 장점이 된다고 생각해 왔사옵니다. 이번에 금천 전사의 지휘봉을 받아 쥘 때까지 신은 그가 지금과 같은 최악의 상황을 몰고 올 줄은 꿈에도 몰랐사옵니다. 독단과 아집으로 일관하여 패망을 불러왔고 상사욕국(喪師辱國)의 죄를 솔직히 청하기는커녕 이를 덮어 감추고자 살인을 시도하여 기군(欺君)을 일삼고자 하였사오니 결코 정신이 제대로 박힌 사람의 소행이라 보기 힘들 것이옵니다. 자신에게 희망을 걸었던 모든 이에게 받아들이기 힘든 실망을 안겨준 것도 부족하여 폐하의 지인지명(知人之明)에 일격을 가했으니 밤중에도 벌떡 일어날 정도로 신은 절치(切齒)의 통한을 금할 수가 없사옵니다! 그 죄를 논한다면 기군이 먼저이고, 그 다음이 패전이라고 사려되옵니다! 종묘사직과 조정과 폐하의 체통에 먹칠을 한 그 죄를 결코 용서할 수가 없사옵니다!"

흥분에 떨며 격정을 토로하는 푸헝의 두 눈에서는 두 줄기 눈물이 굴러 떨어졌다. 궁전 안은 처연한 정적에 사로잡히고 말았다. 낭하로 불어드는 바람소리가 오싹하게 느껴졌다.

"물론 나친에게도 결코 쉽게 매장해버릴 수 없는 공로가 있사옵니다."

푸헝이 감정을 추스려가며 말을 이었다.

"영정하(永定河)의 제방을 견고히 하여 경사(京師)의 수환(水患)을 미연에 방지한 데는 나친의 공로가 크옵니다. 그 당시 신은 우매하게도 극구 반대를 했었사옵니다. 지의를 받고 내려가 하남, 강남, 산동 등 몇 개 성의 정무를 정돈하는 데 있어서도 그 노고를 인정받아야 할 숨은 공로가 있사옵니다. 이밖에 재해복구에도 전력하여 기민(饑民)들에게 조정신료로서의 두터운 신임을 심는 데도 공헌을 했다고 생각하옵니다……. 따지고 보면 죄도 무겁거니와 수십 년 재상 생애에 쌓아올린 공적도 결코 무시할 수가 없사옵니다. 만에 하나 용서를 받을 수 있다면 이것이 나친이 용서받을 수 있는 첫 번째 이유가 아닐까 하옵니다. 두 번째 이유라면 나친은 청렴하고 분에 넘치는 재물을 취하지 않기로 한결같았사옵니다. 그 동안 수만 냥의 은자가 오가는 굵직한 사건들을 처리해 왔으면서도 뒤가 그렇게 깨끗할 수 있을까 의심스러울 정도로 소매 속이 당당했사옵니다. 탐관오리들이 동면에서 깨어나 기지개를 켜고 있어 부현(府縣) 이상에는 청관(淸官)이 없다는 말까지 공공연히 나돌고 있는 실정이옵니다. 류통훈이 이치쇄신의 기치를 내걸고 강남으로 내려간 이 시점에 나친의 청렴함을 크게 부각시켜 그 죄를 면해준다면 관가의 기풍을 바로잡는데 도움이 되지 않을까 사려되옵니다. 셋째, 조정에는 '팔의(八議)'—〈주례(周禮)〉

에 근거하여 의친(議親), 의현(議賢), 의고(議故), 의능(議能), 의공(議功), 의귀(議貴), 의근(議勤), 의보(議寶) 등 여덟 가지를 논함으로써 중죄는 경벌로, 가벼운 죄는 가볍게 문책하는 것을 말함. 이는 귀족의 특권임—의 예가 있사옵니다. 나친은 어삐룽의 손자이자 효소인황태후(孝昭仁皇太后)의 외손(外孫)이오니 '팔의'를 적용시켜 그 죄를 가볍게 문책할 수도 있지 않을까 사려되옵니다."

이는 추호도 사심이 없는 나친에 대한 공정한 평가였다. 건륭은 귀기울여 듣긴 했으나 그리 마음이 동한 것 같진 않았다. 그러나 '청렴' 두 글자에 대해선 건륭으로서도 인정하지 않을 이유가 없을 것 같았다. 고개를 조정(藻井) 쪽으로 조금 들어 잠시 생각에 잠겨 있던 건륭이 말했다.

"집 앞에 황소 같은 사냥개를 매어놓고 사사로운 청탁을 밀어냄으로써 문전이 늘 차마(車馬)가 오가는 법 없이 한산했다지. 다소 억지스럽긴 해도 청렴하다고 봐주어야겠지. 경은 나친의 기군죄가 패전죄보다 먼저라고 했네. 사실 상사욕국의 죄도 결코 간과할 수 없는 죄목이네. 제갈무후(諸葛武侯, 제갈공명)도 눈물을 흩뿌리며 마속(馬謖)을 참(斬)했네. 그러니, 짐이라고 그리 못한다는 법도 없지 않은가?"

말을 마치고 고개를 숙이는 건륭의 입에서 땅이 꺼질 듯한 한숨이 새어나왔다. 한참 후에야 핏기가 없어 보이는 얼굴을 들며 건륭이 말했다.

"경들이 말해보게, 어떤 형벌을 내려야 할지."

"목을 쳐야 마땅하옵니다!"

악종기가 대담하게 입을 열었다.

"평생 사막에서 뒹굴어온 신이 보기에 이번 패전은 주장(主將)

의 목을 치지 않고선 그 책임을 물을 수가 없다고 생각하옵니다. 부하 장령들과 병사들의 마음속에도 저마다 저울이 있사옵니다. 어디서부터 어떻게 잘못되었는지는 지켜보는 옆 사람이 더 잘 아는 법이옵니다. 여기서 형벌이 불공정한 선례를 보인다면 앞으로의 전사에 걸림돌이 될 것이옵니다."

그러자 옆에서 아계가 거들고 나섰다.

"군주와 조정을 욕보인 죄는 필부 역시 매일반이겠사오나 천하의 모범이 되어야 할 훈척중신(勳戚重臣)일수록 그 죄는 더욱 용서할 수가 없다고 사려되옵니다. 하오니 이런 경우엔 '팔의'를 운운할 수 없다고 생각하옵니다! 손바닥으로 하늘을 가릴 수 없듯이 '청렴'이라는 두 글자로 그가 불러온 엄청난 재화(災禍)를 덮어주기엔 욕주욕국(辱主辱國)의 죄가 너무 크옵니다. 미련 없이 목을 쳐야 마땅하옵니다!"

머리 속에 생각만 몰려오면 골초의 본질이 나오는 기윤이었다. 군주를 대면하고 있다는 사실을 깜빡 잊고 곰방대를 꺼냈던 기윤은 스스로도 놀란 듯 곰방대를 재빨리 장화 속으로 다시 밀어 넣었다. 그러나 이미 건륭에게 들킨 뒤였다.

그걸 본 건륭은 빙그레 웃었다.

"오늘은 예외이네. 꺼내서 피게. 통풍이 잘 되는 곳이니 다른 사람에게 피해 안 주고 태울 수 있겠지?"

기윤이 허리 숙여 사은을 표하고는 사양할 필요는 없다는 듯이 곰방대를 다시 꺼내어 불을 붙이고 입에 물었다. 구름 뿜듯 연기를 토해내며 기윤이 입을 열었다.

"군법만 적용한다면 나친은 논할 여지도 없이 입참형(立斬刑)에 처해져야 마땅할 것이옵니다. 그밖에 그는 군주를 기만하려했던 '대불경(大不敬)'과 선언(善言)을 수렴하지 않고 독단과 아집으로 일관했다가 패배를 자초한 죄를 부하에게 떠넘기려 했던 '부도(不道)'…… 이 두 가지 죄가 있사옵니다. 이는 십악(十惡)에 포함되어 있는 죄목이옵니다. 이런 자를 살려두어야 할 이유가 어디 있겠사옵니까? 믿음이 깨진 인간관계는 박살난 거울이나 다름이 없다고 사려되옵니다. 설령 용서를 해준들 이제 다시 폐하께오서 그를 어찌 믿으시고 차사를 맡기실 것이오며 신들은 어찌 그를 전같이 대해줄 수가 있겠사옵니까? 또한 나친을 용서해주신다면 장광사는 어찌하겠사옵니까? 그도 야전 공훈을 인정받은 자이오니 '팔의'에 거론될 자격은 있지 않사옵니까?"

건륭에게 있어 나친은 군신이면서 그리 멀지 않은 친척 사이로 조금은 각별한 사이였다. 자신이 아직 황손일 때부터 나친은 입궐하여 글공부를 같이 해왔고, 자신이 황자로 장성했을 때 나친은 그 문하에 들어 차사에 진력해 주었었다. 그때의 추억이 어제 같은데 정작 칼을 휘둘러 목을 치려고 하니 건륭은 일말의 연민을 느끼지 않을 수 없었다. 솔직히 신하들의 의견에 따라 마음을 굳히게 될 것 같았다.

바로 이때 나온 기윤의 한마디는 나친에게 결정타로 작용했다. 나친은 위선자요, 은혜를 원수로 갚는 소인이다. 그러니 누가 감히 그런 자를 가까이 할 수 있겠는가? 이러한 뜻이 담긴 기윤의 말은 아직은 딱딱하게 굳어버리지 않고 있던 건륭의 마음에 응고제를 뿌렸던 것이다. 일말의 미련을 떨쳐 내며 건륭이 험악한 표정을 지었다.

"효남의 말이 맞네. 중산랑(中山狼, 의리 없고 양심 없는 자의 대명사)! 쓸모 없을 뿐더러 언제 다시 우리 모두를 해코지할 지 모르는 존재이지. 나친의 목을 치는 것은 이번에 금천에서 죽어간 장사(壯士)들에게 속죄하는 길이네!"

이렇게 해서 사실상 나친의 사죄(死罪)는 정해졌다. 대세는 이미 기울었고, 이제 남은 건 건륭의 체통을 어떻게 보호해 주느냐가 문제였다. 푸헝은 생각에 생각을 거듭하여 재삼 따져본 끝에 입을 열었다.

"이미 사죄(死罪) 결론이 났사오니 이젠 조정과 폐하의 부담을 최소화하는 쪽으로 그에게 죽음을 주어야 할 것이옵니다. 그 졸렬한 행각을 만천하에 공포한다는 것은 조정과 폐하의 권위에 커다란 타격을 가하게 될 것이옵니다. 나친이 자결을 하지 않고 저리 궁색하게 살아 돌아온 데는 제반 파장을 고려한 폐하께오서 후은(後恩)을 내리실지도 모른다는 요행심리를 품었던 것이 아닌가 하옵니다. 애초에 그는 금천으로 출발하면서 만약 패하고 돌아올 시에는 죽음을 내려 주십사 하는 내용의 군령장을 세웠사옵니다. 모든 걸 떠나 오로지 군령장에 따라 나친에게 자결을 권유하는 것이 어떨까 하옵니다. 이상은 신의 우견이었사오니 폐하의 성재를 부탁드리옵니다!"

"휴! 천고의 영웅 어삐룽에게서 저런 자손이 나왔다는 게 믿어지지가 않네. 저승에서 얼마나 수치스럽고 원망스럽겠나. 그 조부가 사용하던 보도(寶刀)를 내려 자결케 하고, 장광사는 풍대 대영으로 끌고 가서 정법에 처하도록 하게!"

나친의 사죄(死罪)가 정해짐에 따라 조후이와 하이란차는 드디어 억울한 '도주병' 딱지를 떼게 되었다. 류통훈이 말했다.

"조후이와 하이란차는 피치 못할 사연으로 전장을 떠나 만리 길을 도주하였사오나 몸을 사리지 않는 용맹함과 적들의 수중에 넘어갈세라 군향까지 챙겨 나온 그 충심은 일월을 우러러 한 점 부끄러움이 없다고 생각하옵니다. 신들은 곧 병부와 형부에 명하여 전국에 내려진 체포령을 거두도록 조치하겠사옵니다. 다만 두 사람이 각각 옥중에서, 덕주에서 저지른 사건은 이미 천하에 알려져 있사오니 응분의 죄를 물어야 할 것 같사옵니다."

"군주의 현명한 판결을 믿어 만리 길을 달려온 이 둘은 곧 짐의 관우(關羽)라고 해야겠네!"

나친의 죄를 묻고 나니 한결 홀가분해진 듯한 건륭이 자조 섞인 웃음을 지으며 말을 이었다.

"전에 무리들에 끼여 접견했던 것 같은데, 기억나는 바는 없네. 고항더러 하이란차를 예송(禮送)하여 귀경시키라고 이르게. 짐이 단독접견을 할 것이네. 그리고 두 관우가 고난의 길에서 맺은 좋은 인연을 축하하는 뜻에서 짐은 하이란차와 정아(丁娥), 조후이와 하운(何雲)에게 가례를 올려줄까 하네."

연극에서나 볼 수 있던 일이 현실에서 재연된다는 사실이 아계는 마냥 신기하기만 했다. 푸헝은 그 뜻을 헤아릴 수 없는 미소만 지을 뿐 말이 없었고, 류통훈과 악종기도 덤덤한 반응이었다. 그러나, 기윤은 취지는 나무랄 데가 없지만 때가 아니라는 생각이 들었다.

"개선하여 돌아온 장군에게 천자가 가례를 올려주는 건 천하후세들에게 널리 알려질 미담이 되기에 충분하옵니다! 대단히 유감스러운 것은 우리 군은 패배를 했사옵고…… 두 장군은 도망쳐온 불명예를 떨칠 수 없다는 사실이옵니다!"

이런 사실은 잠깐 간과했던 건륭과 여러 신하들이 공감하는 듯 고개를 끄덕였다.

"일리가 있네. 그럼 이 일은 짐이 나서지 않을 테니 경들이 알아서 처리하도록 하게!"

"소작세가 너무 높아 소작농들과 지주간의 갈등이 갈수록 심화되고 있사옵니다."

푸헝이 주제를 바꿔 아뢰었다.

"정아와 하운 두 여인의 경우에도 지주들의 횡포로 인한 피해자들인 것으로 밝혀졌사옵니다. 우연의 일치이긴 하옵니다만 두 장군 모두 비슷한 사건으로 인해 수난을 겪는 피해자들을 그대로 방치할 수 없어 개입했던 점은 인정해야 할 것이옵니다. 건륭 원년에 폐하께오선 '소작농은 지주의 땅을 빌려 경작을 할뿐 지주와 주종관계는 아니다'라고 분명히 지의를 내리셨사옵니다. 하오나 요즘은 지주가 소작농을 노예 부리듯 부려먹는 일은 다반사이고 고만청(高萬淸)처럼 백주(白晝)에 부녀자를 겁탈하는 행위도 비일비재하다 하옵니다. 신은 이를 결코 소홀히 치부해서는 아니 된다고 생각하옵니다. 마땅히 천하에 명조(明詔)를 내리시어 '지주와 소작농은 주종관계가 아님'을 재천명하셔야 할 줄로 아옵니다. 이는 민변(民變)을 근절하는 근본적인 대책이라고 사려되옵니다."

그러자 아계가 푸헝의 말을 보충하여 설명했다.

"자고로 약육강식은 동물의 세계에서만 통하는 건 아니옵니다. 지주와 소작농의 분쟁을 바라보는 시각도 조금은 달라질 필요가 있다고 생각하옵니다. 지주라 하여 무조건 패악무도하고, 소작농이라 하여 반드시 동정의 대상이 되어선 아니 될 것이옵니다. 지주 중에서도 일방의 향민들을 어육(魚肉)하는 악질지주들이 있는가 하면 모름지기 선행을 베푸는 사람들도 있듯이 우리가 흔히 약자라 일컬어 왔던 소작농들 중에도 이유 없이 소작세를 납부하지 않고 되레 지주를 협박하고 적반하장을 일삼는 부도덕한 자들이 있사옵니다. 동풍(東風)이 서풍(西風)을 누르든 서풍이 동풍을 덮치든 조정에서는 정책기반을 다짐에 있어 반드시 중립하여 양측 모두를 압제해야 할 것이옵니다."

잠시 숨을 돌리며 말을 이어나가려던 아계는 그러나 자신을 바라보는 푸헝의 눈빛이 석연찮음을 감지하고는 더 이상 입을 열지 않았다. 어디가 잘못된 걸까. 잠시 생각하던 아계는 그제야 자신이 본의 아니게 작패놀이의 용어인 동풍, 서풍을 입밖에 드러냈다는 사실을 깨닫고는 난감하여 어찌할 바를 몰라했다.

그러나 이를 개의치 않고 건륭이 웃으며 말했다.

"아계가 핵심을 찔렀네! 작패(雀牌) 용어까지 인용해가며 설득력 있는 발언을 했네. 이대로 정리하여 지의를 작성하게."

건륭은 잠깐 말을 멈추었다가 류통훈을 향해 물었다.

"강남에 부정에 연루되어 파직이 불가피한 부현(府縣) 관원들이 얼마나 되나?"

"총 일백 서른 네 명이옵니다."

류통훈이 대답했다.

"그 중 유임 가능한 자는 몇이나 되겠나?"

"열둘이옵니다."

강남성 전체 부현 관원들 중에 소행이 바르고 청렴한 관원이 십분의 일에도 못 미치다니! 총독이라는 자부터 조후이가 바쳐 올렸다는 군향 황금 5백 냥을 착복해버렸으니 그 밑의 도(道)와 사(司)의 부패는 더 말해서 무엇하랴 싶었다. 감출 수 없는 건륭의 불안을 들여다본 푸헝이 그 성정을 잘 헤아리는지라 아뢰었다.

"폐하, 강남(江南)은 천하에서 제일 가는 부유한 성(省)이옵니다. 염무(鹽務), 조운(漕運), 해관(海關), 하무(河務) 등 어디라 할 것 없이 은자(銀子)가 물같이 흐르고 있사오니 자연히 탐관들이 많아진 것이 아닌가 하옵니다. 지역적인 특성을 감안하셔야겠사옵니다. 다른 성에서는 이처럼 관원들의 부패가 심각하진 않을 것이옵니다."

"짐이 어찌 그걸 모르겠나!"

건륭이 냉소를 터트렸다.

"다른 성은 강남보다 가진 게 없어 탐관오리들이 불만이겠지! 연청, 자네는 류용에게 서찰을 보내게. 무호(蕪湖), 덕주(德州)에서의 차사는 대체로 만족스러우니 짐이 형부 시랑의 벼슬을 내린다고 전해주게. 사은을 표하고자 귀경할 필요는 없고 즉시 강남으로 내려가 황금 5백 냥을 누가 어디에 어떻게 유용했는지부터 조사에 착수하라 이르게. 총독에서 말단까지 혐의가 포착되는 자들에 대해선 가차없어야 한다고 단단히 일러두게. 푸헝, 자네는 고항에게 지령을 내리도록 하게. 덕주 사건에 발빠른 대응을 했고 현명한 판단이 돋보인다고 전하게. 위지(尉遲)와 피충신(皮忠臣)에 대해선 이미 압송하라는 지의를 내렸으니 이제부터 자신의 염정사 차사에 전념하라고 이르게. ……강서(江西), 하남(河南), 산서(山西), 섬서(陝西)에 관염(官鹽) 도둑들이 설친다고 들었네. 강남에는 관염이라고 눈가림하여 개인들이 소금을 매매하는 현상이 더욱 기승을 부리고 염고(鹽庫)에 검은 손을 뻗치는 자들도 많다고 하네. 이 모든 염정(鹽政)의 병폐를 극복해야 하는 고항의 어깨가 무겁다고 하게!"

염정을 둘러싼 비리가 이다지도 심각하다는 사실에 아계가 적이 놀라고 있을 때 류통훈이 자세를 고쳐 앉으며 말했다.
"신을 강남으로 보내주시옵소서, 폐하. 조후이의 군향 사건을 직접 파헤치고 싶사옵니다. 또한 절강성(浙江省) 일대에 출몰한다는 '일지화(一枝花)'를 뿌리뽑아 내치지 않는 한 폐하께오서 남순 길에 오르셨을 때 신변을 장담할 수가 없을 것이옵니다. 견자(犬子) 류용(劉鏞)은 아직 여러모로 부족하오니 신은 마음을 놓을 수가 없사옵니다!"
"그리 훌륭한 아들을 두고도 연청 자네는 아직도 만족하지 못한단 말인가?"
건륭이 웃으며 말했다. 그러나 곧 미소를 거둬들이며 한숨을 지었다.
"우명당이 몇 번이고 간언하여 짐의 남순을 말리고 있네. 만승지군(萬乘之君)이 쉬이 어좌를 떠선 아니 된다는 게 그의 지론이네. 또한 나라 안팎이 어지러울 때 외유를 나가는 것이 보기에 안 좋을 뿐더러 어가를 영접하기 위해 지방관들이 거금을 쓰니 백성들의 혈세만 축낸다는 이유를 들었네. 워낙에 창자가 직통인 사람이니 짐은 그 충정을 헤아려 생각을 고쳐해 보았었네. 하지만 국가의 재정중지(財政重地)인 강남이 여러 가지 문제점을 안고 있는데, 짐이 구중에 들어앉아 불성실한 자들의 보고만 받고 있을 순 없지 않은가? 강남의 걸출한 인문(人文)과 빼어난 문물도 구경하고 싶고……."
여기까지 말하고 건륭은 잠시 입을 다물었다. 강남의 '인문'이란 실은 한인(漢人) 문인, 묵객들을 가리키는 말이었다. 이곳은 전명(前明)의 고도(故都)였고 워낙 인재들이 회췌(薈萃)한 곳인지라 민심의 향방을 읽기엔 그만한 데가 없었다. 성조가 무려 여섯 차례나 남순하여 명(明)의 효릉(孝陵)을 참배하고 현지 유로(遺老)들을 접견한 것은 민심을 끌어안기 위한 고육지책의 일환이었다. 건륭 역시 남순을 통해 영향력 있는 한인들을 끌어당기고 견제하고 구워삶아 여론의 향방을 주도하는 데 긍정적인 역할을 하게끔 하려는 의도가 깔려 있었던 것이다. 그러나 마주하여 있는 다섯 신하 중 셋은 한인이니 자기네들의 짐작에 맡길 뿐 핵심을 찔러 말할 수가 없었던 건륭이 다소 괴이한 미소를 머금으며 말을 이었다.

"짐의 남순으로 인하여 지방관과 백성들에게 피해를 입히는 일은 더 이상 없을 거네. 백성들의 질고(疾苦)를 살피고 어미지향(魚米之鄕)으로서의 강남 경관을 감상하고 오는 데야 '거금' 쓸 일이 있겠는가? 연청, 자네가 먼저 강남으로 내려가고자 하니 짐은 그리 윤허하겠네. 경은 큰 틀만 짜주고 수사는 류용에게 맡기도록 하게. 간 김에 남경에서 몇 개월 동안 휴양하는 것도 나쁠 건 없겠지."

말을 마친 건륭은 곧 자리에서 일어났다.

신하들도 따라 일어나 예를 갖추며 작별인사를 고했다. 이들이 물러가자마자 즉각 나친의 목을 칠 것이며, 자신은 더 이상 나친을 볼 수 없다는 생각이 문득 들자 건륭은 갑자기 명치끝이 아파 왔다.

어좌에서 내려서서 일말의 상실감에 처연한 표정을 짓고 있으니 푸헝이 조심스레 다가와 물었다.

"달리 지의가 계시옵니까?"

"짐은 문득 떠오르는 바가 있네."

건륭이 속으로 한숨을 삼켰다. 애써 웃음을 지으며 진정한 속마음은 감춘 채 말했다.

"강남의 그 많은 부현 관원들을 파면한다면 후임자들의 선발이 시급한 실정이네. 경들더러 군기처에서 상의해 보라고 했는데, 어찌 됐나?"

건륭이 나친에 대한 죄를 묻고 후회하고 있는 걸로 추측하여 일순 당황했던 푸헝은 속으로 적이 안도했다.

"군기처 차원에서 의논해 본 적은 아직 없사옵니다. 신과 아계, 기윤 셋이서 머리를 맞대고 고민해 보았사옵니다. 내무부에는 현재 백여 명의 서무관들이 선발을 대기하고 있사옵니다. 모두 가난한 경관(京官)인 이들은 여기서 기약할 수 없는 햇볕 볼 날을 기다리느니 외관(外官)으로 나가고 싶어하옵니다. 이들을 강남으로 보내면 내무부에서 월례로 나가는 전량(錢糧)도 아낄 수 있어 재정부담이 훨씬 줄어들 것으로 예상되옵니다. 이는 폐하께 주청 올리고 결정해야 하는 만큼 신들이 철저히 비밀에 붙이고 있사옵니다."

그러자 건륭이 가볍게 코웃음을 쳤다.

"태감들이 벌써 다 알고 있는데도 비밀인가? 쓸만한 자리 차지하겠노라고 태후부처님에게까지 청을 넣는 자들이 있다고 하네. 여기저기 기웃거리며 청탁을 하는 자들이 많을 터이니 그것이 바람직할 것 같으면 서둘러 자리를 배정해주도록 하게. 두고 보게, 톡톡히 경을 치는 태감들이 있을 터이니! 본분을 망각한 자들을 결코 좌시할 수 없지!"

류통훈이 뭔가 할 말이 있는 듯 우물거리자 건륭이 말했다.

"주하고자 하는 게 있으면 주저하지 말고 해보게."

"신은 결코 타당한 조치가 못 된다고 사려되옵니다."

주름 굵은 이마를 더 좁히며 생각에 잠긴 채 류통훈이 아뢰었다.

"일선 관리들은 백성들을 가장 가까이에서 접하는 사람들이옵니다. 백성들은 자기네들의 질고를 누구보다 잘 헤아리는 부모관(父母官)을 필요로 하옵니다. 백성들과 부대끼며 살아온 경험이 있는 사람들을 부현관(府縣官) 자리에 앉혀야 마땅하옵니다. 정무엔 문외한이요, 자나깨나 돈밖에 모르는 내무부 서무관들을 먹을 것이 지천인 강남으로 파견한다는 것은 백성들로선 배터진 이리떼를 겨우 쫓아내니 굶주린 호랑이들이 쳐들어 온 격일 것이옵니다."

류통훈의 말이 끝나기도 전에 건륭은 벌써 껄껄 웃고 있었다. 류통훈을 향해 흡족한 표정으로 머리를 끄덕여 보이고 나서 건륭이 말했다.

"누군가에게서 이런 말이 나오길 기다렸네. 푸헝, 자네들이 고안해냈다는 방법은 바로 이렇게 직격탄을 맞아버렸네. 창피하여 얼굴 붉힐 것 없네! 연청은 역시 짐의 의중을 제대로 헤아리는 고굉이네. 그 노성모국(老成謀國)의 지혜와 선견지명을 신하들 뉘라서 따를 수 있겠나!"

그러자 푸헝이 깊숙이 고개를 숙였다.

"내무부 서무관들은 종실의 황친들과 왕래가 빈번하오니 관품은 보잘것없사오나 누구 하나 호락호락한 존재는 아니옵니다. 그들의 입김에 놀아나 감히 백성들의 명운을 저당 잡히려고 했던 신들의 졸렬함을 문책하시고 죄를 내려주시옵소서."

"차사가 바쁘다 보면 잠시 헷갈리는 수도 있지. 이런 경우는 처음이니 짐이 죄를 묻진 않겠네. 교훈으로 삼길 바라네."

이같이 말하며 건륭은 곧 자리를 떴다.

영대를 떠나며 건륭이 시계를 보니 신시(申時) 정각이었다. 등 뒤에서 따르던 왕치가 승여를 드는 태감들을 향해 말했다.

"폐하께오서 태후부처님께 문후 여쭈러 가실 것이니 담녕거로 떠날 차비를 하거라!"

그러자 그때까지 무표정하던 건륭이 손사래를 쳤다.

"짐이 좀 산책을 하다 갈 터이니 승여를 한 쪽으로 세우고 기다리거라."

"폐하, 날씨가 변덕을 부리는 것이 곧 비가 쏟아질 것 같사옵니다!"

왕치가 아첨 어린 웃음을 띠우며 말을 이었다.

"부처님전의 진미미가 두 번씩이나 다녀갔사옵니다. 폐하께오서 늦으시오면 부처님께서 기다리실까 염려하며 돌아갔사옵니다. 오늘은 필히 군국대사(軍國大事)를 논의하셨나보옵니다. 뵙기에 대단히 피곤해 보이옵니다."

그러자 건륭이 일갈을 했다.

"피곤해서 이렇게 산책하는 게 아닌가! 그런데, 군국대사니 어쩌니 하는 말은 너희들이 입에 올릴 바가 아니니 두 번 다시 짐의 귀에 들리지 않도록 조심하거라. 짐이 너희들을 벼르고 있으니 몸가짐, 마음가짐을 똑바로 하거라!"

단단히 일러두고 건륭은 숲속 산책길을 따라 담녕거 방향으로 걸음을 떼었다. 가슴이 철렁하도록 혼이 난 왕치는 감히 바싹 따라 오지도 못하고 그렇다고 너무 멀리 떨어질 수도 없는지라 어중간한 거리를 조절하느라 진땀을 뺐다. 건륭이 시야에서 잠깐 사라질 때면 이들은 다리를 후들대며 허겁지겁 찾느라 가다, 서다를 반복해야만 했다.

우거진 나무숲 때문에 하늘이 제대로 보이진 않았지만 잔뜩 흐려 있는 것 같았다. 서쪽에서는 우렛소리가 간간이 들려 오기 시작했다. 건륭은 머리 속이 복잡하게 헝클어져 심사가 무거웠다. 그러나 하나하나 끄집어 내어보아도 꼭 이거다 싶게 마음에 걸리는 것은 없었다. 그렇다면 마음은 왜 이리 무겁기만 한 것일까. 건륭은 두서없이 생각하며 천천히 숲 속으로 빨려들었다.

숲속은 갈수록 어두웠고 이름 모를 새들이 저들만이 알아들을 수 있는 언어로 교감하며 이 가지에서 저 가지로 옮겨다니며 놀고 있었다. 풀섶의 벌레들도 이에 뒤질세라 뚝뚝 뛰어다녔다. 멀리서 보기에 푸르다 못해 검은 나뭇잎들이 무성한 숲 속으로 길게 뻗은 오솔길은 마치 가느다란 줄이 그어져 있는 것 같았다. 걷고 또 걸으니 길옆에 누워있는 와호석(臥虎石) 하나가 시야에 들어왔다. 순간 그는 데인 듯한 짜릿한 전율에 몸을 떨었다. 건륭은 아직 나친의 그림자를 완전히 떨쳐 내지 못했고 의식적으로 나친을 생각하고 있었던 것이다.

검정과 노란색이 사이사이 섞여 있는 이 와호석은 그리 크지 않았다. 웬만한 사람 키 높이 정도였다. 신통하게 생긴 네 다리를 굽혀 반쯤 엎드려 있는 돌은 머리도 꼬리도 야성이 느껴지는 두 눈도 영락없이 호랑이를 닮은꼴이었다. 건륭은 소싯적에 늘 이 와호석을 타고 내리며 놀았고, 나친과 숨바꼭질을 할 때면 곧잘 이 뒤에 숨어 있곤 했었다. 나친과 그 당시 총관태감이었던 장만강은 늘 건륭이 호랑이 등에 탈수 있게끔 등을 대주었고 떨어질세라 두 손을 맞잡고 전전긍긍했다. 장난기 다분한 건륭이 불안하고 초조해하는 그 모습이 재미있어 일부러 떨어지는 비명 소리라도 낼 때면 나친은 화들짝 놀라며 두 팔을 크게 벌리곤 했었다……

사람 팔자 83

그러던 나친이 지금은 풍대에 수감되어 있다. 그리고 이제 곧 숨을 거두게 될 것이다. 자신을 한 번만 배알하고 싶다며 간절하게 애원해 왔으나 그 청을 들어주는 대신 자신은 자살을 명하여 칼을 보냈다……. 여기까지 생각이 미친 건륭은 마음이 밑으로, 자꾸만 밑으로 추락하는 것만 같았다. 어느새 안색도 창백해져갔다.

잠시 걸음을 멈추어 와호석을 바라보던 건륭이 지나간 추억을 떠올리며 괴로워하고 있을 때 갑자기 돌 뒤에서 가느다란 여자의 흐느낌 소리가 들려왔다. 입을 틀어막아 겨우 새어나오는 울음소리는 어두운 숲속에 서 있는 건륭으로 하여금 등골이 오싹하게 했다.

마음을 다잡고 무성한 잡초를 손으로 가르며 조심스레 다가간 건륭은 또 한번 놀라고 말았다. 호랑이 허리에 기댄 채 손수건으로 입을 막고 흐느껴 우는 사람은 다름 아닌 내낭(睞娘)이었던 것이다. 걸음을 멈춰선 건륭이 놀라게 할세라 가볍게 기침을 했다.

"내낭아, 어인 연으로 그리 슬피 우는 게냐? 그것도 이리 으슥한 곳으로 나와서 곡을 하니 짐이 깜짝 놀란 게 아니냐!"

"폐하!"

놀라긴 내낭도 마찬가지였다. 황공한 나머지 그대로 엎어지듯 엎드려 머리를 조아리며 기어들어가는 소리로 답했다.

"별, 별일…… 아니옵니다……. 소인이…… 자기 성화에 못 이겨 그만……."

"네가 지금 짐을 속이려 드는 게냐?"

건륭이 웃고 있었다. 그렇지만 일부러 목소리를 무섭게 했다.

"짐이 모든 걸 다 알고 있느니라!"

눈물방울을 턱에 건 내낭의 작은 얼굴이 창백했다. 두려움에 찬 눈빛으로 건륭을 바라볼 뿐 감히 말은 못하고 입술만 달싹거렸다. 그리 마음을 두지 않았던 건륭은 그 모습을 보며 도리어 뭔가 사연이 있을 것 같은 생각이 들어 정색을 하며 물었다.

"대체 무슨 일이냐고 묻지 않았느냐? 어찌 대답을 않는 게냐. 황후가 네 머리를 올려주겠노라고 짐과 약조를 했거늘 뭐가 문제더냐?"

건륭의 추궁에 내낭은 고개를 떨구었다.

"부처님께오서 방금 소인을 부르셨사옵니다······."

"부처님께오서?! 너를 찾아 계셨단 말이냐?"

"부처님께오선 노비에게 위청태(魏淸泰)네 집에는 몇 살에 들어갔으며 나올 때는 몇 살쯤 됐었느냐고 하문하셨사옵니다."

내낭이 눈물을 닦으며 말을 이었다.

"노비는 당연히 이실직고하였사옵니다. 나중에 부처님께오선 다시 위청태의 외손(外孫)인 여등과(黎登科)가 무슨 병으로 몇 살 때 죽었느냐고 엄히 하문하시며 똑바로 대답하지 않으면 노비를 완의국(浣衣局)으로 보내버린다고 하셨사옵니다. 전에······ 금하(錦霞)라는 노비가 폐하를 유혹하여 경을 쳤다고 하시면서······ 노비는 똑바로 답변만 올리면 때리지도 내쫓지도 죽이지도 않을 것이라 하셨사옵니다······. 폐하! 여등과는 자기네 사촌누이랑 죽마고우의 정을 나누는 사이였사옵고, 죽을 때 열 다섯 살밖에 안 됐었사옵니다······. 이는 위청태네 집에서 다 아는 사실이옵니다. 노비는 그 당시 아홉 살밖에 안 된 채소 씻는 일을 맡은 계집종이었사온데, 설마 무슨 일이 있었겠사옵니까? 폐하······ 폐하께오선······ 노비가 폐하께 바친 몸은 깨끗했다는 걸 누구보다 잘 아시지 않사옵니까······."

애타게 하소연하는 내낭의 눈에서는 연이어 눈물이 줄줄 흘러 내렸다.

숲속이 마치 한밤중처럼 어두워졌다. 꽈르릉! 우렛소리가 머리 위에서 터지며 후두둑후두둑 굵은 빗방울이 떨어지기 시작했다. 그러나 워낙 숲이 우거지고 우산 같은 나뭇잎들이 하늘을 덮고 있어 건륭이 아직 빗방울을 감지하지 못하고 있을 뿐이었다. 우렛소리에 겁을 먹고 허겁지겁 달려오던 왕치 등은 대수롭지 않게 서 있는 건륭을 보고는 다시 먼발치로 물러갔다.

건륭의 낯빛은 잔뜩 흐린 하늘 아래의 어두운 숲속보다 더 어둡게 변해갔다. 입을 힘껏 다문 그의 볼 근육이 두드러졌다. 일국(一國)의 지존(至尊)이 3천 궁녀를 마음대로 데리고 노는 건 하늘이 내린 권한이거늘 누가 감히 그 계집에게 노골적인 불만을 드러낸단 말인가! 황후? 아니다. 황후가 그럴 리는 없어. 침석지환(枕席之歡)에는 관심이 없고 오로지 어진 황후로 남고 싶어하는 부찰씨였다. 내낭에게 머리를 올려주겠다고 약조한 사람도 황후였다. 그렇다면 태후? 건륭은 설마 태후라고는 생각하고 싶지도 않았다. 비록 내낭이 불려갔다고는 했지만 그건 어디까지나 자식을 아끼는 어머니의 애정일 뿐 추호도 다른 뜻은 없었을 것이다...... 분명이 두 사람이 아닌 누군가가 자신의 홍분지기(紅粉知己)인 내낭을 해치려는 음모를 꾸미고 있다고 건륭은 생각했다. 잠시 후 건륭이 말했다.

"내낭아, 울음을 멈추거라. 네가 깨끗한 계집임은 짐이 아느니라. 짐이 너를 보호해 줄 테니 걱정 말거라!"

말을 마친 건륭은 큰소리로 불렀다.

"왕치, 거기 있느냐!"

"찾아 계셨사옵니까, 폐하!"

부름을 받은 왕치는 날듯이 달려와 고꾸라지듯 무릎을 꿇었다.

"하명하여 주시옵소서. 소인이 즉각 분부에 따르겠사옵니다."

"누가 부처님 면전에서 내낭을 씹어대는지 색출해내거라!"

"그리하겠사옵니다, 폐하!"

"내무부에 지의를…… 아니, 황후의 의지(懿旨)를 전하거라. 내낭은 오늘부터 궁녀가 아닌 의빈(儀嬪)으로 승격되며, 이름은…… 음, 위가씨(魏佳氏)라 부르게 될 것이다……. 한군기(漢軍旗) 소속이었으나 이제는 만주정황기(滿洲正黃旗)로 적(籍)을 옮긴다!"

"예? ……예! 알겠사옵니다. 하오나 그리되면 위청태네도 따라서 적을 옮기게 되는 것이옵니까?"

잠시 생각하던 건륭이 말했다.

"덕분에 신분상승을 하게 해주지. 정신이 제대로 박힌 자들이라면 다신 말썽을 일으키지 않겠지."

건륭이 다시 명령했다.

"내낭을 황후마마의 처소로 데리고 가서 짐의 지의를 전하거라."

너무나 파격적인 대우에 그때까지 넋 나간 표정을 짓고 있던 내낭은 미처 사은의 예를 갖추지도 못한 채 왕치를 따라나섰다.

숲을 나선 다음에야 건륭은 비가 제법 내리고 있다는 걸 그제야 알 수 있었다. 나뭇잎을 우산 삼아 태감들이 입혀주는 대로 팔을 벌려 우비를 입고 다리를 들어 유화(油靴)를 신고 난 건륭은 빗줄기 굵은 빗속을 성큼성큼 걸어 담녕거로 향했다.

붉은 돌계단 위에서 우비를 벗으려 하니 태감들이 우르르 달려

나와 아뢰었다.

"부처님께오서 안으로 드시어 갱의(更衣)하라 하시옵니다. 밖에서 찬 기운을 맞으시면 감기 드실라 염려하시옵니다!"

건륭은 머리를 저을 뿐 아무런 대꾸도 없이 밖에서 옷을 벗고 신발을 털었다. 그리고는 궁전 안으로 들어갔다.

강희 말년부터 이곳은 줄곧 황제가 여름철에 신하들을 불러 정무를 논하는 곳이었다. 궁전 안의 구조며 배치는 여전히 옛날 모습 그대로였다. 건륭이 들어서자 태감, 궁녀들이 가볍게 "만세!"를 외치며 무릎을 꿇었다.

"다들 일어나게."

건륭이 시선을 두는 둥 마는 둥하며 손사래를 쳤다. 그리고 지시했다.

"태후마마께서 이곳에 처소를 두고 계시는 동안은 수미좌를 정전에 들여놓는 건 어울리지 않으니 사람들을 불러 다른 데로 옮겨 놓도록 하라."

말을 마치고 동난각으로 들어서니 태후를 시봉하던 나라씨와 뉴구루씨가 자리에서 일어나 몸을 낮춰 문후를 올렸다. 그밖에도 쉰 살은 넘은 것 같아 보이는 귀부인이 공손히 예를 갖추었다. 다리가 긴 둥근 탁자 위에 지패가 널려 있는 걸로 보아 이들은 지패놀이를 하고 있던 중인 것 같았다. 건륭은 태후를 향해 인사를 올렸다.

"강녕하시옵니까, 어마마마!"

태후는 웃는 듯 마는 듯 기분이 그리 좋아 보이지는 않았다. 탁자 위의 지패를 쓸어모으며 말했다.

"그만 일어나세요, 황제! 비가 많이 내려 오늘은 문후 올리러 오지 않아도 좋다고 저들에게 일렀더니 황제께서 벌써 이리로 출발하셨다고 합니다. 혹시 비를 맞지는 않았습니까? 이곳은 숲이 하도 무성하고 어두워서 난 혼자선 감히 들어가 산책할 엄두를 못 내겠더군요. 만금지체(萬金之體)입니다. 기아무개가 그러지 않습디까, '천자는 모서리에 앉지 않고 변두리로 행하지 말아야 한다'고. 신하들의 진심 어린 주청에 귀를 기울이시는 게 좋겠습니다. 선제께오서…… 미력해지신 것도 여기서 뭔가에 놀라 경기를 일으키시면서 그랬지 않습니까? 아무리 황제께선 하늘이 살펴주시고 복이 큰 사람이라고는 하지만 그래도 조심하여 나쁠 건 없을 겁니다."

"소자는 오늘 의정시간이 길어 머리를 식힐 겸 잠깐 산책길에 올랐던 것입니다. 수행이 많았사오니 염려 거두십시오."

궁중 안팎으로 신경 쓰는 일이 많아 머리가 복잡했으나 모친 앞에 오면 건륭은 마음이 더없이 편했다. 태후의 말에 일일이 머리를 끄덕여 조심하겠노라 대답하며 건륭이 덧붙였다.

"지난번 어마마마께서 분부하신 청범사의 불상에 대한 도금작업을 곧 착수할 것입니다. 국고에서 은자를 지출할 순 없사오니 소자는 내무부에 지의를 내려 황장(皇莊)에서 공납하는 은자에서 일부를 출자하라고 하명했습니다. 어마마마의 맘에 드시게끔 잘 해놓겠습니다. 공사가 끝나는 8월에는 어마마마를 직접 모시고 가서 부처님전에 향불을 사르겠사옵니다!"

말을 마친 건륭은 어린애처럼 미소를 지어 보였다.

태후 역시 웃으며 입을 열었다.

"내무부에서도 금을 배설하고 은을 토해내는 그 무슨 특별한 재주가 있는 건 아니지요. 방금 전에도 조사신(趙司晨)이라는 자가 다녀갔는데, 어찌나 우는 소리를 하는지 거지가 따로 없습디다. 직예(直隷), 북경 근교, 승덕(承德)의 흑산(黑山), 카줘 지역이 재해를 입어 올해는 흉작이라지요? 카줘는 우리 친정의 땅인데, 안타까운 마음에 올해는 은자를 공납하지 않아도 좋다고 내가 이미 분부를 내렸습니다. 그러니 황장이라도 뭘 바라겠습니까?"

건륭은 태후의 말을 듣자마자 화가 났다. 이는 강남으로 외임 발령을 받고 싶어하는 내무부 서무관들이 이런 식으로 태후에게 청을 넣어 자신에게 압력을 주고 있는 게 틀림없다고 생각했다. 애써 화를 가라앉히며 건륭이 웃는 얼굴로 말했다.

"현명한 처사이십니다! 하오나 내무부 그자들의 말을 다 들을 필요는 없으십니다. 그자들은 모두 기인(旗人)이어서 태어나자마자 황량(皇糧)을 배급받기 시작했고 이제는 6품의 봉록까지 받는데, 아직 먹여 살릴 식구도 없는 것들이 그리 궁색할 리가 있겠습니까? 강남성 각 부현의 빈자리는 백성들의 질고를 피부로 느낀 서민 출신의 선비를 파견하자는 대신들의 의견을 수렴하여 그리하기로 했습니다."

그러자 표정이 한결 부드러워진 태후가 말했다.

"이 늙은이가 앉은뱅이처럼 들어앉아 뭘 알겠습니까? 대신들의 뜻이 그러하다면 여부가 있겠습니까, 따라야죠. 하지만 기인들 중에는 처지가 궁색한 사람이 꽤 있다 합니다. 한 달에 두 냥밖에 안 되는 월례로 어느 코에 바르겠습니까? 아무튼 잘 되어야 할 텐데……."

"소자도 대안을 마련해보고자 줄곧 노력하고 있었습니다!"

어느새 다시 사리 밝고 인정 많은 어마마마로 돌아와 있는 태후를 보며 적이 마음이 놓인 건륭이 조심스레 말을 이었다.

"차사를 맡긴들 똑 부러지게 합니까? 비옥한 땅을 내어주니 경작을 합니까? 정말로 골치 아픈 이들입니다. 흐물흐물 삶은 호박처럼 물러 터져 놀고먹는 데만 이골이 난 자들이죠. 도무지 동정이 안 갑니다."

그러자 태후가 한숨을 내쉬었다.

"내가 애신각라(愛新覺羅) 가문에 시집온 지도 벌써 40년이 다 되어 갑니다. 선제께서도 기인들 얘기만 나오면 그리 진저리를 치셨죠! 어미가 불경스러운 말을 좀 할 것 같으면 황제께선 이 어미가 보기에 선제와 성조에 비해 현명하십니다. 천하가 태평스럽고 부족함이 없을 때 서둘러 기인들을 사람으로 만들어야 합니다. 기인들은 조정의 근본입니다."

건륭은 태후의 말에 공감했다. 팔기인들에 대한 조정의 그늘이 그들을 누워서 받아먹고 손가락 하나 까딱하지 않고 향유하는 데만 익숙해지게끔 만든 것이다. 하지만 이제 와서 조상들의 규칙을 뜯어고친다면 팔기의 분열을 불러올뿐더러 황위도 보장받지 못할 위험에 직면할 것이다. 무슨 수로 이들의 혈관 속에서 흐르는 영웅 선조들의 피를 비등(沸騰)하게 만든단 말인가? 잠시 생각하고 난 건륭이 입을 열었다.

"소자가 어찌 감히 선제, 성조와 그 현명함을 비견할 수가 있겠습니까? 성조께선 삼번(三藩)의 난 때 도해(圖海), 주배공(周培公)에게 3만 기인을 딸려보내어 불과 열이틀만에 차하얼의 반란을 잠재웠고, 반년도 채 안 돼 섬서와 감숙 두 개 성을 탈환하는 데 성공했습니다. 성조 때의 기인들은 용감했습니다. 전사(戰事)가 있는 한 기인들이 진작할 수 있는 기회는 있을 것입니다. 아무리 좋은 보도도 장시간 사용하지 않으면 녹이 슬 듯이 기인들도 장구한 태평세월에 무기력해진 것 같습니다. 이번에 소자는 금천에서 훌륭한 두 장군을 건졌습니다. 묘하게도 그들은 둘 다 기인입니다!"

건륭이 이같이 말하며 조후이와 하이란차에 대해 주렁주렁 자랑을 늘어놓았다. 그런 다음 덧붙였다.

"아계 역시 전쟁터를 종횡무진 누비던 장군 출신으로서, 이제는 나라의 동량으로 굳건히 자리잡은 경우입니다! 서부 전사가 하루 이틀 사이에 끝날 게 아니오니 이런 식으로 기인들을 키워가다 보면 어제의 영광이 그리 멀기만 한 것은 아닐 것입니다."

태후가 연신 머리를 끄덕이며 흡족해했다. 건륭이 한 쪽에 서 있는 귀부인에게 시선을 두며 궁금해하는 눈치를 보이자 태후가 그제야 말했다.

"위청태의 아낙이네. 또한 우리 뉴구루씨 가문의 문하인지라 문후 올리러 들었다가 지패놀이를 하는데 한 사람이 모자라서 잠깐 끼었던 것이네."

"오, 위청태라?"

건륭이 머리를 끄덕이며 물었다.

"위청태는 여전한가?"

황제가 자신에게 시선을 돌리사 황감한 나머지 여인이 급히 무릎 꿇어 머리를 조아렸다.

"예, 폐하! 소인의 남정네 위청태는 나이 80을 바라보는 고령임에도 아직 아침마다 무예연습을 할 정도로 정정하옵니다!"

처음으로 황제의 하문을 받는 여인의 답변은 궁인들이 듣기에 황당할 정도였다. 긴장하여 말은 따발총이요, 예의는 전혀 갖춰지지 않았다. 천자(天子)가 기거(起居)를 하문하였으니 먼저 사은을 표하고 위청태를 대신하여 문후를 여쭈는 것이 아랫것이 갖춰야 할 예의였다. 하지만 여인은 당황한 바람에 모두 잊고 말았던 것이다. 궁인들이 고개를 숙여 몰래 키득키득 웃었으나 건륭은 전혀 개의치 않는 표정이었다. 태후를 일별하며 건륭이 위씨를 향해 말했다.

"내낭은 입궐하여 황후의 인정을 받고 짐의 총애를 한 몸에 지니면서 곧 의빈으로 승격하게 되었네. 내낭이 위씨 성을 따라 위가씨로 개명하였으니, 자네들도 원님 덕에 나팔 불게 되었네. 나중에 따로 지의가 내려지겠지만 먼저 위청태에게 이 희보(喜報)를 전하도록 하게."

내낭이 귀인(貴人), 상재(常在), 답응(答應)의 단계를 단숨에 뛰어넘어 한낱 보잘것없는 궁인에서 하루아침에 빈(嬪)으로 승격되었다는 사실은 태후를 비롯한 모두에게 충격으로 다가왔다. 내낭이 성총을 얻어 자기네 가문에 보복해올 것을 두려워하여 태후의 면전에서 내낭의 품행을 흠집내기에 바빴던 위씨부인이었다. 귀비 뉴구루씨 역시 내낭이 성총을 입어 황자라도 생산하는 날엔 자신이 총애를 잃어 자신의 아들의 전정에 막대한 지장을 초래할 것이라는 두려움에 황후나 태후의 면전에서 내낭을 헐뜯어왔다. 태후도 뉴구루씨도 위씨도 잠시 넋을 잃은 표정이었다. 유독 나라씨만은 전에 건륭과 당아의 밀회장면을 목도하고 당아를 괴롭히려 들었다가 건륭에게 혼이 난 적이 있는지라 감히 싫은 내색은 하지 못했다. 위씨가 얼빠진 사람처럼 길게 꿇어있자 나라씨가 나섰다.

"너무 좋아 정신을 놓아버렸는가? 어서 폐하께 사은을 표하지 않고 뭘 하는가!"

"망극하옵나이다…… 폐하!"

"이제부터 자네 위씨 가문도 외척의 반열에 들었네."

건륭이 뿌연 물안개 속에 가늘어진 빗줄기를 바라보며 평온한 말투로 입을 열었다.

"다른 빈비들과 마찬가지로 매달 한 번씩 입궐하여 문후를 올려야 할 것이네. 자네의 가문에 대한 안 좋은 풍문은 짐도 들었네. 과거지사는 내낭도 용서를 해줄 것이니 모두 덮어 버리고 이제부터라도 내낭을 잘 섬기도록 하게. 두 가지를 명심하게. 첫째, 내낭의 영욕은 곧 위씨 가문의 영욕이라는 것. 둘째, 관직에 있든 없든 자제들의 단속을 엄히 해야 될 걸세. '국구'의 신분을 등에 업고 하룻강아지 범 무서운 줄 모르고 설쳤다간 불나방 신세를 자초하게 될 것임을 분명히 일러두네. '국구'들의 본보기인 푸헝을 따라 배우라고 하게. 무슨 말인지 알겠나?"

땀이 비오듯 흐르는 위씨의 이마는 벌써 퍼렇게 멍이 들어 있었다. 그래도 아픈 줄 모르고 연신 쿵쿵 머리를 찧어가며 위씨가 대답했다.

"알다마다요, 폐하! 이 천한 것이 오늘 같은 영광스런 날이 올 줄은 정말 꿈에도 몰랐사옵니다……. 폐하의 훈회를 명심하여 내낭…… 요 썩을 수둥아리! 의빈을 높이높이 받들어 모시겠사옵니다!"

"그래야지."

건륭은 흡족한 표정이 되었다.

"부처님과 짐을 알현했으니 이제 그만 황후전으로 가서 문후 여쭙게. 그리고 자네의 새주인 의빈의 처소에도 찾아가 예를 갖추도록 하게."

분부를 마친 건륭이 이번에는 나라씨와 뉴구루씨를 향해 고개를 돌렸다.
"두 귀비도 황후의 처소로 가서 황후를 즐겁게 해드리고, 의빈도 찾아 경하의 말을 해주는 것이 도리일 걸세!"
세 여인은 각자 다른 심사를 안고 일제히 머리를 조아렸다.
"망극하옵니다, 폐하……."

16. 궁중의 여인들

세 여인이 물러가고 동난각에는 태후와 황제 모자만 남아있었다. 궁녀들이 탁자 위를 정리하려고 다가서자 건륭이 지시했다.
"놔두고 모두 서패전으로 물러가 있거라!"
그리고는 다기(茶器)들만 진열해 놓은 조그마한 탁자 위에서 은병(銀甁)을 내려 친히 냉차를 따라 태후에게 두 손으로 받쳐 올렸다. 그런 다음 지패들을 차곡차곡 정리하며 건륭이 말했다.
"지패 모서리가 다 닳아 보풀이 이는데도 이것들이 새 걸로 바꿔 올리지 않고!"
"심심풀이 삼아 할만한 것으로는 지패놀이만한 것도 없는 것 같습니다."
태후가 웃으며 말을 이었다.
"어젯밤에도 삼경(三更)이 넘을 때까지 상주문을 어람하셨다고 하면서요? 수침에 드시는 시간이 너무 늦습니다. 곤하실 텐데 매일 이렇게 문후 올리러 오시는 것도 이 어미는 안쓰럽기만 합니다."

그러자 건륭이 웃으며 말했다.

"지체 있는 여염집에서도 아들들은 매일 어머니께 문후를 여쭙는 것이 예의이자 본분입니다. 소자는 매일 어마마마를 뵙는 것이 즐겁기만 합니다. 문무백사(文武百事)가 가닥이 풀리기 시작할 올 가을에는 꼭 어마마마를 시봉하여 남으로 내려가 볼까 합니다. 조용한 암자에서 3일 동안 그 어떤 구애도 받지 않고 어마마마랑 단둘이서 지내면서 천가(天家)에선 보기 드문 천륜지락(天倫之樂)을 만끽하게 해드리고 싶습니다."

태후의 청우표(晴雨表)를 가늠하는데 있어 건륭은 선수였다. 태후는 대단히 즐거운 표정을 감추지 않았다. 대영침(大迎枕)이라는 큰 베개에 비스듬히 기댄 채 한 손에 찻잔을 들고 태후는 희색이 만면했다.

"성조께서 여섯 번씩이나 남순 길에 오르셨어도 그때 이 어미는 한낱 측복진(側福晉)에 불과했는지라 선제를 따라갈 분복이 없었지요. 성조를 수행하여 다녀오신 선제께서 그러시는데, 서호(西湖), 단교(斷橋), 뇌봉탑(雷峰塔), 영은사(靈隱寺), 수서호(瘦西湖), 홍교(虹橋), 소진회(小秦淮)…… 또 무슨 진회의 월색(月色), 전당강(錢塘江)의 밀물…… 등등은 경관이 그렇게 수려하고 황홀하여 화폭에서 보는 것보다 열 배는 더 멋있더라고 하시더군요! 홍교 위에서 맞은 일몰과 이십사교(二十四橋)에서 본 월색에 반한 나머지 낙불사촉(樂不思蜀, 머물고 있는 곳이 너무 좋아 집에 가는 걸 잊어버리다)하셨다지 뭡니까……. 그렇게 근엄하기만 하신 분이 껄껄 소리까지 내어 웃으시면서 즐거워하시는 건 처음 봤습니다. 시까지 읊조리시면서!"

모친이 흥에 겨워하는 모습을 보며 건륭이 비위를 맞춰주었다.

"아바마마께서 그때 읊조리셨다는 시를 소자도 기억하고 있는 걸요……."

말을 마친 건륭은 잠시 기억을 더듬더니 이윽고 조용히 읊기 시작했다.

이십사교 다리 밑에 일엽편주 두둥실,
홍상(紅裳)자락 아련하여 물에 닿을 듯.
봉숭아 얼굴 화사하여 뭇 시선 잡는가,
낮은 울타리에 구침(鉤針) 꽂힌 봉황이 곱구나.

이어서 또 한 수를 연거푸 읊었다.

쪽진 머리에 기대어 시 한 수 읊으니,
청완(淸婉)의 글소리에 시녀들이 우르르.
홍엽어구(紅葉御溝)는 과거로 흘러간 옛일,
다시 쓰는 시화(詩話)에 오늘이 있네.

다 읊고 난 건륭이 말했다.

"매문정(梅文鼎)이라고 하는 성조께서 아끼시던 신하였는데, 성조께서도 천문, 지리, 문학, 산수를 두루 정통하였다 하여 높이 치하하셨던 사람이 쓴 시입니다……."

이같이 말하던 건륭은 문득 '홍엽어구(紅葉御溝)'라는 시어에서 내낭을 느끼고는 말끝을 흘렸다. 의아스러워 하는 태후를 보며 한참 후에야 건륭은 다시 입을 열었다.
 "작은 우성룡(于成龍)이 홍교에 서원(書院)을 만들었는데 굉장하다고 합니다. 그때 가서 거기도 둘러보고……."
 담홍이 도도해 보이던 건륭이 갑자기 침울해졌다. 고개를 갸웃하던 태후가 조심스레 그 낯빛을 살피며 물었다.
 "황제께서 오늘 장시간 의정을 하셨다더니 갑자기 피곤이 몰려오나봅니다. 못다한 얘기는 나중에 하도록 하고 돌아가 쉬세요."
 "소자는 곤한 건 아니옵고 심사(心事)가 있어서 그러하옵니다."
 건륭이 급히 대답했다. 태후가 내내 즐거워하는 모습을 보며 사실 건륭은 내색은 하지 못했지만 마음이 무거웠다. 미리 태후에게 아무런 언질도 없이 갑자기 내낭을 빈으로 봉했으니 태후가 불쾌할 건 자명한데 이를 해명해야겠고 또한 나친에게 죽음을 내렸다는 사실도 태후는 아직 모르고 있었다. 비록 나친을 주살하는 건 태후가 소이(所以)를 논할 수 있는 일이 아닌 엄연한 국사(國事)라지만 필경 나친의 아버지와 태후는 사촌남매지간이었던 것이다. 혈통을 중요시하는 태후로선 충격 그 자체일 것이다. 그렇다고 아무런 언급도 없이 나친을 주살했다간 조용히 넘어갈 태후가 아니었으니 자칫 노한 음성이 궐 밖으로 나가는 날엔 자신의 '효제천자(孝悌天子)'의 명성은 하루아침에 물 건너가게 될 터였다. 두 가지 일을 양손에 들고 무게를 가늠하던 건륭이 힘든 얘기부터 꺼내기로 했다. 잠시 망설이던 끝에 건륭은 길게 탄식하며 입을 열었다.
 "나친에 대해선 이미 판결이 내려졌습니다. 소자는 이미 어삐룽의 보도(寶刀)로 자살을 하라고 하명했습니다."

"뭐라……?"

반쯤 누워 있던 태후가 흠칫 떨며 일어났다. 찻잔의 물이 사방으로 튀었다. 곧게 앉아 탁자를 더듬어 찻잔을 올려놓으며 입술을 실룩이는 태후의 낯빛이 점점 창백하게 변했다. 잠시 멍하니 건륭을 바라보며 태후가 힘겹게 물었다.

"이미 지의를 내린 상태입니까?"

"예, 어마마마……."

"푸헝 등의 견해입니까?"

"아닙니다……. 그네들은 소자가 부리는 아랫것입니다. 결단은 소자가 내리는 겁니다."

"전혀 만회할 여지가 없겠습니까?"

"후명(後命)을 기다리지 말라고 지의를 내렸습니다."

"그래도…… 천자가 아니십니까! 다시 뒤집을 수도 있지 않습니까?"

태후의 얼굴은 핏기 하나 없어 보였다. 손으로 가슴을 지그시 누른 태후가 떨리는 목소리로 말했다.

"나친은 황제의 외삼촌의 적맥(嫡脈)입니다. 일등공작(一等公爵)의 대를 이어갈 그 가문의 유일한 아들입니다……. 늘 차사에 빈틈이 없다며 황제께서 높이 평가해 오지 않으셨습니까? 다른 사람과 비할 데 없는 둘만의 정분과 그가 여태 쌓은 공로를 염두에 두시어 생각을 고쳐 하셨으면 합니다……. 아녀자가 간여할 바는 아니지만 정작 듣고 나니 입다물고 있을 수만은 없습니다……. 대청 개국 이래 아직 재상을 주살한 예는 없습니다! 커룽둬는 모역을 꿈꾼 자입니다. 그러나 성정이 불같으신 선제께오서도 영구 감금으로 벌하셨을 뿐 주살하진 않으셨습니다. 이는 태조 때부터 내려온 불문율입니다……. 어미의 말이 길어지는 것은 나친도 나친이려니와 황제의 사필(史筆)이 염려되어 노파심에서 이러는 겁니다. 사람머리는 아홉 번을 잘라먹는다는 부추가 아닙니다. 떨어지면 아교로도 붙일 수가 없습니다."

건륭은 태후의 간절함을 누구보다 잘 알고 있었다. 해마다 사형수들을 처결할 때를 전후하여 태후는 늘 재계(齋戒)하고 향을 사라 죄를 빌곤 했었다. 또한 가능하면 목숨만은 살려주라고 재삼 당부했다. 솔직히 나친을 단죄하고 나서 건륭은 마음이 납덩이처럼 무거웠고 태후가 청을 드는 이 순간에도 약간의 흔들림이 있는 건 사실이었다. 그러나 나친을 주살하지 않으면 금천 전사는 포기하는 수밖에 없을 터였다. 나친에 대한 불신과 분노가 팽배해 있는 병사들의 사기를 북돋워주지 못하는 한 조정을 우습게 여기는 사뤄번에 의해 대군은 패배를 거듭할 수밖에 없었다. 건륭의 표정은 한없이 음울하고 처연해 보였다. 태후의 말에 울먹이는 목소리로 응답했다.

"어마마마의 심정은 소자가 헤아려마지 않습니다. 바로 소자는 한 나라의 국운을 어깨에 짊어진 천자이기에 더더욱 나친을 용서할 수가 없습니다. 기군죄는 차치하더라도 6만 원혼의 분노가 충천하온데, 어찌 이를 도외시 할 수가 있겠습니까? 용맹한 우리 병사들은 바로 나친이라는 무능하고 독선적인 인솔자에 의해 그야말로 부추 잘리듯 죽어갔습니다! 미물의 생명까지 더없이 소중히 여기시는 대자대비하신 어마마마십니다. 6만 명의 목숨이 그래 나친 한 사람의 생명보다 못하단 말씀이십니까? 어떤 경우에도 대신들을 주살하지 않겠노라 철석같이 약조한 송(宋) 태조(太祖) 조광윤(趙匡胤)의 강산이 뒤죽박죽이 된 건 목잘릴 두려움 없는 대신들이 백성들을 쥐잡듯하고 그네들에게 기생하는 흡혈귀로 전락해 갔기 때문이 아닙니까? 어마마마, 설마 소자가 조광윤처럼 오명을 뒤집어쓰길 원하시는 건 아니시겠지요?"

"……."

"송나라를 엎어버린 건 몽고인이 아니라 썩을 대로 썩어문드러진 문무백관들이었습니다."

서서히 설득 당하는 태후의 처연하지만 순해 보이는 표정을 일별하며 건륭이 말을 이어 나갔다.

"몽고대군이 송나라의 마지막 황제를 망망대해로 내쫓았을 때 그 황제는 아직 연치가 어렸다 합니다. 몽고대군의 배가 점점 포위망을 좁혀오는데도 재상 육수부(陸秀夫)는 배 위에서 어린 황제를 품에 안고 〈중용(中庸)〉을 강독해 주었다고 합니다. 나중에 자신의 처자와 아이들이 탄 배가 먼저 가라앉는 걸 보며 육수부는 어린 황제를 안고 바다로 뛰어들었다고 전해지고 있지 않습니까……. 어마마마, 혹시 그 전투를 지휘한 몽고장군이 누군지 알고 계십니까?"

머리를 절레절레 가로젓는 태후의 두 눈에 눈물이 안개처럼 서려 있었다.

"장홍범(張弘範)이라는 자입니다."

철모르는 어린 황제의 비참한 종말을 떠올리며 가슴이 뭉클해진 건륭이 젖은 목소리로 말했다.

"장홍범 그자는 원래 송나라의 장군이었으나 원나라에 투항하여 다시 자신의 옛 주인을 치러 왔던 것입니다. 송을 멸하고 나서 그자는 추호의 양심의 가책도 없이 어린 황제가 죽어간 바다 근처의 바위에 '장홍범이 이곳에서 송나라를 멸망시킴[張弘範滅宋於

此]'이라는 글을 새겼다고 합니다! 그 배은망덕하고 비열한 자를 이가 갈리도록 증오한 어떤 사람이 옆자리에 그 필체를 똑같이 모방하여 '송나라의 장홍범이 이곳에서 송나라를 멸함[宋張弘範滅宋於此]'이라는 글을 남겼다고 합니다. 누군가 두찬(杜撰, 꾸며냄)한 얘기가 절대 아닌 진실입니다! 소자는 우리 대청에 장홍범 같은 적자(賊子)가 나타나지 않게끔 하기 위해 국궁진력(鞠躬盡力)하고 있습니다!"

건륭의 간절한 하소연이 미처 끝나기도 전에 태후는 벌써 손수 건으로 눈시울을 찍고 있었다. 건륭을 향해 머리를 끄덕여 보이며 태후가 한숨을 토해냈다.

"어미도 그리 막무가내는 아닙니다……. 스스로 자기 눈을 후벼 팠으니 옆에선들 어쩌겠습니까……."

그러자 건륭이 다시 태후를 위로했다.

"부처님께서 그리 생각하시니 소자는 종묘사직(宗廟社稷)과 삼군장사(三軍壯士), 억만 백성들을 대신하여 대자대비하신 부처님께 심심한 경의를 표합니다. 나친도 구천(九泉)에서 이를 알면 감명을 받을 것입니다……. 나친은 아들이 없으니 그 일등공작의 벼슬을 이등으로 강등하여……. 그의 둘째형 처령에게 내리는 것이 어떻겠습니까?"

그러자 태후가 무겁고 길게 탄식을 토한 다음 합장하며 눈을 감고 말했다.

"아미타불 관세음보살! 늙어 불민한 어미를 더 추하게 만들지 말고 황제께서 통촉하시어 결정하세요……. 아녀자가 뭘 안다고 왈가왈부하겠습니까. 바깥세상은 성조, 선제 때와도 크게 달라져 있으니 이 어미가 아니라 효장부처님(효장태후)께서 환생하신다고 해도 요리하실 엄두를 못 내실 겝니다. 바깥뿐만 아니라 난 궁중살림에서도 그만 손을 털고 싶습니다. 다만 황후가 칠재팔병(七災八病)을 이기지 못하고 시름시름 하고 있으니 손을 완전히 놓아 버릴 수도 없네요. 자금성과 이곳 창춘원, 그리고 열하의 피서산장 등 몇 곳의 금원(禁苑)들이 성조 때보다 덩치가 훨씬 커졌습니다. 태감, 궁녀들도 몇 배는 늘었을 거고요. 바깥의 소음이 안으로 들어오지 못하게 단단히 막아야 할 것이며, 내언(內言)이 밖으로 새지 않게끔 철벽을 둘러야 할 것입니다."

"지당하신 말씀입니다!"

태후가 내언외언(內言外言)을 운운하는 것은 내낭에 대한 이 사람, 저 사람의 바깥소리에 본인의 마음이 어지러웠었다는 뜻을 비추고 있는 것이라 생각한 건륭이 말했다.

"소자 역시 당치도 않은 소문을 들었습니다. 내낭에 대해서 말입니다. 청청백백하여 수채화 같은 여자가 몰염치하고 부도덕한 족속으로 오해받는 것도 '바깥의 소음' 때문이 아니겠습니까. 궐내살림을 맡고 있는 태감들 중에서도 고대용 같은 사람이 몇 명만 더 있어도 걱정이 없을 텐데 말입니다. 복의가 있는 곳에 신분 있는 궁빈들이 없으니 고대용을 육궁(六宮)의 총관태감으로 승격시키고 복의를 이쪽으로 불러와 궁무를 요리케 하는 것이 바람직할 것 같습니다. 궐내의 궁무에 대해 큰 틀은 역시 부처님께 보고 올리고 그 뜻에 따르겠으나 사소한 일은 소자가 황후와 상의하여 결정하도록 하겠습니다. 하오니 어마마마께선 자질구레한 궐내 궁무에 염려치 마시고 본인의 영양(榮養)에만 몰두하시면 되겠습니다. 염원하시고 소망하시는 바가 있으시면 은자 걱정 마시고 소자에게 효도의 기회를 주십시오. 소자는 어마마마로 하여금 즐겁고 건강하신 백세를 맞게끔 효도하는 것이 최고의 낙이라고 생각합니다."

건륭의 지극한 효심의 말에 태후는 다시 처음처럼 웃음꽃을 활짝 피우며 즐거워했다. 이제는 달리 욕심도 미움도 없는 태후였다. 그저 하루하루가 무사태평하게 흘러가기만을 바랄 뿐 특별히 정무에 관심이 있어 누구와 척을 지거나 어느 한 사람을 책잡아 분풀이를 하고자 하는 마음은 추호도 없었다. 내낭에 대해 귓전이 어수선하던 차에 불러 몇 마디 주의를 주고 돌아서니 건륭이 그를 빈으로 파격적인 대우를 해주자 조금은 불쾌한 생각이 들었으나 그마저 이젠 깡그리 떨쳐버리고 말았다. 태후가 말했다.

"내낭 그 아이 참으로 불쌍하고 가여운 아이라면서요? 십 몇 년 동안 남의 집에서 갖은 학대를 당하며 살았는데, 입궐해서까지 고되게 살게 하면 안 되죠! 황제의 처사에 감명을 받았습니다. 내일 이 어미에게 데려다 인사시키세요, 후한 상을 내릴 테니까요!"

그사이 문득 뇌리를 스치는 생각이 있었다. 건륭은 태후의 밝은 표정을 슬쩍 살피며 말을 늘어놓았다.

"궐내의 궁무에 있어 소자가 불현듯 떠오르는 생각이 있습니다. 혼인할 나이가 찼고 그 동안 열성껏 시중들어온 궁녀들은 어마마마께서 주선하시어 좋은 인연을 맺어주는 것이 어떨까 합니다……. 전정이 밝은 문무관원들 중에서 짝을 선발하여 어마마마의 자은(慈恩)을 입어 연리(連理)를 맺게 해주심이 좋을 것 같습니다. 이밖에 후궁들은 귀녕(歸寧, 친정으로 가다)할 수 없다는 규정이 있사오나 소자는 그 규정을 적당히 개연성 있게 지켜가야 한다고 사려됩니다. 따져보면 그네들도 효도해야 할 부모가 있고 아껴주어야 할 형제자매가 있는 칠정육욕의 인간입니다. 소자는 매일이다시피 어마마마께 문후를 올리면서도 아직 만분의 일의 효심도 다하지 못했사온데, 그네들은 연연월월(年年月月) 심궁(深宮)에만 폐쇄되어 있으니 비록 여염집에선 감히 상상치도 못할 부귀를 누리고 있다곤 하나 천륜의 낙에 목말라 있을 게 아닙니까? 어마마마께서 의지(懿旨)를 내려주시면 소자가 명을 받들어 그네들을 친정으로 보내어 당일에 다녀오게끔 하겠습니다. 이 역시 천인(天人)이 공감할 자비로우신 선행이 아니겠습니까?"

"그럼요, 그럼요! 황제께오선 참으로 사려가 깊으신 분입니다!"

태후가 크게 공감하여 박수까지 쳐가며 좋아했다.

"이일은 성조께서 본보기를 보이셨죠. 애석하게도 그 뒤론 후궁들이 이런 복을 누리지 못했습니다. 이 어미도 궁인으로 입궐하여 심궁에서 살아왔으니 저네들의 말못할 속사정을 누구보다 잘 압니다. 효장부처님 때부터 지금껏 환갑을 넘긴 후궁들은 단둘밖에 없습니다. 물론 여러 가지 인과가 있겠으나 천륜과 멀어진 상심도 크지 않았겠습니까? 황후에게도 의지를 내려 친정인 푸헝네 집을 자주 드나들 수 있게끔 윤허하겠습니다. 아녀자로 태어나 친정이 그립지 않은 사람이 어디 있겠습니까?"

태후를 위로하여 기분을 전환시키는데 성공한 건륭이 자리에서 일어섰다.

"그럼 소자는 이제 그만 일어나야겠습니다. 황후가 담(痰)이 끓어오른다고 하더니 다시 좋아졌다 합니다. 어의(御醫)들이 믿음을 주지 못하니 어찌된 영문인지 가봐야겠습니다. 불란서(프랑스)에서 서양삼(西洋蔘)을 보내왔습니다. 부처님께 몇 근 취해

올리도록 하겠습니다. 고려의 산삼이랑 약성(藥性)이 다르다고 하오니 태감들에게 먼저 먹여 보고 나서 부작용이 없으면 어마마마께서 복용하십시오. 황후에게는 감히 권하기가 저어됩니다 ……."

말을 마친 건륭은 곧 물러 나왔다. 등뒤에서 태후의 송경(誦經) 소리가 들려왔다.

　　나무허뤄다나, 두어루어예예, 두어루어두어루어, 쥐이주쥐이주, 머루어머루어, 후루어훙허, 허수다나, 훙퍼머나, 쑤어퍼어허…….

무슨 내용인지 잘은 알아듣지 못했으나 건륭은 태후가 나친의 영혼의 초탈(超脫)을 비는 불경을 읽고 있음을 짐작할 수 있었다. 못내 암담한 마음에 처마 밑의 돌계단 앞에서 한참 멍하니 가느다란 우렴(雨帘, 비의 장막)을 바라보고 있던 건륭이 한참 후에야 고개를 숙이고 말없이 승여에 올랐다.

황후는 담녕거에서 서쪽으로 조금 떨어진 도녕재(道寧齋)에 처소를 정하고 있었다. 붉은 벽에 노란 기와, 비첨(飛檐, 날아갈 듯 사방으로 뻗은 처마)이 멋진 궁전이었다. 궁궐 주변에는 사방으로 철벽같은 참천(參天) 대수(大樹)들이 우무(雨霧) 속에 옹기종기 떨치고 서 있었다. 담녕거보다 웅장하고 거대한 멋은 없었지만 거북등처럼 봉긋한 둔덕에 지어져 대단히 견고해 보였다. 건륭은 황후의 처소를 러시아의 동궁(冬宮)을 본 딴 '크렘린궁'에 정했으면 했다. 그러나 황후는 동궁이 서늘하긴 해도 한백옥(漢白玉)으로 도배되어 너무 차가운 느낌을 줄뿐더러 주위의 서양식 건물들이 맘에 들지 않는다며 이곳 도녕재 궁전을 고집했다.

도녕재는 원래 재궁(齋宮)이었다. 옹정이 폭사(暴死) 전에 창춘원에서 귀신이 들린 적이 있었다. 화친왕(和親王) 홍주(弘晝)는 이를 가사방(賈士芳)의 원혼이 작괴(作怪)하여 그러는 것이라고 간주하여 강서(江西) 용호산(龍虎山)의 진인(眞人)인 루사선(婁師亘)을 불러 바로 이곳에서 법술을 시행해 마귀를 진압했다. 그 뒤로 궁중에서는 유사한 사고가 종적을 감추었고, 홍주는 특별 주청을 올려 이곳 거북등 위에 '도녕궁(道寧宮)'을 짓게 되었는데 나중에 '도녕재'로 개명했던 것이다.

궁을 지키고 있던 태감이 멀리서 승여를 발견하고는 날 듯이 달려들어가 알렸는지라 건륭이 승여에서 내려설 때는 황후를 시중드는 태감 진미미가 벌써 우비를 챙겨들고 종종걸음으로 달려 나오고 있었다. 비 한 방울 맞을세라 서둘러 우비를 입혀주며 진미미가 아뢰었다.

"태국에서 공납한 이 유의(油衣)는 오리털을 얇게 누볐는지라 아무리 큰비에도 샐 염려가 없다 하옵니다! 무더운 여름철이지만 의복이 젖은데다 바람까지 불면 뼛속까지 추위가 스며들 것이옵니다……."

건륭이 미소를 지은 채 그 주절거림을 들어준 다음 물었다.

"자네의 황후마마는 지금 뭘 하고 계신가? 점심은 드셨는가?"

"황후마마의 식욕이 오늘만 같으셨으면 좋겠사옵니다! 점심은 평평하게 담은 쌀밥 한 그릇에 양순대, 두부찜 요리를 양껏 드셨사옵니다!"

건륭의 옆에서 조금 떨어져 측면으로 비켜 걸어가며 비에 젖은 꽃이며 나뭇가지들을 젖혀 건륭에게 길을 안내하며 진미미가 말을 이었다.

"황후마마께서 오늘 기분이 대단히 좋아 보이십니다. 나라귀비 마마와 뉴구루귀비마마께서 새로이 의빈으로 봉해진 내낭 귀인에게 경하의 예를 갖추고자 들어 계시옵니다. 마침 문후 올리러 들었던 푸샹의 부인도 비 때문에 갇혀 계시옵니다. 황후마마께서는 이분들과 담소를 즐기시면서 음식을 드셨사옵니다!"

당아도 들어와 있다는 말에 건륭이 잠시 놀라는 듯했다. 발걸음을 멈추지 않고 걸어가며 건륭이 물었다.

"역시 진씨가 수라간에 들었는가?"

"오늘은…… 아니옵니다. 황후마마께오선 주자(廚子) 정이(鄭二)가 만든 음식이 비위에 맞으신다고 하시면서 진 귀인더러 손에 물을 묻히지 말라고 하셨사옵니다. 진 귀인은 폐하의 수라를 섬기는 분이온데, 자칫 황후마마의 입맛에 맞추려들다 보면 폐하의 수라상에 올리는 음식에 손맛이 달라질 수가 있다고 극구 말리셨사옵니다……"

그 말을 들은 건륭이 발걸음을 멈추었다. 자신을 향한 부찰씨의 깊은 마음에 코끝이 찡해졌던 것이다. 언제 보아도 근검하고 소박하고 자애롭고 성격이 화평한 부찰씨는 삼천 궁녀들도 모자라 밖에서 이 꽃 저 풀 건드리고 다니는 자신에게 언제 한번 싫은 소리를 하는 법이 없었다. 성총을 독차지하려고 질투하는 법 없이 큰 덕을 베풀어오던 부찰씨가 이같이 사소한 일에도 자신을 위해 유의해주니 가슴이 뭉클해졌다. 자신이 실언을 하여 건륭이 화가 난 줄로 안 진미미가 황급히 손으로 입을 틀어막았다. 이에 건륭이 한번 히죽 웃어 보이고는 다시 발걸음을 떼며 말했다.

"정이에게 육품정자를 하사한다는 지의를 내무부에 전하거라. 짐과 황후는 적체(敵體, 신분이 대등함)이다. 자네는 황후의 사람이니 품질(品秩)이 복의와 대등하게 5품 정자를 하사하겠다. 이는 태감으로선 극품(極品)이지. 하는 걸 봐서 남령자(藍翎子) 화령(花翎)을 상으로 내릴지도 모르지……."

이같이 말하며 걸어가니 벌써 도녕재 적수첨(滴水檐) 밑에 몇몇 여인들이 나란히 나와 서 있는 게 보였다. 나라씨와 뉴구루씨, 진씨, 내낭과 당아일 터였다. 건륭은 곧 분부했다.

"가서 황후마마께 아뢰거라. 밖에 비바람이 거세니 궁전 밖으로 걸음 하실 거 없다고."

"예, 폐하!"

전혀 뜻밖의 노다지에 가슴 터질 듯한 흥분을 애써 주체하며 진미미가 빗길에 무릎꿇어 사은을 표했다. 예를 행하고 팽이처럼 돌아서던 진미미가 돌 위의 이끼를 밟고 미끄러져 넘어지고 말았다. 빗물을 사방에 튀기며 철썩 엉덩방아를 찧고 난 진미미는 경황 없는 와중에도 다시 벌떡 일어나 궁전으로 달려들어갔다. 낭하에서 어가를 맞고 있던 여인들이 손수건으로 입을 가린 채 깔깔거리며 웃었다. 건륭이 다가오자 이들은 일제히 무릎을 꿇어 일치하지 않은 앵성연어(鶯聲燕語)로 문후를 올렸다.

"강녕하시옵니까, 폐하!"

"그럼, 그럼! 어서 일어나 안으로 들게!"

건륭이 손시늉을 해 보이며 궁전으로 들어갔다. 황후는 벌써 난각에서 나와 건륭에게 행례했다. 그리고 여인들에게 손짓했다.

"외전(外殿)에서 그러고 서 있지 말고 어서들 들어와 폐하를 즐겁게 해드리게."

말을 마친 황후가 이번에는 건륭을 향해 입을 열었다.

"영대에서의 의정 시간이 길어 대단히 피곤하실 줄로 아옵니다.

저녁에 영영의 처소를 찾으실 거라고 들었사옵니다. 마침 진씨가 들어있사오니 수라상을 차려 올리라 분부할 것이오니 여기서 수라를 드시고 가시옵소서. 그쪽의 주방은 집기가 잘 구비되어 있지 않은 걸로 알고 있사옵니다."

과연 황후는 기색이 평소보다 건강해 보였다. 건륭이 만족한 웃음을 머금었다.

"오늘 아침에 담이 끓는다고 하여 염려했는데, 안색은 좋아 보이오."

자상한 눈매로 황후를 지그시 바라보던 건륭이 서안 위에 그림이 그려져 있는 도화지가 펼쳐져 있는 걸 보고는 다시 물었다.

"어디서 누가 들여보낸 그림이오?"

이같이 물으며 시선은 당아를 쓸어보고 있었다. 당아가 얼굴을 붉히며 급히 고개를 숙였다. 그사이 황후가 말했다.

"이는 고화(古畵)가 아니오라 공부에서 내무부에 올린 원명원(圓明園)의 설계도면이옵니다. 한밤중에 여러 빈비들이 원명원의 새 모습을 미리 보고싶다고 하여 보내라고 했사옵니다."

건륭이 미소를 머금은 얼굴로 머리를 끄덕여 보였다. 그리고는 온돌 마루 옆에 비치되어 있는 의자에 내려앉으며 말했다.

"황후는 좌선을 즐기니 온돌로 올라가 앉고, 나머지는 편한 대로 자리하세. 오늘은 이것저것 구애받지 말고 자유로운 분위기였으면 하네."

이같이 말하며 건륭은 다시 당아에게로 시선을 던졌다. 주변의 시선도 잊은 채 한참을 지그시 바라보던 건륭이 다가가 손으로 만지며 입을 열었다.

"흰 머리카락이 보이는 것 같네, 유심히 뜯어보지 않으면 잘

궁중의 여인들 111

안 보이긴 하네만."

말을 해놓고 그제야 어색한 분위기를 감지한 건륭이 자신의 실수를 덮어 감추기라도 하듯 급히 웃으며 말을 이었다.

"복령안(福靈安)이 지난번 부처님께 문후 올리러 들었을 때 보니 시위라서 그런지 제법 늠름하고 풍채가 의연하더군. 벌써 열여덟이라고? 부처님께서 대단히 귀애(貴愛)하셨네. 나라씨의 넷째공주도 미려하고 단아하게 잘 자랐던데, 짐은 두 사람을 맺어주는 게 좋을 듯 싶네. 물론 이 일은 태후의 의지(懿旨)를 반영한 것이지만 황후의 뜻도 중요하지!"

당아는 자신을 바라보는 건륭의 타는 듯한 눈빛이며 알 듯 말 듯한 표정 뒤에 숨어있는 애정의 그림자를 확인하고는 건륭이 아직 자신을 잊지 않았다는 사실에 가슴이 뛰고 얼굴이 달아올랐다. 귀밑머리를 살짝 귀 너머로 넘기며 공손히 예를 갖췄다.

"태후부처님께오서 견자(犬子)를 귀애하신다니 소첩은 황감하여 몸둘 바를 모르겠사옵니다. 황후마마, 부디 은혜를 내리시어 사혼(賜婚)하여 주시옵소서."

당아는 마치 향대에 홍촉이 꽂히듯 부찰씨를 향해 무릎을 꿇었다.

"일어나시게!"

황후가 자상하게 웃으며 말을 이었다.

"태후마마의 자명(慈命)이신데, 내가 어찌 윤허를 아니할 수가 있겠나? 나라 아우, 자네는 어찌 생각하는가?"

건륭과 당아의 풍류정사를 누구보다 잘 알고 있는 나라씨가 이 혼사를 마다할 리가 없었다. 시위인 푸헝의 두 아들 복령안과 복륭안이 명절 때마다 태후를 알현할 때 얇게 드리워진 발 저편에서 본 적이 있는 나라씨였다. 둘 다 푸헝을 닮아 훤칠하고 준수한 소년들이었다. 태후의 명에 따라 황제와 황후의 윤허를 받아 홍성가도를 달리고 있는 푸헝네와 사돈을 맺는다는 것은 그녀 역시 기쁨에 겨워 가슴이 터질 일이었다. 그러나 이럴 때일수록 당아처럼 천박하게 촐싹대서는 안 된다는 것이 나라씨의 생각이었다. 가슴 가득한 환희를 애써 눅자치며 입가에 차분한 미소를 걸고 황후를 향해 몸을 살짝 낮춰 보이며 나라씨가 말했다.

"여러모로 부족한 딸이 흠잡을 데 없는 낭군과 백년언약을 맺는다는데 어찌 마다하겠사옵니까? 폐하와 황후마마께서 살펴주신 덕분이옵니다."

이같이 말하며 문득 뭔가 다른 생각이 뇌리를 스친 나라씨가 화사하게 웃음을 지으며 덧붙였다.

"뉴구루귀비의 공주님도 아직 가약을 맺지 않으셨지 않사옵니까? 푸씨 가문의 둘째도련님도 열 예닐곱 살은 되었다고 들었사온데, 이참에 함께 짝을 맺어주는 것이 어떨까 하옵니다. 안 그래도 가까운 사이에 황은을 입어 더욱 친해지면 황가에서도 훌륭한 사위를 둘씩이나 얻어 좋고, 조정에서도 폐하를 보좌해드릴 든든한 일꾼이 생겨 크게 반길 일이 아니겠사옵니까?"

"옛말에 울타리 하나에도 세 개의 말뚝이 필요하고 하나의 대장부도 세 사람의 도움이 필요하다고 했네! 외척이 득세하여 환관을 죽이고 환관이 득세하여 외척에 보복하여 결국 연치 어린 황제들을 공처럼 들이차고 내차는 형국을 빚어 망한 동한(東漢)의 교훈만 잊지 않는다면 반기지 않을 이유가 없지!"

〈후한서(後漢書)〉를 읽은 사람이 한 사람도 없는 여인들은 어찌 대답해야 할지를 몰라 서로를 번갈아 볼뿐이었다. 건륭이 설계

궁중의 여인들 113

도면에 눈길을 두고 있자 황후가 온돌에서 내려서며 내낭에게 명했다.

"푸헝의 안사람이 가져온 원명원의 40경(景)에 대한 표제(標題)를 폐하께 올려 정명(定名)을 받도록 하게."

"예, 마마."

수줍은 표정인 내낭이 대답과 함께 높다란 장롱 앞으로 다가갔다. 발뒤꿈치를 들고 장롱 위에서 노란 비단으로 겉봉을 한 서류를 취하여 두 손으로 건륭에게 받쳐 올렸다. 손을 내밀어 받으며 건륭이 말했다.

"빈으로 봉해진 걸 축하하네. 이제 황후께서 내무부에 의지를 내려 금책(金冊)을 받고 머리를 올려 배당(拜堂)하고 나면 명실상부한 '의빈'이 되는 거네."

내낭이 살짝 얼굴을 붉혀 몸을 낮추며 예를 갖췄다. 그리고는 공손히 뒤로 물러나 비스듬히 몸을 비켜 황후의 옆에 섰다. 그 모습을 보고 있는 후궁들과 당아는 겉으론 웃고 있었으나 마음속은 질투로 들끓었다. 건륭이 노란 겉봉을 펼쳐드니 그 속엔 원명원 40경에 대해 임시로 명명한 이름들이 깨알같이 빼곡했다.

정대광명(正大光明), 근정친현(勤政親賢), 구주청연(九洲淸宴), 누월개운(鏤月開雲), 천연도화(天然圖畵), 벽동서원(碧桐書院), 자운보호(慈雲普護), 상하천광(上下天光), 행화춘관(杏花春館), 탄탄탕탕(坦坦蕩蕩), 여고함금(茹古含今), 장춘선관(長春仙館), 만방안화(萬方安和), 무릉춘색(武陵春色), 산고수장(山高水長), 월지운거(月地雲居), 회방서원(匯芳書院), 홍자영우(鴻慈永佑), 일천림우(日天琳宇), 담박영정(澹泊寧靜), 영수난향(映水蘭香), 수목명슬(水木

明瑟), 염계낙처(濂溪樂處), 다가여운(多稼如雲), 어요연비(魚躍鳶飛), 북원산촌(北遠山村), 아봉수색(亞峰秀色), 사의서옥(四宜書屋), 방호승경(方壺勝景), 조신욕덕(澡身浴德), 평호추월(平湖秋月), 봉도요대(蓬島瑤臺), 별유동천(別有洞天), 함허낭감(涵虛朗鑒), 곽연대공(廓然大公), 좌석임류(坐石臨流), 곡원풍하(曲院風荷), 협경명금(夾鏡鳴琴), 동천심처(洞天深處), 천지일가춘(天地一家春).

이밖에도 이 헌(軒), 저 당(堂)의 화려하고 멋진 수식어가 붙은 이름들이 수두룩하여 눈둘 데를 모를 정도였다.

건륭이 웃으며 말했다.

"이는 틀림없이 장조(張照) 아니면 기윤(紀昀)의 수필(手筆)이네. 둘 중 누구인지는 모르겠으나 결코 제 3자는 아니네."

"폐하께서 얼마나 예리하신 안목을 지니셨는지 보시게!"

황후가 몇몇 여인들을 향해 이같이 말하고는 건륭에게 아뢰었다.

"정확히 맞추셨사옵니다. 이는 기윤이 주필(主筆)하고 장조가 윤색해낸 것이옵니다……. 안목이 특출하신 폐하께오서 한눈에 누구의 수필인지 알아내실 거라고 소인이 말했더니 나라씨는 믿지 않았사옵니다!"

그러자 건륭이 나라씨를 힐끗 바라보고는 히죽 웃었다.

"시대별로 색깔이 다르듯이 사람에게도 저마다의 개성이 있는 법이네. 천인천면(千人千面)은 곧 그네들이 써낸 시사곡부(詩詞曲賦)도 천태만상임을 시사하지. 믿지 못하겠으면〈영락대전(永樂大典)〉에서 임의로 시구(詩句)를 뽑아내 보게. 짐이 어느 시대의 누구의 시라는 걸 못 맞추나."

그러자 뉴구루씨가 건륭의 비위를 맞춰 배시시 웃으며 말했다.

"친정에 있을 때 가부(家父)께오서도 대단한 석유(碩儒)들은 시사(詩詞) 한 구절만 들으면 그 시인이 살아온 시대를 맞춘다고 말씀하셨던 기억이 나옵니다. 그 당시에 소인은 자매들과 함께 시를 읊고 다니긴 했사오나 장삼(張三)이나 이사(李四)의 시가 별반 다른 걸 느끼지 못했사옵니다. 그 속에 이리 큰 학문이 있을 줄은 미처 몰랐사옵니다."

그러자 나라씨가 뒤질세라 끼어 들었다.

"소인의 할아버지께서 그러시는데 성조께오선 폐하의 춘추(春秋) 때 아직 시사(詩詞) 단대(斷代, 시인의 시대를 맞춤)에 능숙하지 못했다 하옵니다. 하오니 선대를 능가하신 폐하께오선 소위 청출어람(靑出於藍)…… 남어청(藍於靑)이 아니겠사옵니까?"

그러자 진씨가 비아냥거리듯 말했다.

"나라귀비께서도 실수하실 때가 있네요. 청출어청(靑出於靑) 남어람(藍於藍)이 맞지요!"

이에 뉴구루씨가 입을 감싸쥐고 키득키득 웃으며 입을 열었다.

"어쩌면 모르면서도 저리 당당할까? 청출어람(靑出於藍) 청어청(靑於靑)이 정답이지요!"

몇몇 빈비들이 서로 돋보이고자 상대를 끌어내리느라 목청을 돋우었다. 내낭은 전혀 금시초문인지라 멍하니 두 눈만 깜빡이고 서 있었다. 평소에 잔잔한 미소를 띠우며 단아한 자태로 앉아 있던 황후가 손으로 가슴을 누른 채 상체를 흔들어가며 웃었다. 당아는 도도한 척하던 이들이 성총을 다투는 모습을 보며 애써 웃고 있었지만 기분은 착잡했다. 건륭이 유치하게 앞서거니 뒤서거니 하는 여인들을 보며 껄껄 웃음을 터트렸다.

"순자(荀子)가 생존하여 이 광경을 보았다면 억장이 막혀 할말을 잊었을 걸세(〈순자·권학편(荀子·勸學篇)〉에서는 '청출어람이청어람(靑出於藍而靑於藍)이라고 가르치고 있음)!"

그러자 황후가 말했다.

"폐하께오서 장시간 의사하시어 산적한 현안들에 심사가 무거우실 줄 알고 이네들이 이런 식으로나마 웃겨드리려고 그러는 것 같사옵니다."

건륭이 홀가분하게 웃어 보이자 황후가 덧붙였다.

"장조가 거동이 불편하여 기윤이 수레에 태워 입원(入園)하여 직접 둘러보며 이름을 지었다고 하옵니다. 내무부에서 물어오기에 소인이 허락했노라고 했사옵니다. 그럼에도 누군가 이를 문제삼아 두 사람을 탄핵해올 수도 있사옵니다. 폐하께오서 통촉해주셔야겠사옵니다. 물론 이 이름들은 아직 폐하의 최종 정명(定名)을 기다리고 있사옵니다. 뿐만 아니라 폐하께오서 친필을 내리셔야 석공(石工)들이 글씨를 새겨 넣을 수 있을 것 같사옵니다. 솔직히 도면만 보아도 기대가 되고 가슴이 울렁거리는 건 사실이옵니다. 하오나 워낙에 거대한 공정이다 보니 예산부담이 클 것이 자명하오니 염려스럽사옵니다. 문후 여쭈려던 우명당(尤明堂)의 부인에게 물어보니 일년에 거의 은자 10조 냥은 필요하다고 들었사옵니다. 그 돈이면 참으로 많은 가난한 사람들이 구제 받을 수 있을 텐데 싶은, 잠깐 그런 생각이 들었사옵니다!"

"이보시게, 황후! 그런 염려는 붙들어 매세요!"

건륭이 웃으며 말을 이었다.

"짐도 생각이 있소. 아무리 예산이 어마어마하다 해도 아방궁을 짓는 것도 아니고 장성(長城)을 축조(築造)하는 것도 아니니 죽은 남정네 기다리다 망부석이 되는 여인도 없을 것이요, 광동, 절강, 복건, 운남 네 개 성의 해관(海關) 수입만 해도 일년에 20조 냥은 넘으니 건물 몇 채 지어 집안살림 거덜나는 일은 없을 터이니! 짐이 만만찮은 반대의견을 무시하고 원명원의 재건축을 과감하게 추진하는 이유에 대해선 여러분들이 익히 들어 잘 알고 있을 거라 믿네. 우리 대청은 만국(萬國)이 그 위의(威儀)를 우러러 경앙하는 천조(天朝)임을 간과해선 아니 되겠소. 은자를 낭비하는 건 용서할 수 없으나 필요한 곳엔 아끼지 말고 써야 하오. 우명당은 호부에서 전량(錢糧)을 관리해온 세월이 장구하니 창자가 꼬장꼬장해질 수밖에 없는 사람이오. 또 그래야 마땅하고. 그러나 황후는 만국지조(萬國之朝)의 국모이오. 그에 걸맞는 배포와 풍모를 갖춰야 하지 않겠소?"

건륭의 말에 감명을 받은 황후가 답했다.

"지당하신 말씀이옵니다. 폐하의 고첨원망(高瞻遠望, 높이 서서 멀리 바라보다)에 여부가 있겠사옵니까? 소인은 달리 할말이 없사옵니다. 다만 소인의 뜻은 여염집에서 가산(家産)을 갖추듯 천가에서도 힘에 부쳐 부작용을 낳는 일이 없이 여유를 갖고 추진하십사 함이었을 뿐 폐하의 크신 뜻에 반하는 마음은 추호도 없사옵니다."

건륭이 알겠다는 듯 머리를 끄덕였다. 그리고 빈비들을 향해 말했다.

"자네들은 늘 이렇게 나라와 백성들에게만 심혈을 쏟고 정작 자신의 향락은 뒷전인 황후를 본받아야 하네. 짐은 언제 한번 황후가 화려하게 칠보단장하고 패환(珮環)을 찰랑거리고 다니는 모습을 본 적이 없네. 물론 꾸미는 걸 좋아하는 것은 아녀자들의 천성이니 적당히만 하면 짐도 굳이 관여치는 않겠네."

이같이 말하며 좌중을 둘러보던 건륭이 가슴을 움켜잡은 채 구역질을 할세라 괴로워하는 내낭을 보며 물었다.

"내낭, 자네 얼굴이 창백한 걸 보니 어디 불편하기라도 한 건가?"

"소첩의 무례를 용서해주시옵소서, 폐하."

내낭이 급히 고개를 주억거리며 대답했다.

"요즘 들어 전에 없던 헛구역질이 자꾸 나곤 하옵니다. 좀 있으면 저절로 나아질 것이옵니다."

그러자 건륭이 웃으며 말했다.

"몸이 불편하면 무리하게 참지 말고 황후에게 아뢰어 태의(太醫)를 불러오도록 하게."

벌써 무언가를 눈치챈 여인들은 저마다 소리 없이 웃었다. 짐작이 가는 데가 있는 듯 황후가 물어왔다.

"헛구역질만 나는 게냐? 살구나 다른 신 음식은 당기지 않느냐?"

이에 내낭이 어찌 그리 족집게냐는 듯이 멍청한 표정으로 황후를 바라보며 아뢰었다.

"어찌 아셨나이까, 마마! 신 음식은 무엇이든 먹고 싶사옵니다. 소첩은 벌써 뜰의 청포도를 다 따 먹어버렸사옵니다. 포도를 먹고 나면 거짓말처럼 구역질이 가라앉으니 굳이 황후마마를 놀라게 해드릴 것이 없다고 생각하여 여태 아뢰지 않았사옵니다."

그러자 나라씨가 웃으며 말했다.

"포도는 너무 많이 먹으면 속의 열을 돋구어 몸에 해가 되는 수도 있네. 정 신 음식이 먹고 싶으면 이제부터는 우리 정원으로 애들을 보내어 매실을 한 바구니씩 따가도록 하게."

이에 뉴구루씨가 말했다.

"나한테 매실즙이 있는데, 그걸 가져다 먹든가."

그러자 뒤질세라 진씨가 말했다.

"내겐 진강식초(鎭江食醋)가 있는데, 필요하면 애들을 보내게."

"식초라면 역시 산서식초가 제격이지요······."

당아가 호호거리며 웃었다. 여인네들이 경쟁이라도 하듯 저마다 신 음식을 권하고 나서니 어정쩡한 표정으로 듣고만 있던 건륭이 말했다.

"어찌 모두들 갑자기 신 음식 타령인가? 갈증이 나서 차를 마시려고 했더니 입안에 침이 가득 고이고 말았네."

증상으로 미루어 자신의 추측을 확신하며 황후가 미소를 지으며 입을 열었다.

"폐하, 경하드리옵니다. 내낭······ 위가씨가 회임을 한 것 같사옵니다."

"회임이라니, 그게 과연 참말이오?"

여인들이 그제야 마음놓고 흐느직거리며 웃어댔다. 그제야 건륭은 문득 당아가 복강안을 회임했을 때 자신에게 몰래 "신것이 당긴다"고 했던 말을 떠올리며 부찰씨를 바라보았다. 그러자 부찰씨가 가볍게 머리를 끄덕여 보이며 웃는 얼굴로 말했다.

"의지를 내렸사오니 늦어도 내일이면 예부에서 위가씨를 의빈으로 봉한다는 금책이 내려질 것이옵니다. 오늘부터 소인은 이곳 난각 밖에 위가씨의 처소를 정해주어 가까이에서 보살펴 주도록

할 것이오니 심려 거두시옵소서, 폐하! 이같이 경사로운 날에 그
냥 멋쩍게 앉아있느니 다함께 폐하의 저녁수라를 시중들며 웃음
꽃을 피워보는 것이 좋겠사옵니다. 여러분들은 재미난 이야깃거
리가 있으면 준비해 두시게. 그리고 이참에 희소식을 하나 전해주
겠네. 성덕이 하늘과 같으신 부처님과 폐하께오서 빈비 이상의
후궁들에게 귀녕할 수 있는 기회를 윤허하셨네. 친정에서도 크게
반길 것이니 미리 희보를 전해주도록 하게. 따로 은지(恩旨)가
계시긴 하겠지만 예부에서는 강희 연간의 예법에 따라 의장(儀
仗)을 준비한다고 했네."

여인네들은 황제의 면전이라는 것도 깜빡 잊은 듯 행복에 겨워
비명까지 질러가며 환호작약했다. 저마다 흥분한 나머지 얼굴이
발갛게 달아오른 채 무릎을 꿇어 수없이 머리를 조아려 사은을
표했다. 어서 일어나라는 건륭의 손짓에 서둘러 일어선 여인들은
너무 좋아 눈물까지 찔끔거리며 서로를 번갈아 보았다. 애써 체통
을 유지하느라 마음을 다잡았지만 비실비실 웃음이 터져 나오는
건 금할 수 없는 것 같았다. 그사이 건륭의 수라상이 들어오자
진씨가 웃으며 먼저 입을 열었다.

"소첩이 황후마마의 분부에 따라 재미난 이야기를 하여 폐하의
식욕을 돋워드리도록 하겠사옵니다. 소첩의 외할머니 농장에 배
가 남산만한 장정이 있었다고 하옵니다. 하루는 장인의 생일이라
하여 불려가더니 물만두를 여덟 그릇이나 해치우고는 배가 곧 터
질 듯 아슬아슬하게 집을 나섰다 하옵니다."

여기까지 말하자 사람들은 벌써 웃기 시작했다. 황후가 말했다.

"또 돌쇠 사위 배 터진 이야기로군."

"예, 약간 모자란 치라고 하옵니다."

진씨가 웃으며 말을 이었다.

"……간신히 배를 끌어안고 길을 나선 장정이 그만 바람에 모자를 날려버리고 말았다 하옵니다. 하나밖에 없는 아끼던 모자인지라 그냥 버리고 갈 수 없어 낑낑대며 겨우 허리를 굽히니 입안에서 통만두가 기다렸다는 듯이 튀어 나왔다 하옵니다. 가래 같은 발로 만두를 쓱 비벼 유심히 보던 장정이 못내 애석해하며 중얼거렸다 하옵니다. '에이, 내가 좋아하는 양고기 소였잖아……. 그런 줄 알았으면 두 그릇은 더 먹는 건데!'"

장내에서는 폭소가 터져 나오고 말았다. 손에 든 찻잔을 급히 식탁 위에 내려놓으며 건륭이 껄껄 웃었고, 황후도 손으로 가슴을 누른 채 기침까지 해가며 웃었다. 궁녀들이 급히 그 등을 토닥토닥 두드리는 가운데 내낭의 어깨를 짚은 나라씨는 굽힌 허리를 펼 줄 몰랐다. 그러나 진씨는 아랑곳하지 않고 정색하며 말을 이어나갔다.

"…… 모자를 주울 수도 없고 버리자니 아까운 장정은 지렛대로 이를 쑤셔도 자기 멋이라고, 모자를 발로 걷어차며 집으로 향했다 하옵니다. 마침 마을 어귀에서 만난 아비가 그 꼴을 보고는 다짜고짜 달려와 뺨을 후려치며 욕설을 퍼부었다 하옵니다. '이런 등신, 머서리, 바보, 천치 같으니라고! 또 그리 많이 처먹었어? 아예 똥구멍으로도 쑤셔 넣지 그랬냐! 동네 창피해서 못 살겠네!' 그러자 때마침 길목 나무 그늘 밑에서 쉬어가던 만삭이 된 자기 형수를 발견한 장정이 억울하다는 듯 울먹거리며 형수를 가리키며 이렇게 말했다 하옵니다. '아버지는 왜 저만 갖고 그러세요? 형수님은 하루가 다르게 배가 불러도 뭐라고 안 하시면서! 난 세상없어도 여자 뚱뚱한 건 못 봐주겠더구만!'"

궁전 안에는 또다시 웃음이 폭발했다. 손가락으로 진씨를 가리켜가며 건륭은 한참을 웃었다. 소리를 죽이느라 킁킁대며 흐느적대는 여인들의 웃음이 진정되길 기다려 건륭이 말했다.

"역시 진씨답네! 별것 아닌 것 같아도 진씨의 입에서만 나오면 이리 우스운 것이 이상하네……. 잘했네, 참으로 잘했네……. 이렇게 웃어보는 것이 얼마 만인지 모르겠네, 황후도 그렇고……."

건륭이 크게 흡족하여 이같이 말하며 손에 들고 있던 백옥(白玉) 장식물이 달린 단향나무 부채를 진씨에게 건넸다.

"짐이 부채를 상으로 내리면서 글을 써주는 경우는 대단히 드문데, 이 부채는 어제 짐이 문득 떠오르는 감흥을 몇 글자 적은 것이네. 받게!"

"망극하옵나이다!"

진씨가 예를 갖춰 사은을 표했다. 그리고는 다시 말을 이었다.

"소첩의 외할머니 집에서는 일꾼들을 들일 때 일단 밀가루 두 근 분량의 떡을 앉은자리에서 먹어치우지 못하면 곤란하다고 하옵니다. 진이라고 불리는 이 장정은 외할아버지가 지켜보는 앞에서 무려 네 근씩이나 먹어버리고는 '얼추 배불렀으면 됐지, 첫날부터 동가(東家, 주인집)의 뒤주를 바닥낼 일 있냐'며 입을 쓱 닦았다고 하옵니다……. 그런 걸 보면 그리 생각이 없는 자는 아닌 것 같사옵니다."

건륭이 화답했다.

"설마 먹는 것만 밝히고 일은 엉망인 그런 자는 아니겠지? 전에도 누군가로부터 들었는데, 밥은 한 끼에 두 근씩이나 축내는 자가 물통 하나 못 들어 올려 우물에 빠졌다지 뭔가."

이에 진씨가 말했다.

궁중의 여인들

"진이라는 이 장정도 농사일은 한 가지도 제대로 하는 것이 없었다고 하옵니다. 남들은 땀을 철철 흘리며 일하는데, 이 자는 천근 수레는 저만치 치켜올려 힘자랑을 하면서도 정작 모내기하고 김을 매라고 하면 황소보다 더 씩씩거렸다고 하옵니다. 다른 일꾼들이 툴툴대며 불만스러워하고 아니꼬운 시선을 던지며 따돌렸지만 외할아버지는 '굼벵이도 구르는 재주는 있다는데' 하시면서 쫓아내자는 일꾼들의 의견을 일축했다고 하옵니다. 그러던 어느 날 흉년도 아닌데 소작세를 내지 못하겠노라고 앙탈을 부리던 소작농 수백 명이 눈에 불을 켜고 외할아버지를 찾아오더니 다짜고짜 기물을 때려부수고 불을 지르며 난동을 부리더랍니다. 다른 일꾼들은 겁에 질려 뿔뿔이 도망갔고 식량창고를 터는 무리들이 기세등등하게 덤빌 즈음 외할머니는 관음보살 앞에 기절하여 쓰러지고, 광기를 부리며 달려드는 무리들의 서슬에 놀란 외할아버지는 침대 밑에 숨었다 하옵니다. 이때 진이가 어디선가 대들보 같은 몽둥이를 들고 뛰쳐나오더니 식량자루를 메고 나르는 소작농들을 덮쳐 순식간에 몇십 명을 때려눕혔다 하옵니다. 사방에서 덤벼드는 소작농들을 달려드는 대로 움켜잡아 울타리 너머로 내던지고 뒷간으로 처넣고 발로 딛고 서서 짓이겨버리니 겁에 질린 소작농들이 메고 가던 쌀자루를 그 자리에 내려놓은 채 꼬리 내리고 도망가버렸다고 하옵니다……. 그 일이 있은 후 진이의 충심을 높이 사신 외할아버지께선 그에게 땅 30무(畝)를 떼어주고 살림집이며 가재도구 그리고 농기구를 전부 상으로 내렸다고 하옵니다!"

사람들의 입가에 웃음이 가신 듯 사라졌다. 저마다 말없이 깊은 사색에 잠긴 듯했다. 방금 전과는 달리 표정이 굳어진 건륭이 한참 후에야 한숨을 지으며 입을 열었다.

"큰일날 뻔했군! 그런 장군감이 없었더라면 자네 외할아버지네는 어떤 경을 치렀을지 모르겠군! 진씨, 자네는 복건(福建) 사람이라고 했나? 그쪽은 토지겸병이 특히 심하여 수천 명의 소작농을 부리는 대지주(大地主)들이 허다하지. 그만큼 방금 얘기했던 그런 불상사가 터지면 그 파장이 심각하다고. 업주와 소작농들 사이의 모순을 제때에 해결하지 못하면 항상 큰 사단을 초래할 위험을 안고 있기에 특히 조심해야 한다네. 또한 그곳은 대만(臺灣)과 인접해 있어 사단을 일으키고는 바다로 나가 숨어버리면 그날부터 해적(海賊)으로 전락되는 거지. 자네 외할아버지에게 편지를 보내어 짐의 지의라고 할 거 없이 자네가 관심을 보이는 선에서 소작농들과의 관계를 원만히 처리하라고 하게. 조정에서 업주들에게 소작세를 감면할 것을 권유하는 것은 설핏 보기에는 소작농들의 손을 들어주는 것 같지만 따지고 보면 지주들에게 더 유리하다는 걸 알아야 한다는 점을 설득력 있게 설명하도록!"

간단히 치부해 넘길 수 있는 얘기에서도 이해타산을 정확히 따지는 건륭의 말에 진씨를 비롯한 여인들은 내심 감탄해마지 않았다. 황후가 웃으며 당아에게 물었다.

"우리 푸씨네의 농장들에서도 소작세를 4할 낮출 예정이라고 하더니, 어찌 됐나? 푸헝이 바쁜 사람이니 안사람으로서 자네가 신경을 더 많이 써줘야 할 것이네."

그러자 당아가 즉시 대답했다.

"작년에 이어 올해에도 감해주었사옵니다. 하늘과 같은 폐하와 황후마마의 은혜를 듬뿍 입고 있는 푸씨 가문은 수전노가 아님을 소첩은 온몸으로 보여 주고 있사옵니다. 심려 거두십시오, 마마."

이에 진씨가 뒤질세라 말했다.

"소첩은 당장 외할아버지를 설득하는 장문의 편지를 써 보내도록 하겠사옵니다. 소첩의 친정도 그리 구두쇠 집안은 아니옵니다!"

뉴구루씨와 나라씨도 경쟁이라도 하듯 친정 관리에 백배의 심혈을 기울이겠노라 약조했다.

여인들을 둘러보며 힘있게 머리를 끄덕여 보이는 건륭의 얼굴엔 흡족한 미소가 번졌다.

17. 우정(友情)

 당아가 가마에 앉아 제화문(齊化門) 내에 위치한 집으로 돌아왔을 때는 날이 완전히 어두워진 뒤였다. 낮이 긴 여름이었다. 내원(內院)에서 시중드는 황세청(黃世淸), 정부귀(程富貴), 뇌씨(賴氏) 등 몇몇 신분이 있는 마름의 여인네들이 주모(主母)가 돌아왔다는 말에 우르르 달려나와 맞았다. 통로 양측에 길게 시립한 가인들의 문후에 연신 응답하며 당아가 물었다.
 "어째서 풍씨댁이 안 보이는가?"
 내원을 총괄하는 소칠의 마누라는 당아가 물을 길어 나르는 풍씨댁에 대해 묻자 급히 아뢰었다.
 "그 집의 둘째아들이……, 화원의 경비를 서던 그 머슴애 말이옵니다. 이번에 운 좋게 광동성(廣東省) 고요현(高要縣) 현령(縣令)으로 발령이 났다고 하옵니다. 저녁나절에 화청에 들어 어르신께 문후를 올리니, 어르신께서 이제 헤어지면 자주 못 볼 텐데 모처럼 가족끼리 단란한 시간을 보내라며 하루 휴가를 주어 보냈사옵니다……."

"그랬었구나."

당아가 안으로 걸어 들어가며 덧붙였다.

"그 가문이 운이 트이려나 보네. 대감께선 벌써 귀가하셨나?"

"예, 오늘은 일찍 귀가하셨습니다!"

소칠의 마누라가 공손히 아뢰었다.

"대감께오선 귀가하시자마자 일절 접견을 마다하시고 서재에서 한 시간은 넘게 주무셨사옵니다! 곁에서 시중을 든 소인의 남정네가 그러는데, 장상이 잠깐 다녀갔고 그밖에 기윤 어른과 악종기 군문도 다녀갔다 하옵니다……. 그분들을 배웅하고 나니 나친의 부인이 들었사옵니다. 지금 주모께서 안 계시오니 내일 다시 들라고 했더니 눈물을 보이며 돌아섰사옵니다. 대감께선 저녁식사를 하시면서 외관들을 접견하셨고, 지금은 서쪽서재에서 몇몇 형부의 당관들을 접견중이시옵니다. 러민 어른과 돈씨네 두 형제분도 저쪽에서 바둑을 두며 차례를 기다리고 있사옵니다!"

문을 밀고 들어서자마자 남정네에게 입궐하여 보고들은 사연을 쏟아 놓고자 했던 당아는 흥분에 겨운 마음을 눅자치며 차분히 푸헝이 여유가 생길 때까지 기다리는 수밖에 없었다. 이문(二門) 입구에는 추영(秋英)을 비롯한 여러 계집종들이 등롱을 들고 나와 있었다. 걸음을 멈춘 당아가 더 이상 참지 못하고 웃으며 말했다.

"희소식이 있네. 소칠댁은 자네 남정네에게 준비를 서두르라 이르게. 우리의 황후마마께오서 곧 귀녕(歸寧)을 하신다네! 이는 푸씨 가문 최대의 희사이니 모두들 정신을 바짝 차리고 영접행사에 차질이 없도록 해야겠네!"

"귀녕이라고 하셨사옵니까?"

소칠댁이 무슨 말인지 잘 모르겠다는 듯 어리둥절해하며 말했다.

"쉰네가 워낙에 무식하여 말귀를 못 알아들었사오니 주모께서 가르침을 주시옵소서."

그러자 당아가 웃으며 말했다.

"황후마마께서 친정나들이를 하신다 이 말일세. 이제 알겠는가? 이 일은 아직 어르신께 말씀 올리지 못했으니 자네들이 먼저 떠들고 다녀선 안 되겠네. 서화원을 다시 개조하여 황가의 규범에 맞게 정전(正殿)을 만들어야겠네. 필요한 은자는 서둘러 농장 쪽에서 보내오도록 하게. 꿔간 돈도 이참에 어서 회수하도록, 그때 가서 쩔쩔 매지 말고……."

처음엔 영문을 몰랐던 가인들의 얼굴에 그제야 희색이 감돌았다. 뇌씨댁이 합장하며 말했다.

"아미타불 관세음보살! 이 보다 더 큰 경사가 또 어디 있겠사옵니까? 쉰네는 외할아버지로부터 성조 연간에 후궁마마들께서 굉장한 친정나들이를 하셨다는 말씀을 들었사옵니다. 주귀비(周貴妃)께오서 귀녕하셨을 때 그 가문에서는 은자를 무려 30만 냥씩이나 들여 성대한 잔치를 베풀었다고 하옵니다! 규모가 웬만한 사회(社會, 민간의 집회)의 열 배도 넘게 굉장했다고 하옵니다! 가까이에서 구경하신 외할머니의 말씀에 숨이 넘어가는 줄 알았사온데, 오늘날 쉰네가 황후마마의 존용(尊容)을 뵙게 되다니 실로 감개가 무량하옵니다!"

"어르신께선 밤 늦게야 알게 될 것이니 미리 떠들지 말게."

연신 맞장구를 치며 흥분하여 어찌할 바를 모르는 가인들에게 주의를 주며 당아가 용암 들끓는 듯한 가슴을 눅자치며 말했다.
"소칠댁은 가서 자네 남정네더러 서재에 들어 시중들고 있다가 어르신께서 접견이 끝나시는 대로 내가 상방(上房)에서 기다리고 있다고 이르게. 내일 내가 여러분들에게 분부할 말이 있으니 묘시(卯時)께에 동쪽 의사청에 모이도록. 강아는 벌써 잠이 들었나?"
소칠댁이 연신 허리를 굽실거리며 대답했다. 그리고는 웃으며 아뢰었다.
"강아도련님(복강안)께오선 비 때문에 부쿠를 연마하지 못하시어 저녁 드시고 쇤네의 머슴애를 불러 가셨사옵니다. 아마 후원(後院)에서……."
그 말이 끝나기도 전에 당아가 말했다.
"이 시간에 아직 밖에 있단 말인가. 둘다 내 방으로 들라고 하게!"
말을 마친 당아는 곧 하녀인 추영의 안내를 받으며 이문을 들어섰다. 고개를 들어 하늘을 보니 하늘은 어느새 파랗게 개어 있었다. 씻은 듯한 조각달이 빠끔히 얼굴을 내밀었으나 뜰이 대낮 같아 월색을 느낄 수가 없었다.
추영의 안내를 받으며 정방(正房)으로 든 당아가 등나무의자에 내려앉자 벌써 꼬마 하녀가 발 담글 더운물을 떠다 받쳤다. 추영이 불란서제 향수를 탄 물에 담갔던 수건을 당아에게 받쳐 올리며 말했다.
"마님께오선 입궐하시어 연회석에 초대받으셨나보옵니다. 얼굴에 아직 춘색이 그대로이옵니다. 여기 얼음물에 담갔던 매실즙이 있사옵니다. 많이 드시면 비위를 자극할 수 있사오니…… 조금만 드시옵소서. 앵가야, 낭하 저 밑에다 훈향(熏香) 한줌 태워 모기를 쫓거라!"

매실즙을 두어 모금 마시고 등나무의자에 반쯤 기댄 당아는 대야 앞에 무릎 꿇은 두 하녀에게 발을 맡기고는 온돌마루 곳곳에 얼음이 담긴 대야를 비치해두느라 바쁜 추영을 향해 미소를 지으며 말했다.

"추영아, 너 열아홉 살 돼지띠지? 나랑 생일이 같고."

"이 미천한 것이 어찌 감히……."

추영이 이같이 말끝을 흐리며 온돌에서 내려서더니 두 하녀를 밀어냈다. 그리고 자신이 직접 당아의 발을 만져주었다.

"이리 내어 봐. 여기 이 혈(穴)들을 지그시 눌러드려야 피곤이 풀리고 시원해하시지……. 손가락에 힘을 너무 줄 필요는 없어, 알았어?"

두 하녀에게 시범을 보이며 누르고 문지르고 쓸어내려 발을 만져주니 당아는 그렇게 편할 수가 없었다. 온화한 표정으로 당아가 말했다.

"열아홉이나 먹은 애를 계속 끼고 있으면 사람들이 웃는단 말이야. 우리 집에 오며가며 눈맞은 머슴애라도 없냐? 말해보거라, 내가 주선해 줄 테니……."

그 말에 추영이 얼굴을 붉히며 고개를 숙였다. 부지런히 안마하는 손을 멈추지 않고 수줍게 웃으며 추영이 말했다.

"그런 생각은 해본 적이 없사옵니다. 이년은 평생 이대로 마님만을 시봉할 수 있었으면 좋겠사옵니다……. 이년은 어느 머슴애와도 혼인을 하고 싶지 않사옵니다!"

그러자 당아가 한숨을 지으며 말했다.

"내 옆에서 시봉하던 계집종들도 벌써 몇 번은 바뀌었구나. 가문이 번창할수록 사소한 것에 신경을 써야 하느니라. 나도 너희들을 언제까지든 끼고 있고 싶지만 간밤에 어느 집 굴뚝 무너지지 않았나 걱정하는 호사가들이 많아 괜히 구설수에 오를까봐 그런다. 명당(明瑭)이는 기윤 어른과 성혼했으니 그 역시 명당이년의 복이 아니겠느냐. 넌 그렇게 높은 가지는 바라보지 말거라. 우리 집에서 능력을 인정받아 외관(外官)으로 나간 머슴애들 중에 쓸 만한 녀석들이 있나 살펴보고, 어르신께서도 밖에서 신경을 써준다고 하셨으니 기다려 보거라······."

당아가 이같이 말하고 있을 때 밖에서 빗물을 밟는 발소리가 자박자박 가까워 오고 있었다. 당아가 의자에서 몸을 일으켜 창문 너머로 두리번거려보니 소칠의 아들인 길보가 복강안을 등에 업고 계단을 오르고 있었다. 깜짝 놀라 낯빛이 변해버린 당아가 허둥지둥 신발을 꿰고 내려서며 그사이 방안으로 들어선 아이들에게 다급히 물었다.

"어찌된 일이냐? 어디 넘어져 다쳤어? 걷지 못해 업은 거야? 어서 내려놔 보거라."

그러자 길보(吉保)가 천천히 쭈그려 앉아 복강안을 내려놓았다. 지레 놀라 울상이 된 당아가 살펴보니 복강안은 조금도 어디 다친 모습이 아니었다. 사색이 된 어미를 향해 광대처럼 행동을 해 보이며 복강안이 웃으며 말했다.

"길보가 어떻게나 소자를 업어보겠다고 하는지, 소자도 어머니를 깜짝 놀라게 해드리고 싶어 일을 꾸몄죠!"

그제야 크게 안도의 한숨을 내쉬며 당아가 밉지 않게 아들을 흘겨보았다. 두 아이는 흙탕물에 나뒹군 원숭이들같이 머리채에 진흙이 엉켜 붙어 있었다. 자세히 들여다보니 이마에 멍까지 들어 있었다. 마음이 아프고 화가 난 당아가 나지막이 훈계를 했다.

"또 어디 가서 칼싸움을 했지? 무예 연습 합네 하고 밤중에까지 나가 진흙탕에서 꼭 이렇게 뒹굴고 와야겠어? 이마에 멍까지 들어가면서. 그리고 길보가 너보다 두 살이나 어린데, 길보한테 업히면 안 되지. 남들이 보면 우리 가문이 아랫것을 마구 부려먹는다고 손가락질한단 말이야!"

"그건 도련님을 탓하지 말아주시옵소서, 마님. 후원(後院)의 진흙길이 하도 미끄러워 도련님께서 다치실까봐 쇤네가 업어드리겠노라고 했사옵니다!"

길보의 말을 입증하듯 그의 꼴은 더욱 말이 아니었다. 몸에는 물론 얼굴까지도 흙투성이였다. 그러나 여전히 씩씩하고 용감해 보이는 길보였다.

"절대 셋째도련님을 나무라시지 마시옵소서. 셋째도련님께오선 글공부를 하시고 부쿠를 연습하는데 추호도 게을리 하지 않사옵니다. 다른 두 도련님과는 비교할 바가 아니옵니다! 쇤네의 할아버지께선 태존(太尊) 어른을, 쇤네의 아비는 어르신을 섬겨 왔사옵니다. 쇤네는 앞으로 도련님의 영원한 종이 되어 우마(牛馬)가 되고 수족(手足)이 되어드릴 텐데, 한번 업어드리는 것이 뭐가 대수이겠사옵니까?"

대견스럽고 갸륵한 그 마음에 당아는 대단히 기뻤다. 흡족한 마음으로 길보의 머리를 쓰다듬어 내리며 당아가 말했다.

"이젠 주인 섬길 줄도 알고 다 컸군! 암, 그래야지! 추영아, 큰마름더러 길보의 월례를 두 냥으로 올려주라고 하거라. 둘 다 서쪽 별채로 데리고 가서 목욕시키고, 다친 데 있나 보고 약을 발라주도록 하거라!"

 한 쪽에서는 당아가 황후의 귀녕을 앞두고 집안의 대소사를 챙기느라 바쁠 때 푸헝은 서화청에서 형부의 당관들을 접견하느라 바빴다. 기다리는 러민과 돈씨네 형제가 적적할세라 수시로 과일이며 다과를 내어가게끔 명하고 그 와중에도 당아가 대내에서 돌아왔는지 황후에게는 별다른 일이 없는지 신경이 쓰였다.
 형부(刑部) 집포사(緝捕司)의 당관(堂官) 진색문(陳索文)과 추번사(秋審司)의 진색검(陳索劍), 그리고 이제는 3품 정자를 하사 받고 도둑과 대적함에 있어 그 용맹한 기질을 인정받아 집도관찰사(緝盜觀察使)직을 맡게 된 황천패(黃天覇)가 자리해 있었다. 그 밖에 처음으로 푸헝의 접견을 받는 황천패의 큰 제자인 십삼태보의 수령 가부춘(賈富春)과 '일지화(一枝花)'의 일원이었다가 투항한 연입운(燕入雲)이 있었다. 푸헝은 관직이 까마득히 높고 권력이 막중했으나 시종 겸손하고 편안한 자세로 일관했다. 말도 소곤소곤 상대방의 입장을 헤아려 가며 했다. 그러나 온몸에서 발산되는 감출 수 없는 천황귀주(天潢貴胄)의 기질이 마주앉은 다섯 사람으로 하여금 큰 숨 한번 제대로 못 쉬게 했다. 쟁반의 식용 얼음이 다 녹아기도록 아무도 입안에 넣어볼 엄두를 내지 못했다.
 "여러분들이 말한 부분에 대해서 어떤 건 이미 알고 있었네."
 '일지화'의 동향에 대해 세부적인 보고를 받은 푸헝이 아직 긴장을 풀지 못하고 있는 이들 앞으로 얼음쟁반을 들어 하나씩 입안에 넣게끔 하고는 천천히 부채를 부치며 말을 이었다.
 "이렇게 들으니 대체적으로 가닥이 잡히는 것 같은데…… 아직 앞뒤 고리가 연결되지 않는 부분이 있는 것 같네."

사람들은 대뜸 서로를 번갈아 보았다. 푸헝이 지적했듯이 그들로선 쉽게 드러내놓고 말할 수 없는 고충이 있었던 것이다. '일지화'는 절강(浙江), 강녕(江寧) 쪽에서 치병시약(治病施藥)의 미명하에 다시 '팔괘교(八卦敎)'를 전파하여 양강 지역의 관원 가족들까지 신봉하고 지지하는 경향이 날로 짙어가고 있었다. 일부 관원들은 집으로까지 이네들을 불러들여 귀신을 쫓고 재앙을 떨치는 제를 지낸다고 했다. 물론 어중간한 관원들이 기복(祈福)이라는 명목하에 '일지화'의 세력들인 줄도 모르고 나날이 매료돼 가는 것도 심각하지만 이 일은 전도나 고항 같은 고관들도 연루되어 있다는 첩보가 날아들었던 것이다. 고항은 또 그 매매가 금지되어 있는 동(銅)을 몇 척씩이나 배에 실어 양주(揚州)의 모 동기(銅器) 제조상에게 헐값에 처분했다는 혐의까지 받고 있었다. 더욱 놀랄 일은 대내 태감들 중에서도 '일지화'의 '팔괘교'에 빠져 누군가 황후의 생진팔자가 적힌 옥첩(玉牒)까지 훔쳐냈다는 것이었다! 엄청난 파장을 몰고 올 이런 사건들에 대해 형부에서는 쌀에 섞인 뉘 골라내듯 세세히 밝혀낼 엄두를 못 내고 대충 짜집기하여 푸헝에게 보고를 올렸던 것이다.

"미주알 고주알 캐묻고 싶진 않네."

푸헝이 자리에서 일어났다. 이 한마디만 던지고 그는 더 이상 아무 말도 없었다. 부채를 부치며 통유리가 시원한 창가로 다가간 푸헝은 어둠이 깔린 정원에 시선을 박은 채 깊은 사색에 빠져드는 것 같았다.

방안의 불빛이 너무 환한 데다 초승달이 점차 솜이불을 덮으니 유리 너머로 보이는 건 희미한 경물들 뿐이었다. 누각과 정자들

사이에 나무가 흔들리는 사이로 먼 등불이 명멸하고 있었다. 어딘가에서 청개구리들이 우는 소리가 간간이 들려와 화청의 적막함을 더했다. 사람들의 시선을 등뒤에 모으며 푸헝이 고개도 돌리지 않은 채 느릿느릿 입을 열었다.

"천패. 자네는 이번에 강남으로 내려가서 지방관들과는 왕래하지 말게. 총체적인 지휘는 류통훈이 맡을 것이니, 자넨 류용……류용이 하자는 대로만 하면 되겠네. 음…… 물론 류용의 직급이 자네보다는 아래이지만 필경 그는 흠차의 신분이네. 이것이 자네가 명심해야 할 첫번째이고, 둘째는 이번에 자네는 역영(易瑛)을 색출해 내기 위해 내려가는 것이니 이 사건과 관련해서는 철저한 수사가 이뤄져야겠네. 소탐대실의 낭패를 봐선 아니 되겠네. 조금 느리더라도 그물을 꼼꼼히 쳐서 반드시 역영을 생포해야겠네. 몇번이고 다잡은 고기를 놓친 건 바로 기밀이 보장되지 않았기 때문이지. 중앙에서 직접 착수해야지 지방관들은 믿을 바가 못 되네. 셋째, 팔괘교(八卦敎), 홍양교(紅陽敎), 혼원교(混元敎), 그리고 대만(臺灣)의 황교(黃敎)는 모두 백련교(白蓮敎)의 분파들이네. 역영은 명목상 교주이기는 하지만 실은 면면을 통제할 순 없을 거네. 역영을 붙잡을지라도 그 속에 박은 우리의 밀탐(密探)들은 스스로 목표를 드러내지 말고 계속 배를 깔고 엎드려 있어야 할 것이네."

이같이 말하며 푸헝은 그제야 몸을 돌렸다. 사색이 깊은 눈빛이 목표물을 노리는 고양이의 파란 눈을 방불케 했고 이마엔 주름이 물결쳤다. 피곤이 역력한 쉰 목소리가 높지는 않았지만 똑똑하게 들렸다.

"류통훈 부자는 나라의 고굉양신(股肱良臣)으로서 착수하고 있는 차사가 '일지화' 사건뿐만이 아니네. 천패, 혼신의 정력을 다하여 '일지화' 이 요망한 무리들을 생포할뿐더러 류통훈과 류용 부자의 안전을 살펴주어야 할 것이네. 이는 보통의 사건과는 달리 목표물이 드러나 있지 않는 어려움이 있어 적들이 뒤통수를 칠 수도 있고, 이마를 박을 수도 있네. 힘든 걸로 치면 추호도 금천 전역에 뒤지지 않을 걸세. 이 차사만 제대로 완수하면 내가 백작(伯爵) 자리 하나는 만들어줄 것을 약속하지! 그리고 자네 두 사람도 논공행상이 있을 터이니 진력하길 바라네. 무슨 말인지 알겠나?"

"푸상의 뜻을 하관들은 명백하게 알아들었습니다!"

황천패, 연입운과 가부춘은 그의 쏘는 듯한 눈빛을 감히 똑바로 바라보지 못했으나 가슴은 논공행상의 격려에 혈맥이 부풀어 터질 것만 같았다. '일지화'의 두목 하나를 족치는데 조정에서 이같이 큰 상을 약속한다는 것은 그만큼 절실하다는 뜻일 터였다. 그러나 몇 번씩 역영과 정면으로 부딪쳤어도 번번이 굴욕만 당하고 물러나야만 했던 황천패로선 역영 세력의 영악함을 잘 아는지라 감히 흥분한 내색을 비추지 못했다. 섣불리 김칫국부터 마실 일이 아니라 생각한 황천패가 말했다.

"푸상의 말씀을 들어보니 천은(天恩)의 호탕함에 감격이 벅차오르기도 하거니와 다른 한편으론 그리 만만치만은 않을 거라는 생각이 듭니다. 하오나 한낱 일개 강호의 초모지사(草茅之士)에 불과한 하관에게 큰 격려와 용기를 내려주신 푸상의 지우지은(知遇之恩)에 보답하기 위해서라도 천패는 이 한 목숨을 내걸 것입니다. 제가 역영의 머리를 들고 푸상을 뵈러오든지, 아니면 연청 어른께서 저의 머리를 떼어 푸상을 뵈러오든지 둘 중 하나일 것입니다다. 다만 한가지 말씀드리고 싶은 것은 지방관들의 협조가 없이는 현지에 주둔하고 있는 녹영병들을 동원할 수가 없다는 것입니다. 역영의 감언이설에 넘어가 그 교언영색에 목숨을 거는 우민(愚民)들이 의외로 많아 어떤 곳은 동네 전체가 그 신도들일 정도입니다."

"조금 전에 얘기했듯이 모든 건 현지로 가서 류용과 연청 어른의 지휘에 응하고 명령에 따르도록 하게."

푸헝이 믿음에 찬 흡족한 시선으로 황천패를 바라보았다. 그리고는 웃으며 덧붙였다.

"류용에게 현지 녹영병을 마음대로 움직일 수 있는 권한이 있네. 그러나 가능하면 판을 크게 벌여 백성들을 놀라게 하지 말고 조용히 일사불란하게 움직여 역영을 성안으로 내몰아 그물을 치는 것이 상책이라 생각하네. 폐하께오선 역영의 머리를 떼어오지 말고 생포할 것을 원하시네. 나 또한 류용이 자네의 머리를 들고 오는 건 절대로 원치 않네. 자네는 이 차사를 훌륭히 완수하고 보무도 당당하게 돌아오리라 믿어마지 않네!"

이같이 말하며 감개에 젖은 눈빛으로 사람들을 둘러보던 푸헝이 길게 탄식을 내뱉었다.

"조정과 20년 동안 대적하여 모역을 일삼아왔으면서도 여태 무사하게 살아있다는 그 계집이 참으로 궁금하네. 오죽하면 폐하께서 꼬리 아홉 달린 요사스런 여우는 아닌지 한번 보고 싶다고 하셨겠나! 아무튼 이번 기회에 월척을 낚아오도록 하게. 그럼 오늘은 늦었으니 오래 붙잡아두지는 않겠네."

이같이 말하며 푸헝은 곧 좌중을 향해 웃어 보이며 찻잔을 들었다. 사람들이 저마다 작별인사를 고했다.

푸헝은 이들을 적수첨(滴水檐)까지 배웅해주는 것으로 파격적인 예우를 표했다. 연신 읍해 보이며 저만치 멀어져 가는 사람들을 향해 손짓을 해 보이고 돌아선 푸헝은 그러나 화청으로 돌아가지 않고 조금 떨어진 동쪽서재로 향했다. 어느새 따라나와 먼발치에 서 있던 소칠이 종종걸음으로 뒤쫓아오며 찬 물수건을 건넸다. 그리고는 쓱쓱 땀이 흐르는 얼굴을 문지르는 푸헝에게 당아로부터 들은 말을 소상히 전했다. 처음엔 달리 관심을 보이지 않고 대답하는 둥 마는 둥 하며 걸어가던 푸헝이 그러나 누이인 황후 부찰씨가 귀녕한다는 말에 주춤했다.

"알았네. 서재에 내가 부른 꼭 만나봐야 하는 벗들이 있어 잠깐 얘기 나누고 들어간다고 마님께 이르게. 피곤하면 먼저 자라고 하게. 아! 그리고, 나친이 이미 복법(伏法, 사형에 처해지다)되었으니 내일 조의금 명목으로 은자 1천 6백 냥을 그 댁으로 보내주도록……."

이같이 분부하는 사이 어느새 서재에 당도한 푸헝은 그만 물러가라 손사래를 쳐 보이고는 곧 계단을 올랐다. 안에서는 바둑알을 물리려고 하는 돈성(敦誠)과 이를 결사적으로 막는 돈민(敦敏) 형제가 왁자지껄하게 떠드는 소리가 들려왔다.

"누구는 골머리가 빠개지도록 의정(議政)에 전념하고 있는데, 누구는 시원한 얼음이나 먹으면서 남의 서재에서 이리 떠들어도 되는가?"

푸헝이 웃으며 문을 밀고 들어갔다.

"푸상!"

옆에서 바둑판을 들여다보며 실력이 한 수 아래인 돈성을 훈수하던 러민이 희색이 만면한 푸헝을 향해 일어나 읍해 보였다.

"이 두 형제분을 좀 보십시오. 태조(太祖)의 혈육이고 지체 높으신 금지옥엽들이 바둑판만 벌이면 세살배기들이 땅 따먹기 하듯 저리 티격태격하신답니다!"

그제야 히히거리며 일어난 두 사람을 보니 비단 두루마기만 입고 허리띠도 매지 않은 채 발은 맨발이요, 얼굴은 땀투성이였다. 악의 없이 바둑판을 마구 휘저어버리며 돈성이 히히대며 말했다.

"네 살 먹은 아이들도 배는 나눠먹는 게 아니라며 통째로 아우에게 내준다는데, 형은 서른의 나이를 어디로 먹었소?"

"별 것 갖고 다 입씨름이네!"

허허 웃으며 이같이 말하던 푸헝이 갑자기 코를 킁킁거렸다.

"그런데, 이거 발냄새 아니오? 아휴! 러민, 자네는 정말 인내력이 뛰어나군! 여태까지 어찌 참았나? 밖에 누가 없느냐? 발을 걷고 향을 피워 이 악취를 없애도록 하거라. 물수건과 얼음도 내어오너라!"

이같이 말하며 푸헝은 돈민 형제와 러민에게 자리에 앉으라는 손시늉을 해 보였다.

"푸상, 다 늦게 오라 가라 하는 걸 보니 틀림없이 무슨 중요한 일이 있나봐."

자리에 털썩 내려앉아 얼음 한 덩이를 던져 넣듯 입안에 물고 돈성이 웃으며 말했다.

"언제 왔는데 꿔다는 보릿자루 취급하는 걸 보면 또 그리 급해 보이진 않고. 허물없고 친한 사이라고는 하지만 이젠 재상 반열에 올라 우리와는 주종(主從) 사이가 돼버렸으니 차사가 있으면 주저하지 말고 지령을 내리시오. 추호도 태만함이 없이 받들어 모실 테니까."

원래 장난기가 심하고 농담을 좋아하는 돈성은 푸헝과는 허물 없는 사이였다. 그러나 이젠 엄연히 신분차이가 존재하는지라 다소 수렴하는 분위기였다. 셋은 진지한 표정을 지어 푸헝이 입을 열기만을 기다렸다.

한편 푸헝은 겉으론 전혀 내색하지 않았지만 워낙 중요한 차사를 논의하면서 은근히 긴장해 있었던지라 꾸밈없고 편안한 이네들을 마주하니 가슴속의 혼탁한 기운이 삽시간에 말끔히 씻겨 내리는 듯한 개운함에 사로잡혀 날아갈 것만 같았다. 관복을 벗어 내치고 맨발바람에 수박 한 입을 크게 베어 물고는 단물이 쏟아질세라 고개를 위로 치켜든 채 푸헝이 말했다.

"난 두 사람처럼 격의 없고 편한 사람을 좋아하오. 우리가 어디 있는 격식, 없는 격식 다 차리는 서먹한 사이요? 물론 차사는 논하겠지만 꼭 분위기를 바위처럼 딱딱하게 굳혀야 할 일은 없잖소. 러민, 자네도 땀을 철철 쏟으며 그러고 있지 말고 거추장스러운 겉옷을 벗어 던지게. 자, 수박도 한 쪽 먹고······."

러민이 웃으며 마고자를 벗어놓고는 말했다.

"저도 명색이 장원 출신이라곤 하오나 군대 밥을 몇 년 먹고 나니 내성적이고 수줍음 많던 성격이 확 변해버린 것 같습니다. 서생 티도 거의 벗었고요!"

이같이 말하며 수박을 들어 버들피리를 불 듯 후다닥 먹어치우곤 입을 쓱 닦아 두루마기 자락에 문지르는 러민을 보며 씩 웃어 보이던 푸헝이 말했다.

"돈민, 돈성은 외인이 아니니 말해도 괜찮을 성싶네. 자네를 곧 호광순무로 발령 낸다는 폐하의 지의가 내려졌네. 일단 서리 딱지를 붙였다가 조만간 떼어주실 의사를 비추셨으니 미리 알고 있는 게 좋을 것 같아서 불렀네."

"드디어 출세했어!"

돈씨 형제가 자기 일처럼 좋아하며 벌떡 일어나 러민을 향해 읍해 보이며 경하의 뜻을 전했다.

"러민, 자넨 운도 억세게 좋구먼! 한턱 근사하게 내야 해, 알았지?"

"그거야 당연하지."

푸헝이 러민을 대신하여 당사자보다 더 흥분하는 두 사람을 눌러 앉혔다.

"내일 운송헌에서 폐하의 성훈이 끝나시는 대로 나랑 아계가 먼저 한턱 낼 테니, 그런 연후에 러민 자네가 환례하는 차원에서 조촐하게 자리를 마련하도록 하세."

전혀 예기치 않았던 인사조치에 러민의 가슴은 경이로움으로 벅차 올랐다. 그러나 그는 애써 흥분을 가라앉히며 금천에서 다년간 군무를 봐오며 쌓은 수양을 실천했다. 짐짓 태연한 척하며 그는 말했다.

"정말 너무 뜻밖이라 경황이 없습니다. 대대로 국은을 입어온 만주족의 일원이오나 선부(先父)께서 국채(國債) 사건에 연루되는 불명예를 안은 채 돌아가신 후부터 전 뼛속 깊이 스며든 죄인의 때를 벗을 수가 없었습니다. 떨쳐버릴 수 없는 자괴감은 성주(聖主)의 깊고 크신 홍은(鴻恩)에 힘입어 장원에 입격하면서 조금은 퇴색하는 듯 싶었사오나 이번에 주장(主將)의 무능함으로 금천 전사를 망치고 보니 촌척의 공로도 없이 살아 돌아온 이 마음이 또 서글픈 것이 이루 형언할 수가 없습니다……. 하온데 폐하께오서 이 못난 사람에게 다시금 하늘과 같으신 큰 성은을 내리시오니 전 오직 죽을 각오로 이 한 몸 불태워 폐하께 보효(報效)하는 수밖에 없을 것입니다!"

진짜 감명을 받아서인지 아니면 멋진 말에 스스로 감동을 느낀 것인지 러민의 두 눈에는 눈물이 그렁그렁 고여 있었다. 이쯤 되니 언제나 히히거리며 진지함과는 무연할 것만 같던 돈성도 어느새 자못 심각한 표정을 짓고 조용히 앉아있었다.

"마음속에서 우러러 나온 말은 언제나 이처럼 심금을 울리는 법이지."

표정엔 달리 변함이 없이 그저 머리를 가볍게 끄덕이며 푸헝이 말했다.

"김휘(金輝)는 이미 사천순무직에서 축출됐고, 김홍(金銑)도 아직 신변이 깨끗이 정리되지 않아 호광(湖廣)으로 보낼 순 없었네. 폐하께오선 악종기(岳鍾麒)더러 사천총독을 겸하게 하고 윤계선(尹繼善)에게 잠시 섬감총독을 맡기실 모양이네. 노작(盧焯)과 이시요(李侍堯)가 자네와 함께 물망에 오르긴 했으나 노작은 무엇보다 하독(河督)의 책임이 막중하고, 이시요는 운남(雲南) 동광(銅鑛)에 매인 몸인지라 자동 탈락이 될 수밖에 없었네. 호광은 주변 아홉 개 성을 통괄하고 있는 심장부이고, 사천의 문호로서 군무에도 직접적인 영향을 미치는 곳인지라 난 장우공(莊友恭)과 어싼을 뒤로 하고 자네를 천거했네. 아계(阿桂)도 나의 의견에 공감했고."

"푸상의 지우지은(知遇之恩)을 결코 잊지 않겠습니다······."

"내게 지우지은을 운운할 건 없네. 내가 자네에게 사적으로 유별난 정을 주고 싶어서 천거한 건 아니네. 이는 어디까지나 공정한 국사의 범주에 속하니 내게 고마워할 것 없네."

푸헝이 러민의 말을 잘라버리고 다시 이어나갔다.

"황은에 감지덕지하는 건 당연지사이지만 내겐 자네에게 큰 벼슬을 내줄 수 있는 권한이 없네. 하지만 일단 나의 천거를 받은 사람이니 노파심에서라도 몇 마디 당부의 말은 하지 않을 수 없겠지."

"구구절절 피가 되고 살이 될 그 말씀을 경청하겠습니다."

푸헝이 돈민 형제더러 과일을 먹으라며 손시늉을 해 보이고는 잠깐의 웃음기를 거두고 말했다.

"자네는 거의 20년간 호광순무로 있으면서 그 입지를 굳혀왔으나, 애석하게도 불의의 사건에 연루되어 호광에 뼈를 묻은 러친랑의 아들이네. 그만큼 호광에는 자네 러씨 가문과 못다 한 인연이 이어지는 걸 환호하는 사람들도 많을 것이요, 불공대천의 척을 져서 자네의 자승부업(子承父業)을 원치 않는 무리들도 없지 않아 있을 것이네. 혹시라도 자네를 옭아맬지 모르는 은원(恩怨)의 거미줄을 어찌 헤쳐나갈지 자네의 생각을 들어보고 싶네."

"미처 그 생각은 해보지 못했습니다."

러민이 대답했다.

"웃는 얼굴에 침이야 뱉겠습니까? 오해가 있다면 적극적으로 대처하여 풀어나가야겠죠."

그러자 푸헝이 빙그레 미소를 지었다.

"심각하게 생각할 건 없다고 보네. 원수든 은공이든 차사에 지장을 초래하지는 말게. 그 외에는 자네가 적당한 선에서 알아서 처리하게. 거듭 말하지만 개인의 은원으로 인하여 차사에 지장을 초래하게 된다면 비록 내가 천거한 사람일지라도 난 감히 탄핵안을 올릴 수도 있다는 걸 명심하게."

돈민 형제는 푸헝이 이렇다 할 벼슬도 없이 산질대신(散秩大臣)으로 있을 때부터 가까운 사이였다. 그 도타운 우정은 상대가 일인지하 만인지상의 위치에 있다고 하여 변한 건 아무 것도 없었다. 여전히 사적인 자리에선 술잔을 기울이며 허물없이 웃고 떠드는 사이였다. 그래서인지 옹정 연간에 몰락한 종실가문의 자제인 두 형제는 만인이 칭송하는 명민하고 풍류남아다운 푸헝에 대해 가깝고도 먼, 또는 멀고도 가깝다는 거리감을 전혀 모르고 살아왔다. 그러나 오늘 이 자리에서 러민과의 대화를 지켜보며 진정으로 상대를 위하는 덕 깊은 마음과 공과 사의 경계를 분명히 구분 짓는 그 명료함에 두 형제는 크게 감복하여 비로소 그가 대국의 으뜸가는 대신임을 실감했다.

"오로지 종묘사직을 영념하시고 벗을 애중히 여기시는 푸상의 깊은 뜻을 결코 잊지 않고 가슴에 고이 아로새기겠습니다."

러민이 사뭇 진지한 표정으로 의미심장하게 말을 이었다.

"달리 감천동지(感天動地)의 서약은 미리 하지 않겠습니다. 지켜봐 주십시오. 하늘이 두 쪽 나고 땅이 흔들릴지라도 소인은 결코 푸상의 지우지은을 망각하지 않을 것입니다!"

그러자 푸헝이 웃으며 화답했다.

"대장부일언 중천금이라 했네. 난 믿어마지 않네! 군무에 관한 일은 오늘밤 논할 시간이 없겠네. 돌아가서 내일 폐하를 알현하여 주할 내용이나 잘 정리해 두게. 돈민, 돈성! 유모 품에 안겨 젖 빨던 생각을 하오? 어서 시원한 과일이나 먹지. 좀 있으면 얼음이 다 녹아버릴 텐데!"

돈성이 포도 한 알을 입안에 집어넣고 씹어 삼키는 동안에도 러민은 멍하니 앉아있기만 했다. 푸헝이 손끝으로 툭 치자 그때서야 러민은 비로소 입을 열었다.
 "지난번 기윤과 자리를 같이 할 때도 그렇고 이번에도 푸상에 대해 똑같은 느낌을 받았는데, 생각해보니 명주(明珠), 소어투, 고사기(高士奇) 등 전대(前代)의 대신들은 〈홍루몽(紅樓夢)〉의 왕희봉(王熙鳳)이라는 인물과 닮은꼴이고, 형신 어른과 푸상은 오늘날의 가탐춘(賈探春)이 아닌가 싶소!"
 "또 〈홍루몽〉으로 새버렸군!"
 푸헝이 하하하 크게 웃음을 터트렸다.
 "그 유명한 가탐춘에게 비교하니 당치도 않지만 아무튼 기분은 나쁘지 않네. 우리 조정에 과연 안팎살림을 그같이 물샐틈없이 잘하는 유능한 사람이 있다면 내가 미련 없이 자리를 내어줄 텐데!"
 그러자 돈성이 말했다.
 "〈홍루몽〉을 읽다보면 내 자신이 남자라는 것이 원망스러울 때가 한두 번이 아니오. 어찌 하나같이 색주가에 호색꾼들 같기만 한지. 전생에 색에 굶어죽은 귀신이 붙었는지 왜들 그 모양이오. 같은 남자지만 이 규(閨), 저 방(房) 기웃거리며 킁킁거리는 자들을 보면 구역질이 나서 원."
 제법 열을 올리는 돈성의 그 말에 사람들이 모두 웃었다.
 러민도 〈홍루몽〉을 좋아하지만 돈민 형제처럼 현실과 가상의 세계를 구분 짓지 못할 정도는 아니었다. 그는 웃으며 말했다.
 "조설근(曺雪芹)은 현실 속에서 얼마든지 찾아볼 수 있는 그런 인물들을 설정하여 부패할 대로 부패해진 사회의 한 단면을 폭로하려했을 뿐 그것이 전부는 아니잖아요! 조설근은 소설 속 보옥(寶玉)의 입을 빌어 우리 같은 사람을 국록을 축내는 악귀들이라고 비난했지만 우린 그 책에 오체투지의 열성을 보이고 있습니다. 이는 우리가 애써 숨기고 감추고 부인하려고 하는 우리 안의 진실을 그가 여실히 파헤쳤고, 우리 모두로 하여금 외면할래야 할 수 없는 자기 성찰의 시간을 갖게 했기 때문이라 생각합니다. 그 자체가 '풍월보감(風月寶鑑)'과도 같아 정면으로 비춰보면 색(色)이지만 반대로 비추면 공(ㅊ)이 되는 〈홍루몽〉은 자칫 저질로 비춰질 수도 있는 색주가 같은 대관원(大觀園)의 진풍경을 제대로 판독할 수 있는 능력이 없는 사람들이라면 아예 읽지 않는 것이 바람직하지 않을까 합니다."

푸헝이 자조하듯 웃으며 말했다.

"김홍이 편지에서 그러던데, 남경(南京)의 어떤 여자는 〈홍루몽(紅樓夢)〉에 미친 나머지 허구한날 가녀리다 못해 병색이 완연한 열두 금채(金釵)를 모방하여 세 끼를 거르고 하루가 다르게 수척해지더니 급기야는 죽어버렸다고 하잖소. 김홍은 〈홍루몽〉의 유해성을 적극 강조하면서 나더러 금서조치를 내리게끔 폐하께 주청을 올려 주십사 하더군!"

"항문 같은 주둥아리로 방귀 같은 소릴 하고 자빠졌네!"

돈성을 대뜸 열을 냈다.

"얌전한 고양이가 부뚜막에 먼저 올라간다고 하더니, 자기도 호박씨를 무척이나 까대면서 무슨! 위선자 같으니라고! 그 여자는 방금 러민 형이 얘기했듯이 가상과 현실을 정확히 구분할 줄 몰라 자초한 불행이고 일변 그런 독자들을 확보하고 있다는 것은 곧 〈홍루몽〉의 커다란 매력을 시사하는 바가 아니겠소? 김홍, 이 자식! 우리 집에서 나간 씨종(氏從)인데 감히 허튼 소리로 내 심기를 불편하게 만들다니, 북경에 돌아오면 어디 보자!"

우정(友情)

이에 러민이 웃으며 말했다.

"팔을 걷어붙이고 열을 올리는 모습이 꼭 조설근의 호법신(護法神) 같으십니다? 하지만 뉘집 여식인지 〈홍루몽〉에 반한 나머지 죽어버렸다니 안타깝긴 하네요."

"그건 정이라는 것이 뭔지 몰라서 하는 소리요!"

돈성이 정색하여 말했다.

"그리고 자기가 좋아하는 것에 미쳐 죽는다는 것이 뭐가 그리 안타깝소? 세상에는 연극에 미쳐버린 자가 있는가 하면 마구 처먹어 배가 터져 죽은 미련한 곰도 있는 법이오. 아, 전에 폐하의 어가(御駕)가 열하(熱河)에서 돌아올 때 용안(龍顏)을 우러러보기 위해 동직문에 몰려들었던 인파 중에서 세 명이나 질식해 죽었다는 소리도 못 들었소? 조설근이 그 여식의 죽음에서 자유로울 수 없다면 폐하께서도 그 세 사람의 목숨을 변상해 내야 한다는 말이오?"

"아휴, 무슨 그런 말씀을! 농이라도 그런 소리 마십시오!"

러민이 웃으며 연신 두 손을 내저었다.

"저도 조설근의 벗입니다! 그렇게 들리셨다면 사과드리겠습니다!"

푸헝이 웃으며 가벼운 하품을 했다. 사실 그는 고향이 염세(鹽稅)를 착복했을지도 모른다는 의혹을 품어 돈민 형제를 통해 산해관(山海關)의 세정(稅政)의 내막을 들춰보고자 했던 것이다. 그러나 이들이 〈홍루몽〉을 두고 토닥거리는 사이 푸헝은 어느새 스르르 잠이 오기 시작했다.

"오늘은 오랜만에 얼굴이나 보자고 불렀으니 나중에 다시 모여 술이나 한 잔 하지. 돈민, 돈성! 자네들한테는 염정에 대해 몇 가지

가르침을 받을 것도 있고 하니 조만간 다시 보자고."
 늦은 시각을 알리는 시계소리에 피곤이 역력해 보이는 푸헝더러 어서 쉬라며 세 사람은 작별 인사를 고했다. 두 명의 가인들에게 등롱을 밝혀 멀리 배웅하게끔 분부하고 난 푸헝은 곧 월동문으로 걸음을 옮겼다.

18. 기구한 운명

　그로부터 3일 후는 절기상 입추였다. 가을을 알리는 밤비가 이어지더니 서풍까지 불어 새벽공기는 제법 서늘한 느낌이 들었다. 전날 돈민(敦敏) 형제는 류소림(劉嘯林)과 함께 장가만에 있는 조설근(曹雪芹)의 집을 방문하기로 러민과 약속한 상태였다. 같은 울타리 안이지만 출입구를 달리 사용하는 두 형제는 일찌감치 각자 노새 한 마리씩 끌고는 대문을 나섰다. 둘 다 시계를 보며 대문을 나서다 자칫 얼굴을 부딪칠 뻔한 두 사람은 그것이 재미있어 아침부터 하하거리며 크게 웃었다. 노새 등에 올라 호부가 위치해 있는 큰길의 서쪽에 있는 러민의 어사택(御賜宅)으로 향하는 내내 두 사람은 상큼한 아침공기를 한껏 들이마시며 웃음꽃을 피웠다.
　집에서 그리 멀지 않은 러민의 집 골목으로 들어서니 전도(錢度)가 말에서 내리고 있는 것이 보였다. 그 뒤에는 수레 타고 가마

탄 한 무리의 관원들도 대기하고 있었다. 노새를 타고 세월아 네월아 하며 나타난 노란 허리띠의 두 황실자손을 발견한 관원들이 우르르 달려왔다. 개중에는 돈민네 집에 적을 두고 있는 기노(旗奴)들도 있었는지라 어느새 땅에 엎드려 하마석이 되어주는 이가 있는가 하면 부축하느라 부산을 떠는 이들도 있었다. 사람들이 예를 갖춰 문후를 올린다 노새를 마구간으로 끌고 간다 법석을 떠는 사이 돈성(敦誠)이 웃으며 전도를 향해 말했다.

"그새 러민이 오사모(烏紗帽, 권력의 상징)를 큰 걸로 바꿔 썼다는 건 어찌 알고 신새벽부터 이리 알랑방귀 뀔 준비에 바쁜 거요?"

"까마귀를 등에 태웠다고 다 검은 건 아니잖아요."

서로 흉허물없이 지내는 사이인지라 전도가 반가이 맞으며 공수하여 예를 갖췄다.

"초로(肖路)가 한양도대(漢陽道臺)로 제수 받아 북경으로 폐하를 인견(引見)하러 왔지 뭡니까? 러민이 바로 자기 머리 위에 올라앉게 되었으니 찾아가…… 이거라도 꺾자는 얘긴데……."

전도가 술 마시는 시늉을 해 보였다. 그리고는 덧붙였다.

"러민에게 직접 초대장을 보내기에는 그리 돈독한 사이도 아니고 해서 이부의 황 시랑(侍郎)을 내세웠는데, 황씨가 또 자신이 없다며 이 사람을 붙잡고 사정을 하는 게 아닙니까? 비록 한 다리 건너 청을 받긴 했으나 초로와는 환난지교라고 할 수도 있는 사이인지라 이렇게 나서게 되었습니다. 어젯밤에 왔더니 러민이 요 며칠은 약속이 밀려 장담할 수 없다고 하길래 새벽같이 달려와 죽치고 있다는 거 아닙니까? 두 말 하면 잔소리 세 말 하면 헛소리지만 분명히 이 사람이 먼저 왔습니다?"

그러자 돈성이 웃으며 주먹을 쥐어 전도의 가슴팍을 툭 쳤다.

"됐네, 무슨 사설이 거지년 발싸개같이 길고 구질구질해? 오늘은 내가…… 한턱 낼게……. 이봐 정씨, 황 시랑인지 황 서랑(黃鼠狼, 족제비)인지 혹시 황영걸(黃英杰) 아닌가?"

돈성이 갑자기 고개를 돌려 저 만치에 서있는 6품 정자의 관원에게 물었다.

그 역시 돈씨 가문의 기노인 듯 급히 한 쪽 무릎을 꿇어 아뢰었다.

"그렇사옵니다. 황 시랑이 바로 황영걸이옵니다!"

그러자 돈성이 웃으며 말했다.

"가서 이르게. 우리 두 형제가 성밖으로 나가 한바퀴 돌고자 하니 수레를 빌려줘야겠다고 말일세. 직접 수레를 끌고 오라고 하게!"

정씨가 알겠노라고 연신 대답하고 있으니 돈민이 다가왔다.

"그러지 말고 러민 어른이 오늘은 시간을 낼 수 없으니 다음에 날을 잡으라고 하게. 무슨 말인지 알겠나?"

"예, 알다마다요!"

정씨가 급히 대답했다. 두 사람이 이렇게 막무가내로 나오는 데야 어찌할 도리가 없는 전도가 웃으며 자신을 수행하는 사람들에게 말했다.

"아무래도 오늘 황 시랑의 술을 얻어먹긴 다 글렀네. 오늘만 날인가? 나중에 먹도록 하지!"

전도가 이같이 말하며 돈민 형제와 작별인사를 고하고 수레에 올라타려고 할 때 러민이 저 멀리에서 마중을 나오면 손짓을 했다.

"가긴 어딜 가오. 같은 술을 마셔도 그런 자리는 싫어서 뭉그적대다 보니 인사가 늦어 미안하오. 왔으면 차라도 한잔 마시고 가야

하지 않겠소?"
 "차는 무슨! 어서 떠날 차비나 하오……. 겨우 황 서랑(족제비)을 등 떠밀어 보냈는데, 또다른 오소리 무리들이 찾아올까 봐 겁나지도 않소?"
 돈성이 길다랗게 내려온 포도송이에서 한 알을 떼어 입안에 집어넣고 입을 우물거리며 말했다.
 그제야 전날의 약속이 생각난 러민이 뜰에 선 채로 마름에게 분부했다.
 "말을 대놓게. 마님한테는 내가 손님 만나러 나가니 날이 어두워서야 귀가할 거라고 이르게. 기윤 중당의 도련님이 오늘저녁 약혼식을 치른다고 했는데, 마님더러 잊지 말고 다녀오시라 하고! 하례를 좀 넉넉히 준비하고 못 마시는 술이라도 기 부인을 벗하여 몇 잔 마시며 내 몫까지 잘해주라고 이르게!"
 마름이 알겠노라 굽실대며 물러갔다. 돈성이 물었다.
 "소림 공이 우리랑 동행할 수 있을는지 모르겠네."
 "낼모레가 팔십인데……."
 러민이 고개를 저으며 덧붙였다.
 "그날 보니 조금 걸음을 떼어놓고도 어지럽다고 주저앉던데 힘들 거야. 칠십의 노인에겐 유숙(留宿)하라 붙들지 않고, 팔십 어른에겐 식사하고 가라 눌러 앉히지 않는다고 했어. 괜히 마음만 초조하게 만들지 말고 우리끼리 그냥 가지. 설근이 가고 나서 문인 대선배들도 하나둘씩 바람에 구름 흩어지듯 생로병사의 길을 가버리니 더 이상 그 옛날의 재미나던 광경은 기대할 수 없을 거야."
 말을 마친 돈민은 길게 한숨을 내쉬었다. 그러자 처연한 기분에 사로잡혀 멍하니 어딘가에 시선을 박고 있던 돈성이 말했다.

"사는 게 다 그런 거 아니겠소? 농사꾼이 논밭의 피를 뽑아 내치듯 나이 들면 뽑히고 떠밀리고 잊혀지고 그러다 하늘이 굽어살펴 오라고, 오라고 손짓하여 데려가는 것이 우리네 인생인 거지. 농부가 미처 발견하지 못하여 수확철까지 버텨 작물에 섞여 베어지면 그건 천명을 다한 건데……. 설근이도 아득바득 살아 남아 아슬아슬한 칠십, 팔십의 고비라도 넘기고 갔더라면 우리네 마음이 이리 아프진 않았을 거요……."

돈성은 콧마루가 찡하여 더는 말을 잇지 못했다. 힘껏 채찍을 날려 저만치 나가니 마음이 무거운 세 사람이 뒤를 따랐다.

어깨를 나란히 하고 가면서도 침울한 분위기에 사로잡힌 일행은 한동안 누구도 말이 없었다. 북경성을 벗어나 통주(通州)를 지나면서부터 길가엔 행인들이 뜸하여 한산했다. 맑게 개인 넓은 하늘 아래 간밤의 비에 씻긴 끝간데 없는 옥수수밭이 싱그럽게 펼쳐져 있어 눈앞이 시원했다. 길가에 늘어선 회자나무, 백양나무, 버드나무 가지가 바람에 그네를 타고 한편에선 가는 여름이 아쉬운 매미의 쉰 울음소리가 들려왔다. 관도(官道)의 북쪽으로 멀리 시선이 닿는 곳에 미끈하게 내려온 연산(燕山)의 여맥(餘脈)이 팔등신의 체형을 자랑하며 동그랗게 올라붙은 엉덩이를 회갈색의 안개 속에 감추고 있었다. 절기상 입추에 접어들었어도 한여름을 방불케 하는 더위는 여전했지만 복잡하고 후덥지근한 성을 벗어난 일행은 가을 오는 발소리가 들려오는 넓은 야외에서 저마다 기분이 상쾌해지는 느낌을 받았다. 가슴을 쭉 내밀어 길게 심호흡하며 돈성이 먼저 침묵을 깨뜨렸다.

"아아, 좋다! 발 냄새, 땀 냄새, 구린내만 맡다가 교외로 나오니 살 것 같네!"

"공감이오!"

러민도 어느새 침울한 표정을 걷어내고 밝은 미소를 지으며 긴 숨을 들이마셨다. 가슴속에 켜켜이 쌓인 먼지를 털어 내듯 한참 후에야 날숨을 토해내며 러민이 말했다.

"난 뒤차 막는 똥차 신세가 되면 산 좋고 물 맑은 곳으로 가서 처자식 데리고 남경여직(男耕女織)의 삶을 살 거요!"

돈성이 달리는 노새 잔등에서 흔들흔들 방아를 찧으며 빙그레 웃음을 지었다.

"말이야 쉽지! 김 매고 돌아와 아랫목에 배 깔고 책장 한 장 넘기기도 전에 세금독촉을 하러 온 서리(胥吏)가 대문을 부수면 그 마음은 편할 것 같소? 그래도 송충이는 솔잎을 먹어야 사는 법이오. 지난번 덕주(德州)에서 마덕옥(馬德玉)을 우연히 만났는데 인육(人肉)을 먹어 봤노라며 자랑을 늘어 놓길래 무슨 소리냐고 했더니, 기윤의 발바닥을 긁어 소로 넣은 만두를 먹었다나? 구역질이 나서 겨우 참는데 자기는 '재상 고기를 먹어 본 사람이 몇이나 되겠느냐'며 득의양양해 하더라고! 대만지부(臺灣知府) 서우덕(徐友德)은 또 보복(補服)이라고 입었는데, 어깨에 용의 발바닥 같은 무늬가 수놓아져 있었네. 대체 무슨 계급이냐고 물었더니 '폐하께서 알현을 마치고 물러가는 자신의 오른쪽 어깨를 두드려주시며 대만의 안위는 자네한테 맡긴다고 말씀하셨대나? 폐하께서 두드려주신 손자국이 묻어 있는 곳이라 하여 용조(龍爪, 용의 발톱)를 수놓았다고 자랑을 늘어놓는데 내가 할말이 없더라고! 사람 마음처럼 조석으로 변하여 종잡을 수 없고 처우에 민감하여 간사스러운 게 어딨겠나!"

네 사람은 공감하여 머리를 끄덕이며 다시 묵묵히 저마다의 생각에 잠긴 채 길을 재촉했다. 반시간쯤 더 달리니 돈성이 갑자기 채찍을 들어 멀리 가리켰다.

"저—기 앞에 조그마한 다리 보이지? 다리 맞은편의 언덕 아래가 바로 장가만 마을이오."

네 사람은 거의 동시에 고삐를 당겨 주춤거리며 멈추어 섰다. 벌써 지열이 아지랑이처럼 피어올라 마을 언저리를 덮치고 있는 그곳을 바라보니 갑자기 가슴이 무너지는 것 같았다. 러민은 이곳이 처음이지만 출타하였다가 북경으로 돌아가는 길에는 자기 집처럼 들락거렸던 돈민 형제는 조설근과의 추억이 묻어있는 이 길목에서 가슴이 미어졌다. 성안으로 나들이를 다녀오는 방경(芳卿)에게서 두 아이를 받아 안고 목마를 태워 마을로 향하던 길이었고, 술안주로 돼지머리를 들고 가다 떨어뜨려 말에서 내려 낄낄대며 다시 주워 담던 그 길이었다. 백설이 애애한 어느 겨울에 두 줄의 깊은 발자국을 남기며 조설근과 더불어 시를 읊고 영설가(詠雪歌)를 부르며 눈 덮인 얼음 밑으로 졸졸대며 흘러가는 시냇물 소리에 귀기울이던 그때의 추억이 어제 같았다. 겨울 떠난 자리에 춘삼월 호시절은 어김없이 찾아오고, 불같은 여름의 정열이 식으니 매미소리 멀어지는 가을이 오건만 고락을 같이했던 고인은 다시 못 올 이승의 다리를 건너고 말았으니……

돈성의 눈에 샘솟듯 눈물이 고이자 전도가 울먹이는 목소리로 러민에게 말했다.

"여기서 저 돌다리만 건너 언덕 아래로 조금 내려가면 회자나무들에 둘러싸여 낡은 이엉만 보이는 집이 바로 조설근의 집이오. 여름에 그 나무 그늘 밑에서 밤을 새워가며 술에 절어 횡설수설하던 적도 참 많았지……"

"일단 가봅시다……."

러민도 감개에 젖어 마음이 착잡했지만 세 사람처럼 처연하고 상심에 겨워 있진 않았다. 말을 끌고 돌다리를 앞서가며 러민이 보니 마을과 조금 떨어져 우거진 나무와 숲에 둘러싸인 조설근의 집은 거의 눈에 띄지 않았다. 다리를 건너 꼬불꼬불 조설근의 집으로 이어지는 갓길에는 잡초들이 무성하고 오랫동안 사람이 다닌 흔적이 없었다. 가까이 다가가 나팔꽃 넝쿨이 키가 넘게 타고 올라간 나지막한 담장 너머로 들여다보니 정오의 햇볕이 따가운 잡초 무성한 뜰에는 풀벌레들의 합창만 이어질 뿐 아무리 기다려도 인기척 하나 들리지 않았다. 사람들이 피난길에 오른 버려진 빈집 같았고 불길한 예감이 사람들을 사로잡았다.

애써 불길한 기운을 떨쳐내며 돈성이 쪽문같이 작은 대문께로 다가가 조심스레 문을 두드렸다.

"형수님, 방경 형수…… 돈씨네 셋째예요……. 형수님을 뵈러 왔어요……."

"……."

방안에서는 아무런 기척도 없었다.

돈성이 살며시 대문을 밀어보았다. 곧 쓰러질 것 같았던 대문이 삐걱! 신음소리를 내며 한쪽 축이 툭 떨어져 무너져 내렸다. 심상찮은 분위기를 느낀 네 사람이 들어가 보니 불길한 예감은 적중한 것 같았다. 이엉이 다 삭아 먼지가 풀썩풀썩 일 것 같은 지붕은 군데군데 꺼져 들어갔고 처마며 출입문에는 거미줄이 밧줄같이 얼기설기 엉겨 있었다……. 허리를 넘는 정원의 쑥대밭을 헤치고 서쪽 담장 앞으로 가보니 모퉁이에 쌓아둔 땔감에도 파란 이끼가 돋아 있었다…….

기구한 운명

문에는 자물쇠도 걸려 있지 않았다. 전도가 슬쩍 손으로 밀어보니 안에서 놀란 오소리 한 마리가 후닥닥 튀어나왔다. 네 사람이 흠칫 놀라며 곰팡이 냄새가 진동하는 방안으로 들어가 보니 뚫린 창호지로 스며들어오는 한줌의 햇볕이 비추는 곳마다 먼지가 켜켜이 쌓여 있었다. 군데군데 동물들의 발자국이 찍혀 있었고, 흰 솜털같은 곰팡이를 뒤집어쓴 배설물이 악취를 풍기고 있었다. 온돌 위에 거뭇거뭇한 서까래 위에 누더기 같은 담요가 둘둘 말려있었고, 벽에는 조설근이 호구지책으로 만들어 내다 팔다 남은 듯한 퇴색한 연이 까치둥지에서 떨어진 배설물을 뒤집어쓴 채 흉물스레 걸려 있었다. 북쪽 벽면에 돈성이 직접 그려 붙여준 그림이 그대로 있었다. 신선을 닮은 남녀 동자(童子)가 웃으며 자기들은 이 집안에서 일어난 모든 일을 알고 있는 증인이라며 궁금한 것이 있으면 물어보라고 하는 것 같았다.

"빈집에 이러고 있으니 못 견디겠소."

전도가 말했다.

"마을로 들어가 어찌된 영문인지 물어 봅시다."

서글픔에 흠뻑 젖어 처량한 마음을 안고 물러 나오던 돈성의 눈이 번쩍 떠졌다. 남쪽 벽 아래에서 몇 줄의 글씨를 발견했던 것이다. 급히 다가가 들여다보던 돈성이 말했다.

"여기…… 의천(宜泉) 선생이 다녀갔네……. 벽시(壁詩)를 남긴 걸 보니!"

돈민과 러민이 보니 과연 눈여겨보지 않으면 희미하여 잘 보이지도 않는 몇 줄의 글이 적혀 있었다.

근보(芹圃) 형을 애도하며 :

연못가에 아침이슬은 그대로 영롱한데,
내가 그리는 그대는 없어 눈물이 앞을 가리네.
오라고, 오라고 손짓해도 다시 못 올 그대의 차가운 영혼,
지금은 어디쯤 가서 어떻게 살고 있나.
줄 끊어진 거문고 부여안고 꺼억꺼억 울고 있으니
눈물 질펀한 얼굴에 석양이 비추네.
땅을 치며 그대 간 곳 묻고 또 물으니
깊고 깊은 저 산 너머로 메아리만 차갑게 날 울리네!
　　　　—갑신(甲申) 정월에 유춘거사(春柳居士)로부터

 힘있고 날카로워 보이는 필체가 틀림없는 장의천의 것이었다. 네 사람은 일제히 깊은 한숨을 토해냈다. 마주보며 하고픈 말이 많고 많아도 정작 말문은 열리지 않았다. 흉물스럽기만 한 뜰에서 오갈 데를 모르고 일행은 그렇게 묵묵히 서 있었다. 한참 후에야 러민이 천천히 입을 열었다.
 "먼저 읍내로 들어가 뭘 좀 먹으면서 방경의 간 곳을 수소문해 보는 게 좋겠소. 내 생각엔……."
 그는 "방경이 개가(改嫁)한 것 같다"고 말하고 싶었으나 차마 그것을 입밖에 낼 수 없어 말을 돌렸다.
 "친척을 찾아 남경으로 돌아가지 않았나 싶소."
 돈민 형제도 실망을 감추지 못하며 머리를 끄덕였다.
 원래 여느 고을과 다름없던 장가만(張家灣)은 경사(京師)에서 열하(熱河)로 이어지는 역도(驛道)가 마을을 관통하고 운하(運河)와 혜제하(惠濟河)가 만나는 곳이어서 승덕(承德), 봉천(奉天)으로 가는 물건들이 여기서 육로로 실려나가다 보니 차츰 도시

로 변모해 가고 있었다. 그러나 북으로 가는 화물이 워낙 적어 교역량이 그리 활발하지는 못해 여느 시가지처럼 인파가 법석거리는 광경은 없었다. 네 사람이 저마다 침울한 마음을 안고 읍내 북쪽으로 가보니 부두 옆에 주변 경관과는 전혀 어울리지 않는 역관이 떡하니 자리잡고 있었다. 장이 서는 날도 아니고 햇볕이 따가운 정오인지라 길에는 인적이 드물었다. 몇몇 생약가게와 찻잎, 도자기를 진열해놓은 가게는 주인 그림자조차 보이지 않았고, 수레나 가마를 대절해주는 강방(杠房), 관재(棺材) 가게는 판자문마저 굳게 닫혀 있었다. 그늘진 나무 밑의 몇몇 과일장수들만 힘없이 부채를 펄럭이며 자장가 같은 목소리를 길게 끌며 손님을 부르고 있었다.

"이리 와 그늘 밑에서 쉬어가세요. 개봉(開封)에서 막 도착한 씨 없는 수박이 있습니다. 달지 않고 시원하지 않으면 돈 안 받습니다······."

"한 입 물면 단물이 설탕물같은 통주의 참외요. 잇몸 부실한 노인네가 먹으면 장수하는 통주 참외······."

네 사람이 몇 사람에게 물어보았으나 모두 조설근이라는 사람은 이름도 생소하다고 했다. 뜨내기 장사꾼들에게 묻지 않고 이곳의 터줏대감들이라며 가슴팍 치는 노인들을 찾아가 물으니 이곳에 조씨 성을 가진 사람들이 몇 호 살고는 있었으나 작년에 모두 이사를 갔고, 조씨 가문의 조상묘가 있어 누군가 가끔씩 찾아보는 것 같다고 했다. 그 외엔 아는 것이 없었다. 갈증과 더위, 그리고 허기까지 겹친 일행은 잠깐 쉬어가면서 허기라도 달래고 다시 수소문해 보기로 했다. 돈민이 역관을 가리키며 말했다.

"손님이 없어 파리만 풀풀 날리고 있는 음식점은 어쩐지 께름칙

해서 들어가고 싶지 않아……. 우리 역관으로 가서 한 끼 때우지!"
그러자 전도가 말했다.
"한끼 때우려면 어디든 가서 못 때워 하필이면 역관으로 가겠습니까? 나중에 무슨 돌팔매를 맞으려고……."
"쳇! 구더기 무서워 장 못 담그겠소?"
돈성이 무슨 겁이 그리 많으냐는 식으로 입을 비죽거렸다.
"위에서 흠잡고 늘어지려면 머리를 북쪽으로 대고 자는 것까지 탄핵감이지(남쪽이 황제가 즉위시 대면하는 방향임)! 중이 고기 맛을 들이면 절간에 빈대가 살아남지 못한다고, 요즘세상은 나랏돈으로 자기 생색내는 자들이 역관을 들락거리며 얼마나 탕진을 하고 다니는데……. 우린 공짜로 준다고 해도 싫고 먹은 만큼 밥값을 내면 되잖소! 걱정도 팔자야!"
퉁명스레 이같이 말하고 돈성은 곧 노새를 역관 쪽으로 끌고 갔다. 방경을 찾지 못해 초조한 마음에 짜증을 내는 것이라 생각한 러민과 돈민, 전도는 두말없이 그 뒤를 따라갔다.
역관은 백보도 되나마나한 가까운 거리에 있었다. 가마솥처럼 푹푹 찌는 바깥에서 시원한 바람에 땀이 마르는 역관으로 들어서니 살 것 같았다. 일행 모두 평상복 차림인지라 그곳에서 밥을 먹던 역졸들은 아무도 그들을 알아보는 이가 없었다. 돈성이 소매 속에 넣고 다니던 노란 띠를 꺼내어 허리에 두르고는 흠흠! 하고 기침소리를 냈다. 역졸들의 시선이 모이는 틈을 타 돈성이 쿵쿵 발을 구르며 소리쳤다.
"너희들의 역승(驛丞)을 불러오너라!"
느닷없이 출현한 노란 띠에 눈이 휘둥그레진 역졸이 젓가락을 내던지고는 날듯이 달려들어가 보고했다. 이내 안에서 발소리가

기구한 운명 161

들리더니 역승인 듯한 자가 모습을 드러냈다. 돈민 형제를 발견한 역승은 그때부터 허겁지겁 달려나오며 외쳤다.

"아휴! 주인 어르신도 몰라 뵙고 아랫것들이 참으로 큰 불경을 저지르고 말았습니다……. 쇤네 진재(晉財)가 두 분 주인 어르신께 문후 올리고 죄를 청합니다!"

이같이 말하며 역승이 무릎을 꿇어 머리를 조아렸다.

"아, 그러고 보니 전에 우리집에서 화원지기로 부렸던 그 진재 자식이잖아."

돈민이 상대를 알아보고는 웃음을 터트렸다.

"출세했는데? 조상들이 음덕 좀 쌓았나 보네. 여긴 어떻게 왔어?"

이에 진재가 공손히 아뢰었다.

"마구간의 사환 출신인 초로도 한양 도대가 되었다지 않습니까? 하늘 아래에 관직에 오르는 일 만큼 쉬운 게 어디 있겠습니까!"

그러자, 돈성이 귀찮다는 듯 손사래를 쳐 말을 잘라버렸다.

"이것들은 무슨 말을 건네기가 무서워, 하도 주절대니……. 여기 호부의 전 어른과 신임 호광순무 러 어른이 계시니 어서 밥상이나 올리게. 먼저 녹두탕이나 한 그릇씩 내어오고…… 저들이 먹는 녹두탕 말이야!"

진재가 알았노라고 연신 대답하고는 러민을 향해 머리를 조아리고 나서야 일어나 분부했다.

"얘들아, 귀하신 어르신들께서 타고 오신 가축들을 마구간으로 잘 모시거라. 상방(上房)은 너무 더우니 상방 동쪽에 바람이 잘 통하는 통로에 자리를 마련하거라. 그리고 화식방(伙食房)에 일러 몇 가지 먹을만한 요리를 만들어 올리라 이르거라! 아이고, 이를 어쩌나! 네 분 어르신의 의복이 땀에 흠뻑 젖었군요! 역관에 갱의정(更衣亭)이 따로 있사오니 비치해둔 의복들이 몸에 맞을지는 잘 모르겠사오나 아무튼 갈아입으십시오. 얼른 빨아 널면 날이 더워 금방 마를 것입니다!"

네 사람은 곧 갱의정으로 안내되어 마르고 간편한 옷으로 갈아입었다. 다시 역승을 따라 상방 동쪽으로 가며 보니 커다란 주홍색 칠을 한 기둥이 줄줄이 열 몇 개도 넘었고, 한 장(丈) 넓이는 될 것 같은 통유리마다 얇은 천이 드리워져 있었다. 땅바닥은 안팎 모두 마루 전용 벽돌을 깔아 먼지 하나 없이 반들거렸다. 금박 손잡이가 묵직해 보이는 앞뒤 붉은 대문이 열려 있어 남풍이 부니 부채가 필요 없고 얼음 생각이 나지 않는 시원한 바람을 선사하고 있었다.

"그 동안 머무른 역관이 부지기수이지만……."

러민이 미리 준비된 자리에 앉아 주변을 살펴보며 말을 이었다.

"이같이 규모가 크고 호화로운 역관은 처음 보네. 향화(香火)가 성한 어느 으리으리한 절 같기도 하고, 어찌 보면…… 궁전 같다는 착각도 들 정도네!"

그러자 진재가 아첨을 떨었다.

"안목이 뛰어나십니다, 중승 어른! 대개의 역관은 부(部)에서 관할하오나 이 역관은 내무부 직속입니다. 선제께오서 매번 승덕으로 행차하시었다가 귀경하실 때면 입성하시기에 앞서 잠깐씩 쉬어 가시던 곳입니다. 보통의 관원들은 여기 머무를 수가 없습니다. 상방은 더더욱 금지(禁地)입니다. 보이시죠, 저 서쪽별채에 흑룡강장군(黑龍江將軍)이신 제도(濟度) 어른이 묵고 계십니다.

지금 가녀(歌女)들을 불러 창을 듣고 계시온데, 상방에 들고 싶어 하시는 걸 소인이 한사코 말렸습니다······.”

역승이 말하는 사이 벌써 요리가 식탁에 오르고 있었다. 그러자 돈성이 웃으며 말했다.

"이게 지금 우리 들으라고 하는 소리지? 걱정 말아······ 술도 안 마시고 요리도 그만 올려. 여기서 묵어갈 것도 아니니 꼴에 옆구리 쳐 말하지마!"

그러나 역승은 친히 술 주전자를 가져다 옆에서 빈잔을 채워가며 시중을 들었다. 배가 출출했던 네 사람은 서쪽별채에서 들려오는 사죽현가(絲竹弦歌)까지 감상해가며 연신 술잔을 비웠다. 돈성이 막 역승에게 방경의 행방을 아는지 물어보려고 할 때 돈민이 손으로 제지하며 먼저 말했다.

"가만있어 봐, 노랫소리도 간드러지고 시가(詩歌)가 제법 운치 있는데!"

사람들이 음식 씹던 소리도 내지 않고 조용히 귀기울이니 서쪽별채에서 현악기 소리는 어느새 멈추고 심산유곡의 물방울 소리를 방불케 하는 거문고의 연주에 맞춰 여인의 시 읊는 듯한 음창(吟唱)이 들려왔다.

> 동풍 타고 날아온 버들개지 꽃가루 봄못에 감겨드는데,
> 쓸쓸한 경물(景物)은 지난날의 그것이 아니네.
> 궁중의 만개한 꽃들도 때가 되니 지고,
> 우전(羽殿)엔 옛사람들의 모습을 찾아볼 수 없구나.
> 남에서 날아오는 기러기 모두 그 님 같은데,
> 그리운 내 사연 아는 너는 제발 밤에는 날지 말거라.

그 옛날의 풍류 구름같이 바람에 흩날려 가고,
뒤돌아보니 양원(梁園)엔 시린 추억만 남아있구나.

"좋—다!"
러민이 술잔에 반쯤 남은 술을 털어 넣으며 박수를 쳤다.
"이런 편벽한 동네에 목소리가 이리 기막힌 가녀가 있었단 말인지!"
"야야, 그것도 노래냐?"
서쪽별채에서 술에 취한 사내의 거칠고 굵은 목소리가 들려왔다.
"봉천장군(奉天將軍)이 〈홍루몽〉 가곡을 들어보니 기가 막히더라면서 은근히 유장(儒將)임을 과시하던데, 그런 건 몰라? 하나만 불러봐, 은자 다섯 냥을 상으로 내릴 테니! 우 막료, 노래말 잘 적어둬, 봉천으로 돌아가서 한번 붙어봐야지, 누가 진짜 〈홍루몽〉의 대가인지!"
그 말이 끝나기도 전에 돈성이 푸우! 하고 웃음을 터뜨리고 말았다. 전도와 러민, 돈민도 애써 터져 나오는 웃음을 참았다. 별채에서 이번에는 가녀가 대사 한 단락을 읊고 있었다.

맹춘(孟春)이 어제 같은데 벌써 염천(炎天)이라,
감우(甘雨)와 화풍(和風)이 풍년을 기원하네.
은색 깃발 찬란한 임일(壬日)을 맞으니,
화수은화(火樹銀花)의 불야천(不夜天)이 상원(上元)을 경축하네.
싱그러운 명원(名園)의 초목에
오색등롱을 밝힌 여인네들의 화사함이 저 달을 무색케 하는구나.

한 그루 매화꽃과 벗하며 살아온 임씨네 가문,
번화한 속진(俗塵)의 인연은 등 돌린 지 오래라네…….

"작사한 이의 범속하지 않은 재주는 엿보이나 아직 절차탁마의 과정을 걸쳐야 할 것 같구만. 한림원에서 나온 것 같진 않네요."
러민이 이같이 말했다. 그러자 돈성이 냉소를 터트렸다.
"한림원의 문필은 뭐가 다르단 얘기요? 착각하지 마시오. 경사(京師, 북경)에서 열 가지 우스운 꼴을 꼽으라면 첫 번째가 바로 한림원의 문장이라는 말도 못 들어봤소?"
전도가 손가락을 입에 대고 쉬쉬하는 가운데 다시 가녀의 앵성(鶯聲)이 들려왔다.

홍안(紅顏)이 박명(薄命)하여 한을 품고 저 세상 간 임대옥(林黛玉)은 원래 범계(汎界)에 내린 선초(仙草)였다네. 영하(靈河) 기슭에서 신영사자(神瑛使者)의 보살핌으로 감로(甘露)를 먹고 경환궁(警幻宮)의 여선(女仙)이 되었거늘 신영의 은혜도 미처 못 갚고 갔으니 어찌 전세(前世)의 이 소중한 인연을 오매불망하지 않으리오…….

"거문고 소리에 딱 어울리는 목소리야. 비련의 여인 모습이 가슴속에 꽉 차 오르면서 기분이 참 묘한데!"
돈민이 엄지를 내둘렀다. 그러나 정작 막료더러 한 글자도 빼놓지 말고 적으라던 별채의 흑룡강장군은 드렁드렁 코고는 소리를 내며 분위기와 멀어져 가고 있었다. 돈민 형제 그리고 러민, 전도는 모두 〈홍루몽〉을 감명 깊게 읽었고, 조설근과도 막역한 사이였는지라 벌써 가슴 찡한 감동이 밀려와 주인공 임대옥의 파란만장한 일생 속으로 빠져 들어가고 있었다. 그러다 거문고 소리가 멈추고 노랫소리가 그쳐서야 네 사람은 비로소 서둘러 밥을 먹기 시작했다. 당회(堂會)를 부른 사람이 꿈나라에서 헤매고 있으니 별채에서도 판이 식었는지라 상을 물리는 소리와 함께 가녀들이 우막료가 내린 상에 고마워하는 앵성연어(鶯聲燕語)가 들려왔다…….

술이 적당하고 배가 부른 듯한 네 사람에게 잠시 쉬어갈 방을 배치해주려고 일어서던 역승이 역관의 빨랫감을 맡아온 여인이 팔에 대바구니를 걸고 서쪽 별채 북측 쪽문에서 나오는 모습을 보고는 불러 세웠다.

"이봐 방씨댁, 빨아 널어놓은 의복들은 다 말랐나? 이 어르신네의 의복은 이쪽으로 가져오게. 지난달 공전(工錢)에서 은자 여덟 냥이 비었지? 좀 있다 같이 계산해줄 테니 그리 알게."

"알겠나이다."

고개도 들지 않고 여인은 기어 들어가는 목소리로 말했다.

"챙겨주셔서 감사합니다. 의복은 다 말랐사옵니다. 어르신들께서 갈 길이 급하시지 않으면 쇤네가 깔끔하게 다림질해 드리도록 하겠사옵니다."

"좋지! 그럼 다려놓고 가서 밥 먹고 오든가. 서쪽별채에도 장군께서 벗어놓으신 의복들이 한아름이나 되니 서둘러야 할걸세. 그때 가서 미처 말리지 못해 쩔쩔 매지 말고."

기운 없이 저벅저벅 신발을 끌며 걸어가는 여인의 뒷모습을 유심히 뜯어보던 돈민이 고개를 갸웃거렸다. 뭔가 짚이는 데가 있는 듯 역승에게 물으려 할 때 옆에 있던 돈성이 퉁기듯 일어나며 소리쳐 불렀다.

"방경 형수님!"

그녀가 방경이리라곤 전혀 생각지도 못했던 러민과 전도가 흠칫하며 여인을 바라보았다. 역시 몸을 흠칫 떨며 천천히 몸을 돌린 여인이 네 사람을 힐끗 쓸어보고는 다시 맥없이 고개를 떨구었다. 그리고는 묵묵히 몸을 낮춰 예를 올렸다.

"황송하옵니다. 쇤네가 잘못 들었사옵니다······. 누가 쇤네를 부르는 것 같아서 그만······."

돈성과 러민이 두 눈 똑바로 뜨고 유심히 뜯어보니 누런 얼굴에 주름이 깊고 쪽을 져서 올린 머리가 거의 백발인 여인은 분명히 조설근의 미망인······ 방경이었다.

"형수님······."

돈성이 부채를 내던지고 떨리는 발걸음을 내디디며 계단을 달려 내려갔다. 뜰로 내려가서 눈앞에 있는 행색이 초라한 여인을 마주한 돈성의 두 눈은 벌써 눈물로 앞이 보이지 않았다. 터져 나오면 쉽게 수습이 될 것 같지 않은 감정을 애써 이를 악물어 눅자치는 돈성의 눈에서 끝내 굵은 눈물이 후두둑 굴러 내렸다. 코를 벌름거리며 돈성이 말했다.

"돈민, 돈성, 러민 아무도 모르시겠습니까? 자기 엄마도 아직 잘 분간하지 못한다는 장옥(張玉)의 두 쌍둥이 녀석을 귀신처럼 짚어낸다고 형수님께서 저를 '도둑고양이 눈'이라고 하시지 않았습니까?"

오매불망하던 '장옥'이라는 이름이 돈성의 입에서 나오는 순간 러민은 가슴이 철렁 내려앉는 충격에 휩싸이고 말았다. 순간적으로 비틀거리다가 하마터면 계단 아래로 발을 헛디딜 뻔했던 러민이 겨우 진정하여 돈성을 따라 뜰로 내려왔다. 그리고는 홀린 듯

'방씨댁'을 뚫어지게 바라보며 떨리는 목소리로 말했다.

"틀림없어…… 방경 형수님이 틀림없어…… 형수님이 여긴…… 어쩐 일이십니까……."

방경은 마치 몽유병에 걸린 사람처럼 떨떠름한 표정이었다. 생기라곤 찾아볼 수 없는 흐릿한 눈빛으로 이 사람 저 사람을 바라보던 그녀가 갑자기 바늘에라도 찔린 듯 굽히고 있던 팔을 내렸다. 바구니가 땅에 떨어지고 네 사람을 얼싸 안을세라 다가서던 방경이 다시 움츠러들더니 손으로 얼굴을 가리고 목을 놓아 울었다. 온몸이 얼음물에 빠진 양 바들바들 떨렸고 손가락 사이로 눈물이 그칠 줄 모르고 새어나왔다.

역관에 있던 모든 사람들이 무슨 영문인지 몰라 창문으로 고개를 내밀고 내다보았다. 역졸들도 머리를 맞대고 수군거렸다. 역관에서 빨랫감을 거둬 그날그날 겨우 연명하는 여인이 어인 연으로 노란 띠를 두른 두 황실의 자제와 신임 호광순무를 마주하여 울고 있는지 궁금하기 이를 데 없다는 표정들이었다. 콧마루가 찡해지며 찔끔 흘러나온 눈물을 닦으며 말을 잇지 못하는 돈민 형제를 대신하여 러민이 나섰다.

"형수님, 우리 모두 형수님을 찾아 여기까지 왔습니다. 집에 가도 없고 이제 어찌 찾아야 하나 막막하기만 했었는데, 이렇게 상봉하니 이 또한 하늘의 뜻인 것 같습니다……. 우리 모두 좋아서 춤을 춰도 다 못 추겠지만 그만 울음들을 그칩시다……. 역승, 어디 갔어? 우리 형수님이 아직 식전이니 먹을 만한 걸 좀 내어오게!"

"예? 예! 그리하겠습니다!"

어안이 벙벙한 역승이 경황없이 연신 대답하며 주춤주춤 물러갔다.

 낮잠이 들어있는 식모를 흔들어 깨워 '방씨댁'이 알고 보니 보통 인물이 아니더라며 음식을 정성껏 준비하라 이르고 역졸에게 얼굴 닦을 수건을 갖다 주라 명하고 돌아선 역승은 궁금증을 참지 못하고 이들의 대화장소인 동쪽 끝방으로 돌아와 엿듣기 시작했다. 안에서는 눈물 그친 방경의 하소연이 한창이었다. 들어가 비비고 앉을 명분이 없는 역승은 밖에서 시중을 드는 척하며 엿듣는 수밖에 없었다.

 "……그이는 그렇게 야속하게도 말 한마디 없이 떠나버렸습니다."

 창가에 앉아 가끔씩 흐느껴가며 방경이 말을 이어나갔다.

 "그날은 일년도 다 가는 섣달 그믐날이었습니다. 하늘에서는 눈발이 굵어지고 새해를 맞는 폭죽의 불꽃이 어두운 밤하늘을 곱게 장식하는 늦은 시각이었지요……. 가가호호 명절의 분위기에 흠뻑 도취돼 있는데 누구 하나 상사(喪事)를 처리해 주십사 청을 드릴 데도 없고, 뱃속엔 석 달 된 새끼가 있고 그냥 대들보에 목매어 따라가버리고 싶었습니다. 추호도 살아 남고 싶은 미련이 없었습니다. 할 수 없이 널빤지를 가져다 대충 시체를 끌어다 뉘였지요. 장명등(長明燈)을 밝히고 향까지 사르고 송장이 되어 뻣뻣해진 그이의 옆에 누우니 저 자신도 산송장이나 다름이 없더군요……."

 여기까지 말한 방경의 눈에서는 다시금 눈물이 흘러내렸다. 그러나 더 이상 소리는 내지 않았다. 네 사람도 연신 눈물을 훔쳤다. 몇 번이나 말을 하려고 입을 실룩거렸으나 방경은 번번이 눈물에 목이 메어 손으로 가슴을 지그시 누른 채 흑흑 흐느끼며 울고 또

울었다. 눈물 젖은 하소연은 그렇게 이어지다 끊어지고 다시 이어졌다.

"……배가 불러 송장이 다 되어 누워 있는데도 빚쟁이는 어김없이 찾아와 행패를 부리더군요. 그이 본가(本家)의 몇몇 파렴치한 인간들은 골골대며 겨우 목숨을 부지한 사람이 어찌 방사(房事)를 했겠느냐며 뱃속의 아이를 의심하기까지 했어요. 어떤 놈의 씨를 받았느냐며 발로 걷어차고 족치는데, 도무지 살맛이 안 났어요……. 죽어버리려고 눈밭을 헤매고 다녔어요. 무릎까지 푹푹 빠지는 눈밭을요. 며칠동안 곡기를 거른 데다가 워낙 상심이 밀려드니 아, 이 눈밭이 날 내년 봄까지 묻어주겠구나, 마지막으로 못난 어미 탓에 세상에 태어나보지도 못하고 죽어갈 아기를 부르며 그 자리에 쓰러지고 말았어요……. 그런데 아무리 개돼지보다 못한 천하디 천한 목숨이라고는 하지만 쉬이 끊어지지가 않더군요. 때마침 우리 집에 왔다가 불길한 예감에 동네방네 찾아다니던 옥이 형님이 눈밭에 쓰러진 저를 집으로 데려가 따뜻한 아랫목에 뉘였더라고요. 흑흑거리며 미음을 떠 넣어 주는 순간 눈을 뜨니 지지리도 질긴 목숨이 어찌 그리 한스러운지……."

전도와 돈민 형제는 방경과 더불어 울며 흐느끼고 가슴을 쥐어뜯으며 그 피눈물 어린 하소연에 귀를 기울이고 있었다. 그러나 러민은 '장옥'이라는 이름이 내내 뇌리에서 떠나지 않았다. 방경이 콧물을 닦는 틈을 타 러민이 물었다.

"형수님, 방금 말씀하신 옥이 형님이라는 사람이 혹시 정육점 집의 그 장옥 아닙니까?"

그 말에 방경이 의아스러운 표정을 지어 보였다.

"그럼요! 아직 장옥의 소식을 몰랐어요? 러민 어른은 출세하기 전에 그 집에서 3년을 사셨잖아요……."

설마, 설마 했던 것이 사실로 밝혀지는 순간 러민의 얼굴은 삽시간에 창백하게 질려버리고 말았다. 과거시험에서 떨어지고 실의에 빠져 정처 없이 떠돌던 그때도 지금처럼 무더운 날씨였다. 굶주리고 병들어 쓰러져 가는 자신을 장옥의 아버지가 구해주었고, 옥이와의 사이에 잊지 못할 추억을 만들었었다……. 희노애락이 뒤범벅된 지나간 추억들이 기억의 수면 위에 떠다녔다. 망연자실하여 앉아 둘을 떼어놓았으면 그만이지 어찌하여 이제 다시 만나게 해주려는 겁니까? 연신 하늘의 조화를 울부짖어 물으며 슬며시 방문을 밀고 나선 러민이 밖에 있는 역승에게 물었다.

"방경 형수님이 말하는 옥이 형님의 집을 알고 있나? 날 그리로 데려다 주게!"

19. 지모초(知母草) 피어 있는 무덤

　역승을 따라 상방 서쪽 계단으로 내려와 다시 쪽문을 통해 역관의 후원으로 나온 러민은 갑자기 불어오는 한줄기 회오리바람에 얼굴을 강타당하는 순간 휘청거리며 멈춰 섰다. 그렇지 않아도 주춤거리던 중이었다. 옛 사람을 찾아보는 건 좋은데 마땅한 명분이 서지 않았던 것이다. 누이동생도 아니고 벗도 아니었다. 개부건아(開府建牙)의 봉강대리(封疆大吏)로서 삯빨래로 연명해가는 가난한 촌부(村婦)를 만나 자신의 신분을 과시하려는 걸까? 그건 절대 아니다. 그렇다면 유부남이 옛정이 그리워 유부녀를 찾는 걸까? 그 역시 아니다……. 성현의 글을 수없이 읽었어도 러민은 처음으로 "명분이 바로 서지 않으면 모든 것이 얼토당토하지 않다"던 성인의 말을 떠올렸다! 이런 러민의 속마음을 알 리가 없는 역승이 주춤거리는 러민을 향해 말했다.
　"여기 시원한 그늘 밑에서 기다리시겠습니까, 중승 어른. 소인이 가서 불러오겠습니다."

"아니, 우린 관가의 법도를 따질 그런 사이가 아닌 아주 특별한 사이이네."

드디어 '명분'을 찾은 러민이 웃으며 물었다.

"저기 냇가에서 빨래하고 있는 바로 저 여인이 아닌가?"

역승이 그렇다고 대답하자 러민이 손사래를 쳐 돌아가라 분부했다. 그리고는 좁다랗게 냇가로 통한 오솔길을 걸어 내려갔다. 빨래를 마친 듯 자리를 정돈하는 여인은 십 년 전의 연인이었던 옥이가 틀림없었다. 러민은 흥분에 겨워 이름을 부르며 빠른 걸음으로 다가갔다.

누군가 자신을 부르는 소리에 장시간 굽히고 있던 허리를 힘겹게 펴고 일어서던 옥이와 러민의 눈길이 부딪쳤다. 곧바로 러민을 알아본 옥이의 눈빛에 희비가 엇갈리는 우수가 빠르게 스쳤다. 그러나 옥이는 러민만큼은 흥분하는 것 같지 않았다. 이내 평상심을 회복하며 두 손을 무릎에 대고 예를 갖춰 인사하고 난 옥이가 미소를 지으며 인사를 했다.

"참으로 오래간만이네요, 러민 어른! 수염만 조금 길었을 뿐 옛날 모습 그대로인 것 같네요. 길에서 만나면 그쪽은 절 몰라보겠지만 전 한눈에 알아봤을 거예요!"

옥이의 서글서글하고 씩씩한 모습에 사뭇 긴장돼 있던 러민도 마음의 탕개가 풀리는 것 같아 편안해졌다. 유심히 옥이를 뜯어보며 러민이 말했다.

"자네도 여전히 젊고 아름답네. 방경이보다 세 살 위로 알고 있는데, 되레 대여섯 살은 어려 보이오······. 흰머리도 하나 안 보이고!"

그러자 흘러내린 귀밑머리를 뒤로 쓸어 넘기며 옥이가 대답했다.

"전 워낙에 단세포인 데다 글공부도 많이 못하여 심사가 별로 없는 편이어서 그렇지 않을까요? 그래도 나이가 나이인데 흰머리가 하나도 없을 리야 있겠어요, 멀리서 보니까 그렇죠……"

이같이 말해놓고 옥이는 전처럼 혀를 홀랑 내밀며 얼굴을 붉혔다. 상대에게 가까이 와달라는 암시를 한 것 같아 실수했다는 생각에 두 손을 비비며 고개를 떨구었다.

러민은 가슴속으로 깊은 한숨을 삼켰다. 이제는 어찌 전처럼 격의 없이 환하게 웃으며 마주볼 수 있을 것인가? 예전처럼 길을 가다 야생화를 꺾어 수줍은 귀밑머리에 꽂아줄 수 있을 것인가? 십 년만에 다시 만난 옥이는 그러나 너무나 씩씩하고 명랑하여 러민으로 하여금 오히려 당황하게 만들었다. 그만큼 옥이는 먹고 살아가는 것에 바빴고 러민에 대한 애틋한 감정 따위는 사치라고 생각한다는 것을 러민은 피부로 느꼈다. 덕분에 러민도 옥이에 대한 이름 모를 죄책감과 아픔, 그리고 가슴 절절한 그리움을 떨쳐낼 수가 있었다.

"속마음을 감추지 못하고 거짓이 없는 자네의 성격은 여전한 것 같네. 북경에 전에 우리가 함께 만났던 나의 벗들도 많은데, 이 지경에 이르렀으면 그네들을 찾든가 날 찾아오든가 했어야지."

"그래도 이 떨어진 사발 들고 이 집 저 집 기웃거리는 신세는 면했잖아요."

옥이가 대수롭지 않게 웃으며 말했다.

"삼 시 세 끼 멀건 죽이라도 먹을 수 있다는 것에 만족해요. 제가 이 꼴을 해 가지고 찾아가면 창피해서라도 내쫓았을 걸요?"

옥이는 농담을 하고는 스스로 깔깔거리고 웃었고, 러민 역시 두 손 두 발 다 들었다는 듯 손가락으로 옥이를 가리키며 웃었다. 둘 사이에 처음부터 서먹한 분위기는 없었다. 옥이가 물었다.

"그런데, 여긴 어쩐 일이에요? 관가에 전염병이 돌아 도망쳐 왔어요, 아니면 시어(詩語)가 고갈되어 시 사냥을 나왔어요?"

러민이 자신의 근황을 간단하게 들려주었다. 그리고는 덧붙였다.

"돈민 형제분이 여러 차례 자네 이름을 말했지만 워낙에 동명이인이 많은지라 번번이 무감각하게 들어 넘겼는데, 결국은 이렇게 만나는군. 자네가 방경과 같이 있을 줄은 몰랐소. 자, 아직 식전이지? 안에서 식사를 다 준비해 놓고 있으니 어서 가 봅시다."

두 사람은 모처럼 어깨를 나란히 하고 걸었다. 격의없이 한담을 나누면서 러민은 비로소 옥이의 남정네가 몇 년 전에 이미 죽었고 집에 손바닥만한 땅뙈기가 있고 쌍둥이를 포함한 세 아들이 있다는 것을 알게 되었다. 지금은 방경과 그의 아들들과 함께 살고 있어 가난하지만 적적하지는 않다고 했다. 둘이 같이 걷는 길은 너무도 짧았다. 역관으로 들어가는 쪽문 눈앞에 두고 둘은 약속이라도 한 듯 걸음을 멈추었다. 둘 다 마음이 무거워 보였다.

"옥이!"

멀리 먼 숲을 바라보던 러민이 한참 후에야 천천히 입을 열었다.

"하고 싶은 말이 있는데, 해도 되는지 모르겠소."

"무슨 말이 그래요? 말이라는 건 하고 싶으면 하고 하기 싫으면 안 하는 거지! 우리가 언제 상대의 허락을 받아가며 말했어요?"

"……"

"……"

"옥이!"

"예."

"과거지사는 제쳐 두고라도 우리가 이렇게 다시 만난 것도 인연이 아니겠소? 뭐 다른 뜻이 있어서는 아니고 그저 힘들게 사는 걸 보니 안쓰러워 좀 도와줬으면 내 마음이 편할 것 같소."

"예? 돕고 싶다고요? 뭘…… 어떻게요?"

그러자 러민이 빙그레 웃으며 입을 열었다.

"그렇게 도둑 보듯 쳐다보지 마오. 자네의 조상들이 전명(前明) 때 재상(宰相)을 지내셨던 분들이라 피는 물보다 진하다고 자네도 사족(士族)의 도도한 성품을 지녔다는 건 아오."

러민이 이같이 말하며 장화 속에서 천 냥짜리 은표를 꺼냈다. 그리고 말했다.

"하지만 자네도 이번만은 내 체면을 좀 살려주었으면 하오. 아무소리 말고 받아두오. 아이를 위해서도 급전이 필요할 수가 있고, 설근의 미망인과 유고(遺孤)도 보살펴 주어야 할 거 아니오. 땅을 좀 사서 일꾼들을 시켜 농사를 지으면 애들 떼어놓고 삯빨래를 하는 것보다야 낫지 않겠소? 난 호광순무(湖廣巡撫)로 발령이 났소. 총대 메고 금천(金川) 전사(戰事)에 투입될 수도 있는데, 운이 나쁘면 다시 못 올 길이 될 수도……"

"말이 씨가 된다고 했어요. 무슨 그런 흉한 소리를 하세요!"

옥이가 러민의 말을 잘랐다.

"돈을 받으라면 받죠. 천 냥이 문제겠어요. 만 냥이라도 챙겨 넣을 수 있어요. 하지만 제 두 다리가 성하고 두 팔이 멀쩡한 이상 아직 그 돈을 받고 싶진 않아요!"

"아하, 진풍경이로군!"

순간 등뒤에서 누군가 히히 웃으며 박수를 치며 나왔다.

"우리는 안에서 눈 빠지게 기다리고 있는데, 누군 사랑싸움이나 하고!"

두 사람이 고개를 돌려보니 측간에 나왔던 돈성이었다. 러민이 웃으며 말했다.

"간 떨어질 뻔했네! 그게 아니라……."

"됐소, 내가 다 들어서 알지!"

돈성이 여전히 히히 격의없이 웃으며 말을 이었다.

"어려운 상황에 처한 누군가를 위해 아무 조건 없이 쾌히 은자를 건네줄 수 있다는 것이 얼마나 보기 좋은 일인가! 줄 때 군소리 말고 받아 넣으시게……. 우리 형제와 전도도 생각이 있소! 우리 둘이 가지고 있는 걸 털어 보니 은자 3백 냥밖에 안 되길래 역관에서 5백 냥을 꾸었소!"

돈성의 말에 더 이상 마다하지 않고 옥이는 러민의 은표를 받았다. 돈성이 말했다.

"서쪽 별채에 들어있는 제도 장군도 거칠고 교양 없긴 해도 통은 커서 조설근의 부인이 어려움에 처해 있다는 말을 듣더니 즉석에서 3천 냥짜리 은표를 방경에게 쾌척하는 게 아니겠소? 지금도 둘은 밀고 당기는 승강이를 벌이고 있을 거요."

역관으로 돌아오니 과연 동쪽 모퉁이방에서 제도의 지독하게 굵고 갈린 목소리가 들려왔다.

"부인, 왜 이러시오? 사람 마음을 너무 몰라주시니 이것도 야속하구만. 난 비록 무장(武將)이지만 〈삼국연의〉, 〈수호지〉, 〈홍루몽〉은 다 읽었소. 모르는 글씨가 있으면 막료더러 읽어달라고 하거나 방금처럼 창(唱)을 통해서라도 다 읽었단 말이오. 지난번 폐하께오선 내가 기서(奇書)들을 다 읽었다고 하니 대단히 흡족해하시면서 이 사람더러 '유장(儒將)'이라고 치하하셨다는 거 아니오!"

러민과 돈성이 마주 보고 조용히 웃으며 옥이를 데리고 들어갔다. 탁자 위에는 과연 은표 몇 장과 종이에 싼 은자가 몇 무더기 놓여 있었다. 앉은키도 웬만한 사람의 신장을 능가하는 흑룡강장군 제도가 산처럼 앉아 부채를 부치며 득의양양한 표정으로 말했다.

"흥, 봉천장군 뒤뢰가 먹물을 먹었으면 얼마나 먹었겠소? 툭하면 날 '사이비 풍류'라고 비웃는데 오줌 물에 자기 꼴이나 비춰보라지!"

"모두가 장군같은 독서열을 올린다면 성세의 문치(文治)는 발흥하지 못할 이유가 없겠소!"

러민이 박수를 보내며 웃는 얼굴로 말했다.

"제도…… 날 모르겠소? 지난번 운송헌에서…… 금천 전사에 대해 주하고자 하는 나를 밀치며 멀리 흑룡강에서 온 내가 먼저 주해야 한다며 승강이를 벌였던……."

그제야 제도가 러민을 가리키며 "아아아!" 소리치며 알겠노라 연신 머리를 끄덕였다. 그리고 호탕하게 웃었다.

"기억나고 말고! 폐하께오서 우리 둘의 만주 성(姓)을 하문하시어 둘 다 같은 기(旗) 소속이고, 똑같이 과얼자 씨(氏)라는 걸 알게 되었잖소. 아까 러 중승이라던 사람이 알고 보니 러민 아우였구나! 자식, 잘 있었어?"

그러자 러민이 웃으며 답했다.

"보다시피, 짜식아!"

지모초(知母草) 피어 있는 무덤

둘의 장난기 다분한 모습에 사람들은 한꺼번에 폭소를 터트렸다. 방경과 옥이 두 여인은 이런 자리가 다소 불편한 듯 말이 없었다. 이를 눈치챈 전도가 말했다.

"우연치고는 참 잘들 만났소. 우리는 설근 형의 지기들이고, 옥이 자네는 러 중승과 뜻깊은 해후를 했으니 말이오. 제도 장군은 설근 형을 경배하는 독자 중의 한 사람으로서 우리 모두가 자신의 능력 안에서 십시일반으로 도와드리는 것이니 방경 형수님도 그렇고 두 분께서는 흔쾌히 받아 주셨으면 하오!"

방경이 머리를 끄덕이자 돈성이 입을 열었다.

"진작에 그렇게 나오셔야죠. 제도, 자네는 아직 모르지? 자네를 '사이비 풍류'니 어쩌니 하며 꼴값 떤다고 하던 그 뒤뤄 말이오. 지난번에 북경에 왔다가 여러 패륵, 황자들을 포함하여 윤계선, 우리 형제, 그리고 계선의 벗들이 가득 모인 가운데 주령(酒令)을 잘못 이어서 개망신 당할 뻔했지 뭐요. 다행히 원장(元長, 윤계선의 호)이 도와주어 그 난감한 장면은 피해갔지. 오죽 진땀을 뺐으면 끝나고 원장에게 고맙다며 은자 천 냥을 내놓았겠소?"

"하하, 참기름을 부은들 이보다 더 고소할까! 과연 그런 일이 있었단 말이죠?"

제도가 박수를 치고 다리까지 들썩거리며 크게 웃었다. 찻잔을 들어 꿀꺽꿀꺽 마셔버리고는 손등으로 입을 쓰윽 닦더니 물었다.

"대체 무슨 주령이었기에 천하의 뒤뤄 장군을 난처하게 만들었다는 말씀이지요?"

"뒤뤄한테 가서 이르지는 마오?"

돈성이 솔직하여 '귀여운' 제도를 향해 웃으며 말했다.

"그날 '홍(紅)'자 들어간 시구(詩句) 잇기 놀이를 했는데, 누군가 〈홍루몽〉에 나오는 '홍진(紅塵)에 잘못 들어온 세월이 그 몇 해던가' 라고 하니 그 뒤를 이어 '석양은 몇 번이나 붉게 물들었던가' 또 뭐 '단풍은 2월의 꽃보다 붉구나' 등등 사람들이 한마디씩 이어 무난히 차례를 넘기는데, 뒤뤄 차례가 되자 이게 그냥 당황해 어찌할 줄을 모르더니 '버드나무 꽃가루가 날아드니 천지는 온통 붉은 옷을 입었네!' 라고 허튼 소리를 하지 않겠소? 솜털 같은 버드나무 꽃가루가 흰색인 줄은 세 살 먹은 아이도 아는 일인데 말이오!"

옆에 앉은 사람의 고막이 성할 것 같지 않은 제도의 큰 목소리가 터져 나왔다. 박수를 치고 발까지 굴러가며 뒤로 넘어갔다.

"하하하! 저런! 그 사람은 원래 흰 것도 빨갛다 하고 날아가는 방귀도 자기 방귀라 우기는 자요!"

제도의 말에 사람들이 모두 웃는 가운데 돈성이 말했다.

"얼굴이 빨개져 있는 뒤뤄를 보며 윤계선이 왜들 웃느냐고, 이건 고사기가 쓴 시의 한 구절이라고 못을 박아 사람들의 입을 막아 버렸다는 거 아니오. 그건 그렇고, 제도 장군! 나는 오늘 장군을 처음보지만 큰 감명을 받았소. 어려운 처지에 있는 사람을 흔쾌히 도와주는 것이야말로 진짜 영웅본색이 아니겠소? 누가 뭐라고 해도 제도 장군은 멋진 사람이오!"

칭찬에 약한 제도는 입이 함지박만큼 찢어져 어찌할 바를 몰라 했다. 러민은 이대로 마냥 시간이 흘러가는 것이 안타까웠다. 옥이와 방경은 아직 식전이라 배가 고플 터였다. 몇 번이고 창밖의 해를 확인하고 시계를 꺼내 들여다보았지만 제도는 아무런 눈치도 채지 못하고 있는 것 같았다. 결국 참다못해 러민이 나섰다.

"배부른 사람은 배고픈 사람의 사정을 모른다는 말이 이래서 나온 것 같소. 우린 배부르고 술이 족하여 웃고 떠들며 시간가는 줄 모르지만 옥이와 방경 형수님은 아직 식전인데 얼마나 배가 고프겠소! 제도 형, 우린 좀 있다 설근 형이 묻힌 곳을 찾아보고 다시 성안으로 돌아갈 거요. 형도 오늘 올라갈 거면 같이 가면 되겠네. 내일 내가 집에 초대할 테니, 그때 좋은 자리 한번 가지는 게 어떻겠소?"

으스대듯 금시계를 꺼내어 높이 치켜올려 보던 제도가 얼굴이 하얗게 변하더니 고함을 질렀다.

"벌써 이렇게 됐소? 미시(未時)가 넘었네! 저녁에 아계 중당을 찾아뵈어야 하는데, 늦어서 큰일났소. 나 먼저 가봐야겠소."

서둘러 좌중을 향해 읍해 보이고 난 제도가 특별히 방경에게는 계수(稽首, 머리를 땅에 대고 절하다)의 예를 갖추었다.

"경사(京師)의 우안문(右安門) 북가(北街)에 나의 저택이 있는데, 내가 없더라도 마름들은 항상 집을 지키고 있을 것입니다. 부인께서 급한 도움이 필요하시면 그네들을 찾아가세요!"

정중히 이같이 말하고 난 제도가 익살스레 웃으며 좌중을 향해 한쪽 눈까지 찡긋해 보이더니 덧붙였다.

"북경 가서 또 봅시다!"

그제야 사람들은 제도를 수행한 수십 명의 친병과 막료들이 대오를 정렬하여 뜰에서 기다리고 있는 걸 보았다. 제도가 밖으로 나서자 친병들은 패검 부딪치는 쇳소리를 요란하게 내며 군례를 올렸다. 제도는 그런 친병들에게는 시선을 주는 둥 마는 둥하며 손사래를 쳤다.

"자, 불볕 속을 행군하지!"

전도 등은 그를 배웅하여 역관 밖으로 나왔다. 천길 만길 뽀얀 먼지를 일구며 쾌마가편의 기세로 달려가는 모습이 시야에서 사라질 때서야 다시 역관으로 돌아왔다. 방경과 옥이가 늦은 점심을 먹는 모습을 본 다음에야 밖으로 나온 돈민이 말했다.

"밥 먹고 나서 좀 쉬게 하고 설근에게로 가보지. 그리고 그 길로 귀성하면 되겠네. 제도가 뜻밖에 저리 통 크게 나오는 바람에 은자가 꽤나 모여진 것 같소. 돈만 던져주면 그만인 건 아니니. 어디에 어떻게 사용하는 것이 바람직할지 우리가 계획을 좀 짜줘야 하지 않을까?"

그리하여 네 사람은 방안으로 들어가지 않고 바람이 잘 통하는 복도에서 머리를 맞댔다. 계산해 보니 십시일반으로 모여진 은자는 총 4천8백 냥이었다. 돈민 형제와 러민은 재무(財務)에는 문외한이라며 모두 전도에게 떠밀었다. 전도의 주장에 따라 3백 냥은 집을 수리하는데 쓰고, 5백 냥은 은호(銀號, 일종의 은행)에 저축하고, 가축과 농기구 종자를 구입하고 창고를 짓는데 5백 냥이 들어가면 나머지 3천 5백 냥으론 근처에서 토질이 좋은 땅을 90무(畝) 정도는 살 수 있을 거라고 했다. 재무에 능한 전문가답게 전도는 단 한 푼도 헛되이 낭비하지 않게끔 조목조목 계획을 세워주었고, 그대로만 지켜지면 두 여인이 애들과 함께 생활하는데는 전혀 지장이 없을 것 같았다. 말미에 전도가 덧붙였다.

"두 형수님은 분명하신 분들이라 재산을 두고 옥신각신하는 일은 없겠지만 '이(利)'자엔 칼 '도(刀)' 자가 세워져 있듯이, 후세들을 위해서라도 재산 명세는 분명히 해두는 게 좋겠소……."

"나무아미타불, 적어도 30년 동안은 기근이 없겠네!"

러민이 〈홍루몽〉의 한 구절로 자신의 안도를 표하며 합장을 했다.

"그런데, 지금 두 사람이 구순(口脣)의 우애를 나누고 있는데 근량(斤兩)을 칼같이 가르게 만드는 것도 말을 떼기가 좀 힘이 들 것 같네요."

돈민은 공감하는 듯했으나 돈성은 달랐다.

"그게 뭐가 대수요? 다들 차마 입을 떼지 못할 것 같으면 내가 말할게……."

네 사람이 아직 머리를 맞대고 수군대고 있을 때 밥을 다 먹고 난 방경과 옥이가 밖으로 나왔다. 옥이가 먼저 말했다.

"머리만 맞대면 뭘해요. 목소리는 어찌나 큰지 안에서도 토씨 하나 안 빼놓고 다 들었는데……. 은자만 내어주시면 다른 건 염려하지 않으셔도 돼요. 팔자에도 없는 재물을 얻었어요. 그걸로 네 것 내 것 따지며 옥신각신할 우리 사이가 아니에요. 말씀하신 대로 땅이나 좀 사서 뽕나무 심고 방직기계나 몇 대 들여놓으면 우리가 비단을 못 만들 것 같아요? 그리고 해마다 이 근처에서 고장이 나서 오도가도 못하는 조운 선박들이 백 척은 넘어요. 대장간을 운영하여 배를 수리해주는 건 또 한낱 허황된 생각일까요? 황실에서 원명원 재건축에 이미 첫삽을 떴다는데, 앞으로 벽돌이며 석재가 얼마나 필요할지 몰라요. 벽돌을 구워 팔아도 돈이 되고, 채석장을 만들어도 먹고사는 건 충분하지 않겠어요? 앞으로 벌어들인 돈을 우리가 어떻게 배분할지는 우리에게 맡겨주세요. 귀하고 다망하신 어르신들에게 더 이상 폐를 끼쳐드릴 순 없지 않겠어요?"

두 여인의 개명한 심사에 사람들은 놀랍고도 기뻤다. 돈성이 환한 표정으로 전도에게 말했다.

"고명한 자네의 삼책(三策)을 써먹으려고 했더니, 반책(半策)도 못 써먹게 생겼군!"

그러자 전도가 말했다.

"난 걷는데, 형수님들은 달리고 계시네요. 난 그저 자급자족의 차원에서 계획을 세웠지만 형수님들은 호구차원이 아닌 돈을 버는 쪽으로 생각하고 계시잖아요! 고양이 머리인 줄 알고 잡았더니 호랑이 꼬리인 격이네요. 대단한 분들인 것 같습니다. 방금 말씀하신 세 가지 가운데서 어느 한 가지를 택해도 잘 될 겁니다. 두 손 들었습니다!"

그러자 돈민이 웃으며 말했다.

"돼지 잡을 때 꼬리부터 떼어내는 사람이 있듯이 사람의 사유도 다 제각각이지. 몽고인들에겐 부(富)의 척도가 목장과 가축에 있지만 한인들은 땅과 저택을 얼마나 소유하고 있느냐를 비교하지. 서남에 노족(怒族)이라는 무리들이 있는데, 그네들은 누구네 대문에 소머리가 많이 걸려 있느냐로 부자를 뽑는다고 들었소. 강남과 절강 일대에는 누구의 가게가 크고 방직기가 많으냐로 빈부를 따지고……. 지난번 푸샹이 그러는데, 영국 사람들은 화륜(火輪)과 철선(鐵船)의 소유 여부가 빈부의 척도라고 하더군. 러시아 사람들은 전부 쇠로 철길을 놓는다고 하데! 누구네 앞으로 철길이 길게 뻗었는가를 따진다고 하더군……. 세상에는 우리가 미처 상상도 못하는 천기백괴(千奇百怪)가 있는 것 같소."

그러자 러민이 말했다.

"그렇긴 하지만 만은 하나로 통한다는 이치에 비춰볼 때, 그래도 공맹지도(孔孟之道)만이 중천의 일월이 사해를 두루 비추듯 어디에 대입해도 틀림이 없는 진리라고 생각해요. 농사꾼은 농사를 짓고 장사치는 장사를 하는 등 사람은 그 근본을 잊어선 안 된다고 봐요……."

"공맹을 심어 거인, 진사, 장원이라는 이름의 열매를 거두는 것만이 전부라고 생각하나 보지?"

돈성이 야유 섞인 어투로 말했다.

"그리고 재상자리에 올라 일인지하 만인지상의 위력을 행사하다가 더 오를 데가 없으면 거꾸로 곤두박질치는 거…… 재미있네."

러민은 예기치 않던 돈성의 날카로운 반격에 잠시 할 말을 잊었다. 그러나 상대가 금지옥엽의 황실자손이고 얼굴을 붉히고 언성을 높여가면서까지 반론을 펴 이겨야만 하는 경우가 아니라 판단한 러민이 웃으며 말했다.

"됐어요. 좋은 게 좋은 거 아니겠어요……. 형수님, 이제 그만 설근 형이 묻힌 곳으로 가보죠. 시간이 그리 많지 않은 것 같아요."

방경과 옥이를 따라 역관을 나선 네 사람은 가게에서 향촉이며 지박(紙箔), 주사(朱砂), 기도문을 쓴 황색종이, 술 한 병까지 챙겨들고 오던 길을 되돌아갔다.

조설근의 옛집이 있는 곳에서 동쪽으로 조금 떨어진 자리에 몇 그루 백양나무가 서 있는 언덕이 보였다. 방경을 따라 허리를 넘는 잡초를 헤치고 들어가 보니 그 속에 평평한 주변과는 달리 조금은 봉긋해 보이는 무덤이 있었다. 무덤 위에도 풀은 덮여 있었지만 그것은 사방에 흉물스럽게 자란 잡초들과는 달리 누군가 정갈하게 심어놓은 종이 나기 전의 마늘 같은 지모초(知母草)였다. 마침 한줄기 석양이 비치어 검푸른 지모초는 유난히 싱싱해 보였다. 네 사람은 전에 조설근네집의 앞뜰에서 지모초만을 심은 약재밭을 본 적이 있는지라 방경이 일부러 심은 것임을 짐작하고는 아무도 묻지 않았다.

석양이 내려앉은 나무 사이로 새들이 재잘거리고 허리를 넘는 풀숲에서는 벌레들의 합창이 한창이었다. 하얀 띠처럼 동으로 굽이굽이 흐르는 시냇물이 석양에 반사되어 어린(魚鱗)처럼 반짝거렸다. 하늘을 찌르는 아름드리 백양나무의 잎새 소리와 매미의 긴 울음이 어울려 묘한 화음을 만들어내고 있었다. 사람들은 마치 이 산천초목과 하나가 되어 돌아가는 것 같은 느낌에 사로잡혔다. 아무 말도 하고 싶지 않았고 할말도 없었다.

"설근 형, 우리가 형을 보러왔어요."

돈성이 쭈그리고 앉아 무덤 위의 지모초를 조심스레 쓸어보며 말했다. 그리고는 풀섶을 헤쳐 향촉에 불을 붙이고 준비해간 노란 종이를 태웠다. 방경이 무릎을 꿇어 종이돈을 한 장씩 날름대는 불 속에 집어넣으며 말했다.

"가난한 집에 초상이 나면 개도 안 들어오는 아무리 염량세태라고는 하지만 당신은 억만금보다 더 소중한 재산을 남기고 가셨어요……. 당신이 미처 교정을 보지 못하고 남겨놓은 원고를 하지(何之) 어른의 아드님이 금릉(金陵)으로 가지고 가서 책을 만들고 있다고 하네요. 올 가을에 견본이 나온다고 하니 이 얼마나 고마운 일입니까? 그뿐입니까? 돈민, 돈성 형제분과 러 중승, 전도 어른 그리고 덕이 깊으시고 선량하신 제도 장군까지 이렇게 아무 조건 없이 우리 모자를 도와 주시네요. 땅속에서도 다 지켜보고 있으리라 믿어요……."

방경이 어깨를 들썩이며 말을 잇지 못했다. 그러자 그 옆에 무릎 꿇은 옥이가 합장하며 말했다.

"설근 어른, 첫날 곡을 하고 돌아가 전 관음보살님 앞에서 이 목숨 붙어있는 그날까지 방경과 조카들을 잘 보살펴드리게 해 주

지모초(知母草) 피어 있는 무덤

십사 발원을 하였습니다. 내 새끼들을 굶기는 한이 있더라도 절대 어르신의 미망인과 유고(遺孤)를 배곯게 하는 일은 없을 것이니 염려하지 마시고 고이 잠드시옵소서……."

사람들이 조설근의 무덤에 술을 붓고 정중히 예를 갖추고는 산 사람을 대하듯 도란도란 이 얘기 저 얘기 한마디씩 하고 있을 때 전도는 뒷짐을 진 채 여기저기 주변을 둘러보기에 여념이 없었다. 예전에 풍수지리의 달인이었던 고기탁(高其倬)과 일을 같이한 적이 있어 어깨너머로 보고 귀동냥하여 들은 바가 있는지라 그는 조설근의 묘터를 봐주고 있었던 것이다. 두 눈을 뚜루룩 굴리며 풍수의 맥을 짚어보고 흙을 만져보고 조금 입에 넣어 혀끝으로 씹어보던 전도가 말했다.

"지세를 살펴보니 연산(燕山)의 지맥(地脈)에서 내려온 용조(龍爪) 땅인지라 묘터로는 더할 나위 없이 좋은데, 흠이라면 흙속에 모래가 섞여 있다는 건데 무덤 앞에 돌비석을 하나 세워두면 좋을 것 같소. 지금 나무로 대충 묘비라고 세웠는데, 이건 안 되오."

그러자 옥이가 말했다.

"설근 어른이 돌아가시고 나서 방경은 한동안 인사불성이었지요. 설상가상으로 〈홍루몽〉에 불순한 내용이 들어있어 조정에서 곧 감사가 있을 거라는 흉흉한 소문이 나돌아 인근에 살고 있던 조씨네 친척들이 전부 자리를 떠버렸지 뭡니까? 여자의 몸으로 어디 가서 돌비석을 만들어올 엄두도 안 나고 어쩔 수 없이 제가 나무판자를 하나 가져다 꽂아 두었던 것입니다……."

전도는 알겠다는 듯이 머리를 끄덕일 뿐 아무 말도 없었다.

"설근 형과 이승에서의 인연을 끝났지만 그래도 멋진 스승을 두었다는 것에 위로를 느끼오."

돈민이 저물어 가는 해를 바라보고는 긴 한숨을 내쉬며 두 여인에게 말했다.

"며칠 뒤면 우리 두 형제는 다시 산해관(山海關)으로 돌아가게 될 겁니다. 이쪽으로 돌아가며 한번 들르겠습니다. 전도와 러민 두 어른도 이제 곧 남으로 내려가게 되겠지만 다들 북경에 집이 있으니 무슨 일이 있으면 집으로 소식을 알리도록 하세요. 가족들도 잘 대해줄 겁니다. 그럼 오늘은 아쉽지만 이만 헤어져야겠습니다."

돈성과 전도도 두 손을 들어 읍해 보이고는 잇따라 말에 올라탔다. 러민은 맨 마지막에 몸을 날려 말에 오르며 방경과 나란히 서서 깍듯이 몸을 낮추고 이마를 숙인 채 두 손을 맞잡고 있는 옥이를 지그시 바라보았다. 그리고는 감개에 젖은 깊은 한숨을 내쉬며 고삐를 당겼다.

"갑시다!"

장가만(張家灣)에서 북경의 내성(內城)까지 오는 데는 족히 시간 반이 걸렸다. 동직문(東直門)에 다다르니 벌써 어둠의 그림자가 드리워지려고 했다. 마지막 남은 한줌의 석양이 제법 빨갛게 반쪽 하늘을 물들이고 있었다. 네 사람은 동시에 고삐를 당겨 멈춰섰다. 같은 길을 가는 사이는 아니지만 〈홍루몽〉으로 인해 만났던 네 사람은 내일부터는 다시 각자의 위치로 돌아가 깊이를 알 수 없는 환해(宦海)에서 부침을 거듭하게 될 것이었다. 이제 작별을 앞둔 마당에 석별의 정은 애틋했으나 달리 할 말은 없었다. 돈성이 비로소 잿빛 하늘을 이고 있는 우중충한 전루(箭樓)를 가리키며 침묵을 깼다.

"서직문의 저녁 까마귀는 유명하지. 여기서 동직문을 보면 서직문에 비해 추호도 손색이 없는데 말이야…… 저기, 저기 좀 봐! 까마귀 무리가 새까맣지? 떼지어 오르내리는 걸 보면 꼭 마치 무덤 앞 잿더미가 바람에 흩날려 허공에 떠다니는 것 같지 않소? 〈홍루몽〉에 보면 '낙홍(落紅)이 분분하다'라고 했는데, 이건 '낙흑(落黑)이 분분하다'고 해야 하나? 자…… 우리도 까마귀 무리를 따라 인육연(人肉宴)이나 얻어먹으러 가자고."

그러자 돈민이 웃으며 말했다.

"혀가 너무 자유로우면 큰 코 다치는 수가 있어. 난 피곤해서 그만 들어가봐야겠소. 모두 기윤 어른 댁으로 갈 거면 희주(喜酒) 마시러 못 가게 돼서 미안하다고 전해주오."

그러자 러민이 말했다.

"난 아계 중당과 미리 약조해 놓은 상태라 어쩔 수 없지만 여러분들은 가서 재미나게 놀다 오시죠."

전도는 잠시 망설였다. 피곤하기도 했지만 마음이 편치가 않았던 것이다. 근래에 건륭은 단독으로 전도를 접견하는 경우가 손에 꼽을 정도로 줄어들었다. 이는 성총이 식었다는 방증이 아닐까 내심 전전긍긍하며 전도는 몇몇 군기대신들을 찾아가 은근슬쩍 내막을 알아보고 싶었다. 그러나 기윤은 예부를 관장하고 있고 요즘은 〈사고전서〉 편수작업에 빠져 정신이 없었다. 부무(部務)나 황제의 근황에 대해 궁금해할라치면 말을 빙빙 둘러붙이며 핵심을 피해 가는 통에 그 입에서 '쓸만한' 소리를 낚아낸다는 것은 하늘에 오르는 것보다 더 힘들었다. 아계 역시 마찬가지였다. 그리고 전도가 말못할 은우(隱憂)가 있는 것도 사실이었다. 밤중에

봉창 두드려 놀라지 않을 정도로 당당한 처지는 못 됐다. 고항이 조정의 금기를 무시하고 사사로이 동(銅) 1만 근을 취급하는데는 호부의 증명이 필요했고, 몰래 뒤를 봐주는 대가로 전도는 그에게서 3할의 이득을 챙겼던 것이다. 류통훈 부자가 천자검에 왕명기패까지 동원하여 강남 지역에서 은밀하게 관원들의 뒷조사에 박차를 가하고 있는 줄은 알고 있었다. 유명무실한 일부 흠차들과는 비교할 수가 없는, 가차없는 두 사람에게 덜미를 잡히는 날엔 자신은 영락없이 고항의 희생양으로 매장돼 버릴 것이다……. 여기까지 생각이 미친 전도는 땀으로 끈적끈적한 등골에 소름이 쫘악 돋았다. 돈민 형제는 벌써 말을 타고 저만치 멀어져 가고 있었다. 러민에게 눈도장을 찍어 나쁠 건 없다고 생각한 전도는 부랴부랴 뒤따라갔다.

러민이 아계의 집 앞에 당도해보니 몇몇 군인들이 촛불을 밝히고 등롱을 내거느라 바삐 움직이고 있었다. 하마석 옆에서 두 손을 비비며 초조하게 기다리고 서 있던 막료 우림(尤琳)이 러민을 발견하고는 박수까지 치며 좋아했다.

"어서 오십시오, 러 중승! 한참 기다리고 있었습니다! 우리의 친병들과 러 중승의 가인들이 총출동하여 북경성을 이 잡듯이 뒤졌어도 중승 어른을 찾아내지 못했지 뭡니까. 아계 군문께서 화가 나시어 러민이 토행손(土行孫)이라고 할지라도 술시(戌時)까지 안 나타나면 땅을 갈아엎어서 끄집어낸다고 하셨어요!"

러민이 웃으며 말했다.

"사적인 만남을 가지기로 했는데, 군법으로 다스리려고? 성미도 참으로 급하네."

이같이 말하며 러민은 곧 채찍을 저 만치에 던져버리고는 대문으로 들어갔다.
 "러 중승."
 우림이 걸어가며 나직이 아뢰었다.
 "오시는 길에 구문제독아문(九門提督衙門)에서 나온 수비군들이 쫘악 깔려있는 걸 못 보셨습니까? 폐하께서 안에 계십니다. 조후이와 하이란차도 소견(召見)하실 거라는 지의가 계셔서 벌써 사람을 보냈습니다. 약속시간에 늦지 않아 다행입니다!"
 무겁게 내려 앉아있던 러민의 눈꺼풀이 후딱 뒤집어졌다. 몰려오던 졸음이 순식간에 가뭇없이 사라져버리고 말았다. 정신을 바짝 가다듬으며 우림을 따라 곧장 서화청으로 향했다. 담벼락과 통로 양측에 시위와 친병들이 숲처럼 빽빽이 서 있었으나 러민은 건륭의 하문에 답변할 생각만으로 주위를 한번쯤 둘러볼 경황조차 없었다. 월동문 서쪽의 꽃울타리를 지나니 과연 건륭의 목소리가 들려왔다.
 "윤계선을 북경에 불러오는 것은 바람직하지 않네. 지금 외임군기대신의 신분으로 서안(西安)에 가 있네. 감숙성과 섬서성의 군무도 정돈하고 금천의 전사도 책응(策應)할 겸……."
 문 앞에는 화신(和珅)이 서 있었다. 러민이 미처 고해줄 것을 청하기도 선에 화신은 벌써 들어가 아뢰었다. 잠시 후 안에서 건륭의 목소리가 들렸다.
 "들라하라!"
 "신 러민이 폐하께 문후 여쭙사옵니다!"
 러민이 들어가자마자 엎드려 머리를 조아렸다. 그제야 고개를 들어보니 건륭은 서안을 마주하고 중간에 앉아 있었고, 옆에는 커다란 얼음 대야가 세 개씩이나 비치되어 있었다. 아계의 옆에는 푸헝도 자리해 있었다. 둘 다 나무걸상에 숙연히 앉아 건륭의 말에 귀를 기울이고 있었다.

"금천의 전사가 끝나는 대로 윤계선은 다시 남경으로 돌아가 양강총독을 맡아줘야 하네."

건륭이 손시늉으로 러민더러 앉으라 명하고는 말을 이어나갔다.

"경들도 알다시피 조정 재원의 3분의 2가 양강(兩江)에서 나오네! 그만큼 양강은 우리의 명줄이나 다름없는 곳이지. 김홍도 다른 곳으로 가면 능력있는 관리에 속하지만 양강을 떠맡기엔 역부족이네. 윤계선을 본받고자 선비들을 사귀고 다니며 풍아의 수양을 쌓으려고 갖은 노력을 다한다고 들었으나 호박에 아무리 줄을 그어보았자 수박이 되는 법은 없네. 그 바람에 이치(吏治)를 게을리 하여 문제가 생긴 것 같네. 기윤에게 가보게, 강남 도서채방국에서 수집해 올린 도서들 중에 불량서적들이 얼마나 많은가 알아보게. 김홍은 잠시 남경에 두었다가 북경으로 부르고…… 윤계선은 원위치시킬 것이니 그리 알고 있게."

푸헝이 앉은자리에서 몸을 숙여 보이고는 조심스레 아뢰었다.

"역시 성려는 심원하시옵니다. 양강총독은 실로 범상한 관원들이 감당해낼 수 없는 자리로서 윤계선을 능가할만한 사람은 아무도 없다고 사려되옵니다. 다만 신은 차사가 많고 복잡한데 비해 군기대신의 수가 너무 적어 어려움을 겪고 있는데다 가을 이후로 신도 금천으로 출병하고 나면 아계 혼자서는 차사가 힘에 부칠까 염려되어 그리 주청을 올렸던 것이옵니다."

"대사는 짐이 결정짓고 나머지는 아계가 신중하게 처리하면 될 걸세. 경이 비록 군중에 가 있고 윤계선이 멀리 있다지만 분초를

지모초(知母草) 피어 있는 무덤 193

다투는 일이 아니라면 긴급서찰로 의사를 주고받을 수 있지 않겠나."

건륭은 빙그레 웃으며 덧붙였다.

"경이 못다 아뢴 말이 있다는 걸 짐은 알고 있네. 과실(果實)도 너무 농익으면 떨어지듯이 윤계선이 강남에서 오래 있다 보니 '강남왕(江南王)'이니 어쩌니 하는 허튼 소리들을 퍼뜨려 그를 매장시켜 버리려드는 무리들이 있지. 짐이 심기를 다쳐 자신에게 불이익이 올세라 윤계선이 전전긍긍하며 여러 차례 주장을 올려 하소연을 해 왔었네. 그래서 짐이 지난번에 그랬네, 내 몸이 바른데 그림자가 비뚤어진들 뭐가 두려울 게 있느냐고 말일세. 이번에 외임군기대신의 신분으로 서안에 보낸 것도 그 관심병(官心病)을 치유해 주기 위한 측면도 있다고 했네. 또한 유관(流官)은 왕으로 봉할 수 없다는 국가의 제도상 어찌할 수는 없지만 여태 쌓아온 공적만을 따진다면 군왕으로 봉하고도 남음이 있다고 했네! 윤계선 같은 불세출의 인물이 뜬소문에 주눅이 들어서야 아니 되지."

건륭이 찻잔에 손을 가져가자 아계가 급히 차주전자를 들어 물을 더 따라주었다. 그리고는 아뢰었다.

"지난번에 신은 호부에서 계선 공을 만난 적이 있사옵니다. 그 아들이 이번원(理藩院)의 차사를 맡고 있사온데, 그는 물이 고이면 썩는다며 아들을 고북구(古北口)로 보내어 혹독한 훈련을 시키고 싶다고 했사옵니다. 폐하께서 필요로 하실 때 진력할 수 있는 능력을 키워야 한다며 이번원에 엉덩이 붙이고 앉아 무골충이 되는 건 용서할 수 없다고 하였사옵니다."

머리를 끄덕이며 미소를 짓던 건륭이 그제야 러민에게 물었다.

"이보게, 장원! 어디 회문(會文)하러 갔었나? 아니면 풍류를 즐기러 갔었나? 조금만 늦었더라면 아계가 순천부(順天府)에 명하여 팔대(八大) 골목을 다 뒤집을 뻔했지."

"신은 가끔씩 당회(堂會, 연극)를 부르는 경우는 있사오나 감히 그런 곳에 발을 들여놓은 적은 없사옵니다. 성조 때의 을미과(乙未科) 장원이었던 갈영환(葛英煥)처럼 회춘루(會春樓)에 드나들다가 범시첩(范時捷) 어른에 의해 밤중에 기생 이불 속에서 홀랑 벗은 채로 뒷덜미 잡혀 순천부에 끌려와 개망신 당하는 꼴은 상상만 해도 끔찍하옵니다."

처음 들어설 때의 긴장과 불안은 군신간의 다정하고 격의 없는 평화로운 모습을 보면서 서서히 누그러들었다. 기분이 좋아 보이는 건륭은 시종 미소를 짓고 있어 힘을 얻은 러민이 웃으며 침착하게 말을 이었다.

"신이 호광순무 서리로 발령났다는 소문이 어느새 퍼졌는지 신의 집은 벌써 이런 저런 청탁을 넣으러 몰려드는 무리들로 문턱이 닳아 떨어질 지경이옵니다. 새벽부터 장이 서는 저잣거리를 방불케 하옵니다. 오늘은 한양도대로 발령난 초로가 초대장을 보내왔사오나 아무리 생각해보아도 박주산채(薄酒山菜)에 부담없이 술잔을 기울이고 올만한 곳이 아닌 것 같아 성밖으로 도망가고 말았사옵니다."

"꼬리가 뺏뺏했겠군!"

건륭이 웃으며 말했다.

"경들이 초로, 초로 해서 대체 어떤 자인가 짐이 고공사(考功司)에 알아보니 재주는 보통이나 성품이 바르고 차사에 게으름이 없고 팔자에 없는 재물을 탐내는 법이 없다고 하더군. 푸헝, 경이 천거한 자라고 하던데, 사실인가?"

지모초(知母草) 피어 있는 무덤 195

이에 푸헝이 급히 아뢰었다.

"이부에서 천거해 올렸고 신이 수락하여 폐하께 인견했던 자이옵니다. 차사의 크고 작음을 가리지 않고 착실히 임하는 자세가 듬직해 보였사옵니다. 또한 사환 출신이라 또르르 굴러다니며 부지런하기도 하옵니다. 감히 재물을 탐하는 경우도 아직은 발견하지 못했사옵니다. 요즘엔 그리 흔치 않은 관원이옵니다."

푸헝의 말을 듣고 난 아계가 한마디 했다.

"'감히' 재물을 탐하지 못한다는 말이 참 인상적이옵니다. 류강(劉康)이 류통훈(劉統勛)에 의해 처형당하는 모습을 보고 기겁을 했나 보옵니다. 지금도 류통훈 얘기만 나오면 종아리에 쥐가 난다고 하옵니다! 지난번에 만났을 때는 새삼스레 수현(首縣)에서 유행하는 십자령(十字令)을 들어봤느냐고 물어오기에 신이 모른다고 했사옵니다. 그랬더니 직접 종이에 적어주며 요즘 관가의 풍토에 대해 신물이 난다고 도리질을 하는 것이 아니겠사옵니까! 그렇게 다혈질인 줄은 처음 알았사옵니다."

이에 건륭이 웃으며 물었다.

"어떤 십자령이길래 그러나, 기억나는 대로 적어보게."

"예, 폐하."

아계가 웃으며 일어나더니 책상 앞으로 다가가 붓을 들어 적어 내려가기 시작했다.

紅

圓融

路路通

認識古董

不怕小虧空
圍棋馬弔中平
梨園弟子殷勤奉
衣服齊整言語從容
主恩憲德滿口常稱頌
座上客常滿樽中酒不空

두둑한 홍포(紅包)는 세상천지 그 어디에도 통행증이 따로 필요 없다. 값진 골동품을 알아보고 귀신도 맷돌을 갈게 하는 위력이 있으니 벼슬길에 목맨 이들 홍포 들고 이리 기웃 저리 기웃. 겉은 번지르르하지만 속은 시궁창. 입안 가득 군주의 은혜, 높은 덕을 칭송하며 충성을 다지면 뭘 하나, 손님과 벗을 불러 종일 술 취하는 일이 고작인걸.

첫 몇 글자를 보고는 웃음을 짓던 건륭의 얼굴이 차츰 굳어져갔다. 푸헝의 낯에도 웃음기가 사라졌다. 건륭의 표정을 살피며 그는 한숨을 내쉬었다.

"이러한 내용의 글들이 근자에 자주 눈에 띄곤 하옵니다. 처음엔 가소롭게만 여겼사오나 곰곰이 생각해보니 두려운 느낌이 들었사옵니다. 백관들이 갈수록 희화의 상대로 전락하고 기강이 해이해지고 풍기가 문란하여 오로지 돈밖에 모르는 족속들로 관성(官聲)이 나날이 추락해가는 데는 재상인 신들의 착오도 있사옵니다. 신은 악화일로를 치닫고 있는 관가만 떠올리면 자다가도 베개를 밀치고 벌떡 일어나 앉곤 하옵니다!"

"신도 공감하옵니다."

지모초(知母草) 피어 있는 무덤

아계가 근심어린 표정으로 어두워진 건륭의 낯빛을 살피며 아뢰었다.

"한당(漢唐) 이래의 역사를 거슬러 올라가 보면 어느 조대에서나 이러한 태평성세의 병(病)은 거의 다 앓아왔던 것 같사옵니다. 성조와 선제께선 무려 칠십여 년에 이어진 고심으로 이치를 다스려 왔사옵니다······. 이런 말은 혀가 잘릴 소리이겠사오나 신이 보기에 이십사사(二十四史)를 아울러 이치가 가장 좋았던 시대는 역시 선제 때였던 것 같사옵니다······."

이쯤에서 그는 건륭을 힐끔 훔쳐보았다. 그러나 건륭은 조용히 귀를 기울이는 모습일 뿐 화난 기색은 없었다. 몸을 숙여 예를 갖추며 아계가 말을 이었다.

"이치가 가장 엉망이었던 조대는 송(宋)이었다고 생각하옵니다. 송 태조(宋太祖)는 수하의 문관, 무장들을 잘 둔 덕분에 진교병변(陳橋兵變)을 거쳐 황포(黃袍)를 걸치게 되었으니 절대 대신들의 목을 치는 일은 없을 거라며 철석같이 약조를 함으로써 결국엔 신하들이 군주의 머리 위에서 노는 형국을 초래하고 말았던 것이옵니다. 폐하께오선 영명하신 열성조들의 위업을 받드시어 수많은 간난신고를 이겨내고 오늘날 태평성세의 국면을 개창하셨사옵니다. 이제 우리의 국력은 강성하여 정관개원지치(貞觀開元之治, 당나라 태종과 현종의 치세)를 능가하고 있사옵니다······."

어느새 밝은 표정을 회복한 건륭이 웃으며 그만 하라는 손짓을 보냈다.

"사설이 긴 걸 보니 뭔가 할말이 많은 것 같은데, 이제 그만 구체적인 경의 견해를 말해보게."

"오늘날의 성세는 바로 폐하의 이관위정(以寬爲政)의 승리이옵니다."

 아계가 침착하게 그리고 공손히 말을 이어나갔다.

 "하오나 모든 일엔 일리(一利)가 있으면 일폐(一弊)가 따르기 마련이옵니다. 난세에 영웅이 나고 혼란 속에서 충신과 간신을 간파할 수 있다고 했사옵니다. 백관 중에는 어룡(魚龍)이 혼잡하여 대개의 경우 군자가 적고 소인배가 많사오나 오늘날 같은 성세에는 옥석을 가리기 힘든 단점이 있사옵니다. 폐하의 하해와 같으신 인덕을 악용하여 명철보신(明哲保身)과 멀어져 화광동진(和光同塵)에 윤락(淪落)하는 자들이 갈수록 늘어만 간다는 것이 근자에 이르러서 심각한 문제가 아닐 수 없사옵니다. 신의 우견으로는 〈사고전서〉의 편수작업을 빌어 도서수집에 비협조적인 자들과 미온적인 태도로 일관하는 자들을 비롯하여 역서(逆書)인 줄 알면서도 은닉하여 보고하지 않은 관원들에 대해 그 죄를 묻는 것으로 이치쇄신의 불길을 지펴야 함이 바람직할 것 같사옵니다. 반부창렴(反腐倡廉)의 기치를 높이 걸어 상벌을 분명히 함으로써 해이해지는 조정의 기강을 바로잡고 폐하께오서 결코 부인지인(婦人之仁)의 주군이 아님을 만천하에 각인시켜야 할 것이옵니다."

 "좋은 발상이네!"

 건륭이 흡족하여 머리를 끄덕이며 자리에서 일어났다. 천천히 걸음을 떼어 방안을 거닐며 건륭이 말했다.

 "짐은 줄곧 어찌하면 이관위정의 취지를 무너뜨리지 않으면서 관풍(官風)을 바로 잡을 수 있을까 고민하고 있던 중이네. 군사만 잘 이끄는 줄 알았더니 아계, 자네 독서심득(讀書心得)도 이만저만이 아닌 것 같네. 참으로 대견스러우이."

 건륭이 흥이 도도하여 말을 이어 나가려 할 때 화신이 들어와 아뢰었다.

"폐하, 하이란차와 조후이가 대령하였사옵니다."

이에 건륭이 분부했다.

"들라하라."

천정(天井)에서 쇠를 박은 장화소리가 가까워지고 잠시 후 계단 밑에서 빠터얼의 서투른 한어(漢語)가 들려왔다.

"장군 둘, 검이 가지고 들어가면 안 되오……. 내려 이리 주오!"

건륭이 웃으며 밖을 향해 말했다.

"이봐, 빠터얼! 괜찮네, 그대로 들여보내게!"

"큰일날 말씀이옵니다, 폐하!"

빠터얼이 여전히 팔을 내밀어 막아선 채 고개도 돌리지 않고 고집을 부렸다.

"누구도 검을 차고 우리 주인을 만날 수 없소!"

승강이 끝에 두 사람은 검을 내려놓고서야 비로소 안으로 들어올 수 있었다.

조후이와 하이란차가 삼궤구고의 대례를 올리려 하자 건륭이 웃으며 자리로 돌아와 앉았다. 무릎까지 오는 가죽장화에 두터운 군복을 입고 땀에 흠뻑 젖어있는 두 사람을 안쓰럽게 바라보던 건륭이 말했다.

"입추가 지났다고는 하지만 아직 날이 더운데 그리 두텁게 입고 어찌 견디나! 어서 일어나 모자를 벗게. 두 장군에게 빙수를 한 사발씩 내다주거라……. 푸헝, 이 둘은 혈혈단신으로 불의에 맞서 용감히 싸워 이긴 영웅들이네. 짐이 황후와 태후마마께 말씀 올렸더니 둘 다 꼭 한번 보고 싶다고 하셨네. 경들이 운명처럼 만난 여인들은 함께 입궐했는가?"

둘은 급히 다시 무릎을 꿇었다. 조후이가 아뢰었다.

"그 둘은 부처님과 황후마마의 전에 들어 일생에 두 번 다시 만져볼 수 없는 호사스러운 장신구를 하사받았을 뿐만 아니라 콧마루가 찡해지는 위로의 말씀도 들었다고 하옵니다. 폐하께오서 기적(旗籍)에 입적시켜주신다고 약조하셨다고 태후부처님으로부터 들었다며 이대로 죽어도 여한이 없겠다고 했사옵니다……."

조후이는 콧마루가 찡하여 말을 잇지 못했다.

"됐네, 그만 일어나게."

건륭이 자상한 미소를 지으며 말을 이었다.

"경들이 감개에 젖을 법도 하나 앞으로 능연각(凌煙閣)에 이름 석자 남기고 늠름한 자태를 뽐내야 할 사람들이 이만한 일에 말을 못 잇고 그러면 아니 되지! 푸헝과 아계가 금천 진군의 새 전략을 구상했다고 자네들을 만나보고 싶다고 하여 불렀네. 아무쪼록 짐이 원하는 것이 결국 무엇이고 어찌하는 것이 짐의 성은에 보답하는 길인지 잘 생각해 보기 바라네!"

"예, 폐하!……."

"경들끼리 의논해보게, 짐이 들어보게."

20. 남경으로 잠입하다

　푸헝의 접견을 받고 나서 며칠 뒤 황천패(黃天覇)와 연입운(燕入雲)은 북경에 남아있던 십삼태보 가운데 열 한 명을 앞세우고 북경을 떠났다. 태보(太保)들을 사흘 전에 먼저 보내고 둘은 다상(茶商)으로 가장하여 출발했으나 동행하지는 않았다. 연입운은 통주(通州)에서 수로로 남하했고, 황천패는 노하역(潞河驛)에서 한로(旱路)를 택했다. 둘은 우란절(盂蘭節)에 석두성(石頭城, 남경에 있음) 귀검애(鬼臉崖) 밑에서 만나기로 했다. 날짜에 맞춰 가는 길에 그는 강호의 옛 벗들을 찾아보며 모름지기 직예, 하남, 안휘, 강남 일대에서 활동하고 있는 백련교(白蓮敎) 무리들의 동향을 알아보았다. 어떤 곳에서는 잠자리 물먹듯 잠깐 머물렀다 떠나고 뭔가 심상찮게 여겨지는 곳에서는 열흘이고 며칠이고 묵어가며 사태의 추이를 면밀히 살폈다. 그렇게 강남 경내에 들어서니 우란절이 바로 코앞에 와 있었다. 더 이상 여유를 부릴 수 없어 그는 노새를 빌려 타고 밤낮 따로 없이 달려 약속장소로 향했다. 그렇게 황천패가 귀검애에 도착했을 때는 해가 저물어 가고 있었다.

귀검애는 석두성의 으뜸가는 명소였다. 서북쪽으로 양자강(揚子江)이 허리를 반쯤 감아돌아 흘러가고 성곽에 가까운 곳에 한적하고 깊은 골목들이 무성한 대나무 숲속으로 멀리 끝없이 펼쳐진 백사장까지 닿아 있었다. 동으로 눈길을 돌리니 수려하기로 비교할 바가 없는 막수호(莫愁湖)가 한눈에 안겨왔다. 남경에 올 때마다 거르지 않고 이곳을 유람했던 황천패는 눈감고도 찾아다닐 정도로 이곳 지리에 익숙했다. 그러나 이 시각 황천패는 그동안 몰라보게 변해버린 광경에 어리둥절해지고 말았다. 산책길에 올라보니 저녁노을에 비친 마을은 황량하고 처참한 모습들뿐이었다. 그 무성하던 대나무 숲은 누군가 마음먹고 훑어간 듯 잎새 하나 없었고 추억의 골목길은 온통 무너진 담벼락의 벽돌 조각과 기왓장으로 발 디딜 틈 없이 볼썽사나웠다. 인적은 물론 어디선가 개 짖는 소리마저 들려 오지 않는 피폐하기 이를 데 없는 곳으로 변모해 있었다. 변함없는 건 오직 양자강의 끝없는 포효뿐이었다. 언제나 성난 손바닥으로 철썩대며 제방을 때리는 성난 파도소리가 유난히 오싹하게 느껴졌다. 황천패는 마치 몽유병 환자처럼 사방을 두리번거리며 주춤주춤 귀검애 아래로 내려갔다. 이때 갑자기 등 뒤에서 누군가의 인기척이 들려왔다.

"사부님, 드디어 도착하셨네요. 저희들은 여기서 하루종일 기다리고 있었습니다!"

인기척이 들려올 줄은 전혀 몰랐는지라 황천패가 흠칫하며 돌아섰다. 그러나 놀란 얼굴은 상대를 확인하는 순간 곧 반가운 기색으로 바뀌었다. 그들은 십삼태보들 중에서 맏이인 가부춘(賈富春)과 일곱째인 황부광(黃富光)이었다. 무너진 잔벽(殘壁) 더미에서 뒤를 보고 나오는 것 같았다. 앞섶을 대충 여미고 예부터 갖추려 드는 이들을 말리며 황천패가 말했다.

"됐어, 이런 데서 인사는 무슨! 그런데 여긴 어쩌다 이 꼴이 됐나? 홍수가 휩쓸어 버린 것 같기도 하고 불이 나서 다 타버린 것 같기도 하고 무너지고 부서지고 난장판이 따로 없군. 대나무는 이파리만 모조리 훑어간 것 같고…… 이상하네?"

"대나무 이파리는 황충(蝗蟲, 메뚜기)들이 까맣게 덮쳐 다 뜯어 먹었다고 합니다."

가부춘이 말을 이었다.

"5월 중순께 한차례 광풍이 휩쓸고 간 데 이어 강물까지 범람하여 성벽이며 민가들을 완전히 밀어버리고 말았다네요. 그런 줄도 모르고 여섯째는 전에 묵었던 정가네 객잔을 기대하며 왔다는 거 아닙니까? 짐은 저 아래 가랑이 골목의 무씨(茂氏)네 객잔에 풀었습니다. 사부님께서 황당해 하실까봐 저희들이 번갈아 올라와 기다리고 있었습니다!"

황천패가 그 말을 듣고 다시 자세히 둘러보니 과연 주변의 크고 작은 나무들이 밑둥째 뽑혀 나자빠져 있는가 하면 허리가 꺾여 허연 뱃살을 드러낸 채 신음하고 있었다. 눈에 보이는 나무들마다 잎새 하나 없는 대머리였고 '귀검석(鬼臉石)'을 둘러싸고 있던 관목들도 '수염'이 뽑혀 턱이 시릴 것 같았다. 놀란 기색을 금치 못하며 황천패가 말했다.

"복주(福州), 뇌주(雷州) 등지에서 태풍이 몇 번 휩쓸고 가는 건 보았어도 이처럼 동네 전체를 평지로 뭉개버리고 가는 건 못

봤어! 성안에는 가옥들이 밀집돼 있었는데…… 큰일났네, 사상자도 꽤 많이 나왔겠는데?"

"불가사의한 것은 태풍이 성안으로 쳐들어가진 않았다는 겁니다."

일곱째 황부광은 황천패의 양아들이지만 실은 한 살 연상이었다. 길을 안내하여 앞서 걸으며 황부광은 끊임없이 주절댔다.

"이곳 사람들이 그러는데, 그날 하늘은 마치 가마솥을 거꾸로 엎어놓은 듯 새까맸다고 합니다. 태풍은 서북 양자강 쪽에서 검은 기둥같은 빗줄기와 우박을 섞어 사정없이 채찍질하여 후려치고는 유유히 빠져나가는데 놀라서 기절한 사람도 부지기수라 합니다…… 서문 밖에 있던 그 누각 기억하시죠? 그것도 이번 태풍의 서슬에 초석마저 뽑혀 허공에 걸렸다가 삽시간에 사라져 버리고 말았다고 합니다. 청허관(淸虛觀)에서는 3천 근짜리 대종(大鐘)이 흑풍(黑風)의 회오리에 휘말려 곤두박질쳐 저쪽 현무호(玄武湖)에 있는 상청관(上淸觀) 뜰에 가 떨어졌다 하니 태풍의 위력이 어느 정도인 줄 아시겠죠? 더 웃기는 건 때마침 상청관으로 기도하러 왔던 한씨 성을 가진 여자가 회오리 포대기에 말려 90리 밖의 동정촌(銅井村)으로 날아가 무사히 내렸다 합니다……"

걸어가며 류통훈 부자와 만나 차사를 논의할 생각에 잠겨있던 황천패가 웃으며 말했다.

"말 같은 소릴 해야 들어주든가 말든가 하지. 말대로 누각이 통째로 뽑혀 박살이 났다면 살아남은 사람이 있겠어?"

"믿어지지 않겠지만 사실입니다."

가부춘이 직접 보기라도 한 것처럼 손짓발짓까지 섞어가며 설명했다.

"그 여자는 성동(城東) 이 수재(李秀才)와 언약을 한 상태였답니다. 바람 타고 동정촌으로 가서 사뿐히 내려앉으니 그 동네에서는 신선으로 받들어 고이 여자의 집으로 모셔다 주었다고 합니다. 그러나 이 수재는 이를 믿지 않고 여식이 필히 그 동네 누군가와 바람이 나 야반도주를 했다며 외면하는 바람에 억울하고 분통이 터져 죽네 사네 하던 여자가 강녕(江寧)현 아문에 고소장을 내기까지 했다고 합니다. 내일 강녕현의 원자재(袁子才) 현령이 친히 이 사건을 판결한다는 고시문도 나붙었는걸요!"

가당치도 않다는 표정을 짓고 있던 황천패가 웃으며 말했다.

"원자재라면 강남의 제일 가는 재자(才子)가 아닌가. 역시 풍류 사건에 관심이 많은 게로군. 내가 이 수재라도 감히 그런 처자를 안사람으로 맞아들이질 못하겠어. 그건 요괴(妖怪)라고 볼 수밖에 없어!"

"이곳 사람들은 태풍이 메뚜기떼를 물리쳤다며 되레 좋아하고 있습니다."

가부춘이 덧붙였다.

"백 명 안팎의 사상자를 내고 낡아빠져 흉물스럽던 절간 몇 채를 날려보내고 나니 까맣게 뒤덮여 숨조차 쉴 수 없던 무시무시한 메뚜기떼가 감쪽같이 사라졌다고 하면서 이는 필히 백성들의 울분이 천상의 옥황상제를 감화시켰기 때문이라고 합니다."

황천패는 귀만 열어 놓고 있을 뿐 아무런 대꾸도 없었다. 가랑이 골목은 막수호 동북 방향으로 호거관(虎踞關) 일대에 있었다. 듣기 거북한 이름만큼이나 낡고 가난한 곳이었다. 부의 상징인 남경으로 몰려든 전국 각지의 이재민들이 하나둘씩 눌러앉으며 생긴 이 빈민촌은 대부분 더덕더덕 이어 붙인 천막으로 대충 바람막이를 하고 살았고, 곧 쓰러질 듯한 초가집들이 게딱지처럼 엎드려 있었다. 세 사람은 마차를 대절해 타고 한 시간은 족히 내려가서야 가랑이 골목에 도착할 수 있었다. 그러나 이들은 숙박을 정해놓은 곳까지 가지 않고 멀리 골목 입구에서 내려 마차꾼에게 돈을 주어 돌려보내고는 걸어서 들어가기로 했다.

시간은 이미 술시(戌時)의 한가운데 와 있었다. 사위는 짙은 어둠 속에 깔려 있었다. 두 제자를 앞세운 황천패는 높낮이가 일정치 않아 울퉁불퉁한 길을 따라 한참을 걸었다. 마치 미궁에 들어선 것처럼 북으로 꺾어들었다 동으로 향하고 다시 서로 나와 남으로 들어가니 양의 창자처럼 좁고 긴 골목이 눈앞에 펼쳐졌다. 비좁은 길에다 남경의 상징인 우화석(雨花石)이며 온갖 골동품, 책자, 서화작품, 옥그릇에서부터 오만가지 잡동사니에 이르기까지 잔뜩 늘어놓고 장사진을 치고 있는 상인들로 골목은 몸살을 앓고 있었다. 큰길에는 인적이 드물었으나 이곳엔 목소리 높여 흥정하고 여기저기 기웃거리며 구경하는 사람들로 발 디딜 틈이 없었다.

보름이 다 되어가는 달빛을 궁색하게 만드는 각양각색의 초롱불들의 행진이 장강(長江)과 진회하(秦淮河) 사이에서 물 흐르듯 이어지며 현란한 조명을 만들어 내고 있었다. 가가호호의 창턱과 문 앞에는 우란절을 경축하는 우란등(盂蘭燈)이 밝혀져 있어 어떤 것은 불꽃마냥 찬란했고 어떤 것은 여름 하늘을 날아다니는 반딧불이나 외딴 묘지의 귀신불같이 명멸했다. 칠보단장하여 한껏 멋을 낸 기생들이 한눈 파는 사내들을 끌어당기며 유혹하는 간드러진 웃음소리와 찻집과 식당들에서 오가는 손님들을 호객하는 소리며 꽥꽥 오리소리, 푸드득거리는 닭 날갯짓이 어우러져 시끌벅적 난리통이 따로 없었다······. 인파에 이리저리 떠밀려 방향조차 가늠할 수 없는 황천패가 어처구니없다는 듯이 웃으며 말했다.

"이봐, 천하제일의 부자동네 남경에 왔는데, 어른을 모신다는 곳이 고작 이런 데냐!"

"여길 우습게 보지 마세요…… 볼일 없어, 가!"

황부광이 달라붙는 기생들을 거칠게 쫓아내며 목소리를 낮춰 말했다.

"이곳은 바로 옆에 부두를 끼고 있어 삼교구류(三敎九流), 오방잡거의 동네입니다! 알짜배기 부자들이 다 모였죠. 저기 저 극장 좀 보세요. 진회하의 향군루(香君樓)가 유명하고 북경의 녹경당(祿慶堂)이 으뜸이라고 하지만 금으로 장식하고 옥으로 도배한 저 극장보다 더 호화롭겠어요? 저쪽 관제묘 옆에 산섬회관(山陝會館)이 있고 회관 뒤쪽에 등불이 훤하여 대낮 같은 저곳은 자항암(慈航庵)이라고 관음보살의 도량이지요. 낮에 보면 전부 새 건물입니다……. 다 왔어요, 여기가 무씨네 객잔입니다."

황부광이 가리키는 곳들을 바라보며 그 주위를 두리번거리고 살피던 황천패가 "다 왔다"는 말에 그제서야 객잔을 눈여겨보니 한 줄로 늘어선 단층 기와집이었다. 낮은 담장이 병풍처럼 건물을 두르고 있는 가운데 동쪽에는 차량이 통과할 수 있게 만든 커다란 대문이 나 있었다. 땅에는 수레바퀴며 우마(牛馬)의 발자국이 어지럽게 찍혀 있어 그 속으로 물건이나 마차를 대는 차고나 마구간이 있는 것 같았다. 그 옆에는 남북으로 대문이 나 있는 커다란 집이 눈에 띄었다. 무가네 객잔의 넓은 정원에는 모깃불을 피우고 등롱을 대낮같이 밝힌 가운데 커다란 천막이 건물 끝에서 끝까지 길게 쳐져 있었다. 그 속에는 차를 마시거나 해바라기씨를 퉤퉤

뱉으며 평서(評書, 지방의 방언으로 하는 야담)를 듣느라 정신이 팔려 있는 사람들로 가득했다. 때를 놓칠세라 꽈배기며 구운 떡, 빙수를 팔러 다니는 여인네들이 바구니를 팔에 끼고 사람들 속을 헤집고 다녔고 웅성웅성 시끌벅적한 사람소리가 가라앉을 줄 모르는 와중에도 잔뜩 힘주어 마른 목소리 길게 뽑아 올리며 야담을 하는 노인이 있었다.

류연청 어른이 류강의 초대장을 받고 연회라고 가봐야 좋은 일이 없을 것 같아 망설였지. 그런데 류강이 하로청을 독살했다는 확증도 없고 어쨌든 류강은 현재 덕주지부이니 관품은 둘이 막상막하란 말이야. 초대에 불응하는 것도 예의에 어긋나는 짓인지라 에라, 가보자, 호랑이 굴에 들어가지 않고 어찌 호랑이 새끼를 잡을 수 있을 소냐! 설령 덕주부가 용담호혈일지라도 난 두려울 게 없다며 씩씩하게 쳐들어갔던 거지…….

황천패는 여기까지 들어보고는 곧 노인이 풀어놓은 이야기 보따리가 항간에서 유행하고 있는 〈류연청이 야밤에 류강을 저승으로 보내다〉라는 야담임을 알 수가 있었다. 입을 길게 찢어 조용히 웃으며 황천패는 무조건 안으로 비집고 들어가는 두 제자를 따라 담배연기, 쑥냄새, 사람체취로 구역질이 나는 천막 안으로 따라 들어갔다. 그러자 어느 틈에 일행을 발견했는지 객잔 주인인 듯한 사내가 이야기꾼의 등뒤에 둘러쳐져 있는 병풍 뒤에서 나오더니 공수하며 말했다.

"황 어른, 저희 가게를 애용해주셔서 감사합니다. 장사가 잘 돼서 돈 많이 버십시오. 이리로 오시죠"

연신 허리를 굽실거리며 병풍 뒤쪽을 가리키며 주인이 말했다.

"아까 분부하신 대로 준비해 놓았습니다. 이쪽으로 들어가시면 칸막이가 있는 독방이 있습니다. 편히 앉아 음식을 드시면서 야담을 들으세요. 저기 보이시죠, 북쪽으로 두 번째 칸입니다……."

그제야 황천패는 두터운 천으로 병풍을 둘러 바깥의 잡음과 냄새를 차단시킨 또 다른 공간이 무대 뒤에 있다는 걸 알 수가 있었다. 안에는 연입운(燕入雲)과 주부민(朱富敏), 채부청(蔡富淸)과 요부화(寥富華) 등 제자들이 벌써 대기하고 있었다. 황천패가 들어서자 이들은 일제히 일어나 반색하여 맞았다.

"난 자네가 연자기(燕子磯)에서 하선(下船)하는 줄 알았소!"

황천패에게 자리를 안내하며 연입운이 말했다.

"태풍이 다 쓸어버려 또 길을 못 찾고 헤맬까봐 저 둘을 보냈었지."

"장사꾼이 신용 하나로 먹고사는데……."

황천패가 주위를 의식하여 일부러 큰소리로 떠들었다.

"화살비가 내리고 칼바람이 불어도 약속시간은 지켜야지."

황천패의 말이 떨어지기 바쁘게 앞에서 야담꾼이 탁! 당목을 두드리더니 이야기를 이어나갔다.

"……상대를 이렇게 뚫어지게 쳐다보던 류강이 흐윽! 놀란 숨을 들이마셨다는 거 아니오. 왜 그런 줄 아오? 기척도 없이 혜성처럼 나타난 상대는 연청 어른이 아닌 이마에 검은 띠를 두르고 허리와 종아리를 천으로 꽁꽁 동여맨 얼굴이 관옥같고 두 눈이 보석같은 황천패였다는 거 아니오!"

병풍 뒤에서 황천패를 비롯한 몇 사람은 흠칫 놀랐다. 벌써 정체가 들통났을 리가 없었다. 잠시 멍하니 서로를 번갈아 보던 이들은 그제야 야담꾼의 이야기 내용이라는 사실을 깨닫고는 "후유!" 하고 안도의 한숨을 내쉬었다. 황천패가 살짝 병풍 끄트머리를 접어 밖을 내다보니 인산인해를 이룬 사람들은 누구 하나 끄덕끄덕 조는 이 없이 저마다 눈이 휘둥그레져 야담꾼에게 시선을 박고 있었다. 해바라기씨 까먹는 소리도, 수군거림도 들리지 않았다. 물 뿌린 듯 조용한 장내의 효과를 노린 듯 말라깽이 야담꾼 노인이 책상을 두 팔로 짚은 채 목젖을 오르락내리락하며 좌중을 둘러보고 있었다. 다음 말이 궁금하여 잔뜩 신경을 곤두세우고 있는 사람들을 향해 노인이 다시금 당목을 두드렸다. 그리고 말을 이어나갔다.

류강이 속으로 뜨끔 놀랐으나 진정을 하고 고개를 뒤로 젖혀 목젖을 들썩거리며 앙천대소하여 말하길,

"하하하…… 어미젖을 먹다 왔는지 아직 젖냄새도 채 가시지 않았잖아! 쥐방울만한 것이 대체 나랑 전생에 무슨 악연을 맺었길래 미친 개처럼 쫓아다니는 거냐?"

이에 소년 황천패가 대답하길,

"악연같은 건 없소."

참 당차고 멋진 소년이었지. 류강이 가만히 있을 리가 있나?

"그럼 나한테 꼭 갚아야 할 원수라도 있는 거냐?"

"없소."

"류연청이 너랑 사돈에 팔촌이라도 되냐?"

"그런 건 아니오."

"그럼 옛날에 뒷간 맞대고 있던 사이냐?"

"아니."

"그럼 일전에 내 심복들을 다섯씩이나 죽이고 태평진에서 칼 들고

남경으로 잠입하다 211

연회장에 뛰어들어 류연청 그자를 빼내간 것도 부족해 오늘 밖에서 표창(鏢槍)을 던져 내 술잔을 깨뜨린 저의는 뭐냐?"

이에 황천패가 "흐흥!" 코웃음을 치며 말했지.

"연청 어른은 내게 지우지은(知遇之恩)의 은인이오! 당신 같은 탐관오리가 적반하장으로 나의 은인을 해하려드는데, 칠척남아인 이 황천패가 한줌도 안 되는 당신 같은 나부랭이들을 가만히 놔둘 줄 알았소?"

"흐흥, 흐흥……."

류강이 징글맞게 코웃음치며 이 악물고 뇌까리길,

"벼룩의 간만한 것이 돼지려고 환장을 했구먼! 내가 너의 위명(威名)도 익히 들어 한가닥 하는 위인인 줄은 알고 있다만 넌 날 너무 우습게 봤어. 나 류아무개가 한낱 말단 지부에 불과하지만 삼산오옥(三山五嶽)을 뒤흔드는 녹림호걸 벗들이 집안에 수두룩해. 네놈이 아무리 날고기는 재주가 있다고 해도 이 집에 들어온 이상 제 발로 걸어나가긴 힘들걸?"

"길고 짧은 건 대봐야 알지!"

"여봐라!"

류강이 악에 받쳐 고래고래 고함을 질렀어.

"아역들은 총출동하여 앞뒤 대문을 걸어 잠그고 조총(鳥銃) 대기하라. 네놈은 오늘 날개가 돋쳐도 내 손아귈 빠져나가진 못할 것이다!"

말이 떨어지기 바쁘게 수십 명의 졸병들이 우르르 달려들어 소년 황천패를 물샐틈없이 포위해버린 거야. 수십 자루의 조총이 일제히 황천패를 겨냥하는 위기일발의 사태였지.

"우리의 영웅 황천패의 운명이 여기서 결판이 날것인가!"

야담꾼 노인이 잔뜩 궁금증을 유발시키고는 히죽 웃으며 좌중을 향해 말했다.

"여러분들이 편히 앉아 다과 먹고 차 마시고 부채질하는 사이 이 영감태기는 입술이 마르고 목구멍에서 단내가 난다오. 이야기라는 건 다음 얘기를 기다리는 마음이 즐거운 것이니 미련을 잠시 접고 내일 또 만나지. 세상에 공짜는 없는 법이니, 빙수 하나라도 사먹게 십시일반 도움을 주시면 고맙겠소······."

노인이 이같이 말하며 조그마한 바구니를 들고 사람들에게로 내려갔다.

긴박하게 돌아가는 이야기 전개에 땀 쥐고 있던 사람들은 그제야 저마다 안도의 한숨을 토해냈다. 그러나 노인이 바구니를 들고 내려오자 힐끔힐끔 눈치보며 슬금슬금 뒷걸음쳐 도망가기에 바빴다. 누가 내쫓기라도 하듯 사람들이 삽시간에 자리를 떠버린 천막 안은 지저분하고 휑뎅그렁했다. 다만 황천패네의 독방 바로 옆에 있는 탁자에 앉은 남녀만 느긋하게 동전 몇 닢을 떨어뜨리고는 자리를 지키고 있었다. 그밖에 한쪽 모퉁이에서 뚱보와 말라깽이 두 사내가 금방 쥐잡아먹고 나온 듯 입술을 빨갛게 바른 기생들을 하나씩 끼고 앉아 히히거리고 있었다. 처음부터 끝날 때까지 별다른 감흥도 없고 음식도 맛나게 먹는 모습이 아닌 황천패를 보며 제자 채부청은 그가 한시바삐 류용을 만날 생각에 초조해 있다는 걸 짐작하고는 가까이 다가갔다. 그리고는 귀엣말을 했다.

"저 뚱보와 말라깽이는 이곳의 흑방(黑幇) 두목입니다. 노인에게서 자릿세를 받으려고 저리 죽치고 있다는 거 아닙니까! 저기 서쪽 담과 마주한 길거리에 오만가지 잡동사니들을 싸들고 들어갈 준비하는 점쟁이 보이시죠? 저분이 바로 류용 어른이십니다……."

황천패가 아닌 밤중에 웬 홍두깨냐는 식으로 깜짝 놀라며 벌어진 병풍 사이로 채부청이 가리키는 곳을 보니 탁자 위에 펴놓았던 태극 팔괘도를 접어 넣고 사주팔자를 봐준다는 팻말을 거둬들이고 있는 사람은 과연 류용(劉鏞)이 틀림없었다. 그제야 황천패는 류용도 이 객잔에 투숙하고 있다는 사실을 알 수 있었다. 뭔가 짐작이 가는 바가 있는 황천패가 제자 요부화를 향해 일부러 큰소리로 물었다.

"저 점쟁이 뭘 좀 아는 것 같아? 어느 방에 투숙해 있지? 이번 물건이 제값에 팔릴지 좀 물어봐야겠어."

"알다마다요, 귀신이 따로 없대요! 어젯밤에도 총독아문의 몇몇 막료들이 불러서 가봐야 한다며 한밤중에 불려갔다 왔는 걸요!"

요부화가 히죽 웃으며 말을 이었다.

"급하실 것 없어요. 점쟁이가 바로 우리 옆방에 머물러 있거든요. 천천히 들어가 씻고 나서 부르면 돼요, 저희들도 궁금한 게 한두 가지가 아니거든요!"

황천패는 그제야 이들이 먼저 류용과 만났고 이미 철저히 계획을 짜놓고 있다는 사실을 깨닫고는 더 이상 묻지 않았다. 이때 객잔주인이 팔에 젖은 수건을 걸치고 나오더니 뚱보사내에게로 다가가 허리를 굽실거리며 말했다.

"찬물에 담가두었던 수건입니다. 시원하게 얼굴이나 닦으시죠. 방안에 목욕물도 데워 놓았습니다. 저, 그리고 약소하지만 이건 야담꾼 영감한테서 받은 자릿세입니다. 세어 보시죠."

뚱보가 은자를 손바닥에 놓고 세어보고 또 세어보더니 주머니에 집어넣고는 물수건을 받아 번지르르한 입을 쓱 닦았다. 그리고는 킁킁 콧소리를 내며 말했다.

"좀 앉아 있다 건너갈 거야. 목욕물을 알맞게 데워야지 지난번처럼 뜨겁게 했다간 혼날 줄 알아."

주인이 그럴 리가 있겠느냐며 굽실거리고 대답하며 돌아서자 말라깽이가 불러세웠다.

"이봐, 저 점쟁이한테 가서 금거북이가 그러는데, 우리 홍셋째와 옥청, 옥란 두 미인이 궁금한 게 있으니 좀 보잔다고 전하게."

그러자 기생 하나가 박수를 쳐가며 좋아라 했다.

"역시 우리 금거북이 오라버니가 최고라니까! 하도 용하다고 소문이 나서 옥청이랑 한번쯤 부르고 싶어도 워낙에 비싸 엄두를 못 냈지 뭐예요!"

병풍을 사이에 두고 이자들은 황천패 일행에게 트집을 걸어오고 있었다. 황천패가 이를 간파하지 못했을 리가 없었다. 그러나 그는 추호도 화내는 기색 없이 침착하게 주인이 건네는 수건을 받아 탁자 위에 놓으며 말했다.

"실은 우리가 먼저 점쟁이를 부르기로 했으나 누군가 급한가본데, 양보하지. 자, 우린 먼저 목욕이나 하러 가지."

일행이 자리를 털고 일어나 병풍을 걷고 밖으로 나오니 금거북이네와 가까운 곳에 눈에 익은 두 사람이 땅콩 한 접시를 놓고 술을 마시며 담소를 나누고 있었다. 그들은 다름 아닌 여섯째 태보인 양부운(梁富雲)과 다섯째 고부영(高富英)이었다. 황천패는 일부러 아는 척을 않고 길게 기지개를 켜며 출입문께로 걸어갔다. 그러자 등뒤에서 기생의 말소리가 들려왔다.

남경으로 잠입하다

"방금 셋째오라버니가 황천패가 표창을 그리 귀신같이 명중시키다는 것이 믿어지지 않는다고 하셨죠. 그거 잘 던지는 사람들은 정말 기가 막혀요. 날아가는 새를 떨어뜨리는 건 일도 아니에요! 옥란이가 잘하거든요. 한번 시범을 보여주면 황천패가 대충 어떤 수준인지는 감이 올 거예요!"

막 밖으로 나가려던 황천패가 그 말을 듣고는 멈칫하며 지켜보았다.

"또 그거 해보란 얘기야?"

옥란이라 불리는 기생은 스무 살 가량 되어 보였다. 화장인지 분장인지 진면목을 알아볼 수 없을 지경으로 분지(粉脂)가 짙은 여자가 빨간 입술을 비죽거리며 말했다.

"실은 언니가 가르쳐 준 거예요. 그래 놓고 자기는 쏙 빠지고 나만 부려먹잖아요. 두 오라버니들께서 언니를 좀 혼내줘야 해요?"

"알았어, 알았어!"

의자에 몸을 반쯤 뉘인 뚱보의 높다란 배가 출렁거렸다. 웃어서 한 줄이 된 두 눈을 징그럽게 찡긋거리며 뚱보가 말했다.

"어서 해봐, 기생년이 표창 던지는 건 또 처음 본다!"

그런데, 뚱보가 미처 입을 다물기도 전에 무언가가 피융! 하고 날아와 이빨 사이에 박히는 것이 있었다. 흠칫 놀라며 뚱보가 뱉어보니 그것은 껍질을 깐 하얀 해바라기씨였다. 어찌된 영문인지 몰라 입을 헤벌리고 멍해 있으니 마주 서 있는 옥란의 조금 벌어진 빨간 입에서 칵! 하고 해바라기씨 껍질을 깨무는 소리가 들리는 동시에 또 하나의 해바라기씨가 뚱보의 입안으로 날아들었다. 옆을 보니 옥란이와 몇 보는 떨어진 거리에 서 있는 옥청이가 해바라기씨를 던져 옥란의 입에 넣어 주고 있었다. 해바라기씨를 받아 문 옥란은 혀끝으로 껍질을 까 알맹이만 뚱보의 입안으로 뱉어냈던 것이다.

황천패는 두 눈을 뗄 줄 몰랐다. 이제는 해바라기씨가 한줌씩 날아 들어갔고 껍질 따로 알맹이 따로 옥란의 입에서 분리된 해바라기씨는 수없이 두 사내의 헤벌어진 입안으로 번갈아 날아들었다. 속사포가 따로 없었다. 표창 던지는 데는 강호천지를 통 털어 황천패를 따를 사람이 없거늘 이 순간 황천패는 자신이 입김으로 표창 던지는 실력도 저 정도가 됐으면 얼마나 좋을까 생각했다! 잠시 후 홍셋째의 미친 듯한 웃음소리가 들려왔다.

"년들이 그짓만 잘하는 줄 알았더니 못하는 게 없네! 두 손 두 발 다 들었어! '표창'이 좀 약해서 그렇지 황천패보다 못할 것도 없겠는데?"

"황천패가 기생년들한테서 한 수 배워야겠네 뭐!"

말라깽이 금거북이가 낄낄거렸다. 그러자 홍셋째가 두툼한 볼살을 흔들며 웃음을 터트렸다.

"⋯⋯황천패와 이년들에게 이불을 펴주면 밤새도록 씨만 까다 날새겠네, 푸하하하⋯⋯. 좀 있다 점쟁이한테 물어보지 그러냐? 나중에 여장군이 된다든지 뭐 한자리 해먹을 수는 있을는지, 하하하⋯⋯."

그러자 옥청이라는 기생이 눈을 흘기며 주먹으로 홍셋째의 이마를 때리는 시늉을 하며 말했다.

"우린 여장군같은 건 관심 없어요. 어떻게 하면 종량(從良, 창기가 몸값을 내고 자유로운 몸이 됨)하여 반안(潘安)의 외모에 자건(子建)의 지략, 등통(鄧通)의 부를 가진 배필을 만나 잘 사느냐에만 관심이 있을 뿐이에요!"

뚱보와 말라깽이가 코가 떨어져 나갈세라 코방귀를 뀌는 가운데 황천패는 문득 의구심이 들었다.

이것들이 벌써 무슨 냄새를 맡고 내게 공개적으로 도발을 해오는 건 아닐까? 이자들의 정체에 대해 의심해 볼 필요가 있지 않을까? 긴 생각을 할 여지가 없었던 황천패가 제자인 주부민을 불러 귀엣말로 분부했다.

"의도적인지 어떤지는 모르겠지만 저런 것들의 입방아에 오르내린다는 사실이 기분이 더럽네. 일곱째더러 혼쭐나게 해주고 오라 하게!"

그러자 주부민이 웃으며 말했다.

"사부님께서 말씀하지 않으셔도 저자들은 오늘 뼈도 못 추리게 될 겁니다. 부영이 저 무쇠주먹 움켜쥔 걸 좀 보세요. 우린 그만 가죠."

말을 마친 주부민은 곧 황천패를 안내하여 천막을 나섰다.

일행 다섯은 상방(上房)으로 들어가 저마다 사환이 들여 보내준 대야에 발을 담갔다. 누구 하나 손을 대는 이 없이 발바닥끼리 비벼 씻으며 요부화가 말했다.

"여기는 너무 불편하네요. 남경에 가면 점주(店主)에서 사환에 이르기까지 전부 우리 애들이니 맘대로 말하고 행동하고 조심스러울 게 없는데, 여긴 그렇지가 못하잖아요!"

그러자 황천패가 말했다.

"내가 부영이더러 저 두 놈을 손봐주라고 한 것도 그 때문이네. 큰일을 하는 사람들이 콧구멍만한 동네가게 하나 후려 잡지 못하여 도처에 이목이 번들거리게 해서야 되겠어? 부춘아, 가서 점쟁이더러 금거북이놈한테 갈 것 없이 바로 이리로 건너오라고 하거라."

사제 사이에 이같이 대화를 주고받고 있을 때 양부운이 웃으며 들어섰다. 이쪽으로 내려온 이래 늘 우울한 표정이던 연입운이 물었다.

"보아하니 벌써 놈들을 엎어버렸군. 주먹으로 쥐어박았나, 아니면 발로 짓이겨버렸나."

"그런 거 아니에요. 데리고 왔어요."

양부운이 재밌어 죽겠다는 듯이 히히히 웃으며 말을 이었다.

"전 잠깐 피해 있을게요. 셋째형이 한참 놀고 나면 제가 나올게요."

무슨 영문인지를 몰라 어리둥절해 있는 연입운을 뒤로 하고 양부운은 안방으로 들어가 버렸다.

과연 잠시 후 고부영이 등뒤에 홍셋째와 금거북을 데리고 들어섰다. 등불 밑에서 본 두 사람은 아무런 이상이 없이 멀쩡해 보였다. 험상궂은 얼굴로 좌중을 두리번거리던 금거북이 투덜거렸다.

"대체 여기 뭐가 볼 게 있다고 우릴 꼬셔 온 거야!"

"셋째형."

고부영이 금거북의 말은 아랑곳하지 않고 연입운 옆에 서 있던 채부청을 향해 말했다.

"이 둘을 보세요. 자기네들은 멀쩡하다고 뻑뻑 우기지만 면음장(綿陰掌)을 맞은 것 같지 않아요?"

고부영이 손가락으로 금거북의 얼굴을 꾹꾹 누르며 덧붙였다.

"인당(印堂) 좀 보세요. 삶아놓은 돼지불알같이 거뭇거뭇 불그죽죽하잖아요. 사백혈(四白穴)도 그렇고…… 이 청명혈(請明穴),

인중혈(人中穴) 어디 하나 이상하지 않은 구석이 없어요. 곧 뒈지게 생겨놓고도 살려준다는데 군소리는……."

금거북은 눈이 휘둥그레졌다. 이마를 쿡쿡 찔러보고 턱을 툭툭 쳐 올리며 이리저리 살펴 자신을 진흙 주무르듯 하는 고부영을 향해 금거북이 침을 뱉으며 버럭 고함을 질렀다.

"기똥찬 걸 보여준다더니 뭣들 하는 거야? 멀쩡한 사람 환자취급 하고 지랄이야!"

"보내버려."

꼬아 올린 다리를 흔들며 채부청이 단호하게 말했다.

"다 죽게 생겼구먼! 내가 아무리 죽은 사람 살리는 재주가 있다고는 하지만 못 쓰겠어, 약도 없고……. 술맛 떨어지게 송장을 데려와 뭘 하자는 거야."

"흥! 지들끼리 짜고 북 치고 장구 치고 잘하네. 무슨 약이 안 팔려 그러는데? 내가 팔아줄게!"

금거북이 냉소를 터뜨리며 말을 이었다.

"흥! 감히 어느 면전에서 사기를 치려고? 너의 할아비인 난 말이야 단칼에 천년 동굴을 뚫고 펄펄 끓는 기름가마에 목욕하는 사람이야……. 홍셋째, 가자고! 너희들 오늘 나 헛걸음시킨 거 가만 놔두지 않을 거야, 내일 보자."

금거북이 씩씩거리며 돌아섰다.

그런데, 금거북을 따라 돌아서던 홍셋째가 갑자기 비명을 지르며 그 자리에 쭈그리고 앉았다.

"이봐, 거북이! 이게 왜 이러지? 오른쪽 다리에 감각이 없어!"

"쳇, 겁쟁이!"

대수롭지 않게 여기며 문지방을 넘어서던 금거북도 그러나 "아이고!" 짤막한 비명과 함께 그 자리에 폭 고꾸라지고 말았다. 종아리가 차갑게 굳어가며 주먹으로 내리치고 힘껏 꼬집어도 아무런 감각이 없었다. 뿐만 아니라 무서운 마비증상은 다리를 타고 급속도로 허리까지 치고 올라왔다. 그제야 뭔가 잘못 되어가고 있다는 두려움에 금거북과 홍셋째가 비명을 지르며 구명을 청했다.

"개 눈에 콩깍지까지 씌어 여러 형들을 알아보지 못하고 무례를 범하고 말았소. 제발 화를 거두시고 한번만 살려주시오. 정녕 그 은혜를 잊지 않겠소……. 난 이 세상에 내가 모르는 면음장인가 뭔가 하는 것도 있다는 걸 전혀 믿지 않았는데, 겁 없이 까분 걸 용서해 주시오!"

"별것도 아니네. 난 또 면음장을 풀 줄도 아는 줄 알았지, 하도 큰 소리를 치니!"

황천패가 코웃음을 치고는 채부청에게 말했다.

"셋째, 상대가 돼야 혼내주든가 말든가 하지. 풀어줘!"

채부청이 내키지 않아서 시큰둥하게 대답을 했다. 그리고는 추호도 에누리없이 둘을 향해 말했다.

"속옷만 빼고 다 벗어, 홀랑 벗어! 우리 사부님 성질 건드렸다가 살아남은 자들이 없는데, 너희들은 어젯밤 꿈자리가 좋았나보다!"

울상이 되어 싹싹 빌며 홍셋째와 금거북은 부들부들 떨며 옷을 벗었다. 하나는 가슴팍에 검은 털이 수북하여 비계까지 철렁대는 게 검정 똥돼지 같았고, 하나는 피골이 상접하여 앙상한 것이 굶주린 개가 혓바닥 닳도록 핥아먹고 간 뼈다귀 같았다. 그 모습을 본 태보들은 웃음을 참느라 고역이 따로 없었다.

"똑바로 서지 못해? 움직이지마!"

남경으로 잠입하다

"예……."
 "날 봐, 어딜 두리번거리는 거야?"
 "예……."
 채부청이 갑자기 두 발을 탕 구르며 "야합!" 하고 고막을 찢어놓을 듯한 기합 소리를 냈다. 깜짝 놀라 털썩 땅에 주저앉았던 금거북과 홍셋째가 비실비실 땅을 짚고 엉거주춤 일어나는 사이 오른손을 길게 뻗어 밀었다 당겼다 원을 그려 기를 모아 혼신의 피가 얼굴에 몰린 듯 새빨갛게 달아오른 채부청이 홀연 덮치듯 두 손을 뻗어 둘의 가슴팍을 힘껏 밀었다. 순간 사람들은 헉 놀란 숨을 들이마시고 말았다. 저만치 나가 떨어진 홍셋째와 금거북의 가슴팍 기문혈(期門穴)에 다섯 손가락의 흔적이 선명하게 찍혔던 것이다! 사색이 되어 간신히 숨을 몰아쉬는 두 사람을 보며 속으로 흠칫 놀란 연입운이 황천패에게 물었다.
 "방금 그것이 면음장이오?"
 "그렇소."
 낯빛 하나 변하지 않고 황천패가 말을 이었다.
 "산동성 단목세가(端木世家)의 절학(絶學)이지. 여섯째가 어깨너머로 훔쳐냈어. 이 때문에 내가 천금중례(千金重禮)를 싸들고 여러 차례 단목세가를 찾아가 절대 이걸로 돈을 벌려 하지 않고 살인을 하지 않고 제삼자에게 전수하지 않겠노라고 사나이 맹세를 하고서야 여섯째의 목숨을 지켜줄 수 있었지. 자네 두 사람이 무슨 말을 잘못하여 우리 여섯째를 화나게 만들었나 본데, 두 번 다시 이런 일이 있어선 곤란하겠네. 걱정하지 말게, 이번에는 징계만 하고 목숨만은 살려줄 테니."
 그제야 금거북과 홍셋째는 황천패가 '여섯째'의 사부가 된다는 사실을 알고는 주저없이 그 앞에 무릎을 꿇었다. 그리고는 죽어라 머리를 조아리며 살려달라고 애원했다.

"대사부님, 이놈들이 큰 불경을 저지르고 말았습니다……. 두 번 다시 이 바닥에서 깝죽대지 않겠습니다. 앞으로 사부님을 큰 어른으로 모시며 소가 되고 말이 되어 효도하겠습니다!"

21. 점쟁이의 비밀

　황천패의 부름을 받고 나온 양부운이 금거북과 홍셋째를 향해 눈을 지그시 감고 기 수련을 하듯 한참 앉아 있으니 신기하게도 채부청에 의해 가슴에 벌겋게 찍혔던 손바닥 자국은 천천히 사라지기 시작했다. 담 모퉁이의 흙을 떠먹고 양부운의 기공을 받아 마비증세도 가신 듯 없어지고 전처럼 몸을 자유롭게 놀릴 수 있게 되자 둘은 너무 좋아 헤헤거리며 쿵쿵 머리를 조아렸다. 금거북이 말했다.
　"여섯째 어른께서 내치지만 않으신다면 저희 둘은 착실하고 충성스런 제자로 여섯째 어른의 문하에 들고 싶습니다! 그 어떤 힘한 경우가 닥치더라도 눈 하나 깜짝하지 않고 자리를 지키겠습니다!"
　그러자 홍셋째도 동조했다.
　"여섯째 어른에 비하면 우리의 세 발 고양이 쿵푸는 저 연못가의 두꺼비보다 못한 것입니다. 여섯째 어른을 스승으로 모시어 여러 형제분들의 장사에 길라잡이가 되어 드리겠습니다. 금릉 전체는 장담할 수 없으나 막수호 동부와 영곡사(靈谷寺) 서쪽 지역은 구리를 녹이든 소금을 내다 팔든 어떤 놈이 감히 훼방을 놓지 못할 것입니다!"

양부운이 황천패를 바라보았다. 황천패가 머리를 약간 끄덕여 보이자 양부운이 그제야 입을 열었다.

"내 맘대로 할 순 없어, 내게도 사부님이 계시거든. 비록 지금은 강호에서 발을 빼고 금분(金盆)에 손을 씻었다지만 그래도 한번 사부는 영원한 사부 아니겠나!"

그러자 둘은 무릎걸음으로 황천패에게 다가가 받아들여 줄 것을 간절히 청했다.

"여섯째, 대충 혼내주고 올 일이지 갈길 급한데 일을 시끄럽게 만들어서는 어쩌겠다는 건가!"

황천패가 한숨을 지으며 덧붙였다.

"우린 당당한 장사꾼이야. 언제 어디서든 본분을 망각하지는 말아야 할 거 아닌가. 강호 무리들에 연루되는 건 장사꾼의 길을 포기하겠다는 얘기야. 들어가긴 쉬워도 나오긴 힘든 것이 강호라고 하지 않았더냐?"

이에 양부운이 연신 머리를 끄덕이며 잘못을 인정했다. 그리고는 조심스레 웃음을 지으며 말했다.

"구구절절 지당하신 말씀입니다만 저것들이 사부님을 욕되게 하는 데는 도저히 참을 수가 없었습니다. 우리 사부님이 누구라는 걸 이참에 똑바로 보여주고 싶었습니다. 너희들이 우리 사부님이 누군 줄 알아? 바로 하룻강아지 같은 네놈들이 겁 없이 나불대던

점쟁이의 비밀 225

그 동북 호랑이, 성은 황씨요, 함자는 천패를 쓰시는 황천패 어른이시다!"

"예?"

눈이 휘둥그레져 튀어나올 것만 같은 두 사람은 그제야 자신들이 황천패에게 뒷다리가 걸렸다는 사실을 깨닫게 되었다.

"황천패가 기생년들에게 한 수 배워야겠다"고 낄낄거리며 희롱하고 욕되게 했던 걸 떠올리고 둘은 용서를 빌고 죄를 청하느라 이마가 터질 지경이었다. 그러자 황천패가 말했다.

"정식으로 우리 황가의 산문(山門)에 들어올 순 없네. 왜냐, 난 제자들을 데리고 전국 각지를 돌며 장사를 해야 하거든. 여섯째, 이들이 소망하는 건 자네한테서 쿵푸 한 수 배우는 것일 터이니 자네가 양아들로 삼아 데리고 있든가 하게. 금릉은 우리가 앞으로 자주 드나들 곳이니 발 편히 뻗고 잠잘 수 있게 해주는 벗들이 있다는 것도 나쁘진 않지."

강호에서 스승을 모시고 제자를 들이는 것은 체면이 서고 자랑이 되는 예사로운 일이었다. 그러나 어리둥절하게 남의 발에 걸려 넘어가 이제 팔자에도 없던 양아버지를 모시게 생겼으니 누구한테 자랑하기엔 너무나 창피스러울 것 같았다. 둘은 무릎을 꿇은 채 멍하니 앉아 가타부타 대답을 않고 있었다. 그러자 연입운이 빙그레 웃으며 물었다.

"왜? 그렇게는 못하겠단 뜻인가?"

"그런 건 절대 아닙니다!"

금거북이 공수해 보이며 아양을 떨었다.

"대단하신 스승님의 문하에 드는 일이 세살배기 코흘리개들의 땅따먹기 놀이처럼 간단한 일은 아니지 않겠습니까. 아직 양아버지로 모실 여섯째 어른의 존함도 모릅니다. 저희들도 모시던 사부님이 있는지라 그쪽에도 말씀을 올리는 것이 도리일 것 같습니다. 일단 거처로 돌아가 첩자(帖子)와 향촉(香燭)을 준비하고 조만간 길일을 택하여 정중하게 배례식(拜禮式)을 올리고 시작하는 것이 좋을 듯합니다."

이들이 속으로 그리 내키지 않아 한다는 걸 눈치챈 황천패가 껄껄 웃음을 터트렸다.

"자네들이 이마 찧으며 스승으로 모실 것을 간절히 청해왔지 우리가 오라고 손짓한 건 아니지 않은가! 저 사람은 나의 제자인 양부운이오. 강호바닥에서 아무개 하면 알만한 업적을 쌓은 것은 아니지만 자네들이 보았다시피 호락호락한 인물은 아니지. 자네들 말에 일리가 있으니 돌아가 천천히 상의해보게. 됐네, 그만 물러가게!"

그제야 둘은 또다시 꼬리 잡힐 일이라도 생길세라 얼른 일어나 공수하고는 나가버렸다.

"저것들이 아직 무릎을 꿇은 게 아닌 것 같습니다."

이번에는 가부춘이 입을 열었다.

"금명간에 어떤 식으로든 결판을 보려고 나올 게 분명합니다. 더 혼쭐을 내줘 오줌을 질질 싸게 만들어 보내야 하는 거 아닙니까?"

이에 황천패가 말했다.

"별볼일 없는 꼬마들이네. 그럴 가치가 없어. 남경 강호의 형세도 전에 황부명(黃富名)이 있을 때와는 판이하게 다르다는 걸 알아야 하네. 요즘 남경(南京)의 흑도(黑道)를 움켜잡은 총두목은 개영호(蓋英豪)라는 자인데, 이름만 들어봐도 방귀 꽤나 뀔 놈

같지 않은가? 우리가 그자들과 이권쟁탈 차원에서 세력다툼을 벌이러 온 것도 아닌데, 적당히 응수하면 됐지 피를 부를 건 없네. 절대 긁어 부스럼 만드는 일이 없도록 하게."
 황천패의 말이 떨어지는 순간 류용이 들어섰다. 사람들이 급히 일어나 반갑게 맞는 와중에 황천패가 먼저 입을 열었다.
 "숭여(崇如, 류용의 호) 어른, 정말 고생이 이만저만 아닌 것 같소. 팔자에 없는 점쟁이 노릇을 하느라 이리저리 불려 다니니 곁에서 보기에도 민망하오."
 자줏빛 두루마기를 입고 허리에 검은 띠를 두르고 가벼운 단화를 신은 류용은 들어서는 가랑이에 바람이 일었다. 말끔히 씻은 얼굴은 점잖고 무게 있어 보였다. 사람들이 일어나 공수하며 예를 갖추자 맞절을 하며 류용은 황천패가 권하는 상석을 마다하고 나무걸상 하나를 끌어다 앉았다. 그리고는 미소를 지으며 말했다.
 "다들 앉으시죠! 누가 물어도 난 아직 측자(測字, 파자(破字)를 하여 점을 봄) 선생이오. 그대들은 장사꾼이고!"
 연입운은 북경에서 만났던 류통훈의 얼굴을 떠올렸다. 부자지간인 줄 모르고 만났을지라도 류용은 영락없는 류통훈의 아들이었다. 키가 조금 커 보일 뿐 생김새랑 미간에서 느껴지는 위엄까지도 류통훈과 꼭 닮아 있었던 것이다. 어느 누구도 벌써부터 강호를 덜덜 떨게 만드는 류용이라는 인물이 스물여섯 살밖에 안 되는 젊은이이고, 그것도 해원(解元, 향시(鄕試)에서의 장원) 출신에 청화한림(淸華翰林)의 진사(進士)라는 점은 미처 몰랐을 것이다……. 연입운이 속으로 적이 감탄해마지 않고 있을 때 류용이 질문을 던졌다.
 "이 분은 연 선생이지요?"

처음부터 자신에게 관심을 보여줄 줄은 몰랐는지라 연입운이 급히 몸을 숙여 예를 갖추며 대답했다.

"소인, 연입운이라고 합니다. 잘 부탁드리겠습니다."

"지금 이 순간부터 소인이니 대인이니 하는 그런 호칭은 모두 거둬들여야겠소."

류용이 두 눈을 반짝이며 단호한 어투로 말했다.

"그리고 연 선생, 복장을 바꿔야겠소. 황보수강(皇甫水强)과 호인중(胡印中)이 둘 다 남경에 있고, 이 지역의 흑도 두목인 개영호와 손잡았다는 첩보를 입수했소. 저들은 지금 철패호령(鐵牌號令)을 내려 '반교적(叛教賊)' 연입운을 생포하는 자는 당주(堂主) 자리에 앉히고 동전 2백 냥을 상으로 내린다고 선언했다 하오."

순간 연입운의 얼굴이 귀밑까지 달아오르고 말았다. 생업을 포기하고 가족을 떠나 역영(易瑛)을 따라나섰던 연입운이었다. 비록 역영이 몸을 허락하여 장래를 약속한 사이는 아니지만 남다른 정을 주었던 건 사실이었다. 그러나 연입운은 역영처럼 거창하게 천지개벽을 꿈꾸지도 않았고 그 무슨 청운의 뜻을 품어 본 적도 없었다. 단지 역영의 남다른 정을 원하고 그와 더불어 단란한 가정을 꾸미는 것이 유일한 소원이었을 뿐이었는데 호인중이 끼어들면서 날로 식어가는 역영의 냉대를 못 이겨 실의 끝에 조정에 귀순하게 되었던 것이다. 한때는 강호를 주름 잡으며 넓디넓은 중원천지에 적수가 없다고 할 정도로 무예실력이 뛰어났던 연입운이었다. 그러나 막상 귀순하고 보니 그 실력이 막상막하인 황천패의 수하에 숨죽이고 있어야 했고, 푸헝과 류통훈의 눈에는 한낱 별볼일 없는 존재로 잊혀져가니 울분을 삼키는 마음이 편할 리가 없었다. 이제 자신이 애모해마지 않고 지금도 미움보다는 그리움이 앞서는 여인의 마음속에 자신은 고작 동전 2백 냥의 하찮은 존재로 남아 있을 뿐이라는 사실에 그는 분노와 원망 그리고 이름할 수 없는 서러움이 한꺼번에 북받쳤던 것이다. 두 눈 가득 고인 눈물을 떨구지 않으려고 애쓰며 연입운이 이를 악물었다.

"그래요? 좋습니다, 제가 그 년놈들을 잡아 동전 한 닢에 어르신께 팔아 넘길 테니 기다려 주십시오!"

더 이상 참지 못하고 두 줄기 눈물이 연입운의 볼을 타고 흘러내렸다.

"무슨 사내가 눈물이 그리 헤프오!"

연입운의 눈물의 의미를 황천패는 누구보다 잘 알고 있었다. 그러나 류용은 전혀 모르는지라 당치않다는 듯이 일침을 놓고는 위로의 말을 건넸다.

"저들은 이런 식으로 연 선생에게 굴욕을 주어 뱀이 저절로 기어 나오게끔 유인함으로써 궁극적으론 나의 뒤를 캐자는 저의가 다분하오. 절대 저들의 덫에 걸려들어선 안 되겠소.〈삼국연의(三國演義)〉를 보면 제갈공명(諸葛孔明)이 응전을 하지 않는 사마의(司馬懿, 사마중달)를 분노하게 하여 저절로 출전하게 하기 위한 수단으로 사람을 시켜 여자 의복을 보내주었지 않았소. 그러자 옷을 받아든 사마의는 사자(使者)가 보는 앞에서 그 옷을 입었다고 하지 않소? 어떤 일에 부딪쳤을 때 자기의 큰 목적을 위해서는 적당히 물러서고 굽히고 인내할 줄 아는 자만이 진정한 사내 대장부임을 보여 준 대목이 아니겠소?!"

인경거전(引經拒典)하여 위로하는 류용과는 달리 양부운은 웃으며 대답했다.

"난 연 어른의 일편단심을 도무지 이해할 수가 없소. 역영 그 계집을 나도 몇 번 본 적은 있는데, 생김새는 그만하면 쓸만하더구만. 그러나 이제 막 서른을 넘긴 영걸(英傑)이 낼모레면 환갑인 노파를 껴안고 뭘 어쩌겠다는 거요? 늙어 보이지 않으려고 아등바등하며 역용술(易容術)을 쓰는 걸 누가 모를까봐? 그게 오래가면 얼마나 오래가겠소? 혹시 무덤을 파본 적 있소? 난 어렸을 때 무리들을 따라 못된 짓 꽤나 하고 다녔었는데, 어떤 여자 시체는 정말 곤히 잠들어 있는 선녀가 따로 없소. 너무 황홀하고 깨물어주고 싶도록 고왔지만 바람을 맞자마자 변색하고 모양이 이상하게 일그러질 때는 구역질이 나서 눈뜨고는 못 봐……. 역영이 파신(破身, 처녀성을 잃다)하는 순간부터 쥐 파먹은 호박처럼 쪼글쪼글한 할망구가 돼버릴 텐데, 그 꼴을 어찌 봐!"

양부운의 말에 사람들은 모두 웃었다.

연입운이 점차 감정을 가라앉혀 가는 모습을 보며 주부민이 끼어들었다. 워낙 입담이 걸쭉하고 농을 하는 데는 당해낼 사람이 없는 주부민이었다.

"사내가 계집을 좋아하고 계집이 사내에 미치는 데는 약도 없는 법이오. 우리집의 먼 친척이 자기보다 자그마치 열 세 살이나 연상인 꼬부랑 할미를 정실로 들이겠노라고 고집을 피우니 곁에서 좋게 말리다 못해 누군가가 그러지 말고 아예 양엄마 삼으라고 했대요. 그랬더니 벌컥 화를 내면서 '여자가 열세 살 연상이면 소머리만한 금덩이를 낳는다는데, 굴러들어온 복을 왜 차느냐'며 악을 쓰더라나? 그래서 그 여자 몸에서 나는 노린내가 십리 밖 읍내에서도 구역질이 날 정도라는데 '일'이나 제대로 할 수 있어야 금덩이를 낳든가 금송아지를 낳든가 하죠, 라고 하며 내가 살살 약을 올렸더니 자기는 그 냄새만 맡으면 흥분하여 발정난 개새끼 저리

가라라나? 나 원 참 한심해서. 적당히 태운 밀가루떡처럼 주근깨가 다닥다닥한 낯이 뭐가 예쁘냐고 물으니, 자기 눈에는 그 주근깨들이 전부 꽃으로 보인다고 하니 말 다했지……."

주부민의 말에 사람들은 동시에 폭소를 터뜨리고 말았다. 마냥 엄숙하기만 하던 류용도 빙그레 웃었다. 자신으로 하여금 역영으로부터 벗어나게끔 도와주기 위한 사람들의 마음을 잘 아는 연입운이 한결 밝아진 표정으로 말했다.

"여러분의 깊은 뜻을 내가 어찌 모르겠소. 난 역영을 잊지 못해 이러는 게 아니라 한낱 노리개에 불과했다는 사실에 분개하여 눈물이 났던 거요. 류 어른, 아까 복장 얘기를 하셨는데 아무리 교묘하게 변장을 한다고 해도 강호에 있을 때 워낙 많이 팔린 얼굴인지라 그자들이 날 못 알아볼 리가 없어요. 아예 당당하게 정면돌파를 하는 게 나을 것 같아요. 조정에 귀순한 이래로 촌척의 공로도 세우지 못한 마음이 대단히 불편하네요. 아직 저들이 내가 조정에 투항한 사실을 잘 모르고 있을 때 이 사람이 혼자 금릉의 흑도로 들어가 두목 개영호를 만나보고 싶습니다. 그자의 신임을 얻어 금릉 흑도의 명맥을 장악할 수만 있다면 일지화(一枝花)를 색출해내는 것은 일도 아니라고 생각합니다. 만약 이 방법이 여의치 않다면 이 사람은 흔쾌히 조정에서 역영이라는 월척을 낚기 위한 미끼가 되어드리겠습니다!"

"그 뜻과 용기가 가상하오!"

류용이 생기 넘치는 두 눈으로 연입운을 응시했다.

"그게 바로 가부(家父)께서 생각해내신 방책이오. 황부종(黃富宗), 황부요(黃富耀)와 황부조(黃富祖)는 이미 개영호에게로 접근하는데 성공했소. 황부위(黃富威), 황부명(黃富名), 황부양(黃

富揚)은 원래 이곳 금릉 토박이인지라 얼굴이 너무 많이 팔렸는데다, 황천패의 양자라는 사실이 알려져 이곳에 머무를 수 없어 다른 데로 갔지. 황부위는 과주(瓜州)에서 소기의 목적을 이루어 그곳 흑도의 맏형이 되어 있다 하니 다행이고, 황부양은 양주(揚州)에서 자네 강호의 말을 빌자면 '단물 다 빨아먹고' 다닌다고 하네. 역영의 '시녀'로 알려진 당하(唐荷)라는 계집까지 만났다고 하는군!"

류용이 전해주는 소식에 사람들은 흥분을 금치 못했다. 황천패는 자신이 여섯 명의 제자들을 거느리고 금릉으로 내려와 있는 사이 일곱 명의 양자들은 벌써 강남 흑도의 두목인 개영호에게로 잠입하는데 성공하여 요충지를 점거했다는 사실에 놀랍고 기뻤다. 연입운이 흥분하여 외쳤다.

"당하 그 년이…… 양주에 있으면 역영도 분명히 같이 있을 겁니다. 한매(韓梅), 뇌검(雷劍), 교송(喬松), 당하 이것들이 시종 '일지화'에게 붙어살거든요!"

"요즘은 연 선생이 그 무리에 끼어있을 때와는 상황이 크게 달라져 있다오."

류용이 말을 이었다.

"'일지화'는 더 이상 자기가 직접 움직이지는 않는다고 하네. 그 부하들이 강호의 흑도들과 휩쓸려 다니며 비밀집회를 가지고 시약치병(施藥治病)이라는 미명하에 사이비 종교를 퍼뜨리고 다닌다 하네. 뇌검과 호인중은 종적을 감춘 지 오래 됐고, 한매, 교송, 당하도 그 종적이 표홀(飄忽)하여 어디서 불쑥 나타날지 감을 잡을 수가 없다고 하오. 염방(鹽幇), 조방(漕幇)을 비롯한 삼교구류(三敎九流)들 중 청방(靑幇)을 제외하곤 모두 저들과 음으로 양으로 선을 대고 있다 하오. 홍방(洪幇)은 강남, 직예뿐만 아니라 양자강 동서에 분포돼 있는 각 성들에 몇 십만 명의 무리들을 거느리고 있어 조정에 대적하는 이 방(幇) 저 파(派)들 중에 그 실력이 최고라고 하네. 역영이 가장 왕래가 잦고 선을 단단히 대고 있는 무리들도 바로 이 홍방들이라고 들었소. 개영호 또한 홍방을 등에 업고 '금릉 지장왕(金陵地藏王)'이라는 칭호까지 수여 받았다고 하오. 만약 개영호 그자만 매수한다면 강남이 아무리 크다고는 하지만 역영이 발 디딜 곳은 어디에도 없을 테지."

류용의 말을 듣고 보니 연입운과 황천패는 그제야 류통훈 부자가 꾀하는 바를 알 것 같았다. 역영이 자신을 강호바닥에 깊숙이 은둔시킨 채 여러 무리의 흑도들을 등에 업고 시기를 노린다면 류용은 강호의 이 방 저 파들과 주사(蛛絲, 거미줄)처럼 끈을 달고 있는 황천패의 십삼태보들을 앞세워 역영의 뒤통수를 노린다는 것이었다. 금릉에 잠입한 지 불과 몇 개월 사이에 이 엄청난 계획을 세우고 진척시켰다는 사실에 황천패 일행은 류용을 다시 한번 우러러볼 수밖에 없었다! 자신보다 관직이 낮다고 하여 은근히 얕잡아보는 마음이 생겼던 황천패는 그 생각마저 훨훨 날려보낸 채 더욱더 공경해마지 않았다. 의자에 앉은 채로 류용을 향해 깊이 허리를 숙여 보이며 황천패가 말했다.

"류 어른, 우리는 하나같이 초망지사(草莽之士)들인지라 정무에도 문외한이요, 이렇다 할 도략(韜略)도 없는 멍청이들이오. 뭐든지 그대의 지휘와 배치에 따르겠소. 이 사람 생각에 폐하의 이번 남순(南巡)에 역영이 틀림없이 뭔가 움직임을 보일 것 같소. 그 전에 반드시 개영호의 둥지를 털어 불살라 역영을 구워야겠소. 그리되면 폐하의 남순시 안전을 확보함은 물론 폐하께 수년간의 숙원을 풀어 드리시게 되니 일석이조 아니겠소?"

"윤계선이 이미 남경에 도착했소."

류용이 짙은 눈썹을 모으며 대단히 엄숙한 표정으로 말을 이었다.

"김홍이 총독자리를 내놓고 북경으로 가서 폐하를 알현한 연후에 재발령을 받는 것으로 알고 있었으나 오늘 전달된 어의에 따르면 김홍더러 북경에 올 것 없이 남경에서 어가를 맞으라고 하셨소. 폐하께서 남순하실 때 경호는 가부(家父)와 윤계선 어른께서 총책을 맡기로 하셨소. 그쪽은 그쯤 알고 있으면 되겠고 우린 강호의 동향만 면밀히 주시하여 개영호와 역영의 움직임에 따라 발빠른 대응을 하면 되겠소. 저마다의 위치에서 책임을 다하지 못하여 차사에 차질을 빚게 된다면 우린 누구도 살아남지 못할 거요. 결코 용서받을 수 있는 죄가 아니라는 얘기요. 난 지금 '점쟁이'요. 이 신분이 편리하기도 하지만 간혹 불편할 때도 있을 거요. 그러니 황형과 연형이 많이 협조해 주어야겠소."

"그럼요!"

황천패와 연입운 두 사람이 급히 몸을 숙여 대답했다. 황천패가 말했다.

"어디 뜨지 마시고 여기 계시오. 낮에는 이목이 많아 힘들겠지만 밤이 으슥하면 우리가 그날그날 일을 보고 올리도록 하겠소."

그러자 류용이 빙그레 웃었다.

"밤에도 가끔은 방에 없을지도 모르오. 팔자에도 없는 점쟁이 노릇으로 꽤나 이름이 나 있다니까. 보자고 하는 사람이 있으면 안 갈 수 없지 않겠소?"

류용이 껄껄 웃고 있을 때 밖에서 누군가 부르는 소리가 들려왔다.

"점쟁이 선생 있소?"

그러자 류용이 일부러 목소리를 크게 높였다.

"어서 드시오! 가 선생, 방금 그 '휴(休)'자는 말이오. 그건 이렇게 해석할 수 있겠소……."

류용이 점을 보는데 여념이 없는 척하며 가부춘을 향해 돌아앉아 있었다. 황천패가 들어온 사람을 보니 회색 두루마기에 검정색 비단 마고자를 받쳐입고, 이마에 꼭 끼는 육각형 과피모(瓜皮帽)를 쓴 그는 마흔 살 가량의 진신(縉紳, 관리 혹은 관직에 있었던 사람)인 것 같았다. 얼굴이 희고 팔자수염이 깔끔한 데다 어딘가 품격이 느껴져 황천패는 감히 만만하게 대하지 못하고 손을 내밀어 자리를 안내했다.

"잠시만 기다리시오. 우리 가 선생의 사주가 나오는 대로 봐주실 거요."

그러자 그 사람은 아무 말 없이 자리에 앉았다.

"글자를 풀어보면 이 휴(休)자는 길흉이 반반씩이오."

류용이 제법 그럴싸하게 자세를 갖춰 애써 다리를 꼬집어 가며 웃음을 참고 있는 가부춘에게 말했다.

"이 글자를 파자해 보면 한 사람이 나무에 기대어 있는 상(像)을 하고 있지 않소? 이로 미뤄볼 때 선생은 어려서 부친을 잃고 홀어머니 밑에서 장성한 사람이라고 보여지는데, 어떻소?"

류용이 임기응변으로 자신을 붙들고 앉자 우습게만 여겼던 가부춘(賈富春)은 다리를 꼬집던 손을 느슨하게 내려놓고 말았다. 자신이 홀어머니 밑에서 커온 건 여태껏 아무도 모르는 사실이었던 것이다. 적이 놀란 표정을 지으며 가부춘이 반쯤 일어나며 말했다.
"그걸 어찌 아시오. 계속하오, 계속!"
류용이 머리를 끄덕였다. 그리고는 한숨을 지었다.
"초목(草木)은 음양오행설에서 음(陰)에 속하지. 고로 목(木)은 같은 음인 모(母)로 볼 수 있소. 영당(令堂, 타인의 모친을 존대하는 호칭)이 현숙하고 성품이 온화하신 분이죠? 다만 아비 없는 자식이라 가여운 마음에 어렸을 적부터 자유롭게 키웠던 것 같소. 이런 말하긴 뭐하지만 소년 시절의 가 선생은 배운 것 없이 뭐든지 마음대로 하는 성격이어서 사람마다 도리질하고 개들조차 피해가는 불량배였다고 나오네? 그러나 목(木)을 분해하면 십팔(十八)이요, 그 옆에 사람 인(人)자가 붙어있으니 열여덟 살에야 비로소 인간이 된다라는 뜻으로 풀이했을 때, 선생은 열여덟 살 이후로는 새사람으로 거듭났던 것 같소. 다만 모친께서 이미 돌아가신 뒤라 환골탈태한 자식의 모습을 보여주지 못한 것이 한스러울 것 같소."
이같이 말하며 류용은 깊은 한숨을 토해냈다.
이쯤에서 가부춘은 벌써 눈물을 비오듯 쏟았다. 흑흑 흐느껴 울며 몇 번이고 입을 열었으나 말은 못하고 울기만 하던 가부춘이 겨우 말했다.
"오늘에야 모두들 알게 되었을 테지만 이는 내 마음속의 영원한 아픔이었어요, 정말 불쌍한 모친에겐 평생 인간 구실 못할 불효자였지요……."
"지나치게 자책하지는 마오. 영당께서는 평생 베푸는 삶을 사셨고 남에게 모진 소리 한번 안 하신 어덕(語德)이 크신 분인지라 구천에서도 편히 잘 계시오. 그 모친의 음덕을 입어 선생은 필히 후복이 있을 것이라 점쳐지오."

칠척의 사내가 어깨까지 들썩이며 우는 모습에 지켜보는 이들의 마음도 아파졌다. 류용이 말을 이었다.

"목(木)은 동방청룡(東方靑龍)의 상을 보이고 있어, 그 혜택으로 선생은 무난한 삶을 살게 될 거요. 날파리가 힘찬 날갯짓으로 높고 먼 곳으로 날아갈 순 없지만 천리마 꼬리에 붙으면 적어도 천리는 날을 수 있지 않겠소? 더 이상의 큰 시련은 없을 것 같소."

그저 귀동냥해온 몇 마디 용어로 다른 사람들의 이목을 가리는 장난에 불과한 줄 알았던 사람들은 울고 웃는 가부춘을 보며 저절로 숙연해지고 말았다. 그사이 마음을 진정시킨 가부춘이 책상 앞으로 다가가 종이에 비뚤비뚤 '휴(休)'자를 그려 류용에게 공손히 받쳐 올렸다.

"그 동안 우연찮게 점 볼 기회는 많았지만 이처럼 고명하신 분은 처음이오. 죄송하지만 봐주시는 김에 이 사람의 후반생(後半生)이 어떨는지 좀······."

"이 '휴(休)'자는 민간에서 흘려 쓰는 속체(俗體)로 쓰면 '낙(樂)'의 간체자(簡體字)와 비슷하지. 이는 선생의 후반생에 큰 영광과 부귀는 없다고 하더라도 별다른 파란이 없이 일신의 안락은 보장된다는 뜻으로 볼 수 있겠소. 그런데, 지금 들어온 선생은 이처럼 파자(破字)를 원하시오, 아니면 팔괘의 역점(易占)을 원하시오?"

류용이 홀연 한 쪽에 앉아있던 진신에게 물었다.

"난 강녕현(江寧縣)에서 차사를 맡고 있는 사람이오. 우리 현령께서 댁으로 그대를 초대하셨소."

열심히 귀기울여 듣던 관원이 읍(揖)을 하고는 말했다.

"듣다보니 저도 모르게 선생의 풀이에 빨려들어 가게 되네요. 나도 선생께 몇 가지 여쭤보고 싶은 것이 있소."

"다른 누군가를 대신하여 여쭤보고 싶은 거 아니오?"

류용이 대뜸 되묻는 말에 진신이 흠칫 놀라는 표정을 지었다.

"아니 그걸 어떻게? 참으로 신기하네!"

"선생이 입을 열어 말하니 마치 칼같이 날카로운 금석(金石) 소리가 나서 말이오."

류용이 말했다.

"입 '구(口)' 자 밑에 칼 '도(刀)'자가 오면 따로 '영(另)'자가 되니 다른 누구를 묻고 싶은 게 아닌가 해서 말이오."

고개를 반쯤 숙이고 있던 진신이 한참 후에야 고개를 들었다.

"진짜 불가사의하네요. 나도 우리 현령 어른의 당부가 계셔서 여쭤 본 것이니 현령께서 대체 누구의 괘(卦)를 묻고 싶은지는 잘 모르겠습니다."

류용이 뚫어지게 진신을 응시했다. 진신이 붓을 들어 써낸 글씨는 '엽(葉)'자였다.

"'세(世)'자가 초목(草木) 사이에 끼어 있다⋯⋯ 이는 이 사람이 현재 병을 앓고 있어 그 조짐이 흉흉하거나 아니면 이미 고인이 됐다고 볼 수 있겠소."

류용이 안서체(顔書體)의 네모반듯한 글씨를 오래도록 들여다보더니 무거운 음성으로 말했다.

"이 괘를 대신 물어온 사람도 범상한 관원이 아닌 신분이 고귀한 귀인이시오."

여기까지 듣고 난 진신이 과연 신기하다는 듯 웃으며 머리를 절레절레 흔들었다.

"좀 있으면 이 사람의 정체가 곧 들통날 것 같아 미리 이실직고 해야겠소! 난 원매(袁枚, 원자재의 본명)라는 사람이오. 그대 영존(令尊, 타인의 부친에 대한 존칭) 어른과 윤계선 총독의 지시를 받고 모시러 왔소. 혹시 여기 계시는 이분들은 황천패 어른과 그 제자분들이신가요?"

갈수록 그 정체가 궁금해지는 불청객을 잔뜩 경계하고 있던 황천패 등은 비로소 안도의 한숨을 내쉬었다. 양부운이 그제야 긴장을 풀었다.

"어쩐지 안면이 있는 것 같았소. 그러고 보니 원 어른께서 범인을 취조하시는 장면을 본 적이 있는 것 같소!"

"사람들이 물으면 내가 점을 보러 나갔다고 하오."

류용이 웃으며 황천패에게 분부했다.

"오늘밤엔 자칫 돌아오지 못할 수도 있소. 내일은 부자묘(夫子廟)로 가서 돗자리 깔 생각이니 무슨 일 있으면 그리로 찾아오면 되겠소."

말을 마친 류용이 밖으로 나가며 원매에게 말했다.

"원 선생, 덕분에 오늘은 오랜만에 타교(馱轎) 한번 타 보게 생겼소. 어서 가 봅시다."

양강총독아문(兩江總督衙門)은 전명(前明) 때 영국(英國)의 공부(公府)가 위치해 있던 자리인지라 원래부터 규모가 크고 웅장했다. 옹정 연간의 모범총독 이위(李衛)가 거금을 들여 아문 북쪽으로 그 면적이 30무(畝)에 달하는 화려하고 웅장한 궁전과 화원을 지었다. 여느 행궁(行宮) 못지 않게 호화롭고 품위 있게 건축한 궁전은 옹정이 남순 길에 오를 때를 대비하여 이위가 진두

지휘한 야심작이었으나 옹정조(雍正朝)가 끝날 때까지 한번도 용처를 찾지 못하고 말았던 것이다. 건륭의 남순 소식이 전해지자 총독 김홍은 또 은자 2백만 냥을 쏟아 부어 궁전을 새롭게 단장하였으니 외관상 총독아문은 북경의 여느 친왕 저택을 능가할 정도로 거대하고 웅장했다.

류용과 원매는 타교에 앉아 한 식경(食頃, 한 끼 밥을 먹을 만한 시간)을 달려서야 비로소 총독아문에 당도할 수 있었다. 아문의 서쪽 모퉁이에 내려서니 시원한 서풍이 불어와 두루마기 자락을 길게 날렸다. 아득히 높은 하늘엔 잠자리 날개같은 구름이 아련하게 깔려있었고, 희미한 달무리가 구름을 이고 서서히 어디론가 산책하고 있었다. 어중간하게 어둠을 밝혀주는 희뿌연 달빛이 그 신비를 더해주는 총독아문은 높낮이가 일정치 않은 건물들로 담장이 차고 넘쳤다. 류용이 저도 모르게 감탄을 했다.

"와, 굉장하네! 이건 아문이 아니라 행궁이야, 행궁! 이위, 윤계선, 김홍 등 한다 하는 총독들이 그 명성만큼이나 돈을 엄청 쏟아 부었겠는데?"

"벌써 도찰원(都察院)의 어사 두광내(竇光鼐)가 양강총독아문이 행궁을 짓는다는 미명하에 백성들의 혈세를 쏟아 아문 겉치레에 열을 올린다며 참핵안을 올렸잖소. 폐하께오서 유보하고 계시니 망정이지."

원매가 웃으며 말을 이었다.

"북경에서 남경에 이르는 역도에 전부 황토를 새로이 깔았지 않았겠소. 얼마나 단단히 다졌는지 노면을 두드리면 쇳소리가 난다니까. 돈은 둘째치고라도 얼마나 많은 인력이 혹사당했겠소? 덕주(德州)에서 소주(蘇州)에 이르는 운하는 구간마다 멀쩡한 다리를 다 부수고 전부 새로 놓았잖소. 은자를 자루째로 왕창 쏟아 부었지. 아휴! 우리야 해보는 소리고, 지게 메고 제사를 지내도 제멋이요 처녀가 애를 낳아도 할 말이 있다고 하지 않소. 봉황의 깊은 뜻을 까마귀가 어찌 알겠소!"

류용은 뭐라 형언할 수 없는 착잡한 기분에 휘말려 들었다. 참핵안을 올렸다는 두광내는 이팔의 어린 나이에 벌써 진사에 합격한 수재로서 그와 동년배였다. 수줍음을 많이 타 여자같은 그는 언변까지 없어 한림원에서 한솥밥을 먹을 때도 아직 그를 세상 물정 모르는 애로 취급하는 사람들이 많았다. 누구한테 싫은 소리 한마디 하지 않고 있는 듯 없는 듯 늘 구석자리를 지키고만 있던 두광내가 무슨 배짱으로 권세가 하늘을 찌르는 봉강대리들을 참핵했단 말인가! 또한 건륭은 자신의 남순과 관련하여 어가를 영접한다는 명분 하에 노민상재(勞民傷財)하는 일이 질대 있어선 안 된다며 누누이 엄명을 내렸었다. 하면 건륭은 어찌하여 지엄한 어명을 어긴 행태를 고발하는 상소문을 유보시켰단 말인가? 궁금증이 꼬리를 물었으나 불측(不測)의 천심(天心, 황제의 마음)을 어찌 헤아리랴 싶어 그는 말없이 원매를 따라갔다. 어두컴컴한 총독아문을 오른쪽으로 돌고 왼쪽으로 꺾어 둘은 곧추 화청으로 향했다.

이름을 말하고 들어선 화청은 등촉이 대낮같이 환하여 눈이 부셨다. 두 사람은 거들떠보지도 않고 대화를 나누고 있는 윤계선(尹繼善)과 김홍(金鉷)을 발견한 류용과 원매는 급히 앞으로 다가가 정참례(庭參禮)를 올렸다. 얼굴이 딱딱하게 굳어 있는 김홍은 눈꺼풀을 까닥거리며 둘을 흘겨 볼 뿐 아무 말도 없었다. 그러나 윤계선은 박수까지 쳐가며 반색했다.

"왔네, 팔괘 선생! 기다리고 있었소. 어서 앉지. 이쪽 의자에 앉게!"

류용이 윤계선이 가리킨 자리에 김홍과 어깨를 나란히 하고 앉았다.

"난 원매 자네의 충실한 독자요. 그 유명한 〈시화(詩話)〉나 〈소창산집(小倉山集)〉을 얼마나 읽어댔던지 보풀이 일어 너덜너덜해졌지 뭔가. 언제부터 한번 보고 싶었는데 잘 됐소!"

윤계선의 얼굴에는 희색이 만면했다.

네 사람 중 원매와 김홍을 제외하곤 서로가 아직은 서먹한 사이였다. 김홍과 윤계선은 둘 다 일방의 부모관인 봉강대리이지만 조회 때 가끔씩 얼굴을 마주쳐 수인사나 나누는 정도였다. 맡은 임무도 다르고 지위도 천양지차인 네 사람이 업무상 필요로 하여 무릎을 마주하게 되었으니 서로 어색하고 불편한 건 당연했다. 그러나 분위기를 부드럽게 만들어 보려는 윤계선의 거리낌없는 말투와 거리를 좁혀보려는 자세에 류용은 마음이 한결 편해지는 것 같았다. 속으로 은근히 김홍과 윤계선을 비교하여 역시 윤계선은 어느 누구도 범접할 수 없는 명실상부한 일인지하 만인지상의 총독이라며 내심 감탄하던 류용이 한 점 흐트러짐 없는 자세로 예를 갖추며 물었다.

"하관(下官)은 거처에서 요도(妖道)들을 일망타진할 책략을 짜고 있었습니다. 어르신께서 밤중에 소견(召見)을 하신 데는 차사와 관련하여 까닭이 있을 줄로 짐작합니다. 부르신 연유는 잘 모르겠습니다만 하관이 가부(家父)를 잠깐 만나 뵙고 돌아와 훈회를 들을 순 없겠습니까?"

"연청 중당께선 지금 북쪽 서재에서 해관도대(海關道臺)와 순

염사(巡鹽使)를 접견중이시네."

다리를 꼬고 앉아 여유있게 부채를 부치며 윤계선이 미소를 지으며 덧붙였다.

"자네의 차사에 대해선 오늘저녁엔 묻지 않을 테니 염려 말게. 오늘은 그저 원매와 정무(政務)에 대해 논의할 따름이고 자네를 부른 사람은 내가 아닌 자네의 영존(令尊) 어른이시네. 좀 있으면 부를 것이니 잠깐만 기다리게. 그런데, 김 총독은 멍하니 앉아 뭘 그리 하염없이 생각하오? 아직 사천순무 김휘(金輝)에 대해 생각하오?"

"아니, 내가 왜 그자를 생각하오. 족보를 찾아보면 알겠지만 우리는 사돈에 팔촌도 아니란 말이오. 어떤 어사놈이 그리 헛소리를 했는지 한 대 쥐어박아 버릴까 보다. 두광내는 아직 철나려면 멀었으니 애들과 옥신각신할 것도 없고, 개는 짖어라 배는 간다는 식으로 무시해 버리면 될 테고."

그러나 여전히 낯빛이 우울해 보이는 김홍이 한숨을 내쉬며 말을 이어나갔다.

"난 요즘 들어 심한 회의감에 사로 잡혀 있소. 말단에서 하루아침에 일보등천(一步登天)한 경우도 아니고 저 까마득한 밑바닥에서 한 발짝, 한 발짝 힘겹게 여기까지 올라 왔는데, 순무(巡撫)도 몇 번씩이나 연임한 사람이 왜 남경총독 자리는 끝끝내 지키지 못하는지 모르겠소. 딴에는 전전반측해가며 정무에 진력했다고 생각했는데, 양렴은(養廉銀) 외에는 검은 돈엔 손을 대어 본 적도 없이 청렴한 나를 어찌 인사치레로나마 붙잡는 사람이 하나도 없단 말이오. 어떤 사람은 백성들이 올린 만민산(萬民傘)에 갇혀 떠나지도 못하고 주저앉는다는데, 난 대체 뭘 그렇게 잘못하여

인심을 잃었기에 그 흔한 만민산 하나도 받아 보지 못한단 말이오?"

울상이 되어 이같이 하소연하며 길게 탄식을 토해내던 김홍이 듬성듬성 백발이 보이는 머리카락을 쓸어 넘기며 떨리는 목소리로 말했다.

"후유! 나도 이젠 늙고 볼품없이 돼버려 아무짝에도 쓸모가 없나 보지……."

조용히 귀기울여 그 하소를 듣고 난 윤계선이 자리에서 일어나 한참을 서 있었다. 그리고는 돌연 피식 웃음을 터트렸다.

"천의(天意)는 음지에 있는 풀을 가엾게 여기고, 인간은 만정(晩情)을 중히 여긴다고 했소. 그리 상심하지 마오, 그대를 못 잊어 하는 사람들도 많을 거요. 남경은 다른 곳과 달라 큰일은 정신 바짝 차리고 임해야하지만 자질구레한 일은 얼렁뚱땅 넘겨버리는 것이 능사요. 김 총독은 뭐든지 처음부터 끝까지 다 물샐틈없이 하려고 하니 두 마리 토끼를 다 놓치는 수가 있단 말이오! 난 걸출한 문재(文才)인 원자재(袁子才, '子才'는 원매의 호)가 풍부한 감성만큼이나 치군(治郡)에도 능하다는 사실이 그저 신통방통할 따름이오. 지난번 푸상과 기윤도 원매 얘기가 나오니 허구한날 시흥을 찾아 달밤에 긴 그림자 끌며 유령처럼 헤맬 것만 같은 원매가 정무에도 달통하다는 데 놀랍고 부럽다고 하질 않겠소."

"변변찮은 사람을 그리 추켜세워주시니 몸둘 바를 모르겠습니다."

원매가 웃으며 화답했다.

"고양이 낯짝만한 강녕현이 남경에서는 누구나 한번쯤 딛고 가는 바위여서 어느 아문에서 으흠! 기침소리 나면 코털 날리며 부랴부랴 달려가 대령하는 졸병이 뭐가 부럽고 멋있다는 겁니까?"

원매의 말에 윤계선은 물론 밑천 떼인 장사꾼 얼굴을 하고 있던 김홍도 모두 웃음을 터트리고 말았다.

희색이 돌아 얼굴에 광채가 일렁이는 윤계선이 원매를 향해 말했다.

"광동성(廣東省)에 있을 때 범시첩(范時捷)이 보내온 문장들 가운데서 자네의〈추수(秋水)〉편을 읽었는데, 감흥이 주체할 수 없이 솟구치는 구절들이 참으로 많더구만. 뭐더라? '가슴 열어 성하(星河)를 품으니 만상(萬象)이 허무하고, 먼 산을 바라보니 한산(寒山)은 말이 없더라!' 그 구절을 읽고 한동안 마음이 이상하게 허허한 거 있지.〈등왕각서(滕王閣序)〉의 '낙하고목(落霞孤鶩, 석양의 외로운 집오리)' 네 글자가 떠오르면서 말일세. 난 이미 기윤에게 서찰을 보내어 자네를 박학홍유과 시험에 추천했네. 자네같이 젊고 장래가 촉망되는 인재들이 실로 많지 않거든!"

그 이름도 유명한 윤계선이 자신을 추천했다는 말에 원매는 흥분으로 가슴이 터질 것만 같았다. 류용과 김홍이 박수를 치며 축하해 주고 있어 분위기가 달아오르고 있을 때 밖에서 하인이 들어와 아뢰었다.

"연청 중당께서 류 어른더러 들라고 하십니다!"

류용이 용수철처럼 벌떡 일어나 윤계선과 김홍, 그리고 원매에게 잠깐 작별을 고하고는 밖으로 나갔다.

"보나마나 연청 중당에게 눈물 쏙 빠지게 혼이 나겠지."

김홍이 멀어져 가는 류용의 뒷모습을 보며 한마디 더 했다.

"가랑이 골목에서 점괘로 너무 이름을 날려버렸다며 연청 어른이 뭐라고 한소리 하던데……"

원매도 자신이 류용을 찾아갔을 때 보고 느꼈던 점을 소상히 설명했다. 그리고는 덧붙였다.

"점괘가 제법 기가 막히게 나오던데요? 짜고 하는 놀이도 아니고 말하는 족족 백발백중이지 뭡니까? 글쎄, 우리 외삼촌이 어제 돌아가신 것까지 맞추더라니깐요! 그러나 본연의 임무를 충실히 완수하기 위해 시작한 점괘로 인해 자칫 정체가 들통나게 생겼으니 연청 어른이 혼내실 법도 하겠어요!"

그러자 김홍이 한숨을 지으며 말했다.

"혼내주려고 작정만 하면 누가 혼나지 않을 사람 있나? 도서를 수집하는 일만 보더라도 제때에 위에서 원하는 만큼 올려 보내지 못하면 '대체 그곳 총독은 더운 밥 먹고 하는 일이 뭐냐'고 질책하고, 허둥대며 겨우 숫자를 맞춰 보내면 '그놈의 눈은 가죽이 모자라 찢어놨어? 온통 불순한 용어들인데 걸러내지 않고 뭘 했어?' 하며 거품을 물질 않나…… 참으로 곤혹스럽기 그지 없다오! 우리 같은 사람들더러 민간에서는 풀무 안에 들어간 쥐라고 하지?"

그러자 윤계선이 푸우! 하고 웃음을 터뜨렸다.

"말 한번 잘 했소. 우린 너나없이 서배(鼠輩)요! 백성들의 눈에 우린 큰 쥐이고, 위에서 내려다보면 쥐새끼에 불과한 그런 서배 말이오. 아참, 말이 나왔으니 자네 이걸 좀 보게. 사고관(四庫館)에서 내용이 불온하다며 소각하라고 적어보낸 금서목록이오."

원매가 윤계선에게서 종잇장을 받아 김홍에게 건네주었다. 그러자 김홍이 말했다.

"이는 자네 강녕현에서 맡아야 할 차사이네. 자네를 보자고 한 것도 이 때문일세!"

원매가 급급히 목록을 들여다보니 붉은 줄로 죽죽 가위표를 친

점쟁이의 비밀 247

책이름들은 보기에도 섬뜩했다.

　〈소대전칙(昭代典則)〉,〈명선종보훈(明宣宗寶訓)〉,〈명헌왕보훈(明獻皇帝寶訓)〉, 〈양광거사록(兩廣去思錄)〉, 〈북루일기(北樓日記)〉,〈허소미소초(許少薇疏草)〉,〈유성분여(留省焚余)〉,〈서충렬공유집(徐忠烈公遺集)〉······.

　한 시대를 풍미할 학자로서 원매는 애석함을 금할 수 없었다. 적혀있는 50여 종의 서적은 모두 나라 안은 물론이고 해외에서도 더 이상 찾아낼 수 없는 유일무이의 희귀한 고본(孤本)들이어서 그 미문(美文)의 문장과 문체의 수려함 내지는 묵권(墨卷)의 우수함까지 후세에 널리 읽혀야 마땅할 보존가치가 뛰어난 서적들이었던 것이다. 자신이 발품을 팔아 직접 수집한 책도 있고 민간에서 거국적인 편수작업에 기여한다며 강보에 싸인 아이 내놓듯 받쳐 올린 서적들도 있었다. 책 도둑은 도둑도 아니라던 누군가의 말을 핑계로 그냥 자신의 서재에 넣어 두고 싶을 정도로 애착이 갔던 서적들인데 불을 질러 소각해버리라니 이 무슨 황당한 경우인가! 반쯤 넋이 나가 서적들을 뒤져보니 여기저기 빨간 동그라미가 쳐져 있었다.

　'이적(夷狄)'이라는 글씨와 한인(漢人)을 찬양하고 만인(滿人)을 폄하한 내용이라며 억지를 부린 구석이 대부분이었다. 어떤 책은 내용상 아무런 하자도 없었으나 전겸익(錢謙益)같은 '이신(貳臣)'이 문집에 몇 줄의 서문을 남긴 게 훼금(毀禁)의 이유가 된 책도 있었다. 달리 할말이 떠오르지 않아 연신 마른침을 꿀꺽 삼키며 원매가 말했다.

"금서(禁書)의 이유를 달아놓은 필체가 좋네요. 필봉의 중골(中骨)이 부드러우면서 날렵하게 뻗었잖아요."

"망평(忘評)하지 말게, 원매!"

윤계선이 말을 이었다.

"어필(御筆)이네."

"예?"

순간 쩍 벌어진 원매의 입으로 한 줄기 찬바람이 회오리처럼 몰려들어갔다!

22. 능리(能吏)

 류용이 아비에게 혼이 날 거라던 김홍의 추측은 적중했다. 서재로 들어서자마자 류용은 가래같은 아비의 손바닥에 눈앞에 별이 반짝일 정도로 뺨을 강타 당하고 말았다. 금방이라도 쓰러질 듯 비틀거리는 그에게 류통훈의 떠나갈 듯한 일갈이 벼락같이 떨어졌다.
 "네 이놈, 무릎 꿇지 못해?"
 "예, 아버지!"
 류용이 털썩 무릎을 꿇었다. 뺨에서 불이 붙는 것 같아 만져라도 보고 싶었으나 그는 감히 손을 올릴 수가 없었다.
 "소자가 필히 무슨 잘못을 저지른 것 같습니다. 부친의 책벌(責罰)을 달게 받겠습니다!"
 류통훈은 이제 막 손님을 배웅하고 난 듯 방안에는 아직 담배연기가 자욱하여 숨쉬기조차 힘들었고 탁자 위에는 찻잔들이 어지러이 널려 있었다. 아들의 뺨을 때리고 난 류통훈은 상심에 겨운 듯 찻잔을 들어 꿀꺽꿀꺽 농차를 들이마셨다. 분노가 가득 도배된 얼굴에 감출 수 없는 피곤이 역력했다.

자리로 돌아가 의자에 털썩 내려앉아 한참 거친 숨을 고르던 류통훈이 말했다.

"방금 남경 성문령(城門領)과 소주와 항주 녹영병(綠營兵)의 몇몇 장수들을 접견했어. 오후엔 김홍과 윤계선, 저녁때는 남경지부와 해관, 염도, 조운 분야의 책임자들을 만났고. 어쩌면 하나같이 이구동성으로 '가랑이 골목의 점쟁이'가 기똥차게 용하여 신선은 저리 가라 할 정도라고 입을 모으는 거야?"

"아버지……."

류용은 그제야 자신이 뺨을 맞은 이유를 알 것 같았다. 다시 머리를 조아리며 류용이 덧붙였다.

"그건 아버지께서 그리 하라고 이르시지 않으셨습니까? 점쟁이 신분이 아무래도 아버지랑 연락을 취하는데 가장 적격일 것 같다고 하시면서 무엇을 하든 똑 부러져야 한다며 진짜 점쟁이 뺨치게 하여 그 누구든 믿어 의심치 않게 만들어야 한다고 말씀하셨고요……."

그는 류통훈을 힐끔 훔쳐보며 말끝을 흐렸다.

류통훈은 더 이상 화를 내지 않았다. 헛기침소리와 함께 자리에서 일어나 뒷짐을 진 채 말없이 방안을 거닐었다. 체구가 건장하여 엎드린 키가 아비의 허리까지 오는 류용은 같은 성(城) 안에 있으면서도 몇 개월만에 처음 보는 아비의 등허리가 전처럼 넓어 보이지 않아 순간적으로 가슴이 아팠다. 희미한 촛불을 빌어본 아비의 주름 깊은 얼굴은 그 동안 몇 년의 세월을 훌쩍 넘긴 것 같이 늙어 보였다.

뺨을 맞은 서운함은 가뭇없이 사라지고 그는 되레 아비를 위로하고 싶었다. 그러나 몇 번 입을 열었다가도 어떻게 운을 떼어야 할지 몰라 그저 멍하니 앉아 뚜벅뚜벅 지친 걸음을 옮기는 아비의 뒷모습만 바라볼 뿐이었다.

"그래, 내가 그런 말을 했었지."

마침내 입을 연 류통훈의 목소리는 아득한 저 산너머에서 들려오는 메아리 같았다.

"그러나 난 '뺨치게' 하라곤 했지만 '똑같이' 하라고 하진 않았다. 너더러 그 속에 푹 빠져 허우적대란 소리는 더더욱 한 적이 없고!"

류통훈이 손가락 두 개를 펴더니 하나를 꼽으며 말했다.

"명성을 너무 크게 날려버리면 이목이 집중되는 건 당연지사지. 유명하면 또 유명세를 치르게 되는 거고. 이 소문 저 소문 당치도 않은 구설수에 오르는 건 차치하더라도 적들의 표적이 돼버리는 날엔 누가 널 보호해 줄 수 있겠어? 또한, 학문이라 할 수도 없는 귀신놀음에 심취하여 나중에 '점쟁이' 꼬리표가 평생 붙어다니면 그걸 어찌 떼어내려고 그러는 거야? 넌 당당히 고시에 합격한 조정의 진사야. 반드시 유신(儒臣)이 되어 우리의 일대영주(一代令主)를 보좌해야 하느니라."

잠시 걸음을 멈춘 류통훈이 말을 이었다.

"넌 적들을 일망타진하라는 임무를 안고 왔어. 그것도 수십 년간 조정과 대적해온 악질분자들을 말이야. 폐하께서 시시각각 지대한 관심을 보이고 계시는 사건이니 만큼 어찌해야 할지 잘 생각해 보거라!"

아비의 말은 구구절절 올바른 지적이었고, 자식의 안전과 전정까지 걱정하는 애정이 다분히 배어 있었다. 아버지 아닌 그 누가 나를 이같이 진심으로 위해줄 수 있을까? 류용은 가슴이 뭉클해지고 콧마루가 찡해졌다. 울먹이며 떨리는 목소리로 류용이 입을 열었다.

"무슨 말씀인지 잘 알겠습니다. 소자, 진심으로 잘못을 뉘우칩니다. 점괘 보는데 지나치게 빠져 자칫 대사에 지장을 초래할 뻔한 점 심각하게 뉘우치고 두 번 다시 이런 일로 아버님의 심려 끼쳐 드리지 않도록 하겠습니다……."

"〈육서(六書)〉니 〈설문(說文)〉이니 하는 이상한 책들을 기를 쓰고 읽더니 차사를 틈타 그 학술의 진위를 밝혀내고 싶었던 거냐, 뭐냐?"

류통훈이 덧붙였다.

"석가(釋家)나 도가(道家)가 아니면 그 외의 것들은 모두 사이비들이지만 어떤 학술이든지 만약 영험한 구석이 손톱만큼도 없다면 누가 그걸 믿겠어? 그러나 만법귀일(萬法歸一)의 이치에 따를 때 경세치국(經世治國)에는 그래도 유도(儒道)야! 하늘에 수없이 많은 뭇별들도 어느 구석에 박혀있든지 다 나름대로 빛은 발하고 있어. 좁쌀만한 빛일지라도 말이야. 그러나 어찌 일월지명(日月之明)에 비견할 수 있겠느냐?"

"천만 지당하신 훈회이십니다……."

무릎 꿇어 고개 숙인 아들의 앞으로 뚜벅뚜벅 걸어온 류통훈은 한참 후에야 한숨을 삼키며 내뱉었다.

"그만 일어나거라."

그러나 곧 심장이 오그라드는 아픔에 가슴을 움켜쥐었다. 부랴

부랴 주머니에서 조그마한 약주병을 꺼내 허겁지겁 한 잔 따라 마시고 난 류통훈은 그제야 안도의 한숨을 쉬며 안락의자에 털썩 몸을 맡겼다. 한 손으로 뜨거운 이마를 쓸어 올리며 연신 한숨을 내쉬었다.

류용이 급히 다가가 의자 뒤에 무릎꿇어 두 손으로 아비의 어깨를 조심스레 주물렀다.

"용아!"

반쯤 눈을 감고 아들의 손길에 몸을 맡긴 채 편안한 표정을 짓고 있던 류통훈이 더없이 자상한 어조로 말했다.

"걸상을 놓고 앉아서 하거라, 무릎 다칠라……."

"소자는 아직 젊고 건강하여 괜찮습니다. 염려하지 마십시오."

류용은 아들의 손에 몸을 맡긴 채 두 눈을 감고 있는 아버지의 등이 그렇게 초라해 보일 수가 없어 다시금 목이 메었다. 마냥 우레같고 추상같던 아버지였다. 자상하고 부드러운 말투로 아들의 무릎을 염려한다는 것은 감히 상상할 수도 없었던 일이었다. 자신의 어깨가 넓어지고 무릎이 단단해지는 동안 아버지는 약하고 작아졌던 것이다!

눈물이 주체할 수 없이 볼을 타고 흘러내렸다. 모든 것이 자신의 잘못인 것만 같아 류용은 슬펐다.

"소자의 불효를 용서해 주십시오. 건강도 여의치 않으신 아버지를 즐겁게 해드리지는 못할망정……."

류통훈이 머리를 저었다. 늙고 쉰 목소리가 아득한 저 산너머에서 들려오는 것 같았다.

"시어미 역정에 애꿎은 개 걷어찬 격이지. 너에게 화가 나기도 했지만 이래저래 쌓였던 걸 너한테 풀었지. 장정옥은 어의를 받들어 남경으로 요양을 떠나게 됐어. 폐하께서 남순 길에 오르시면 현지에서 어가(御駕)를 영접하겠지. 떠나기에 앞서 오늘 아침에 배견(拜見)했더니 자기 자랑을 늘어놓느라 숨쉴 틈이 없더구나. 성조 때부터 지금까지 어찌어찌 삼조원로로서의 결코 동요될 수 없는 입지를 굳혔는지…… 이젠 너무 들어 뱃속의 태아도 다 알 것 같은 그런 말을 하고 또 하고…… 난 할 일이 태산같아 속이 타는데……."

"이젠 많이 늙으셨잖아요. 좀더 젊으신 아버지께서 너그럽게 이해하십시오."

"이해를 못하는 건 아니다."

류통훈이 한숨을 지으며 말을 이었다.

"사람이 늙으면 다 저리 추해지는지는 모르겠다만 아무튼 내가 앞으로 십년을 더 살게 된다면…… 저 꼴이 안 되도록 네가 이 아비를 잘 지켜줘야 한다. 절대 저리 구질구질해지지 않게끔 항시 깨우쳐줘야 하느니라……."

"사람 나름입니다. 아버지께서 그러실 리가 있습니까……. 그런 말씀 하지 마십시오. 소자의 가슴이 칼로 저미는 것 같습니다……."

그러자 류통훈은 씁쓸한 미소를 지어 보였다.

"그래, 그래. 한치 앞도 모르는데 벌써 십년 뒤를 걱정하다니……. 용아, 내가 오늘 왜 화가 났는 줄 아느냐? 내가 오늘 이곳의 염도(鹽道)와 조운사(漕運使)를 불렀어. 고항(高恒)과 전도(錢度)가 조정의 금기를 깨고 감히 사사로이 구리를 매매했다는 확증이 있는데, 구리를 운반해 준 자들이 누군지 알아보고자 불렀던 거야. 혹시 흑도와 연관되어 있는 건 아닌지 그게 궁금했거든.

그리고 기생 어미 하나가 규모가 제법 큰 방직공장을 차려 천여 명의 공인(工人)을 부린다고 하는데, 혹시 그들이 '일지화'의 일당은 아닌지……. 그러나 미처 묻기도 전에 이것들이 만나자마자 목덜미를 잡고 으르렁대며 서로를 물어뜯는 게 아니냐. 알고 보니 사나흘 전에 술집에서 술 처먹으면서 기생 하나를 서로 차지하겠노라고 피 터지게 싸웠던 사이라지 뭐냐. 원수끼리 외나무다리에서 만난 격이지! 내가 아무리 화를 내며 말리면 뭘 하느냐, 눈에 쌍심지 돋궈 서로 물고 뜯고 난리가 났는데! 들어보니 염도 관원들은 나랏돈을 자기 것인 양 물 쓰듯 펑펑 쓰고 암자의 비구니들이랑 밤낮 따로 없이 떼로 몰려 그짓을 하고 다닌다고 하질 않나, 조운 쪽에서는 관원들이 자기 처첩(妻妾)을 다 데리고 나와 서로 바꿔가며 통간(通姦)을 한다고 하고……. 우리 대청(大淸)이 겉만 번지르르 했지 속을 파보면 사실은 완전히 엉망진창이야. 이치(吏治)를 정돈하지 않으면 나라 전체가 병들어 비실비실하고 말 거야."

"지당하신 말씀이십니다. 하지만 아버지……."

류용이 한숨을 지으며 말을 이어나갔다.

"아버지께서 아무리 분통을 터뜨리셔도 아버지 한 사람의 노력만으로 할 수 있는 일이 있고 그렇지 못한 일이 있습니다. 각자 맡은 바에 충실하면 됐지, 그 외의 것은 아무리 볼썽사납고 꼴불견이어도 오늘처럼 건강을 해쳐가며 화를 내진 마십시오. 소자가 예전부터 아버님께 권유해 드리고 싶었던 말입니다. 민간에서는 아버지를 칭송하여 '포룡도(包龍圖)'라고들 합니다. 그러나 지금 이 상태에서 포룡도가 열 명, 백 명 있으면 뭘 합니까? 갈수록 태산이고, 병이 고황(膏肓)에 들어 있는데! 윤계선 공을 본받으십시오. 결신자호(潔身自號), 즉 세속에 동류하지 않고 주변을 깨끗이 하여 자신을 지켜내는 고고함이 얼마나 멋집니까……."

"멋지긴 이놈아!"

류통훈이 내뱉듯 말했다.

"그 역시 뱃속엔 무명화(無名火)가 잔뜩 들어 있을 것이다. 오늘 남경에 돌아와 처음 차사를 보는데, 벌써 길길이 화를 내며 강녕 도대와 강남 순풍사, 그리고 금화 지부 세 사람의 정자(頂子)를 떼어버렸단다. 소문난 금화 화퇴(火腿, 소금에 절여서 불에 그슬린 돼지 다리)를 너무 많이 먹어 돌아버렸는지도 모르지!"

류용이 미처 뭐라고 말하기도 전에 죽렴(竹簾) 소리와 함께 윤계선이 들어섰다. 부자를 향해 공수하여 껄껄 사람 좋게 웃으며 윤계선이 말했다.

"먼저 용서를 구해야겠소. 이 사람이 밖에서 한참 엿듣게 되었소. 참 좋은 얘기들도 많았는데, 어찌 끝 부분에 죄 없는 날 끌어들여 분위기를 망치오? 아니오, 그대로 앉아 있으시오. 심질(心疾)을 앓고 있는 데다 요즘 연청 어른도 너무 힘들었던 것 같소."

"원장(元長, 윤계선의 호), 자넨 참으로 귀신이오!"

그대로 앉아 있으라고 윤계선이 말했음에도 불구하고 류통훈은 몸을 일으켜 허리를 곧게 펴 앉았다. 류통훈은 잠시 쉬고 나니 정신이 한결 맑아 보였다. 류용더러 차를 끓여 내어오라 분부하고 난 류통훈이 빙그레 웃으며 말했다.

"우리 아들이 나더러 자네를 본받으라고 하지 뭐요. 그래서 내가 면박을 주던 중이었는데, 어찌 그리 귀신같이 모습을 드러낼 수 있단 말이오?"

"금화 화퇴는 맛대가리 없어 하나도 안 먹었고 누웠더니 잠도 안 오고. 그래서 차 한잔 얻어 마시려고 왔지."

윤계선 역시 어느새 지천명(知天命)의 나이를 훌쩍 넘겼다. 그러나 워낙에 성격이 낙천적이고 활달한 데다 양생지도(養生之道)에 능해서인지 그는 아직 마흔도 채 안 되어 보일 정도로 젊고 패기가 넘쳤다. 윤계선이 손가락으로 찻잔을 퉁겨 통통 소리를 내며 류용을 향해 말했다.

"세형(世兄, 한 세대 아래의 친구에 대한 존칭)은 아직 모르겠지만 강녕 도대와 강남 순풍사, 금화 지부 모두 내가 다년간 데리고 있으면서 키워 내보낸 관원들이오. 저마다 굵직한 화퇴(火腿) 하나씩을 들고 와 되돌아온 걸 환영한다기에 그런 줄 알았지. 그런데 웬걸? 화퇴를 만져보니 돌같이 딱딱해. 미심쩍어 뜯어보니 안에는 전부 금 알갱이를 박아 만든 '복(福)'자들로 빼곡하게 들어찬 거 있지? 나보고 금을 삼켜 자살하라는 얘기지 뭐요."

그제야 영문을 알게 된 류통훈이 놀란 표정을 지었다.

"난 또 상한 화퇴를 가져와 저리 떠드는가 하고 속으로 생각했지, 그런 줄은 모르고······."

그러자 윤계선이 밉지 않게 간사하게 웃으며 말했다.

"이게 바로 나랑 연청 공의 다른 점이지. 일단 정자(頂子)를 떼어 엄포를 놓은 연후에 며칠 뒤 다시 불러 한바탕 눈물 쏙 빠지게 훈계를 하는 거요. 그리고는 몇 마디 위로의 말을 해주고 두 번 다시 이런 식으로 뇌물을 보냈다간 국물도 없을 줄 알라며 적당히 병 주고 약 주어 보내는 거지. 그러면 상대로 하여금 체면을 그리 상하게 하지 않으면서도 자성자중(自省自重)하는 효과는 배가된다 이 말이오. 명색이 일방을 거느리는 부모관이오. 이런 수완도 없이 어찌 아랫것들을 제대로 부릴 수가 있겠소! 저들이 걸으면 난 뛰어야 하고, 저들이 뛰면 난 그 위를 날 수 있어야만 감히 윗사람을 우습게 여겨 잔꾀를 부리지 못할 거 아니오?"

류용은 말로만 듣던 윤계선의 지모(智謀)에 감탄한 나머지 오체투지(五體投地)를 하고 싶은 존경심마저 들었다. 그는 너무 아는 게 많아 흠이고 배움이 도리어 탈이 되는 허깨비가 아닌 명실상부한 실학파였다. 국자감(國子監)의 제주(祭酒)들이 태학(太學)에서 생도들을 불러모아 '수치를 아는 것은 최대의 선이다[知恥善莫大焉]'는 둥 '이익과 의리는 함께 얻을 수 없다. 난 이익을 포기할지언정 의리를 지키겠다[利義不可兼得, 吾寧捨利而取義]'는 큰 도리를 목에 핏대 세워 외치는 것보다 백배는 더 나은 효과를 거두고 있었다.

류용이 잠시 이와 같은 생각을 하고 있는 사이 류통훈이 서글픈 웃음을 지으며 말했다.

"그런 잔꾀를 짜내느라 그래 머리는 또 얼마나 아프오. 효과는 배가 될지 모르지만! 애석하게도 이 사람은 성질이 괴팍해서 누가 뭐라고 해도 남을 모방하는 재주는 없는 것 같소. 용아, 윤 세숙(世叔)의 말에 공감하는 것 같은데, 옳고 그른 판단은 네게 맡긴다. 사람마다 그릇이 다르니 무작정 본받지는 말거라. 아무리 좋은 약(藥)이라도 내 몸에 맞지 않으면 독(毒)이나 다를 바 없느니라. 이 아비처럼 앞뒤 재지 않고 칼을 휘두르는 무식한 용맹도 지금같이 이치(吏治)가 엉망인 시대에는 필요하다는 걸 명심하거라. 고항과 전도의 등뒤에 더 큰 흑막이 있을지도 몰라. 이는 우리 부자가 뒤집어엎어 그 진실을 파헤쳐 봐야 해. 아비는 늙었으니 너의 어깨가 더 무겁겠지!"

이같이 말하던 류통훈이 마치 참았던 줄기침을 쏟듯 컹컹거리며 기침을 해댔다. 류용이 급히 다가가 잔등을 두드려주며 대답했다.

"소자, 아버님의 훈회 말씀 명심하겠습니다, 지켜봐 주십시오!"

"천신만고(千辛萬苦)가 예상되는 일임에도 과감히 도전장을 내미는 연청 공의 용감무쌍한 기질에 난 감탄해마지 않소."

부자간의 비장한 각오를 지켜보며 마음속에 강이 뒤집히고 바다가 포효하는 듯한 감회가 북받친 윤계선이 애써 감정을 눅자치며 미소를 지었다.

"난 한동안 금릉을 떠났다 이제 막 돌아왔소. 그러나 다시 군무(軍務)를 수행하기 위해 섬감(陝甘)으로 떠나게 됐으니 실질적으로 '일지화'를 소탕하는데 기여하진 못할 것 같소. 다만 내 힘이 닿는 데까지 그대들을 돕고 싶으니 내가 뭘 도울 수 있을는지 기탄없이 말해주었으면 하오."

부친이 머리를 끄덕여 보이자 류용이 침착하게 입을 열었다.

"어가(御駕)는 음력 8월 9일에 남경에 당도한다는 소식을 총독 어른께서도 알고 계실 겁니다. 저희들이 도처에 사람을 놓아 염탐해 본 바에 따르면 역영은 어가를 덮쳐 폐하를 해하고자 하는 역동(逆動)은 아직 없는 것 같습니다. 하오나 각 홍양교(紅陽敎)의 당주(堂主)들이 태호(太湖)에서 모여 사흘 동안 뭔가 모의를 했다고 합니다. 우리의 첩보원들이 역영의 코앞까지는 아직 잠입할 수 없었기에 구체적인 모의내용은 파악할 수가 없었습니다. 단지 당주 한 명이 '십오야 둥근 달은 십육일에 더 둥글다. 올해는 홍양의 조상을 크게 모실 것이니, 천하의 홍양인들은 환호하라'고 외치고 다니는 소리를 들었을 뿐이라고 합니다. 폐하의 남순을 빌어 한바탕 크게 떠들어 만천하에 백련교의 세력을 과시하려는 움직임으로 풀이되고 있습니다. 원장 공께서 금릉으로 돌아오기 전부터 저들은 벌써 원장 공께서 양강총독으로 회귀한다는 걸 알고 있었으니 이번에 원장 공께 뭔가 도전장을 내밀지 말라는 법도 없을 것 같습니다."

"흥!"

윤계선이 소름 끼치는 냉소를 터트렸다.

"난 광동에서 군기대신을 겸직하라는 어명을 받자마자 이곳의 녹영주둔군 대장들에게 천라지망(天羅地網, 그물을 촘촘히 치다)을 쳐 대어를 낚을 준비를 하라고 명령을 내렸네! 우린 척하면 삼천리가 아닌가. 역영이 꿈틀거리는 모습이 눈에 띄는 순간 한번 호령에 그자들의 둥지는 삽시간에 잿더미가 되어버릴 걸?"

그러자 류통훈이 말했다.

"나도 쌍수를 들어 찬성하오. 폐하의 신변과 체통을 위해선 그렇게 하는 것이 바람직하지. 그러나 폐하께오선 밀유(密諭)를 내리시어 절대 경거망동해선 아니 된다며 쐐기를 박으셨소. 원장, 이걸 좀 읽어보오."

류통훈이 일어나 책상 위에 있는 노란 밀주함을 열쇠로 열더니 그 속에서 두터운 권종(卷宗)을 꺼내어 윤계선에게 건넸다. 윤계선이 보니 며칠 간격으로 류통훈이 건륭에게 올린 밀주문들이었다.

소주, 항주, 영주, 양주, 강남 각 지역의 교도(敎徒)들의 동향을 면밀히 주시하여 올린 보고서도 있었고, 폐하의 남순을 계기로 교란을 책동하여 소굴에서 모습을 드러낼 역영의 일당을 일망타진함이 바람직하다는 내용의 주청도 있었다. 그러나 건륭의 주비(朱批)는 이를 불허했고, '이 주비를 윤계선에게도 읽히라'는 구절

능리(能吏) 261

이 한눈에 들어왔다.

윤계선은 그제야 류통훈이 자신에게 건륭의 주비를 보여주는 것은 사의(私誼)의 일환이 아니라는 사실을 깨닫고는 감복한 시선으로 류통훈을 바라보며 머리를 끄덕였다. 주비 내용은 이러했다.

경들의 주장대로 따른다면 역영은 오히려 멀리멀리 도망가 버릴 걸세! 역영을 추종하는 신도들이 부지기수라곤 하지만 대부분은 무지몽매하고 조정에 악의가 없는 영세민들이네. 그 동안 조정의 은덕을 입어 태평성세의 시대를 살아왔고 가렴주구의 혹독한 착취에서 해방되었다며 성덕을 우러러 찬양하기에 인색함이 없었던 백성들이 무슨 이유로 목숨을 내걸고 대역죄인들의 감언이설에 넘어가겠는가? 약을 주고 병을 치료해주는 소리소혜(小利小惠)를 주니 당분간 붙어 다니겠지만 정작 큰 모역(謀逆)에는 가담하지 않을 것이네. 그 정도로 사리분별을 못하는 백성들이 아닐세. 경들의 뜻대로 일망타진을 해버린다면 성문(城門)에 불이 붙어 연못의 고기까지 죽어 나가는 형국을 초래하지 않겠는가. 짐은 차마 벼룩 한 마리 잡으려고 초가삼간을 태울 순 없네. 정녕 그리 할 순 없네! 어가가 출발하기도 전에 조정에서 천망(天網)을 칠 거라는 소문이 돌면 강남 지역의 민심이 흉흉해져서 짐을 영접하는 마음들이 어찌 편할 리가 있겠으며, 졸지에 혼군(昏君)의 불명예를 안고 가는 짐인들 남순 행차가 즐거울 리가 있겠나? 역영은 그 동안 수십 년 동안 조정과 대적하며 수 차례나 유유히 천망을 빠져나감으로써 조정을 한껏 희롱해왔지. 짐은 비록 일면지연(一面之緣)이 있으나 다시 한번 만나 대체 어떤 인물인지 그 구경(究竟)을 탐색해 보고 싶네. 경과 윤계선 그리고 류용 모두 짐이 믿어마지 않는 '능리(能吏)'들이네. 강남의 민심은 짐을 죽이고 싶도록 미워하지 않음을 짐은 알고 있네. 애꿎은 백성들에게 해가 가지 않도록 섬세한 배려가 요망되네.

주비를 읽어보고 류용에게 넘겨주며 윤계선은 길게 숨을 내쉬었다.
"역시 폐하의 심모원려(深謀遠慮)는 우리 장삼이사(張三李四)가 감히 댈 바가 못 되네! 남순의 목적은 만천하가 성덕에 목욕하여 태평성세를 만끽하고 있음을 보여주기 위함이거늘 우리가 도둑 잡는다며 떠들썩하게 그물을 치고 나선다면 그 아비규환의 현장에서 어찌 성덕을 논할 수 있겠소. 그리 된다면 폐하께서 걸음을 아니하시는 것보다 못하지 않겠소? 우린 폐하의 신변만 지나치게 고려하다 보니 자칫 대세를 그르칠 뻔했소!"
"그러나 황천패측에서 파견한 사람의 말에 따르면 누군가 폐하를 노리지 않는다고 장담할 수도 없다고 했습니다."
류용이 심각한 표정을 지어 덧붙였다.
"폐하께오선 미복순행(微服巡行)을 너무 고집하는 것 같소."
장시간의 침묵을 깨고 류통훈이 길게 탄식했다.
"푸헝과 나, 그리고 나친이 입이 닳도록 간언을 하여 '미복을 거두시라'고 했으나 번번이 간언을 받아들일 것 같으면서도 여전하시네."
그러자 윤계선이 웃으며 말했다.
"그러니 천심은 불측이라고 하지 않겠소! 우리 신하들은 머리가 터져 뇌혈(腦血)이 사방으로 흘러도 그 깊은 뜻을 알 수가 없지. 세형, 사실 이번 차사의 세부적인 일은 세형이 도맡았으니 난 먼발치에서 지켜보고만 있을 뿐이오. 어떤 식으로든 내 도움이 필요하다면 기탄없이 말해주게."

그러자 한참 묵묵히 생각에 잠겨 있던 류용이 말했다.

"구체적인 건 돌아가서 황천패 등과 좀더 상의해봐야겠지만 전 지금 원장 공께 두 가지 청을 드릴까 합니다. 일단 돈이 필요합니다. 역영의 무리들에게 잠입해 있는 수많은 첩보원들의 활동경비가 제때에 조달되지 않아 어려움을 겪고 있습니다. 형부에서 조달받아 요긴하게 사용하고 있으나 그쪽에서 은자를 보내는 시간이 너무 길어 불편한 상황입니다."

"내가 도와주겠소! 수유(手諭)를 내어줄 테니 해관(海關)에서 그때그때 필요한 금액을 인출해가도록 하오. 차용증만 적어주면 내가 나중에 형부와 연락해서 처리하면 되지."

"그리고 3천 명의 녹영병이 필요합니다. 지금부터 백성들로 가장시켜 성(城) 안의 각 주루(酒樓)와 가게, 묘당 등 사람이 많이 모이는 곳에 풀어야겠습니다. 특히 영곡사(靈谷寺), 현무호(玄武湖), 계명사(鷄鳴寺), 청량산(淸涼山), 도엽도(桃葉渡), 부자묘(夫子廟), 석두성(石頭城), 막수호(莫愁湖) 등 볼거리가 풍성한 명승지들에는 한순간이라도 경계의 시선을 늦출 수 없습니다. 절대 비밀리에 움직여야 하고 서로간에 연락은 암어(暗語)와 구령(口令)으로 이뤄질 뿐 발성(發聲)은 금물입니다. 또한 구령 하나에 순식간에 50명은 모일 수 있어야겠습니다."

"좋소! 훌륭한 발상이오. 내일아침에 3천 녹영병을 투입시키도록 약속하지!"

어둠이 짙은 창밖에 시선을 박은 채 깊은 사색에 잠겨있던 류용이 중얼거리듯 말했다.

"첫째도 안전 둘째도 안전…… 폐하께오서 부디 평안하고 즐거우신 남순 길이 되어야 할 텐데……. 역영을 '다시 한번' 만날 수 있을는지는 연분에 맡겨야겠지만……."

이같이 말하며 끝없이 뻗는 사색의 실마리를 당겨 정신을 번쩍 차린 류용이 힘을 주었다.

"중추절이 겹쳐 성안에는 법석대기가 이를 데 없을 것입니다. 각 향리에 고시를 내려 명망 높은 진신(縉紳), 족장(族長)들더러 자기네 고을의 백성들을 이끌어 성으로 구경나오라고 하는 것이 바람직할 것 같습니다. 나름대로 명망이 높은 노인들인지라 자기 향민들을 단속하는데는 일호백응(一呼百應)의 위력을 과시하지 않겠습니까? 몇 곳에 천막을 치고 고기와 술을 비치하여 환갑을 넘긴 노인들은 신분증명서를 제시하여 자기 몫의 고기와 술을 선물로 수령해가게끔 배려함으로써 자기 가문의 자제들이 입성하여 불순한 자들의 농간에 놀아나 말썽부리는 걸 엄단하게끔 격려하는 것이 그 어떤 우격다짐보다 나을 것 같습니다!"

"참으로 좋은 발상이다!"

아들의 말을 듣고 난 류통훈이 흥분하여 벌떡 안락의자에서 몸을 일으켜 앉았다. 졸음이 오는 듯 게슴츠레하던 두 눈도 삽시간에 반짝거렸다.

"즉각 고시를 내려 착수해야겠구나. 혹시 터질지 모르는 불상사를 이런 식으로 화기애애한 분위기 속에서 꾹꾹 눌러버린다는 것이 참으로 좋은 생각이야!"

멀리서 어느 민가에서인가 닭이 홰를 치는 소리가 들려왔다. 윤계선이 시계를 꺼내보니 시침은 정확하게 축시(丑時)를 가리키고 있었다. 웃으며 자리에서 일어난 윤계선이 말했다.

"고명하고 빈틈없는 책략에 박수를 보내오! 녹영병은 즉시 지원해 줄 테니 우리 만무일실(萬無一失)을 꾀해 봅시다. 오늘은 시간 가는 줄 몰랐소. 중당 어른도 얼른 쉬셔야 하고. 날이 밝으면 원매가 지난번 태풍에 여자가 남의 집으로 실려간 해괴한 사건을 심문한다고 들었소. 워낙 사향팔리(四鄕八里)에 소문이 자자하여 단순한 민사사건으로 치부해버리기엔 석연치 않을 것 같다며, 원매가 직접 당목을 두드리나 보오. 세형은 구경가지 않을 거요?"
"가야죠."
류용이 미소를 지으며 대답했다.
잠잘 때를 놓친 류용은 그러나 조금도 잠이 오지 않았다. 부친의 잠자리를 봐주고 나온 그는 아예 세수를 하고 찻잔을 들었다. 서재에 들어 사건일지를 정리하고 있으니 밖에서 한 집 두 집 닭들이 홰를 치는 소리가 끊기지 않았다. 숲속에서도 잠자는 새들이 깨어나 서로 인사를 주고받느라 재잘거렸다. 류용은 부친에게 아침 문후를 여쭈는 글을 몇 글자 적어 서랍에 넣어두고 조용히 서재를 나와 천문만호(千門萬戶)의 양강총독부를 떠났다.

원매가 현령으로 있는 강녕현은 현무호 남쪽 계명사 일대에 위치해 있었다. 정아(正衙)는 대당(大堂)과 이당(二堂)으로 나뉘어 있었고, 후아(後衙)는 금치당(琴治堂)이 남북으로 축을 이루고 있었다. 역시 그 동안 다니며 보아온 다른 현의 아문과는 비교할 수 없을 정도로 고광대궐이었다. 정문 앞은 원래 현무호 수사(水師)가 연병장(練兵場)으로 사용하던 곳이었는지라 수사가 태호(太湖)로 옮겨가고 나니 공터가 넓어져 시야가 확 트이는 느낌이 들었다.

음력 5월 6일, 남경 수서문(水西門)에 큰 화재가 발생했었다. 민간에서는 어떤 미소년이 호풍인화(呼風引火)하여 일어난 화재라는 괴괴한 소문이 나돌았다. 수천 군민을 동원하여 겨우 화재를 진압한 원매가 미처 한숨을 돌리기도 전에 이튿날은 난데없이 덮친 메뚜기떼들에 의해 남경성은 큰 수난을 겪고 말았다. 농작물 피해는 물론 초목까지 전부 갉아먹어 성 전체가 황량한 기운에 휩싸여 대체 이 무슨 하늘의 조화냐며 사람들은 좌불안석의 나날을 보냈다.

그러던 5월 11일에는 엎친 데 덮친 격으로 미친 듯한 태풍마저 휘몰아쳐 나무가 밑둥째 뽑히고 가옥이 무너지고 누각이 흔적 없이 사라지는 등 천지개벽을 방불케 하는 일대혼란이 빚어지고 말았던 것이다. 급기야는 청허관(淸虛觀)의 동종(銅鐘)이 태풍에 쓸려 어디론가 사라져버리고 성 동쪽 한씨네 여식이 90리 밖의 동정촌(銅井村)으로 날아갔다는 기상천외하고 불가사의한 사건들이 속출했다…….

전혀 믿어지지 않았지만 저마다 근거는 확실했으니 현령 입장에서는 무시해버릴 수도 없었다. 그 동안 다른 사건에 밀려 2개월 만에 수사를 진행하는 마당에 인근 사향팔리들에선 구경꾼들이 밀물처럼 아문 앞의 넓은 공터로 밀려들었다.

류용이 당도했을 때는 남녀노소 할 것 없이 인산인해를 이루었고, 애들이 우는 소리와 여인네들 키득거리는 소리, 남정네들이 고함을 지르는 소리로 장내는 아수라장이 따로 없었다. 마치 무슨 명절날이라도 되는 듯 갖은 먹거리를 들고 나온 장사꾼들마저 끼어 있어 아문 근처는 혼잡스럽기 이를 데 없었다. 류용은 겨우 비집고 들어가 진땀을 철철 쏟고 나서야 마침내 구석자리에 돗자리를 깔고 점괘 팻말을 세울 수 있었다.

저만치에서 사람들이 약속이라도 한 듯 떠나갈 듯한 기세로 일제히 외쳤다.

"우리네 청관 원 현령, 틀림이 없으신 원 현령!"

"개명하신 원 현령, 공정하신 판결을 기대하나이다!"

한바탕 박수갈채가 이어지고 휘파람 불고 팔을 내두르며 환호를 연발하는 무리들의 기세가 하늘을 찔렀다. 그 모습을 보며 류용은 문득 이네들이 전부 반란을 일으킨다면 현아문은 물론 총독아문조차도 순식간에 가루가 되어버릴 것이다, 민중의 힘이란 이래서 무서운 것이다 라는 생각이 들자 가슴이 섬뜩해졌다. 이때 땀투성이가 되어 헉헉거리며 가부춘이 인파를 비집고 들어오더니 돗자리 앞에 쭈그리고 앉았다. 그리고 말했다.

"하이고, 참! 점쟁이 어른 한번 찾기 힘드네. 부자묘에도 없고 갈 만한 데는 다 뒤져 겨우 찾아냈지 뭐요!"

"점괘를 보고자 하오?"

"내가 아니고 우리 주인이 점괘를 보고자 부르시오."

"그럼 어디로 가야 한단 말이오?"

"가랑이 골목에 있소."

히히 웃으며 이같이 말하던 가부춘이 갑자기 목소리를 한껏 낮춰 말했다.

"저기 미행이 있습니다. 뒤돌아보지 마시고 가세요. 저와 양부운이 뒤따라가며 호위할 테니깐요. 별일 없을 거예요, 맥을 하나도 못 추게 생긴 두 허수아비인 걸요!"

말을 마친 가부춘은 곧 일어섰다. 류용이 돗자리에서 털고 일어나니 "원 현령께서 승당(昇堂)하신다!"는 수많은 인파의 함성이 떠나갈 듯했다. 류용이 발을 들고 목을 빼들고 보니 과연 아문의 대문이 활짝 열리고 저마다 손에 검정과 붉은 색의 수화곤(水火棍)을 든 아역들이 두 줄로 길게 늘어서 있었다.

잠시 후 열화와 같은 인파의 환호 속에 팔망오조(八蟒五爪)의 관복(官服)을 단정하게 차려 입은 원매가 유리정자(琉璃頂子)를 번쩍이며 모습을 드러냈다. 히죽 웃으며 류용은 곧바로 사람들 틈을 비집고 나가 눈 깜짝할 사이에 빽빽한 인파 속에 묻혀 버리고 말았다.

기품 당당히 그러나 만면에 환한 표정을 지으며 아문을 나선 원매를 보고 열광하던 인파는 그러나 곧 멀리서부터 안정을 찾아 가기 시작했다.

"여러분!"

손사래를 쳐 아역들을 물러가라 명하며 원매가 사람들을 향해 큰소리로 말했다.

"여러 부로향친(父老鄕親)들께서 원아무개가 이 사건을 분명히 해결해줄 것을 원하니 이 사람은 민의에 따라 오늘 2개월 동안 끌어온 이 사건에 종지부를 찍으려 하오!"

인파가 다시 술렁이기 시작하자 미소를 지으며 입을 다물어버린 원매가 잠시 조용해지는 틈을 타 말했다.

"그러나 오늘 구경꾼들이 너무 많아 계속 이리 떠들면 내 목이 터져도 그대들은 제대로 들을 수가 없을 것이오. 여러분들의 뜻에 따라 이 넓은 공터로 나온 만큼 조용히 귀기울여주시면 고맙겠소. 만약 이중에 누군가가 사단을 일으킨다면 여러분들이 앞으로 끌어내어 심판을 하도록 각자에게 맡기는 것이 좋지 않겠소?"

"예, 좋습니다!"

수만 명의 응답소리가 떠나갈 듯 했다.

"역시 선량하고 착한 우리 자민(子民)들이오."

원매가 자상한 미소를 지어 좌중을 둘러보았다. 그러나 수만 명이 자그마한 기침소리가 크게 민망스러울 정도로 조용해지기란 쉽지 않았다.

윤계선과 김홍, 그리고 강남순무 범시첩도 와 있었다. 불측의 사태를 미연에 대비하여 총독아문과 남경 성문령의 친병들이 총출동하여 연병장 도처에서 경계를 강화하고 있었다. 윤계선 등은 아문의 문방(門房)에 들어앉아 창 밖으로 걱정과는 달리 나름대로 질서가 정연한 장내를 바라보며 저마다 안도의 한숨을 내쉬었다. 장난으로 욕설을 퍼붓는 것이 장기인 범시첩이 빙그레 웃으며 말했다.

"원매가 언제 저렇게 멋있어졌지? 단상에 올려놓으니 제법 쓸 만한데? 평소엔 비실비실 맥도 못 추게 생겼더구만."

그러자 김홍이 말했다.

"이게 바로 무성승유성(無聲勝有聲)이란 말이오. 이런 말이 있는 줄도 몰랐지? 자네처럼 무식하게 죽비를 휘둘러 사방에 피를 튀겨야 제격인 줄 아나?"

그 말에 머쓱해진 범시첩을 돌아보며 사람들은 모두 웃었다.

"원고, 피고, 동정촌 측의 증인 모두 대령했나?"

원매가 옆자리의 막료에게 물었다.

"모두 공문결재처에서 대령하고 있습니다!"

"원고를 청하라."

"끌어내라는 말 대신 '청(請)'하라고 하니 인파는 잠시 술렁거렸다. 그러나 곧 안정을 찾아갔다. 원고인 나이 50을 넘긴 늙은 수재(秀才)가 아역을 따라 나오고 있었다. 수많은 시선을 한 몸에 받아서인지 당황한 모습이 역력한 수재는 걸음조차 제대로 떼어 놓지 못하여 하마터면 문턱에 걸려 넘어질 뻔했다. 두 다리를 떨며 겨우 무릎을 꿇으니 원매가 말했다.

"자네는 글공부한 선비이니 무릎 꿇을 것 없이 일어서서 대답하면 되겠네."

"예······."

"이름과 거처를 말해보게."

"소인은 이등과(李登科)라고 하옵니다. 집은, 집은······."

"당황하지 말고 천천히 답하게."

"우두산(牛頭山) 자락의 이씨 마을에 있사옵니다."

원매의 격려에 마침내 용기를 낸 이등과는 더 이상 더듬거리지 않았다. 그러자 원매가 머리를 끄덕였다.

"자넨 중매로 만나 혼약까지 마쳐 미래의 장인어른이 될, 성동(城東)에 사는 한모의(韓慕義)를 고소했네. 5월 26일 성혼날짜까지 받아 놓고 파혼을 선언하여 여자측에서 자네 집으로 쳐들어와 자네의 문지기를 구타했다고 했는데, 과연 사실인가?"

그러자 이등과가 굽실거리며 대답했다.

"살펴주시옵소서, 현령 어른. 소인은 5월 15일에 이미 파혼을 통보했사옵니다. 그럼에도 저들이 저리 무례하게 나오는 데 대해 분노를 주체할 수 없사옵니다."

그러자 원매가 물 뿌린 듯 조용한 장내를 쓸어보고 나서 입을 열었다.

"선비인 자네가 먼저 예를 갖추었어야지! 애들 장난도 아니고 혼약을 해놓고 일방적으로 파혼하는 것이 도리에 어긋나는 일이라고 생각하진 않나?"

"아뢰나이다, 태존 어른!"

이등과가 단호한 어투로 반박했다.

"소인이 처자로 백년해로를 약속했던 한씨네 여식은 정숙한 여식이 못 되옵니다. 소인의 가문은 대대로 선비집안이온지라 역대로 법을 어긴 남자가 없고 재혼한 여자가 없사옵니다. 하온데 어찌 그 청백함에 오점을 남긴 여자를 평생의 반려로 맞을 수가 있겠사옵니까?"

수재의 하소연을 듣고 난 원매가 잠시 생각하더니 천천히 말했다.

"단지 그 여식이 태풍에 휘감겨 동정촌에 날아간 사실 때문인가? 다른 이유는 없고?"

"다른 건 없사옵니다."

"평소에 왕래하면서 그 여식의 행실이 부정하다는 소문을 조금이라도 들은 적이 있나?"

"그런 건 없사옵니다."

이등과가 대답했다.

"하오나, 말이 되는 소리를 해야 소인도 믿지요. 어떻게 다 큰 어른이 90리 밖으로 날아가 무사할 수 있단 말이옵니까? 게다가 그곳에서 하룻밤을 새고 돌아왔다는 것이 소인은 도무지 그 결백함을 믿을 수가 없사옵니다……"

원매는 추호도 뜻을 바꿀 의사가 없이 마냥 단호하기만 한 수재의 말허리를 잘라버렸다.

"무슨 뜻인지 알겠네. 동정촌의 증인들을 등장시키거라!"

원매의 분부가 떨어지기 바쁘게 마을의 이장이라는 자와 농사꾼차림을 한 두 사람이 증인으로 나왔다. 셋 모두 무릎을 꿇자 원매가 이장을 향해 물었다.

"자네가 동정촌의 이장인가? 저 둘은 증인이고?"

"그렇사옵니다, 현령 어른!"

마흔 살 가량 되어 보이는 사내가 머리를 조아렸다.

"소인은 허청회(許淸懷)라 하옵고, 저 아이는 허의화(許義和)라고 하는 소인의 조카이옵니다."

원매가 이장이 가리키는 젊은이를 살펴보니 옷차림이나 생김새가 수더분하고 착실한 농사꾼임에 틀림없는 것 같았다. 무릎 꿇은 얼굴이 빨갛게 달아올랐고 긴장한 탓에 이마에 땀이 철철 흐르는 젊은이를 향해 원매가 물었다.

"허의화라고 했나?"

"예. 소인은 허, 허, 허의화라고 하옵니다."

"하는 일은?"

"농사를 짓고 있사옵니다."

"식솔은 어찌 되나?"

"할머니 한 분과 부모님, 그리고 소인의 처자식이 있사옵니다……."

원매가 알겠다는 듯이 머리를 끄덕였다. 그리고는 무표정한 얼굴을 하고 땅바닥에 멍한 시선을 박고 있는 이 수재를 힐끗 일별하고는 다시 물었다.

"그 여식이 바람을 타고 와 자네집 뜰에 사뿐히 내렸다고 했나?"

그러자 허의화가 쿵쿵 소리나게 머리를 조아렸다. 그리고는 겁에 질려 말했다.

"그, 그…… 그런 건 아니옵니다. 저, 저, 저…… 마을 입구 타작마당에 떨어졌사옵니다."

이에 원매가 말했다.

"겁먹지 말고 그때의 상황을 소상히 설명해 보게."

모든 시선이 일제히 허의화에게로 쏠렸다. 이마의 땀을 훔쳐내며 진정을 취한 허의화가 천천히 입을 열었다.

"그러니까 그날은 5월 10일 점심나절이었사옵니다. 소인이 옥수수밭의 김을 매고 있는데, 기관지가 안 좋은 아버지를 대신하여 어머니가 점심을 내어 오셨사옵니다. 밭머리에 앉아 밥을 먹고 있을 때 갑자기 하늘이 흐려지기 시작하더니 순식간에 가마솥을 뒤집어엎은 것처럼 사위가 어두워지고 말았사옵니다. 경황없이 우왕좌왕하며 보니 서북쪽에서 검은 기둥같은 회오리가 빠른 속도로 휩몰아치며 다가오는 것이었사옵니다. 멀리에서 길가의 나무들이 뽑혀 나가고 허 진사 댁의 깃대가 뽑혀 허공에 걸려 그 기세대로라면 우리 모자도 어디론가 훨훨 날아가 버릴 것만 같았사옵니다. 회오리가 가까워오자 어머니는 다리에 힘이 풀려 그 자리에 엎드린 채 염불을 하느라 여념이 없었사옵니다. 당황한 김에 소인이 어머니를 들쳐업고 허둥대며 도망가노라니 귓전엔 바람소리가 진동하고 몸은 부력을 받은 듯 가벼워지면서 곧 발이 땅에서 떨어질 것만 같았사옵니다. 흙모래, 돌멩이, 부러진 나뭇가지가 얼굴을 사납게 강타하여 이마에선 피가 흘러내려도 닦을 사이도 없이 죽어라 집이 있는 방향으로 달려갔사옵니다. 드디어 집이 저만치 보였사옵니다. 그러는 사이 바람은 좀 작아졌는데 주위는 대낮임에도 아직 한밤중 같았사옵니다. 어머니랑 둘 다 잠깐 정신을 놓고 쓰러졌다가 눈을 떠보니, 이게 어쩐 일입니까?

어머니의 옆자리에 웬 여식이 온통 흙먼지투성이가 된 채로 정신을 잃고 혼미해 있는 게 아니겠사옵니까? 다행히 맥박은 아직 뛰고 있었고 콧김도 미약하게나마 느껴졌사옵니다……."

여기까지 말한 허의화가 숨을 돌렸다. 수만 명의 사람들은 저마다 눈이 휘둥그레져 있었다. 허의화가 다시 말을 이으려 하자 원매가 물었다.

"그때가 언제였나?"

이에 허의화가 아뢰었다.

"어머니가 밭머리에 보자기를 풀 때부터 시작하여 한 반시간쯤 됐을 때였사옵니다."

"알았네, 계속해 보게."

허의화가 다시 말을 이어나갔다.

"다행히 여자는 달리 외상(外傷)은 없었사옵니다. 어머니께서 황주(黃酒)를 두어 모금 떠 넣으니 곧 정신을 차렸사옵니다."

허의화가 머리를 조아리더니 덧붙였다.

"그 뒤로는 동네방네 떠들썩하게 구경꾼들이 몰려들었고, 가문의 어르신들이 여자를 가마에 태워 읍내로 보내주었다고 하옵니다. 이 모든 건 소인이 직접 보고 겪은 진실이옵니다!"

알겠다는 듯 머리를 끄덕여 보이던 원매가 잠시 침묵한 다음에 하명했다.

"피고 등장!"

"예!"

조용하던 인파가 다시 술렁대는 와중에 수염이 흰 장삼(長衫) 차림의 50대 중반 노인이 걸어나왔다. 뒤에는 두 젊은이가 따라나왔다. 생김새가 비슷한 걸로 미뤄 보아 한모의의 아들일 터였다.

맨 끝에는 머리를 한껏 숙여 그 얼굴이 보이지 않는 열댓 살 가량 된 여식이 곧 쓰러질세라 휘청거리며 나와 아버지와 오라비의 등 뒤에 무릎을 꿇었다. 원매에게 예를 올리고 난 여식은 어깨를 들썩이며 울고 있었다.

세 사람을 잠자코 내려다보고 있던 원매가 한참 후에야 물었다.

"피고 한모의, 자네는 아들들을 이등과의 집으로 보내어 남의 집 대문을 부수게 하고 문지기까지 구타했다는데, 그게 과연 사실인가?"

한모의가 연신 머리를 조아렸다.

"통촉하여주십시오, 현령 어른! 소인은 비록 공명은 없어도 글 몇 줄이라도 읽은 사람이옵니다. 50 평생에 거짓말 한 번 해본 적 없고, 억지를 부려 누군가를 괴롭혀 본 적도 없었사옵니다. 소인의 여식 소정(素貞)이는 참으로 바깥출입 한번 제대로 못해본 착하고 법도 있는 아이이옵니다. 자신의 의지와는 무관하게 불행을 당하고 나서 경기가 가시기도 전에 갖은 유언비어에 시달리게 되니 아이가 고통을 못 이겨 그만 우물에 뛰어들어 자결하겠다고 하는 걸 억지로 뜯어 말렸지 뭡니까? 절개와 정조를 굳건히 지켜온 이팔의 소녀가 단지 태풍에 날려가 남의 동네에 떨어졌다는 이유만으로 파혼을 당한다는 것이 어디 있을 법한 소리이옵니까? 젊은이들이 홧김에 찾아가 그리 난동을 부린 점은 백 번 잘못했다고 생각하옵니다. 이는 평소 훈회가 따르지 못한 소인의 죄이옵니다. 소인은 그로 인한 죄를 달게 받겠사옵니다. 하오나 소인의 여식 소정이…… 그리도 참하고 순진한 아이가 동네방네에 요정(妖精)이라 손가락질 받으니 어찌 고개를 들고 살 수 있겠사옵니까? 우리의 포청천(包靑天)인 원 현령께서 부디 소인의 여식이 불명

예를 벗고 새로운 삶을 살게끔 도와 주시옵소서……."
　아비가 눈물을 흩뿌리자 두 아들도 훌쩍이며 머리를 조아렸다.
　"모두 저희 형제들이 못난 탓이옵니다. 아버지의 죄는 추호도 없사옵니다. 소인들은 하나뿐인 귀한 여동생이 하루아침에 된서리 맞고 저리 폐인이 되어 가는 모습을 차마 볼 수가 없었사옵니다……."
　부자간의 목을 놓은 울음소리에 여기저기서 여인네들의 훌쩍거리는 소리가 높아져갔다.
　원매 역시 가슴이 찡해졌다. 안쓰러운 표정으로 한씨네를 바라보며 원매가 말했다.
　"저리도 청초하고 가냘픈 여식이 운 사납게 태풍에 휘말려 갔다가 구사일생으로 살아 돌아온 것만 해도 가슴 철렁한 일이었을 텐데, 당치도 않은 유언비어에 여린 마음을 크게 다치게 되었으니 가족들의 심정이야 오죽했을까……."
　이같이 말하며 원매가 이번에는 이등과를 향해 돌아섰다.
　"인간적으로 좀더 너그럽게 생각해보면 이는 결코 고소할 법한 사건도 못 되네. 자네가 지금이라도 소송을 거둔다면 내가 두 가문을 화해시켜주겠네. 자네는 선비이니 공자(孔子)의 학문은 인(仁)을 근본으로 하고 있다는 걸 잘 알겠지?"
　"예, 현령 어른."
　이등과가 절을 하며 대답했다.
　"소인은 그저 무사히 파혼하길 바랄 뿐 다른 건 아무 것도 원하는 것이 없사옵니다."
　여전히 고집을 꺾지 않는 수재를 보며 대뜸 낯빛이 어두워진 원매가 따지듯 물었다.

"끝까지 파혼을 고집하는 이유가 대체 뭔가?"

그러자 늙은 수재가 한소정을 힐끗 훔쳐보며 말했다.

"아무리 광풍이 휘몰아쳤다지만 사람이 어찌 90리 밖으로 날아가 사흘만에 돌아올 수가 있겠사옵니까? 소인은 이것이 터무니없는 거짓말이 아니면 이 여식이 사람이 아닌 요귀(妖鬼)라고 생각하옵니다. 그 동안 소인의 가문이 겪은 정신적인 피해도 이만저만이 아니옵니다. 현령 어른께오서 그리 몰아세우시면 소인은 어디에 하소연을 하겠사옵니까?"

그 말에 원매는 하하하 크게 웃었다. 그리고는 한소정을 향해 말했다.

"소정아, 머리를 들거라!"

그러나 여식은 흑흑 흐느끼며 얼굴을 감싼 손을 감히 풀 엄두를 내지 못했다. 원매가 다시 말했다.

"머리를 들라니까! 네가 잘못한 건 하나도 없어! 넌 여전히 결백한 여자야!"

"흑흑흑흑······."

여식이 한없이 슬프게 흐느끼며 천천히 고개를 들었다. 미색이 그리 뛰어난 편은 아니지만 눈물이 흘러내리는 갸름한 얼굴은 한 떨기 수선화같이 청순했다. 동그란 눈썹 밑의 크지 않은 봉안(鳳眼)이 샘물같이 맑았다. 창피하고 겁에 질린 두 눈은 감히 사람들을 바라보지 못하고 다시 밑으로 내려갔다.

"내가 이미 산파(産婆)를 불러 검사해 보았네. 소정이는 아직 처녀성을 잃지 않았네. 방금 동정촌에서 나온 증인들의 생생한 증언도 다 들었으니 생각을 고쳐먹도록 하게."

원매가 덧붙였다.

"보다시피 백옥같이 청순하고 아침 이슬 머금은 수선화같이 싱싱한 여식이 다 늙은 자네한테 뭐가 부족하단 얘긴가. 나중에 후회하지 말고 좀더 신중하게 생각해보게."

"……소인은 실로 내키지 않사옵니다."

"옛날에 어떤 여식이 6천리 밖으로 날아갔었다는 얘기 들어보았나?"

"그건 연극에서나 꾸며낼 법한 얘기이옵니다."

"연극?"

원매가 크게 냉소했다. 그리고 물었다.

"자넨 무슨 선비가 학백상(郝伯常) 공(公)의 〈능천집(陵川集)〉도 읽어보지 않았나?"

이등과가 주춤거리며 대답했다.

"학백상 공은 원(元)나라 때의 일대 충신인 정도로만 알고 있사옵니다. 〈능천집〉은 읽어보지 못했사옵니다."

그러자 원매가 아역에게 분부했다.

"서재로 가서 서동(書童)더러 〈능천집〉을 찾아달라고 하여 가져오게."

말을 마친 원매가 웃으며 이등과에게 말했다.

"내가 오늘 시를 읊어 자네의 마음을 돌려보겠네. 누가 이기는가 보세."

승당(昇堂)하여 사건을 심사하는 자리에서 현령이 시를 읊는다는 기괴한 발상에 사람들은 잔뜩 호기심이 동하여 두 눈을 크게 뜨고 원매를 바라보고 있었다.

"〈능천집〉에 수록된 〈천사부인사(天賜夫人詞)〉라는 제목의 시사(詩詞)를 내가 읽어 줄 테니, 잘 들어보게."

원매가 이같이 말하며 아역에게서 책을 받아 들고 천천히 거닐며 읊기 시작했다.

팔월 십오일 쌍성회(雙星會)는 선남선녀가 혼인을 하는 길일이라지.
부용성(芙蓉城)에 옥파(玉波)가 넘실대니 화월(花月)의 광채에 성안이 휘황찬란하구나.
난데없는 흑풍(黑風)에 홍촉(紅燭)이 꺼지고 한 떨기 봉숭아는 종적을 감추었네.
양가(梁家)의 아들이 길을 가고 있으니 홀연 등에 업히는 그 무엇이 있어,
혼비백산하여 내려서 보니 주옥패환에 미색이 황홀한 여식이었다지.
홍옥(紅玉)의 사지(四肢)는 무력하고 술 취한 듯 반쯤 감은 눈은 어디서 왔는지 모르는데,
의복이 다르고 이상한 말을 하는 사내의 품에 안긴 여식은 어인 영문인 줄을 모르더라네.
성도(成都)에서 6천리 길 황홀간에 어찌 생판 낯선 이곳으로 날아왔을까.
적막한 옥용(玉容)에 두 줄기 눈물 달고 여식은 그날로 양씨 총각과 부부의 인연을 맺었다네.
눈 깜빡 하니 몇 년 부서(夫壻) 세월, 슬하에 자식이 만당(滿堂)하고 문전엔 부귀가 끊기는 날이 없었다지.
자고로 부부의 인연은 하늘이 맺어주는 것. 가난하다고 조강지처 버리지 말고 허황한 꿈 좇지 말라!

감정을 승화시켜 노래하듯 음창(吟唱)하고, 시를 읊듯 감미로운 원매의 낭랑한 글 읽는 소리에 사람들은 저마다 감회가 새로운 표정을 지었다. 유아(儒雅)와 풍류가 몸에 배인 원매의 기품에 너도나도 매혹되었고, 수재와 여식을 축복하는 박수갈채가 하늘땅을 뒤흔들었다.

"아직 변함이 없는가?"

고개를 떨군 수재의 마음의 변화를 간파한 원매가 빙그레 웃으며 말했다.

"한 시대를 풍미한 일대충신이 거짓말을 하여 세인들을 희롱했겠는가? 그 옛날에 오씨 가문의 어떤 여식이 그렇게 몇천 리 밖으로 날아가 훗날 재상의 처자가 되었다고 하네! 사정이 조금 다르긴 하지만 소정이가 본인의 의사와는 무관하게 날아다녔다는 사실이 이젠 황당하지만은 않지?"

"예……."

그제야 수재는 쑥스러운 기색을 보이며 다소 흥분한 표정으로 한씨의 여식을 바라보았다.

"모두 소인이 무지몽매한 탓이옵니다. 지금 당장 고소를 취하하고 저 처자를 집으로 데려가겠사옵니다!"

"암, 그래야지! 진작에 그렇게 나왔으면 나도 덜 피곤했을 게 아닌가!"

원매가 반색하여 크게 웃었다.

"내가 이 혼사에 주례를 서줄 것을 약속하네! 달리 길일을 잡느라 하지 말고 오늘이 바로 두 번 다시 없는 길일이니, 이참에 수만 명의 하객들을 모시고 희사(喜事)를 치르는 게 어떻겠나! 여러분, 본 현령의 말에 공감하면 박수갈채를 보내시게!"

"와와!"

광장에는 백성들의 일이라면 크고 작음을 따지지 않는 진정한 부모관(父母官)에 대한 수만 명의 환호가 끊일 줄 모르고 멀리멀리 울려 퍼졌다.

23. 일지화(一枝花)가 걸어온 길

'일지화(一枝花)' 역영(易瑛)은 강남 양주(揚州)에 칩거해 지낸 세월이 벌써 3년째였다. 역영은 산동(山東)에서 패주하여 한단(邯鄲)에서 조정의 군향을 탈취한 이래 산서(山西)에서도 발을 붙이지 못했고, 하남성 동백(桐栢)의 본거지 근처에는 류통훈이 파병한 군사들로 덮여 있어 감히 접근하지도 못한 채 몇 갈래로 뿔뿔이 흩어져 회안(淮安)을 거쳐 남경으로 잠입하게 되었던 것이다. 그러나 그 뒤에도 황천패에게 바싹 추격당하여 하마터면 영어(囹圄)의 지경에 빠질 뻔한 적도 있었다. 막다른 골목에 내몰렸던 역영은 남경 상청관(上淸觀)에서 보허(步虛) 도장(道長)으로부터 "동쪽으로 가라"는 충고를 받고 결연히 강을 따라 동하했고, 몇 번 우왕좌왕한 끝에 결국 양주의 천뢰단(天雷壇)을 새로운 도량으로 정하게 되었다.

역사적인 명승고적으로는 낙양(洛陽)의 〈명원(名園)〉이 유명했고, 변주(汴州)에 〈몽량(夢梁)〉이 소문났었다는 기록은 있었으나 송나라 이후에 전란을 거치며 잿더미가 되어 역사 속으로 사라졌다고 했다. 양주도 배산임수의 이름난 성(城)과 큰 고을이 많아 천연의 화려함을 만끽하려는 풍류객들의 발길이 잦은 곳이었다. 그러나 청병(淸兵)들이 산해관(山海關)에 입성한 이래 양주는 무려 열흘 동안 이어진 대학살의 만행으로 인해 피비린내가 진동했고, 수많은 명승고적들이 일순간에 잿더미가 되는 수난을 겪고 말았다. 다행히 양주는 남북 운하(運河)와 장강(長江)이 만나는 곳이고, 금릉과 소주, 항주를 잇는 요충지대였는지라 선후로 여섯 차례 남순 길에 오른 강희가 번번이 이곳 과주도(瓜洲渡)에서 기주등륙(棄舟登陸)하여 절경을 감상하면서 다시 그 옛날의 명성을 되찾게 되었다고 한다. 황제의 발길이 머무는 곳에 지방관들이 너나없이 모여들지 않을 리가 없고, 황제가 글을 남기고 시를 읊은 자리에 사방의 상가사민(商賈士民)들이 운집하지 않을 까닭이 없었던 것이다.

역영이 터를 잡은 천뢰단은 양주 소금산(小金山)의 등허리에 붙어 있었다. 원래는 여조(呂祖)의 도량으로 표고도인(飄高道人)이 반란을 일삼기 전에 수행정진해 왔던 묘원(廟院)이었으니 실은 홍양교(紅陽敎)의 발상지인 셈이었다. 강서(江西)에서 거사하여 패한 이후 역영은 이곳에서 반년 동안 칩거한 적이 있었다. 오랜만에 다시 찾은 천뢰단은 이미 묘원이 허물어져 볼썽사나웠고, 우거진 잡초 사이로 달랑 한 모퉁이만 겨우 남은 담장이 그 피폐함을 더해 주고 있었다. 그러나 군향을 갈취하여 은자가 주체할 수 없이 많았던 역영이었는지라 소리소문 없이 천천히 옛날의 모습으로 복원해 나가기 시작했다. 여조를 공봉(供奉)하는 정전

(正殿)도 새로이 일어섰고, 그 뒤에 쪽배를 닮은 커다란 대청이 세 개씩이나 달린 건물을 덩실하게 들어앉혔다. 해마다 주변의 땅들을 사들여 크고 작은 전각을 짓고 수많은 기기묘묘한 꽃과 풀들을 심어나갔다. 그렇게 해서 몇 년 사이에 이곳은 옛날의 승경(勝景)을 능가하는 명소로 탈바꿈할 수 있었다.

 서서히 도량의 구색이 갖춰지자 역영은 황보수강(皇甫水强)과 나부명(羅付明), 포영강(包永强) 세 부하를 도사(道士)로 변장시켜 천뢰관(天雷觀)에서 주지 노릇을 하게 했다. 그리고 본인과 한매와 당하, 교송 세 명의 여자 부하들은 남장(男裝)을 하고 천뢰관 가까이에 있는 엽공분(葉公墳) 북쪽에 새로 지은 비밀거처에 은신해 있었다. 그러나 이 거처는 호화로움과는 거리가 먼 초가에 토담이었다. 앞 뒤뜰에 채소밭을 가꾸어 보통의 민가나 다름없이 위장했고 조그마한 촌락과 잇닿아 있어 전혀 사람들의 이목에 노출될 위험이 없었다. 자신들의 정체를 교묘히 위장하는데 성공한 역영은 이번엔 그 촌락의 이장과 향리의 전리(典吏)들을 매수했고, 마을의 백성들과의 거리를 좁혀 허물없는 사이가 되기 위해 갖은 노력을 다했다. 그렇게 몇 년 동안 역영은 철저히 자신의 신분을 감춰 어느덧 동네의 평범한 이웃으로 정착했던 것이다.

 강남지역 어디든 미심쩍은 곳이 있으면 반드시 암행을 해왔던 류통훈은 이곳 양주에도 내려왔었다. 뿐만 아니라 천뢰관에 들러 한적한 숲속에 고이 자리한 우뚝 선 건물들을 보며 혀를 차기까지 했었다. 뇌단(雷壇)에 올라 멀리 바라보니 남북으로 길게 뻗은 운하에 조운선박들이 꼬리에 꼬리를 물고 어깨를 스치며 왕래하고, 고교(高橋), 영은교(迎恩橋), 소영은교(小迎恩橋)가 무지개처럼 그 위에 걸쳐있어 선박과 인파들의 움직임이 한눈에 들어왔다. 초하(草河), 시하(市河)와 호성하(護城河)가 소금산(小金山) 남쪽에서 합류하여 거센 물살을 일으키며 도도하게 흘러 또 하나의 장관을 연출했다. 천뢰관에서 서쪽으로 눈길을 돌리니 하도(河道)가 종횡으로 교차하는 가운데 야트막한 초가들이 즐비했다. 지세가 평탄하여 손바닥 같은 초옥모사(草屋茅舍) 사이에서 돼지가 꿀꿀대고 이제 막 노적가리 어디엔가 알을 낳고 나온 듯한 암탉이 우는 소리가 생생하게 들려왔다. 무성한 대나무 숲이 병풍같이 둘러쳐져 있고, 흐드러진 버드나무들이 그림같은 초가를 은은히 감싸 그 신비를 더해주는 평범하면서도 눈길을 끄는 향리의 풍경에 매료된 나머지 류통훈은 무릉도원이 따로 없다며 격찬을 아끼지 않았다. 그러나 어찌 알았으랴! 자신이 발길을 떼기 아쉬워하며 '무릉도원(武陵桃源)'이라고 격찬한 바로 그 속에 조정에서 수십만 냥의 재력을 쏟아가며 네 개 성의 녹영병들을 동원시켜 회회(恢恢)의 천망(天網) 속에 가두고자 심혈을 쏟고 있는 '백년 묵은 능구렁이'가 칭칭 똬리를 틀고 있을 줄을!

그 시각 자신의 방에서 하얀 비단에 빨간 장미를 한 땀, 한 땀 수를 놓고 있던 역영은 잠시 수틀을 잡은 그대로 멍하니 생각에 잠겨 있었다. 길고 매끈하여 버드나무가지같은 하얀 섬섬옥수는 마치 일류 조각가의 손을 거친 예술작품처럼 매혹적이었다. 빨간 장미는 타는 듯한 정열이 도도하여 감히 범접할 수 없는 가시 돋친 아름다움을 지닌 역영을 닮아 있었다. 그녀는 어느덧 나이 50을 코앞에 두고 있는 노처녀가 되어 있었다.

천하에 그 이름을 날린 역적 '일지화'는 원래 하남성 동백산 자락의 어느 가난한 농부의 딸로 태어났다. 그러나 전례 없던 어느

해의 전염병으로 인해 기구하게도 양친부모를 잃고 난 어린 역영은 의지할 일가친척 하나 없었는지라 걸식으로 눈물겨운 나날을 보낼 수밖에 없었다. 그러던 중 어느 날, 역영은 백의암(白衣庵)에 있는 정공태사(靜空太師)의 손에 이끌려 그 문하에 들어 비구니 생활을 하게 되었다. 그러나 평온한 세월도 불과 몇 년, 용모가 기이할 정도로 미려했던 역영은 불공에는 뒷전이고 잿밥에만 눈독이 오른 어중이떠중이 불량배들의 밤낮없이 이어지는 추행에 도무지 정상적인 비구니 삶을 이어나갈 수가 없었다. 끝없는 추행과 위협은 역영을 굳건히 감싸주던 정공 스님이 원적(圓寂)에 든 이후에는 더욱 심하여 밖으로 화연(化緣)을 나갈 때마다 그녀는 가위를 몸에 지니지 않고선 절 문밖에도 나갈 수 없었다.

옹정 연간에 가사방(賈士芳)이라는 기인이 동백(桐柏)으로 선교하러 왔던 길에 역영에게 천서(天書) 한 권을 주고는 표연히 사라졌다. 그 소문이 날개 돋친 듯 한 입 건너 두 입 퍼지면서 법명이 '무색(無色)'인 역영은 동백뿐만 아니라 사면팔방 멀리에까지 그 존재가 알려지게 되었다.

남자들은 유명해지면 부귀공명의 운이 뒤따르지만 여인이 이름을 날린다는 것은 곧 재화(災禍)를 의미했다. 아무리 뜯어보아도 올챙이가 바글바글하는 것 같이 꼬불꼬불 이어지는 것이 한 글자도 알아볼 수 없는 그런 천서를 얼떨결에 받아든 죄로 역영은 같은 비구니들로부터 질시를 받아야 했고, 동네방네에서 이리떼처럼 몰려드는 사내들로 인해 청정한 도량이 위협을 받는지라 그녀는 암자에서도 곧 쫓겨날 위기에 처해 있었다. 인근 어느 현의 '백리왕(百里王)'이 첩으로 들이겠노라 문턱이 닳도록 드나드니 시정잡배들마저 끼어들어 저희들끼리 치고 박아 상황은 악화일로를 치닫기만 했다. 감옥 아닌 감옥에 갇혀 바깥출입도 마음대로 못하고 죄인처럼 숨죽이고 살고 있던 역영은 급기야 집요하게 달려드는 악당 두 명을 가위로 찔러 죽이는 사건을 일으키고 말았다. 그 당시 사건을 접수해 처리했던 동백현령 호사항(胡斯恒)은 앉은 자리에 풀도 나지 않는 그런 인물이었고, 그가 작성한 판결문은 이러했다.

염색(艶色)의 도리(桃李)가 담을 넘어 한들거리니 꿀벌과 나비를 유혹하는 몸짓이 아니고 무엇인가? 천생의 요물은 세속을 불안케 하고, 자고로 홍안(紅顔)은 화수(禍水)여서 흘러가는 곳마다 독이 퍼지고 재앙이 따를 것이다. 이 처자 역시 '일지화(一枝花)'라는 방탕한 이름을 얻은 걸 보면 필히 정숙한 여식은 못 될 것이니 나라를 기울게 하고 성(城)을 무너뜨리고도 남을 화상이다. 멀리멀리 축출함이 마땅할 지어다.

3개월 동안 항쇄를 쓰고 차디찬 감방에서 짐승보다 못한 나날을 보내면서도 역영은 눈물 한 방울 떨구지 않았다. 출옥 후 부모님이 묻혀 있는 곳으로 가 작별인사를 고하고 난 역영은 비장한 각오로 산을 올라 백운령(白雲嶺)이라는 산꼭대기의 사신애(舍身崖)에 다가섰다.

그때를 떠올리면 참담한 심정은 이루 말할 수가 없었다. 늦가을의 찬바람이 화살 세례를 안기듯 귓가를 스쳤고, 봉두난발을 바람에 내맡긴 채 흑흑 흐느끼며 서 있으니 굽이쳐 흘러가는 강물같은 구름들이 사신애 등허리를 감돌고 있었다. 때로는 짙게 때로는 얇은 솜처럼 흩어지는 구름 사이로 솔바람 소리가 파죽지세를 연상케 하는 사철 푸른 솔숲이 한눈에 안겨왔다. 깎아지른 듯한 천애 절벽 위에서 역영은 처음으로 귀근(歸根)하여 새로이 태어날 추풍낙엽이 부럽고 자신의 지친 몸 하나 뉘일 데 없는 포라만상(包羅萬象)의 세상이 크고도 작다는 것을 느꼈다…….

"이년이 대체 무슨 죄를 지었기에 이리 가혹한 벌을 내리는 겁니까?"

그녀는 망망한 창공을 향해 물었다.

"부모님께서 주고 가신 미색이 그리도 죄가 된단 말입니까! 하늘은 어찌…… 어찌 이리도 이년에게 가혹하고 불공평한 것입니까?"

하소연하듯 이같이 말하고 난 역영은 스르르 눈을 감았다. 이제는 지지리도 지겹기만 한 세상과 작별하는 일만 남았던 것이다. 그러나 생에 환멸을 느낀 역영이 이승을 마감하고자 운해(雲海)가 자욱한 천길 낭떠러지로 몸을 날리려는 순간 홀연 등뒤 아득히 요원한 곳에서 오는 듯한 늙은 목소리가 귓가에 들려왔다.

"아가야, 서두르지 말거라……."

순간 흠칫 놀란 역영이 뒤돌아보니 먼발치에 학발동안(鶴髮童顏)에 용모가 기괴한 노인이 백년 고송(古松)을 어루만지며 서 있었다. 행색은 도인의 그것이었고, 목에 감은 머리채는 눈처럼 희었다. 역영은 자신이 목숨을 버리고자 백운령을 오르는 동안 줄곧 약간 떨어진 곳에서 그 노인이 뒤따르고 있었다는 것을 전혀 느끼지 못했던 것이다! 홀연 모습을 드러낸 노인은 마치 전설 속에 나오는 신선 같았다.

"난 신선이 아니네."

마치 역영의 마음을 꿰뚫어본 듯 노인이 자상한 미소를 띠우며 역영에게로 다가와 가까이에 있는 바위 위에 걸터앉았다. 그리고는 말했다.

"난 이 산 속에서 나무를 해서 불을 때고, 글공부하여 졸음 쫓으며 심심풀이 삼아 쿵푸나 연마하고 있는 노인이네. 이 나이 되도록 신선이 어찌 생겼는지 만나보지도 못했고 신선이 존재한다고 믿지도 않네. 정녕 이 세상에 신선이 있다면 어찌 생을 스스로 마감하려는 중생들의 고통을 이다지도 외면할 수 있겠나?"

감방에서 억울한 옥살이를 하면서도, 천길 낭떠러지로 조금씩 다가가는 순간에도 눈물을 보이지 않던 역영의 눈에서 돌연 굵은 눈물이 굴러 내렸다. 노인의 깊은 뜻을 전부 알지는 못했다. 그러나 차갑게 얼어붙어 해동(解凍)이 불가능할 것만 같던 마음의 가장자리가 뿌지직, 뿌지직 하며 햇볕에 녹아내리는 느낌이 뜨거운 눈물이 되어 밖으로 나올 줄이야. 눈물에 가리워 희미해진 노인의 모습을 보며 역영이 처연하게 입을 열었다.

"조금은 특별한 미색을 가지고 태어난 것이 용서받을 수 없는 죄라고 합니다. 그래서 이승 밖으로 등 떠밀려 가려고 했었습니다……"

"그것도 너의 팔자이니라."

노인이 탄식을 내뱉었다.

"이 산에도 때가 되면 산단화(山丹花)며 두견화(杜鵑花), 산복숭아꽃, 행화(杏花), 배꽃 등 셀 수 없는 고운 꽃들이 만개하곤 하지. 그러나 아무리 화려한 꽃도 흔하면 그다지 이목을 끌지 못하는 법이야. 네가 미려한 것은 사실이나 만약 절세의 삼천궁녀들이 운집한 북경의 대궐에 있었거나 경성경국(傾城傾國)의 미인들이 밟히는 남경 금분지(金粉地)에 있었더라면 넌 전혀 다른 삶을 살

앉을 테지."
 가지런한 이빨을 앙다물고 구름 사이로 언뜻언뜻 비치는 산봉우리들을 바라보며 역영은 오래도록 아무 말도 하지 못했다. 노인이 다시 말을 이어 나갔다.
 "지금의 넌 너무 작고 약해 세속의 풍랑을 헤쳐나갈 힘이 없느니라. 네가 한 떨기 꽃이라고 할 때 온몸에 가시가 돋쳐 감히 범접하려고 하면 콕콕 찔러버리는 장미꽃이 됐더라면 누가 감히 널 괴롭힐 수 있었겠느냐?"
 역영이 무슨 말인지 잘 모르겠다는 듯 의혹에 찬 시선으로 노인을 바라보며 머리를 살살 저었다.
 "믿고 싶지 않은 게냐?"
 노인이 미소를 지으며 말했다.
 "네가 이리 비리비리하지 않고 쿵푸가 고수인 여장부 내지는 협객이 되었더라면 시정의 장삼이사들이 네게 불결한 손짓발짓을 할 수 있었겠느냐?"
 역영은 여전히 머리를 저었다.
 "네게 〈만법비장(萬法秘藏)〉이라는 천서가 있지 않느냐?"
 "노인장께서 그걸 어찌……?"
 "누군가 수수께끼를 내면 반드시 풀어내는 사람이 있게 마련이지."
 역영이 씁쓸한 웃음을 지으며 대답했다.
 "……꼬불꼬불한 지렁이같은 글자를 본 기억밖에 없어요. 말그대로 천서(天書)더군요……."
 "그건 내가 해독할 수 있어. 내가 몸소 가르쳐주마."
 노인이 덧붙였다.

"이 사신애를 내려다보거라. 여기서 뛰어내려 살아 돌아올 사람이 있을 것 같으냐?"

"전혀요."

"방금 네가 뛰어내리려고 하지 않았더냐?"

"그래요."

"그럼 지금도 늦지 않으니 뛰어내리거라!"

역영이 굽어보니 까마득한 만장심연(萬丈深淵)이 아찔했다. 중턱을 감돌고 있는 구름 아래로 잡목숲이 울긋불긋한 가운데 우뚝 솟아 거대해 보였던 망부석(望夫石) 봉우리가 땅콩처럼 작게 보였다. 삶에 대한 미련을 완전히 떨쳐내지 못한 역영이 저도 모르게 자꾸만 뒷걸음치며 망설였다. 눈앞이 아찔해지며 곧 쓰러질 것 같았다······.

"감히 못 뛰어내리겠지?"

노인이 웃으며 한마디 더 했다.

"내가 시범을 보여주마."

그러면서 도무지 믿어지지 않는 듯한 역영의 시선이 닿기도 전에 노인은 벌써 천애절벽으로 훌쩍 솟구치더니 저만치 허공에 자리잡고 있었다.

대경실색한 역영이 째지는 듯한 비명을 지르며 암석에 덮치듯 엎드려 아득한 벼랑 아래를 내려다보았다. 노인은 무서운 속도로 구름층을 뚫고 수직으로 내리 꽂혀 망부석 봉우리를 향해 추락했다······. 기절하기 일보직전에서 역영이 괴성을 지르며 보니 노인은 어느새 까만 점이 되어 사라지고 없었다. 역영이 커다란 충격에서 헤어나지 못하여 땅에 주저앉으려 할 때 홀연 절벽의 깊은 골짜기에서 광풍이 일기 시작했다. 삼킬 듯한 기세로 지그재그 불어오는 광풍에 낙엽처럼 말려 올라오는 물체가 시야에 잡혔다. 점점 위로 올라올수록 물체는 한 마리 새인 것 같았다. 노인이 그새 한 마리 새로 환생한 걸까? 역영이 동공이 뽑힐세라 눈에 힘을 주어 살펴보니 구름층을 뚫고 올라오는 그 물체는 다름 아닌 바람에 잔뜩 부풀려진 노인의 장삼이었다. 마치 새가 자유로운 날갯짓을 하듯 장삼자락을 펄럭이며 높았다 낮았다 부침을 거듭했다. 때로는 보행하듯 직립하고 때론 물 속으로 뛰어들 듯 거꾸로 곤두박질치는 모습이 하늘을 무대로 비무(飛舞)하는 한 마리의 붕조(鵬鳥)같았다! 한참을 그렇게 구름 속을 오가며 노닐던 노인이 그제야 빠른 속도로 올라와 땅에 내려앉았다. 그리고는 꿈인지 생시인지 몰라 넋이 나가 있는 역영에게로 다가와 물었다.

"이래도 세상엔 꺾이지 않을 수도 있는 꽃이 있다는 걸 못 믿겠느냐?"

"노인장께선 틀림없이 이년을 제도해주라는 하늘의 명을 받고 내려오신 신선입니다!"

역영이 길게 무릎을 꿇었다.

"세상에 태어나 이대로 죽는 건 이년도 원치 않습니다. 이년을 수양딸로 슬하에 거둬주세요!"

한참이 지나서야 역영은 비로소 그 노인의 이름이 송헌책(宋獻策)이고, 이자성(李自成)을 따라 천하를 누벼왔던 대장군이었다는 사실을 알 수 있었다. 청병이 산해관으로 입성하여 단명(短命)한 이자성의 왕조가 망하면서 홀몸으로 난군(亂軍)을 뛰쳐나온 송헌책은 그 뒤로 줄곧 이곳 동백산에서 약초를 캐고 수련으로 은둔의 삶을 살아왔던 것이다. 세속의 나이로는 이미 1백 30살의 고령이라고 했다.

그렇게 부녀간의 인연을 맺어 서로 의지하는 나날을 보내고 있던 7년 뒤 산풍(山風)이 포효하고 대설(大雪)이 분분하는 어느 날 저녁, 여느 날과 다름없이 저녁상을 물리고 온돌 위에 묵좌(默坐)하여 주천(周天)을 꼽아보던 송헌책이 갑자기 두 눈을 번쩍 뜨며 말했다.

"영아, 난 그만 가봐야겠다."

"아버지……!"

아궁이에 장작을 밀어 넣으며 불을 지피고 있던 역영이 영문을 몰라 눈을 동그랗게 떴다.

"이 날씨에 가긴 어딜 간다고 그러세요?"

"자그마치 1백 40년 가까이 살았는데, 내가 이제 가면 어딜 가겠냐?"

"아버지!"

"불가(佛家)에서 소위 열반(涅槃)이라 일컫고, 도가(道家)에서 우화(羽化)라고 하는 그런 곳으로 갈란다."

송헌책이 담담하게 미소를 지으며 말을 이었다.

"여태 살아보니 역시 공자의 학문이 치세지학(治世之學)이야. 열반이니 우화니 한마디로 '죽는다'는 뜻이지. 뭘 다들 그리 어렵게 말하는지."

순간 역영의 손에 들려 있던 장작이 통! 하고 떨어졌다. 뭐라고 형언할 수 없는 눈빛으로 송헌책을 바라보며 감정이 북받쳐 가슴을 오르락내리락하며 잠시 할말을 찾지 못했다.

"이리와 앉아 내 말을 듣거라. 생사대도(生死大道)의 이치를 깨닫기 어려운 것은 그것이 가장 범상한 일이기 때문이니라."

얼굴이 홍조가 발그레한 송헌책이 역영을 뚫어지게 응시했다.

"도도 너무 오래 닦다 보면 예사롭기 이를 데 없는 것조차 깨닫지 못할 때가 있느니라. 이것이 내가 너한테 말하고 싶은 첫번째야."

역영은 무의식중에 영원한 불사조로 생각해 왔던 아버지가 죽음의 문턱을 건널 준비를 하고 있다는 사실을 도무지 믿을 수가 없었다.

"네가 배운 도술(道術)로는 호신(護身)하기엔 별무리가 없을 테지만 적을 물리치기엔 아직 부족해."

송헌책이 길게 탄식했다. 턱을 조금 들어 뭔가 생각하는 듯하더니 덧붙였다.

"나의 사부님이 참으로 대단하신 분이셨는데! 출산(出山)을 하시면서 누누이 이 말씀을 하셨지. 그럼에도 난 그 가르침을 잊고 살었어. 홍진(紅塵)에 들어가면 오색(五色)이 모두 흐려진다고 하더니 그런가 보구나……"

송헌책의 말소리는 점점 미약해져 갔고 초점 없이 허공을 바라보는 눈은 텅 비어 있는 마른 우물 같았다. 그제야 비로소 역영은 노인이 자신에게 유언을 남기고 있다는 사실을 깨닫고는 마음이 찢어질 듯한 아픔에 겨워 펑펑 눈물을 쏟아부었다.

"아버지의 훈회를 가슴에 아로새기겠습니다. 도술(道術)은 배워도, 배워도 못다 배울 무궁한 것이거늘 소녀는 아직 우물 안의 개구리에 불과할 따름입니다. 절대 교오자만(驕傲自慢)하지 않고 모름지기 실력을 쌓아 끊임없이 거듭나는 역영이 되도록 노력하겠습니다.……"

"도(道)와 술(術)을 혼동해선 아니 되느니라."

어느새 송헌책의 얼굴은 홍조가 점차 퇴색하고 보드라운 흙을

일지화(一枝花)가 걸어온 길　295

뿌려놓은 듯 잿빛으로 변해가기 시작했다. 끊어질 듯 아슬아슬하게 이어지는 미약한 숨을 들이마시며 송헌책이 말을 이었다.

"네가 설령 술수를 부려 창밖의 바람을 멈추게 하고 대설을 멎게 했다 할지라도 주천(周天)의 흐름은 여전히 엄동(嚴冬)임을 잊지 말거라. 이는 어느 누구도 역행할 수 없는 자연의 섭리이니라! 모든 길은 북경으로 통해 있으니, 북으로 가는 것이 곧 '도(道)'이지. 그러나, 네가 축지법(縮地法)으로 하루에 천리를 간다 해도 북으로 가지 않는다면 아무리 대단한 '술수'를 지녔을지라도 목표에선 점점 멀어져갈 수밖에 없겠지."

가눌 수 없는 고통에 몸부림치며 그 심오한 도리를 깨우칠 수 없는 역영이 두 손으로 땅을 짚은 채 눈물 얼룩진 얼굴을 들어 떨리는 목소리로 말했다.

"부디…… 가르침을 주세요……. 이 부족한 딸이 더 이상 방황하지 않게……."

"적막공산(寂寞空山)에 풍설(風雪)이 쓸쓸하구나……."

실낱처럼 가는 목소리를 그렁거리며 송헌책이 겨우 말을 이었다.

"너의 삶은 네가 살아가는 것이니 내가 어인 가르침을 주겠느냐만 넌 평생 이대로 동백에서 발심(發心)하여 수련해 나가야만 여생을 무사히 마칠 수 있을 것 같구나. 그렇지 않고 출산(出山)하여 비분의 마음을 품게 되면 아무리 끝없는 천지간이라고 하지만 네 한 몸 편히 뉘일 수 있는 곳이 없어질 것이니 명심하거라. 내 말이 귀에 들어가느냐?"

"예, 아버지……."

"영원히 무명(無名)을 지킬 수 있겠느냐?"

"예……."

송헌책이 가쁜 숨을 몰아쉬었다. 간신히 역영의 머리를 쓸어내리던 손이 그만 툭 떨어지고 말았다. 역영이 가슴을 치며 통곡하고 천번만번 애통하게 불러도 노인은 더 이상 응답이 없었다……. 한 시대의 증인이 별똥별처럼 떨어지고 말았다. 유도(儒道)와 도학(道學)에 두루 능했고, 풍운을 질타하며 이자성이 천하를 얻는 데 일조했던 백년인걸(百年人傑)이 폭설이 휘몰아치는 동백산에서 조용히 이승을 마감했던 것이다…….

"아버지, 사부님! 사부님……."

가슴속에서 애타게 외치는 소리에 벌떡 정신이 들어보니 손에 잡고 있던 수틀은 진땀으로 눅눅했고, 얼굴을 쓸어보니 눈물이 흥건했다. 창 밖에선 가을 매미의 처량한 울음소리가 여전히 심란했다. 그제야 자신이 과거로의 깊은 여행을 다녀왔다는 생각에 역영이 실소하며 눈물을 닦고 있으니 창문 너머로 호수 맞은편의 춘향루(春香樓)에서 술을 권하는 가녀(歌女)들의 앵앵 모기 소리를 닮은 창곡(唱曲)소리가 비릿한 호수바람을 타고 날아들었다.

주렴 앞에서 그대 이내 섬섬옥수를 잡아주었으니 넘치는 이 술잔 받아 주시옵소서.
간지러운 입김 부드러운 그 품이 그리워 오늘도 서성이며 그대를 기다렸는데…….

피식 실소를 터트리며 수틀을 내려놓고 일어서던 역영이 마침 안으로 들어서는 당하를 향해 물었다.

"과주도(瓜洲渡) 쪽에서 무슨 소식 없었어?"

그러자 당하가 대답했다.

"어제 저녁때쯤 고항(高恒)이 도착했다고 합니다. 흑풍애(黑風崖) 태평진(太平鎭)에서 개구멍에 숨어 있었던 그 별볼일 없는 국구(國舅) 말입니다. 고교역관(高橋驛館)에 들었다 합니다. 그리고 밤에는 이름이 복의(卜義)인가 뭔가 하는 태감 하나가 도착하여 고항이 머문 역관에서 조금 떨어진 영은교 접관청(接官廳)에 머문 걸로 알고 있습니다. 양주지부(揚州知府) 배흥인(裵興仁)과 도서징집사(圖書徵集司)의 하정운(夏正雲), 성문령(城門領) 근문괴(靳文魁)가 현지의 모든 진신(縉紳)들을 데리고 고항을 배견하러 갔고, 포영강 어른도 쫓아갔습니다. 지금은 우리측에서 춘향루에 고항을 환영하는 연회석을 마련했다고 합니다."

당하의 보고를 들은 역영이 미소를 지었다.

"어쩐지, 춘향루가 벌써부터 떠들썩하다 했어. 태감한테는 누가 가봤나?"

이에 당하가 아뢰었다.

"이름이 불의(不義, '卜義'와 동음임)랍니다. 무지 의리 없는 놈인가 봐요. 탐문해본 바에 의하면 건륭이 남순 길에 오르기에 앞서 안전을 확보하기 위한 차원에서 교량과 행궁을 미리 둘러보러 왔다네요. 또 다른 진모회(秦慕檜)라는 신참 태감이 따라왔는데, 나부명 오라버니가 벌써 매수해 놓았답니다. 그 태감이 그러는데, 복의가 지금 입이 한발이나 나와 있대요. 양주지부 배흥인 등이 국구만 국구라 하고 자기는 꿔다 놓은 보릿자루 취급을 한다면서!"

"남경 쪽에서는 누가 내려온 사람은 없어?"

역영이 창가로 옮겨 앉으며 물었다.

"열흘 전에 비둘기에게 물려보낸 쪽지를 보니 황천패의 무리들이 도착했다고 하길래 답장을 보내 개영호더러 사람을 파견해 보내라고 하지 않았어?"

당하가 미처 대답하기도 전에 교송이 비둘기 한 마리를 안고 들어섰다. 그리고는 흡족한 얼굴로 비둘기를 쓰다듬어 내려놓고는 쪽지 하나를 역영에게 건넸다.

"개영호의 편지입니다."

역영이 편지를 도로 당하에게 넘겨주며 말했다.

"보나마나 쌀뜨물로 썼을 터이니 연기에 그을려 보거라."

"예!"

당하가 대답과 함께 촛대 앞으로 다가갔다. 조심스레 종이를 이리저리 움직이며 연기를 쏘이는 사이 역영이 교송에게 말했다.

"상의할 게 있으니 가서 한매를 불러오너라."

이같이 말하며 역영은 연기에 그을리는 순간 하나둘씩 정체를 드러내는 글씨를 들여다보았다. 한참 후에야 그는 긴 숨을 내쉬고는 촛불에 종이를 불태워버렸다. 잠시 후 교송이 한매를 데리고 들어섰다.

"개영호가 황천패랑 무예를 겨룬대."

세 사람더러 앉으라는 시늉을 하며 역영이 한숨을 내쉬며 덧붙였다.

"애들 장난도 아니고 뭐 하는 짓거리들인지 모르겠어. 황천패가 우리 대본영을 찾아내려고 남경에 왔으면 우린 더 꽁꽁 숨어버리면 끝날 일이지 새삼스레 무예를 겨룬다니, 웃다가 입 안에 파리 들어갈 일 아니냐? 대국(大局)을 염두에 두지 않고 저리 설치고 다니다가 큰 사단을 일으켜요, 이제!"

뇌검이 호인중과 함께 종적을 감춰버린 뒤로 교송, 당하, 한매 세 '호성사자(護聖使者)'는 교송을 필두로 하여 역영의 주위에 뭉쳤다. 역영을 따라 수년간 온갖 풍랑을 겪으며 숱한 구사일생의 고비를 넘긴 이네들은 이젠 더 이상 연약한 여인이 아니었다. 모진 세파는 이들에게 사내 못지 않은 담대함을 키워주었다. 교주의 말을 듣고 이들은 잠시 아무도 입을 열지 않았다.

"제 생각은 이렇습니다."

당하가 먼저 침묵을 깼다.

"우린 아무래도 남경을 뜨는 게 상책일 것 같습니다. 황천패는 류통훈이 우릴 양지로 끌어내기 위해 내어놓은 미끼에 불과합니다. 아무리 미친년 널 뛰듯 하며 깝죽거리고 다녀도 우리가 그 미끼를 물지만 않으면 저들이 무슨 재주가 있겠습니까? 또한 우린 개영호를 이용은 하되 크게 믿을 수는 없다는 것입니다. 근본적으로 우린 천지개벽을 염원하지만 개영호는 조정과 대적할 마음은 없고 오로지 무림(武林)에서의 지존의 위치를 확보하는 것이 전부인 자입니다. 만천하의 2백만 홍양교도들이 전부 우리들을 바라보고 있습니다. 우리가 자칫 실수하여 들통이라도 나는 날엔 얼마나 많은 사람들이 다치게 될지 모릅니다!"

그러자 교송이 말했다.

"한매가 도서징집사의 하정운으로부터 학전(涸田, 강물이 새로운 길을 열면서 물이 빠진 뒤에 생긴 땅) 2천 무(畝)를 더 사들였다고 합니다. 매입할 때는 1무당 은자 3백 냥이었으나 지금 시가로 매도하면 무당 8백 냥은 받을 수 있다고 합니다. 적게 쳐서 7백 50냥을 받는다고 해도 우린 약 백만냥에 가까운 차액을 챙길 수 있습니다.

게다가 우리가 현재 주무르고 있는 방직, 염색, 동광(銅鑛), 주석광(朱錫鑛), 부두, 주루(酒樓) 등 위락업소의 수입을 전부 합치면 4백만 냥은 더 될 것입니다. 이는 어지간한 중간 규모의 성(省)의 재력(財力)에 버금가는 금액이지요. 우리는 돈 때문에 마음대로 움직일 수 없고 또 돈이 있으면 귀신도 불러 맷돌을 간다는데, 류통훈에게 덜미 잡힐 일이 있겠습니까? 고로 제 생각엔 당하의 견해가 우리의 취지와 위배된다고 생각합니다."

"그렇다고 꼼짝하지 않고 이대로 엎드려 있을 수만은 없을 것 같습니다."

한매가 말을 이었다.

"우리의 상대는 류통훈이 아니라 건륭이라는 걸 간과해선 안 되오. 우리가 아무리 재력이 있다지만 천하를 움켜쥔 건륭에 비교할 수 있겠소? 우린 이미 용포(龍袍)를 찢어버리고 태자(太子)를 날려버렸소. 건륭이 심증이 가는 데가 있는 이상 우릴 가만히 놔둘 리가 없지. 장기간 이리 쑤시고 저리 찔러댄다면 아무리 견고한 석판이라도 틈새가 생기기 마련이오!"

이 역시 수긍이 가는 견해였다. 사람들이 머리를 끄덕이는 가운데 당하가 웃으며 말했다.

"역시 한매가 통쾌하네. 가만히 엎드려 있는다고 능사가 아닐 바엔 이참에 우리 건륭의 다 된 밥에 코나 한번 풀어버리는 게 어떻겠소? 외유도 외유겠지만 태평을 분식(粉飾)하여 강남의 민심을 농락함으로써 우리 한인들의 반란을 미연에 잠재운다는 계산이 깔려있는 건륭이 아니겠소? 기대하시오, 8월 중추절에 필히 한차례 굉장한 경전(慶典)이 벌어질 테니."

당하의 말에 모두가 웃었다.

"지금은 아직 건륭과 정면으로 부딪칠 때는 아니야."

잠깐의 웃음을 뒤로하고 역영이 정색을 했다.

"물론 이같이 의미 있는 날에 우리 일지화가 백성들의 마음속에서 잠깐이라도 잊혀져선 아니 되겠지! 주원장(朱元璋)이 '8월 15일에 오랑캐들을 치자'는 글씨가 새겨진 월병(月餠)을 돌렸듯이 우리도 그 방법을 써보면 어떨까? 월병가게에 미리 연락하여 연꽃(荷), 소나무(松), 매화꽃(梅) 세 가지 무늬를 넣어 월병 1백만개를 만들어 내라고 하라. 우린 이 월병을 가지고 천적일(天炙日, 청나라 때는 팔월 초하룻날을 '육신일(六神日)'이라고 하여 애들을 데리고 절을 찾았음. 이날 내리는 이슬에 주사(朱砂)를 반죽하여 이마에 찍어주면 아이가 백병(百病)을 이겨낸다고 함)에 크고 작은 향당(香堂)을 찾아 부모들과 더불어 이날을 축복해주는 거야. 그리고 초사흘에는 조군일(灶君日, 팔월 초여드렛날)은 팔자보살(八字菩薩)의 탄생일이라 하여 모두 향화가 극성할 호일(好日)이니 절을 찾는 모든 이들에게 월병을 나눠주며 이것만 먹으면 내년의 모든 재앙은 피해갈 수 있노라 선전을 한다면 우리의 위상은 하늘을 찌를게 아닌가……. 중추절 당일 날인 8월 15일에는 막수호, 현무호, 부자묘, 진회하, 도엽도 등 명승지에 대규모의 인파가 몰릴 거야. 건륭도 그 인파들 속에서 높은 수레를 타고 멋스레 손을 흔들며 만인칭송가를 들으려고 하겠지. 그때 우린 미리 매수해둔 거지들을 하나둘씩 밀어붙여 울고불고 하소연하고 욕설을 퍼붓게 만들어 건륭의 얼굴을 납작하게 만들어 버리는 거야……."

역영의 그럴싸한 구상에 세 부하는 더 이상의 책략은 없다며 깔깔거렸다.

"아무리 생각해도 뇌검이 괘씸해요."

문득 뇌검의 빈자리를 느낀 교송이 분통을 터뜨렸다.
"여태 그렇게 받들어 주었는데, 위험이 닥치니 자기만 살겠다고 종적을 감춰버리다니 그게 어디 사람이에요? 그것도 멀쩡한 오라버니까지 꼬셔가 버렸잖아요. 우리의 교주께서 그대로 주저앉을 줄 알았나 보죠!"

도도하던 흥은 삽시간에 깨어져버렸다. 뇌검을 떠올리고 다시 자신을 두고 모름지기 신경전을 벌여 왔으나 지금은 둘 다 곁을 떠난 연입운과 호인중을 상기하며 마음이 착잡해진 역영이 애써 웃음을 지어 보이며 말했다.

"사람마다 뜻이 다르고 추구하는 바가 다른데 어찌 나만 따르라고 강요할 수 있겠나! 그네들이 우릴 팔았다면 우린 여기서 이렇게 두 다리 뻗고 있을 수 없었겠지. 그러니 우리도 그들의 선택을 인정해주자고. 과거지사는 더 이상 말하지 마라. 한매야, 청강(淸江)의 학전(涸田)을 도서징집사를 통해 사들였다는데, 어찌된 일이냐? 학전은 절대 팔지 못한다는 군기처의 지시가 있었다며?"

"요즘은 도서징집사의 위상이 최고예요. 관찰사라고 조정에서 내려온 자들도 감히 감 놔라 배 놔라 못하는 걸요."

한매가 보충설명을 했다.

"그들은 지방관의 세력 밖에 있는 기윤(紀昀)의 직속 부하들이에요. 어느 지방관이 도서수집에 '열성이 미흡하다'는 보고만 올라가면 그 관원은 즉시 목이 잘린다잖아요. 말 그대로 무소불위의 권력을 움켜쥐고 있는 거죠. 권력이 크면 아첨꾼들이 바리바리 싸들고 줄을 서는 건 당연지사이고. 건륭이 남순 길에 오르면 도서징집사에서도 나름대로 어가를 영접할 준비를 서둘러야 하는데, 돈이 없다고 은근히 냄새를 피우니 양주염도(揚州鹽道)가 아주

헐값에 학전 1만 무를 도서징집사에 팔아넘겼대요. 도서징집사에서는 헐값에 사서 비싸게 되파니 엄청난 차익을 챙긴 거죠."
"후환이 두렵지도 않나 봐?"
당하가 물었다. 그러자 한매가 웃으며 말했다.
"황제의 어가를 영접한다는 미명하에 하나같이 얼굴에 숯칠을 하고 있는데, 누가 누워서 침 뱉는 어리석은 짓을 하겠소? 아, 깜빡할 뻔했네. 채씨네 날염 가게에서 '남순 길에 오르신 건륭황제에게 효도한다'는 명목 아래 은자 3천 냥을 총독부에 공납했대요. 윤계선이 공개적으로 표창한데 이어 그 집의 둘째아들을 어가를 영접하는 관원들 틈에 끼여 용안을 우러러 볼 수 있게끔 배려해 준다네요. 우리도 심심한데 건륭 구경이나 나서볼까요?"
"10만!"
역영이 불쑥 그렇게 말했다.
"우린 10만 냥을 내놓는 거야. 기다렸다가 남들이 얼마나 내놓나 지켜보고 그네들보다 조금 더 많이 내야 하니까 시일이 임박한 대목에 내자고."
역영이 잠시 숨을 돌리고는 덧붙였다.
"사람을 남경으로 보내어 윤계선에게 직접 맡겨야 해."
10만 냥이라는 거액을 공납한다는 말에 세 부하는 숨이 넘어갈 지경이었다. 깜짝 놀라 입을 크게 벌린 채 서로를 번갈아 보는 이들은 아랑곳하지 않고 역영이 웃으며 말했다.
"윤계선은 역시 머리가 비상한 놈이란 말이야. 똑같이 밑에서 돈을 끌어다 써도 이런 식으로 흔쾌히, 그것도 더 많이 '효도'하겠노라 경쟁을 하게끔 만들어 버리니 말이야. 두고 봐라, 3천 냥은 기본이 되어버렸고 '충민의행(忠民義行)'의 명분을 사고자 하는 자들이 가격을 천정부지로 높여 놓을 거야!"
 역영의 말에 연신 머리를 끄덕여 공감하며 교송 등은 이같이 비상한 두뇌를 가진 윤계선과 숨바꼭질을 해야만 하는 자기들의 처지가 아슬아슬하여 등골이 오싹해졌다. 심각한 표정을 짓고 한참 잠자코 생각에 잠겨 있던 교송이 말했다.
 "누구의 명의로 납부하죠? 그리고 누굴 앞장세워야 할는지 잘 생각해봐야겠어요."
 "동광(銅鑛) 부두를 책임지고 있는 두목들의 이름이 뭐라고 했지? 남경 연자기(燕子磯)의 어시장에서 데려왔다고 했잖아."
 "하나는 막천파(莫天派)라고 하고요, 다른 하나는 사정로(司定勞)라고 해요."
 당하가 덧붙였다.
 "생긴 건 뭐같이 생겼어도 일은 잘 하는 것 같아요. 작년보다 수입이 3할은 늘었거든요. 몇 번이고 포영강 오라버니한테 교주를 뵙고 싶어하는 의사를 비췄다고 합니다. 그런데, 그자들을 윤계선과 연락하는 중간책으로 파견하려고요?"
 "음."
 짤막하게 대답하고 난 역영이 잠시 생각하더니 입을 열었다.
 "교송, 네가 가서 대만(臺灣)에서 왔다는 그 임상문(林爽文)을 만나보도록 하거라. 우리가 남경을 뜰 게 아닌 이상 개영호와 황천패의 대결을 완전히 강 건너 물 보듯 수수방관할 순 없을 것 같아. 남경이 황천패에게 넘어가는 날엔 우리의 입지는 더욱 좁아질 테니까 말이야."
 "저쪽에 있는 두 보배는 어떻게 하죠?"
 당하가 동쪽을 가리켰다.

자리에서 일어나던 역영이 웃으며 대답했다.

"나부명더러 3백 냥을 가지고 가서 그 복의인가 불의인가 하는 자를 만나보라고 하거라. 무슨 말을 하나 들어보고 다시 대책을 마련하도록 하지. 포영강은 고 국구를 잘 모시라 하고!"

포영강(包永强)은 양주의 향락업을 한 손에 움켜쥐고 있는 자였다. 갖은 수완을 동원시켜 반드시 고항을 춘향루로 끌고 가라는 역영의 지시에 따라 포영강은 정중하게 고항을 연회에 초대한다는 청첩장을 발송했었다. 전날 춘향루에서 진창 퍼마시고 이튿날 정오가 되어서야 겨우 잠에서 깬 고항이 벌거벗은 채로 침대에 누워 멍하니 생각에 잠겨 있을 때 기생어미 갈씨(葛氏)가 들어왔다.

"무슨 일인가?"

고항이 생각을 털어내며 물었다.

"양주지부 배흥인과 성문령께서 방문하셨사옵니다."

갈씨가 음처(陰處)는 수건으로 가렸으나 그것이 우뚝 솟아 있는 걸 보고는 살살 눈웃음을 치며 다가앉았다. 그리고는 방탕한 웃음소리를 내며 고항의 그것을 톡 건드렸다.

"아휴! 어젯밤 이년을 열두 번씩이나 죽여주고도 아직…… 호호호! 초저녁에는 우리 애들을 얼마나 들쑤셔놓았는지…… 아파 죽는다고 하던데……."

기생 어미가 고항에게 옷을 입혀주며 말을 이었다.

"연극을 관람하시라고 초대한 것 같사옵니다. 끝나고 돌아오실 거죠?"

'어젯밤'의 기억은 하나도 없지만 늙은 기생의 출렁이는 젖가슴을 그냥 가기엔 아쉬운 고항이 와락 기생어미를 끌어안고 쥐잡아 먹은 입술 사이로 자신의 혀를 밀어 넣었다. 그리고는 손을 넣어 밀가루반죽 하듯 기생의 젖가슴을 마구 움켜쥐었다. 하지만 갈씨는 다 입어가던 옷을 다시 벗으려고 하는 고항을 가볍게 밀어냈다.

"밖에 손님들이 기다리고 있사옵니다! 허둥지둥 맛도 모르고 먹어선 뭘 하겠사옵니까! 오늘밤 이년이 곱게 치장하고 기다리고 있겠사옵니다."

고항이 그제야 의복을 정제하고는 으흠! 기침소리를 내며 밖으로 나왔다. 배홍인과 근문괴가 급히 일어나 예를 갖추자 고항이 밉지 않게 욕설을 퍼부었다.

"이것들이 어른을 알길 아주 우습게 알아! 자식들이 자기네는 하나도 안 처먹고 나만 곤죽이 되게 만들어 버렸잖아! 아무튼 앉게. 그런데, 아직 볼일이 더 남았나? 아문으로 돌아가지 않고!"

그러자 근문괴가 포영강이 고항을 연극에 초대하고 싶어한다는 말을 전하고는 덧붙였다.

"대단한 연극무대라고 합니다. 웬만해선 얼굴을 비추지 않는 콧대 높은 희자(戱子)들을 총출동시키는데 포영강이 자그마치 은자 5천 냥을 들였다고 합니다!"

이에 고항이 넌더리 치듯 머리를 저었다.

"어제 춘향루에서 술 마셨다는 사실만으로도 어사들에게 얼마나 곤욕을 당할지 모르겠는데, 또 가? 설마 내가 여기서 인생 종치는 걸 원하는 건 아니겠지? 알다시피 난 차사 때문에 내려왔지 않은가. 조정의 신하로서 차사는 뒷전인 채 향락에만 빠져 있으면 조정과 백성들에게 면목이 없지, 안 그러오? 태감 하나가 따라왔는데, 자기를 찬밥 취급한다고 지금쯤은 이마에 뿔이 열두 개도 더 나 있을 거요. 거기도 잠깐 들러봐야겠고…… 시간이 없네."

"위장생(魏長生)을 못 보면 꽤나 후회하실 걸요? 여편네들이 그놈만 보면 오줌을 질질 싼다지 않습니까?"

고항이 이런 볼거리를 마다한다는 것이 도무지 믿어지지 않는다는 듯이 배흥인이 말했다.

"노장친왕(老莊親王)께서 전에 양주로 내려오셨을 땐 저 극단의 연극을 보고자 사흘을 기다렸다는 거 아닙니까! 태감에게는 저희가 알아서 청첩을 보내겠습니다. 염려하지 마십시오!"

두 사람의 꼬드김에 넘어간 고항이 일은 저 멀리로 팽개친 채 무릎을 치며 일어났다. 그리고는 싱글벙글거리며 말했다.

"그래, 좋아! 메뚜기도 한 철이라고, 몇 년 지나면 위장생도 늙어 꼬부라지고 나도 어찌 될지 모르는데, 이참에 실컷 즐기세! 떠날 차비를 시키게!"

24. 유혹과 덫

이들이 고항을 데리고 간 곳은 춘향루에서 가까운 중락원(衆樂園)이었다. 그곳은 양주에서 가장 손꼽히는 번화가는 아니었지만 부두가 있고 상가들이 즐비하여 장사꾼들이 밀려드는 바람에 밤낮이 따로 없이 인파로 넘실거렸다. 세 대의 커다란 관교(官轎)가 곱게 분단장을 하고 요란하게 몸치장을 한 가녀(歌女)들을 잔뜩 실은 마차를 달고 히히거리며 저잣거리를 통과하니 양옆으로 쫙 갈라선 인파가 저마다 고개를 들어 곱지 않은 시선을 던졌다. 손가락질을 하고 수군거리며 침을 뱉는 이들도 있었으나 고항은 들은 바도 본 바도 없고 배흥인과 근문괴는 흔히 보는 광경인지라 이젠 익숙해져 있었다. 잠깐 사이에 중락원에 당도해보니 북경의 극장가 풍경과 거의 다를 바가 없었다. 대문 양옆으로 갖은 먹거리를 파는 장사꾼들이 길게 늘어서 있었다. 신축한 건물은 아니었지만 새로 단장을 한 듯 참신한 느낌이 들었다. 단정한 해서체(楷書體)

의 영련(楹聯)이 재미있었다.

    대천세계(大千世界)를 두루 밟아 천하절색을 보고 다녀도 이만한 곳이 없네.
    십만춘화(十萬春華)가 꿈결이런듯 황홀한 가무에 곤륜(崑崙)이 취하네.

    낙관을 들여다보니 강희 연간의 명사였던 주죽타(朱竹垞)가 쓴 원매(袁枚)의 수필(手筆)이었다. 안진경(顔眞卿, 대서예가)도 울고 갈 달필이라며 고항은 연신 혀를 내둘렀다. 배흥인(裵興仁)의 안내를 받으며 대문 안으로 들어서니 두 사내가 벌써 허둥지둥 영접을 나오고 있었다. 그 뒤로 미색이 뛰어난 여인이 종종걸음으로 뒤따랐다. 배흥인이 서둘러 소개했다.
    "이 분이 바로 그 명성도 자자하신 염정순안사(鹽政巡按使) 고국구 어른이시오. 그리고 이쪽은 우리 대청(大淸)의 으뜸가는 명창 위장생(魏長生)이고, 저쪽은 양주 위락업계의 대부이신 포영강(包永强) 선생입니다."
    고항은 장친왕을 3일씩이나 기다리게 하고 여인네들을 망신살 뻗치게 만든다는 위장생을 가까이에서 보는 건 처음이었다. 작고 왜소한 데다 머리와 턱이 뾰족하여 대추씨 같은 인상이 다분히 실망스러웠다. 한줌밖에 안 될 것 같은 머리카락을 땋아 내린 머리채가 쥐꼬리를 연상케 했고, 손바닥만한 얼굴에 주먹만한 매부리코, 한없이 가난해 보이는 턱이 완전히 '살풍경'이었다. 배흥인에게서 당면하여 소개를 받지 않았더라면 도저히 그가 바로〈모란정(牡丹亭)〉에서 류몽매(柳夢梅) 역을 맡아 만인을 감동시킨 위장생이라곤 짐작조차 안 갈 터였다. 오히려 포영강이라고 소개받은 자가 검미(劍眉)에 호안(虎眼)이 사내다운 영무(英武) 기질이 돋보여 시선을 끌었다. 위장생과 나란히 고향을 향해 예를 올리고 난 포영강이 말했다.

"소인은 이곳의 세민(細民)들과 더불어 국구 어른의 풍채를 경앙해마지 않았습니다. 다만 신분이 천양지차이온지라 감히 배견(拜見)을 꿈꿀 수가 없었을 뿐입니다. 오늘 양주지역 관원들의 소원을 풀어주고자 부득이 두 분 어른에게 청을 드려 국구 어른을 모셔오게 되었습니다. 귀하신 걸음을 하셨다는 것만으로도 소인은 무한한 영광으로 생각합니다. 설백(薛白) 낭자, 어서 국구 어른께 문후 여쭈게!"

"국구 어른의 만복을 비나이다!"

포영강의 등뒤에서 따라온 여인이 다소곳이 몸을 낮춰 인사했다.

고항은 사실 벌써부터 미색이 출중한 그 여인을 훔쳐보고 있었다. 이름만큼이나 하얗고 맑은 낭자는 가을호수를 닮은 까맣고 반짝이는 두 눈이 보는 이의 가슴을 울렁이게 만들었다. 길게 드리운 폭포 같은 치마 밑으로 귀엽고 앙증맞은 꽃신 신은 발이 조금 드러나 보였고 우유에 담갔다 꺼낸 듯한 뽀얀 목이 매끈하여 주름 하나 없었다. 주위를 의식하지 않고 삼킬 듯 바라보는 고항의 시선에 봉숭아 빛으로 물든 낭자의 얼굴이 가슴께까지 드리워졌다. 누가 봐도 어색한 분위기를 그제야 느낀 듯 고항이 웃으며 포영강에게 말했다.

"하계(下界)로 내려온 선녀요, 이제 막 물을 차고 올라온 부용(芙蓉)이네. 상아로 깎아 만든 사람을 보는 황홀한 느낌이네!

유혹과 덫 311

당……."
 하마터면 실수로 '당아(棠兒)'의 이름을 입밖에 낼 뻔했던 고항이 재빨리 그 말을 되삼켰다.
 "해, 해당화 뺨치는 미인이네."
 배홍인과 근문괴가 마주보며 어색한 웃음을 흘렸다. 포영강이 몰래 간교한 웃음을 삼키는 모습은 어느 누구도 눈치채지 못했다. 물어놓은 듯 도톰한 앵두입술을 열어 설백 낭자가 꾀꼬리같은 목소리로 말했다.
 "국구 어른께서 그리 과분하게 칭찬해주시니 이년은 황감하여 몸둘 바를 모르겠사옵니다. 낼모레 마흔인 쪼그랑할멈이 고우면 얼마나 곱겠사옵니까. 이년은 창(唱)도 위장생 오라버니에 비하면 멀고도 멀었사옵니다."
 "난 마음에 없는 소린 못하는 사람이네!"
 고항이 이팔청춘의 소녀처럼 수줍음을 타는 그 모습에 매혹된 나머지 성큼 다가가 낭자의 작은 손을 덥석 잡았다. 그리고는 애중히 여기는 물건 쓰다듬듯 가만히 손등을 쓸어 내렸다.
 "누가 뭐라고 해도 자네는 스무 살이야! 오늘밤 창 한 곡조 잘 뽑아 내 마음에 들면 이번에 어가를 영접하는 자리에 끼워주어 크게 이름나게 해줄 테니 잘해보게!"
 이에 낭자가 가만히 손을 빼내며 애교 있게 웃어 보였다. 그리고는 서둘러 분장을 해야겠노라며 위장생과 함께 물러갔다.
 세 사람은 그제야 서둘러 극장 안으로 들어갔다. 아래위층으로 나뉜 극장은 위층 말안장 모양의 관람대에서 보면 무대를 가운데 두고 사방으로 탁 트인 시야를 확보한 구조였다. 이층 열두 개의 독방은 병풍으로 칸막이가 되어 있었고, 설핏 보기에 벌써 사람들이 자리해 있는 것 같았다. 아래층은 넓게 트인 공간에 열 몇 개의 팔선탁(八仙卓)이 굵은 나무기둥을 사이, 사이에 두고 세 줄로 배열되어 있었다. 식탁 하나에 의자 여섯 개가 비치되어 있었다. 옆으로 돌아앉으나 정면으로 향하나 연극을 보는데는 무리가 없었다. 식탁마다 월병이며 여러 가지 다과류, 그리고 싱싱한 과일들이 수북하게 쌓여 있었다. 들뜬 마음으로 앉아 연극무대의 막이 열리기만을 기다리고 있던 남녀들이 세 사람이 들어서자 일제히 자리에서 일어나니 걸상 뒤로 빼는 소리가 잠깐 소란스러웠다.

"앉아, 앉아!"

희색이 만면한 배홍인이 두 손을 아래로 내려 모두 자리에 앉으라는 시늉을 했다.

"무슨 회의를 하거나 부대에서 점호하는 것도 아닌데, 왜들 그리 긴장을 하오. 극장에 들어서는 순간부터 저 무대 위의 사람들 빼고 우린 모두 평등한 사이가 아닌가!"

이같이 말하고 난 배홍인은 곧 고항을 안내하여 계단을 올랐다. 한 층 한 층 발을 떼어놓으며 배홍인이 말했다.

"양주 지역의 관원들과 가족들을 불렀습니다. 모처럼 연극구경도 시킬 겸 국구 어른의 풍채를 우러러볼 기회도 줄 겸 이런 자리를 마련해보았습니다. 이리로 오시죠. 갈씨는 춘향루의 자매들을 데리고 우측에서 세 번째 칸에 들어가 자리하게."

배홍인이 자리를 배치하느라 잠시 경황없는 사이 한 쪽에 미리 와 있는 두 젊은 여인을 발견한 고항이 일행에게 물었다.

"저 여인네들은 누구신가……."

그러자 근문괴가 대답했다.

"왼쪽은 아홍(阿紅)이라고 홍인 형이 아끼는 처자이고, 이 못

생긴 계집은 운벽(雲碧)이라고 저의 여부인(如夫人)입니다. 국구 어른이시다. 어서 문후 여쭙지 못하고 뭘 하는 거냐?"

그제야 당황한 아홍과 운벽이 급히 일어나 몸을 낮춰 인사했다. 고항이 웃으며 머리를 끄덕여 보이고는 다시 물었다.

"두 정실부인은 안 왔나?"

"배 지부의 부인은 건강이 안 좋아 못 왔고요, 천내(賤內, 자기 부인에 대한 낮춤말)는 극장에 들어오는 순간부터 꾸벅꾸벅 조는 게 일이어서 부르지도 않았습니다."

근문괴가 웃으며 덧붙였다.

"얘네들이 쟁금생황(箏琴笙篁)에 능하고 창도 그런 대로 들을 만하오니 연극구경이 끝나고 국구 어른을 즐겁게 해드릴 것입니다. 매일 차사에만 억눌려 계셨을 텐데, 즐길 바엔 질펀하게 즐겨야 하지 않겠습니까?"

고항이 남자 호리는 재주가 어지간하지 않을 것 같은 두 계집을 바라보며 흡족한 표정을 지었다.

"오늘은 종일 운무를 타고 노니는 느낌이네. 잘 보게, 내 눈이 뒤집히진 않았지?"

고항의 능청에 근문괴는 물론 운벽과 아홍도 손수건으로 입을 막고 어깨를 흔들며 웃었다.

"자네들도 잠시 앉게, 연극 시작하면 자리로 돌아가더라도 말일세."

고항이 무대장치와 단원들의 분장을 점검하느라 바쁜 포영강을 일별하며 근문괴와 배흥인에게 말했다.

"우린 심심한데 앉아서 이빨이나 까지."

셋은 두 계집을 사이사이에 끼고 자리에 앉았다.

"양주의 재정적자는……."

엉덩이를 붙이자마자 근문괴가 이같이 운을 떼자 고항이 이내 말허리를 잘라버렸다.

"오늘은 공무를 논하는 자리가 아니니 나중에 얘기하세. 난 이미 발등의 불은 껐으니 자네들의 문제도 그리 심각하게 생각할 건 없네. 지금은 골치 아픈 생각일랑 말고 우스운 얘기나 해보세."

"골백번도 더 우려먹은 건 재미가 없고 소인이 진짜 있었던 일을 말씀 올리겠습니다."

배흥인이 덧붙였다.

"용호산(龍虎山)의 장 진인(眞人)이 어의를 받고 북경으로 가 폐하를 알현하고 돌아오는 길에 과주도(瓜洲渡)에서 하선(下船)했을 때의 일입니다. 채씨네 날염가게 옆자리에 우산을 밀어 올리는 원통 모양의 밀대를 전문적으로 만드는 류씨네가 살고 있었는데, 전날 만들어 놓은 물건이 이튿날이면 영문도 없이 전부 망가져 있다면서 이는 틀림없이 귀신의 소행이라 하여 장 진인에게 귀신을 쫓아 주십사 청을 드렸다고 합니다."

귀신 얘기가 나오자 사람들은 잔뜩 숨죽이고 있었다. 고항이 웃으며 말했다.

"장 진인이라면 법술이 뛰어나서 부처님(태후)께서도 궁으로 부르셨던 적이 있네. 어떤 귀신인지 영락없이 뒷덜미 잡혔겠는데?"

"귀신이 어디 있어야죠! 사단은 류씨네 집에서 일하는 아랫것들의 소행으로 시작되었는데요, 수예(手藝)를 배우러 사부님으로 모시고 류씨의 슬하에 들었으나 외양은 사부보다 더 견고하게 만들었다고 자부하건만 물기만 닿으면 망가져 못 쓰게 되니 고민이

유혹과 덫 315

이만저만 아니었던 아랫것들이 밤마다 귀신으로 가장하여 작방(作坊)에 들어 사부의 수예를 훔치려 했던 것입니다. 그런 줄도 모르고 무지한 사부는 은자 몇 백 냥을 들여 장 진인을 청하니 웃다가 배꼽 빠질 일이 아닐 수 없었다고 합니다. 밤에 약속대로 장 진인이 당도했고, 그는 가인들을 물러가게 하라 주문하고 제단을 설치하고 작법(作法)을 시도했다고 합니다. 뇌양건을 이마에 두르고 팔괘의를 입은 장 진인이 백발을 휘날리며 칠성검을 휘둘러 부적을 불사르자 귀신으로 가장한 류씨의 일곱 제자가 장 진인의 앞에 모습을 드러냈다고 합니다. 장 진인이 평소의 작법대로 불에 타 재가 된 부적을 향해 기를 넣으며 귀신을 격퇴하라고 연신 크게 외쳤다고 합니다. 그러나 장 진인이 목이 터지게 고함을 질러도 승냥이의 이빨을 드러내고 기괴한 청면(青面)이 소름끼치는 일곱 '귀신'은 도무지 물러갈 생각을 않고 되레 혀를 날름날름 내밀며 약을 올려주고 있었으니, 온몸의 털을 부들부들 떨며 〈도덕경〉이니 뭐니 중얼중얼 대던 장 진인이 급기야 검을 내던지고 다리야 나 살려라 줄행랑을 놓고 말았다 합니다. 약간의 거리를 두고 바짝 추격하는 귀신들을 뒤돌아보며 혼비백산하여 내빼던 장 진인이 그만 앞을 보지 못하고 커다란 태산석(泰山石)에 정면으로 부딪쳐 기절하고 말았다 합니다. 그 뒤로 몇 날 며칠이고 별난 귀신 다 본다 헛소리를 해대며 몸져누웠다지 뭡니까. 그 소문을 듣고 소인이 가보니 충격이 꽤나 컸던지 병색이 완연해 보였습니다. 그래서 신의(神醫) 엽천사(葉天士)를 청하여 진맥하게 하고 약을 지어 먹였더니 얼마 후부터는 다시 멀쩡하지 뭡니까."

하늘의 별도 따먹고 구름도 당겨 이불 덮는다는 장 진인이 가짜 귀신들에 겁먹고 줄행랑을 놓다 병까지 얻었다는 말에 그 낭패스런 얼굴을 떠올리고는 고항이 껄껄 크게 웃음을 터트렸다.

"그 말이 과연 사실이라면 장 진인의 커다란 치부임에 틀림없는데, 자넨 이를 어찌 알았는가?"

"천내가 병에 걸려 엽천사를 청하여 진맥케 하는 과정에서 그가 농담조로 말하는 걸 들었습니다."

그러자 고항이 웃으며 말했다.

"자네가 말하는 엽천사가 과연 그리 의술이 대단한가? 황후의 치병(治病)을 위해 윤계선이 천거해 올린 명의 명단에서 설핏 본 기억이 나서 말일세."

그러자 배홍인이 나섰다.

"세의(世醫)는 아니오나 이곳에서 회자되고 있는 명의임은 사실입니다. 두진(痘疹, 천연두) 치료에 절대적인 권위자라고 해도 과언이 아니라고 사람들은 입을 모으고 있습니다. 소인의 둘째놈이 두진을 앓아 목숨이 경각에 이르렀사오나 다행히 그자의 고명한 의술에 힘입어 기적같이 소생했습니다!"

'엽천사가 두진의 권위자라는 말에 고항은 마음이 동했다. 자신의 셋째와 넷째 아들이 아직 천연두를 견뎌내지 않았는지라 신경이 쓰였던 터였으니 그럴 법도 했다. 고항이 커다란 관심을 보였다.

"이번에 어가(御駕)를 영접하는 진신(縉紳)들의 명단에 끼워주게. 그리고 어가를 따라 북경으로 갈 준비를 하라 이르게. 이 일은 두 사람이 명심하여 차질이 없도록 하게."

"예, 명심하겠습니다!"

배홍인이 급히 대답했다.

"이 자는 술을 좋아하고 부용고(芙蓉膏, 아편)라면 오금을 못

유혹과 덫　317

씁니다. 지금 아편이 금매품(禁賣品)이 되어 있는 마당에 국구 어른께서 조금 얻어주신다면 죽으라면 죽는 시늉까지 할 자입니다."

그러자 고항이 전혀 문제될 게 없다는 듯 웃음을 터트렸다.

"그래서 사람은 완인(完人)이 없다고들 하겠지. 그건 어려울 게 없네. 내가 노장친왕에게 부탁하여 실컷 먹을 수 있게 보내주겠네!"

얼굴 가득 웃음을 머금은 근문괴가 아뢰었다.

"생김새도 저 못지 않게 잘 생겼는 걸요."

사람들이 마시던 차를 내뿜으며 박장대소를 하자 근문괴가 덧붙였다.

"못 믿겠으면 만나보면 알 것 아닙니까? 인간성도 그만입니다. 작년에 어떤 환자가 찾아오니 병이 난 것이 아니라 굶주려서 그렇다며 자신이 지독한 '가난병'을 고쳐주겠노라고 했다 합니다. 무슨 말인지 궁금하시죠?"

사람들이 귀를 쫑긋 세우자 근문괴가 말했다.

"환자를 배불리 밥 먹여 집으로 돌려보내면서 엽천사가 땅이란 땅엔 모조리 감람(橄欖)을 심으라고 당부했답니다."

"감람을 심으라 했다고?"

고항이 고개를 갸웃거렸다.

"왜 그랬을까?"

"그 감람이 싹이 트기 시작하자 저도 의문이 풀리더군요."

근문괴가 말을 이었다.

"그날부터 엽천사는 모든 처방전에 '감람묘목 한 그루씩'을 첨가하여 가난한 농부의 집에는 감람묘목을 사러 오는 사람들로 문지방이 닳았다고 합니다."

이네들이 시간가는 줄 모르고 이야기를 나누고 있을 때 무대 위에서 생황이 일제히 울려 퍼지기 시작했다. 땀을 철철 흘리며 포영강이 들어와 고항을 비롯한 세 사람에게 예를 갖춰 인사했다.

"모든 준비가 끝났습니다. 자리로 드시죠."

두 사람의 안내를 받으며 자리로 돌아온 고항이 광채가 번뜩이는 희색이 만면한 얼굴을 들어 포영강에게 분부했다.

"설백 낭자와 위장생더러 재주껏 우릴 즐겁게 해주라고 이르게!"

포영강이 연신 대답하고 물러가자 아홍과 운벽에게 눈짓하여 고항에게로 다가 앉히고 난 근문괴와 배흥인은 곧 옆칸의 관좌(官座)로 건너갔다.

시작을 알리는 간단한 인사말과 함께 드디어 막이 열리고 생황 뜯는 소리가 관객들이 모두 숨죽인 조용한 극장에 울려 퍼지며 푸른 바탕에 무늬가 있는 평상복을 입은 도고(道姑, 여도사)가 불진(拂塵, 먼지떨이)을 들고 사뿐사뿐 걸어나왔다. 그리고는 선율에 맞춰 나지막이 창을 부르기 시작했다.

　　인간이 혼처를 찾아 서두르는 건 세상에 음양(陰陽)이 있기 때문이라지. 그 흔한 혼약 한 번 못해 무정하다고 하늘에 하소연하니 40 평생에 새삼스런 혼약타령 어인 일이냐 되문네…….

처량함 속에 일말의 자조가 섞인 창은 듣는 이의 마음을 숙연하게 만들었다. 고항이 먼저 박수를 치며 환호를 보내니 아래층의 관람석에서도 떠나갈 듯한 박수갈채가 터졌다. 크게 감동하는 양

없이 얼굴이 덤덤한 여도사가 먼지 털 듯 불진을 흔들어가며 목청을 돋궈가니 환호를 연발하는 고항의 입으로 껍질 깐 바나나가 들어왔다. 옆자리에 앉아 시중들던 아홍의 앙큼한 짓이었다. 그것이 단순한 바나나로만 보이지 않는 고항이 치마를 입고 있는 아홍의 허벅지 위에 손을 얹으며 타는 듯한 눈길을 보냈다. 그러자 이번에는 운벽이 귤 조각을 고항의 입안에 넣어주며 소곤거렸다.

"저 도고가 누군지 아직 모르시겠사옵니까? 저 사람이 바로 위장생이옵니다. 생단정추(生旦淨醜, 연극에서의 네 개 배역) 못하는 게 없사옵니다!"

"그래?"

고항이 깜짝 놀라며 그제야 유심히 살펴보았다. 교묘하게 여장을 하여 언뜻 보기에 미색이 뛰어나 보이는 도고가 다름 아닌 추하디 추한 위장생이라는 사실이 도무지 믿어지지 않는 듯 고항은 실소를 금할 줄 몰랐다. 두 계집이 번갈아 넣어주는 바나나와 귤을 날름날름 받아먹으며 고항은 무대에 시선을 두고 있었지만 마음은 벌써 참외밭에 가 있었다. 때마침 위장생의 창 속에서 계집들을 희롱할 수 있는 대목을 찾아낸 고항이 이 계집 저 계집에게로 번갈아 안겨들 듯하며 나지막이 물었다.

"노새 타고 흔들흔들 울퉁불퉁 시골길을 간다고 했는데, 그렇게 하면 남자들의 그것이 벌떡벌떡 일어난다는 걸 알고 있어?"

둘 다 천민 출신으로서 이 남자 저 사내 애간장 녹이는데는 고수인 계집들이 고항의 발정을 꼬드기듯 추파를 던지며 고항에게로 바싹 들러붙었다. 그사이 무대에서는 요염하게 치장한 설백 남자의 유혹이 이어졌다. 하지만 첫 대면에 그렇게도 정신을 잃고 쳐다보던 고항은 정작 치마를 허벅지까지 걷어올린 탕녀들의 성화에 눈에 불이 붙어 설치느라 정신이 없었다. 침을 석자나 흘리며 계집의 사타구니로 들어갈세라 파고드는 고항을 살며시 밀쳐내며 운벽이 말했다.

"국구 어른, 급하게 먹으면 체하는 법이옵니다……."
"내가 체하나 네가 체하나, 어디 밤에 보자꾸나."

고항이 그제야 자신이 지금 극장에 있다는 사실을 깨닫고는 이같이 말하며 자세를 고쳐 앉았다. 무대에서는 떠나갈 듯한 관객들의 박수갈채 속에서 대미를 장식하는 위장생과 설백 낭자의 춤사위가 한창이었다. 막이 거의 드리워질 무렵 배홍인과 근문괴가 자리에서 일어났다.

"국구 어른, 오늘 대단히 즐거워하시는 것 같아 저희들도 기분이 좋습니다."

배홍인이 이같이 말하며 포영강에게 분부했다.

"무대 뒤편에 손님접대용 응접실이 있으니 국구 어른을 그리로 모실까 하네. 우린 한림원에서 내려온 편수(編修)를 만나보고, 복의 태감에게도 다녀와야 하니 이쪽은 잠깐 자네에게 부탁하네. 야식을 간단하게 준비해두고 우리가 늦어지면 국구 어른의 잠자리까지 봐드리도록 하게."

그러자 고항이 물었다.

"한림원에서 누가 왔다고 하던가?"

"방금 막료로부터 전해들은 바에 의하면 두광내(竇光鼐)가 내려왔다고 합니다. 도서를 수집하는 일 때문에 남경으로 가는 길에 들렀다고 합니다."

배홍인이 덧붙였다.

"좀 신경질적이라 만나고 싶지 않습니다만 기윤 공이 그 학문을 높이 평가하시는지라 잠깐 얼굴이라도 비춰야 할 것 같습니다."
 고항이 주머니를 들춰 시계를 꺼내보니 막 미시(未時)가 끝나고 신시(申時)가 시작되는 시각이었다.
 "이제 시간이 이렇게 밖에 안 됐나? 밑에 내려가 마작이나 몇 판 돌리고 가세, 뭘 그리 서두르나! 내게 보고 올리느라 늦었다고 하면 누가 감히 토를 달까?"
 고항의 기분이 날아갈 듯하니 배흥인과 근문괴는 내심 쾌재를 불렀다. 자신들이 꾀한 바가 따로 있었으니 셋이 조용한 시간을 갖는다는 것은 바라마지 않는 일이었던지라 둘은 부랴부랴 고항을 무대 뒤쪽의 응접실로 안내했다. 포영강더러 물러가 있다가 부르면 마작패를 챙겨 오라 분부하고 다소 상기된 표정으로 두 사람이 자리에 앉으니 예상했던 바대로 고항이 질문을 던졌다.
 "아까 뭐라고 했었지?"
 안락의자에 깊숙이 들어가 차를 홀짝이며 웃는 듯 마는 듯한 표정으로 고항이 배흥인에게 물었다.
 "양주에도 재정적자가 있다고 했나? 정말 금시초문인데? 세상에 공짜는 없으니 오늘 이 자리가 만만찮을 거라는 각오는 했었다만…… 대체 어떤 사연이 있는지 말해보게나."
 "국구 어른께오선 재신(財神)이시니 어찌 소인들의 자질구레한 사정을 헤아리실 수 있겠습니까."
 배흥인이 서글픈 표정으로 하소연을 했다.
 "양주는 전형적으로 백성들은 부유하고 관원들이 가난한 동네입니다. 솔직히 몇 푼 안 되는 양렴은(養廉銀)에 매달려 아등바등 살다보니 어떨 땐 바지라도 벗어 팔고 싶은 심정입니다. 엎친 데 덮친다고 우리 같은 새우들 눈에는 대부분이 거물인 경관(京官)

들이 이곳을 거쳐 양강으로, 복건으로, 강서로 왕래하니 차 한 잔이라도 대접하지 않을 수가 있겠습니까? 불법인 줄 아오나 고은(庫銀)에서 조금씩 꺼내 쓰고 메우고 하지 않으면 참으로 버텨나가기가 힘이 드는 실정입니다!"

그러자 이번엔 근문괴가 사정을 했다.

"사정은 저희 성문령도 마찬가지입니다. 당장 국구 어른께서 시찰을 오신다고 가정할 때 참으로 난감합니다. 병사들이 다 해어진 군복을 입고 있으니 창피하고, 병영도 언제 허물어질지 모르니 불안하기만 한 실정입니다!"

한 손으로 턱을 고이고 머리를 끄덕여가며 생각에 잠겨있던 고항이 말했다.

"자네들의 말이 모두 참인 줄 아네. 지방관들이 비슷한 어려움을 호소하는 이들이 많네. 그래 자네들은 얼마나 있으면 당면한 난관을 헤쳐나갈 수 있을 것 같은가?"

"감히 사자 입을 벌릴 수는 없습니다."

배흥인이 누런 앞니를 드러내며 말을 이었다.

"국구 어른께오서 양주 지역의 올해 염세(鹽稅) 수입을 저희에게 양도하시면 약 30만 냥은 되지 않을까 합니다. 전도 어른께서 내려오시면 붙잡고 통사정을 하여 조금 타내면 적자를 메우는데는 무리가 없을 듯합니다."

말을 마친 배흥인이 방금 깎은 배를 고항에게 건네주었다.

배를 받아 쟁반이 내려놓는 고항의 얼굴엔 난감한 기색이 배어 있었다.

"염세는 어느 누구도 감히 손댈 수 없는 엄연한 국세(國稅)이네. 그렇지 않아도 호부에서 몇 번 조사하러 내려왔었네. 다행히

유혹과 덫 323

전도가 나랑 막역한 사이인지라 내 허물을 덮어주었으니 망정이지 나도 사실은 위태위태하네. 류통훈 부자가 시퍼런 두 눈을 번뜩이며 날 감시하고 있네. 지난번에도 남경에서 날아온 서찰에 의하면 류통훈이 벌써 뭔가 냄새를 맡았는지 김홍에게 나와 전도가 동(銅)을 운반한 사실에 대해 꼬치꼬치 캐묻더라고 하네. 더운밥 먹고 눈밖에 날 짓만 하고 다니니 저러다 큰 코 다치는 날 있을 테지! 솔직히 그 동은 태후부처님께 동불(銅佛)을 주조해드리기 위해 그걸 원명원(圓明園)으로 운송했었네. 그건 아무리 뒷조사를 해도 두려울 게 없네!"

침을 사방으로 튀기며 흥분하여 말하던 고항이 홀연 자신이 화제를 떠나 엉뚱한 곳으로 흘러가고 있다는 사실을 깨닫고는 잠시 말문을 닫았다. 머리를 굴려보니 홀연 뇌리에 떠오르는 묘안이 있어 고항은 속으로 무릎을 쳤다.

"그리하세. 양주의 올해 염세수입을 내어주고 과주도(瓜洲渡) 염운사(鹽運司)에서 그곳 부두를 왕래하는 염선(鹽船)들로부터 받는 세금의 1할도 양보하라고 할 걸세. 그리하면 내가 얼추 계산해보니 1백만 냥은 될 것 같네!"

1백만 냥? 30만 냥이면 감지덕지할 두 사람은 잠시 자신들의 귀를 의심하는 눈치였다.

그러나 이 순간 그들은 고항이 파놓은 덫에 걸려들고 말았다. 원래 동(銅)을 동기(銅器) 제조상들에게 팔아 이익을 챙기려 했던 고항은 그 일이 여의치 않게 되자 선수를 쳐 미리 '짧은 소견'으로 인하여 본의 아니게 물의를 빚게 된 점을 운운하며 죄를 청하는 상주문을 올렸다. 자신은 결코 검은 돈에 현혹되어 법을 어기고자 함이 아니었고 정녕 태후마마에게 효도를 다하기 위한 마음뿐이었노라고 주장함으로써 류통훈이 건청문에 머리 박고 죽는 한이 있어도 이 문제로 자신을 걸고 넘어가지 못하게끔 만들었다. 그러나 염무(鹽務)에 재정누수가 존재함은 분명한 사실인지라 뻔히 부정임을 알면서도 가만히 있을 류통훈이 아니었으니 자나깨나 그 후환이 두려웠다. 다행히 지난해의 부세 감면정책의 덕택으로 한숨을 돌리고, 소금을 염상(鹽商)들에게 넘겨 챙긴 차익으로 어느 정도 급한 불은 끌 수 있었다. 하지만 아직 40만 냥의 적자가 있고 염무가 엉망진창이 되어 있는 마당에 이 둘을 끌어들인다면 이네들은 고향의 염무에 혼란을 야기하는데 일조를 했다는 죄목을 비켜갈 수 없을 터였다. 남의 잔치떡으로 인심 쓰는 식으로 고항은 교묘하게 자신의 책임을 상당부분 배흥인과 근문괴에게 떠넘기고자 했던 것이다. 아귀가 척척 맞아떨어질 것 같은 예감에 고항은 흥분하여 괴성이라도 지르고 싶었다. 가슴이 터지는 흥분을 애써 가라앉히며 고항이 말했다.

"너무 좋아하지는 말게. 자네들이 숨넘어가듯이 1백만 냥은 결코 만만한 액수가 아니네. 이 돈을 난 어가를 영접할 시에 요긴하게 쓰려고 했었지만 자네들이 사정이 딱하니 내어주기로 했네. 다만 거래는 거래이니, 자네들이 1백만 냥을 쓰고 1백 20만 냥짜리 영수증을 끊어주게. 나도 아직 메워야 할 구멍이 남아있는 사람이니 어쩔 수가 없구먼!"

"그럼요, 그 정도는 해 드려야죠! 말씀 안 하셔도 그리하려고 생각했었습니다!"

두 사람은 좋아라 펄쩍 뛰며 감격했다.

"실로 국구 어른께서는 양주지부의 큰 은인이십니다. 양주의 백성들도 덕택을 입게 되었으니 얼마나 다행입니까!"

"자네들이 날 상전으로 깍듯이 모시니 나도 의리를 지켜야 하는 건 당연한 일 아닌가?"

고항이 의미심장한 미소를 지어 두 사람을 바라보았다. 그 눈빛을 읽은 둘은 연신 변함없는 충성을 맹세하며 일어나 물러가려 했다. 그러자 고항이 붙잡았다.

"어째 그리 서두르나. 좀 더 놀다 저녁 먹고 가지. 나도 두광내를 알고 있는데, 재주는 없지 않으나 됨됨이가 너무 각박하고 고집불통이라서 같이 있으면 숨이 막힐 것이네. 지금 도서징집사의 하정운이 재롱을 떨고 있을 게 분명하니 자네들은 늦게 갔다 빨리 일어서도록 하게. 공무에 매달려 다람쥐 쳇바퀴 돌 듯 바쁘다는 인상을 심어줘야 좋아하는 사람이거든!"

그 말에 배흥인과 근문괴는 다시 자리에 눌러앉았다.

25. 관구(冠狗)

내정(內廷)에서 발송한 조서(詔書)에 따르면 건륭황제의 어가는 음력 7월 26일에 북경을 떠나 8월 8일 진시(辰時) 정각 남경(南京)에 당도한다고 했다. 그러나 조서는 쾌마편이 아닌 보통의 우편으로 역관을 통해 전송되었기에 양강총독아문에서 이 소식을 접했을 때는 이미 8월 3일이었다.

양강총독아문의 차사를 겸직하고 있는 윤계선과 총독직을 유임한 김홍은 조서가 도착하자 황급히 남경에 주둔하고 있는 경사직속아문의 당관(堂官)들과 유격(遊擊) 이상의 장령들을 소집하여 긴급 안전대책을 확인했다. 어가가 금릉(金陵)에 머무르는 기간 동안 호위총책은 항주장군(杭州將軍)인 수이허퉁에게 맡겼다. 윤계선은 관부 차원의 환영행사는 부두가 가까운 망강정(望江亭)에 송백(松柏)으로 만년수(萬年壽)를 염원하는 채방(彩坊)을 세 개 세우는 것으로 간소하게 그러나 정중하게 하라고 명했다. 민간의 자발적인 영가(迎駕) 움직임은 굳이 제지하지 않기로 했다. 전체적으로 이번 행사는 천자를 영접하는 정중함과 환희에 찬 분위기를 강조하되 백성들에게 해가 되는 일은 없어야 한다는 것이 취지였다.

"내게 두 가지 첨부하고 싶은 의견이 있소."

잠시나마 총독직을 유임할 수 있다는 사실이 마냥 즐거운 김홍이 두 손으로 책상을 짚고 정색하며 말했다.

"양강총독아문은 아직 실임(實任) 총독은 없으나 윤원장과 류연청 두 분 군기대신께서 진좌(鎭坐)하여 계시고 나도 여차했을 경우 직무에 태만했다는 책임을 피해갈 수 없는 만큼 이번에 어떤 식으로든 우리 총독아문의 명예를 훼손하는 자에 대해선……"

잠깐 좌중을 쓸러보고 난 김홍이 말을 이었다.

"난 왕명기패(王命旗牌)를 청하여 군법에 따라 엄히 그 죄를 물을 것이오. 둘째, 각 지부와 현령들로 하여금 친히 지주와 소작농간의 분쟁의 현장에 찾아가 쌍방의 의견을 수렴하고 절충하여 만에 하나 있을 불상사를 미연에 방지하는 것이 바람직할 것 같소. 또한 만수만년(萬壽萬年) 글씨가 새겨진 월병(月餠)을 하루빨리 만들어내어 중추절에 월병을 먹지 못하는 빈민과 거지들이 없도록 하고 50세 이상의 노인들에겐 고기와 술을 상으로 내리며, 각 현에서는 어가(御駕)가 머무르는 동안 적어도 빈민들에게 쌀죽을 끓여 내주는 장소를 두 곳 이상 정해두어야 한다고 못을 박아야겠소. 우리는 명령만 내리면 임무가 끝나는 게 아니니 수시로 현장을 찾아다니며 문제점을 파악하고 명령 집행여부를 조사해야 할 것이오. 모두들 무슨 말인지 알아들었소?"

"예!"

의사청 안에서는 관원들의 떠나갈 듯한 함성으로 들썩거렸다.
"폐하께오서 이번에야 드디어 소원을 푸시게 되었군. 몇 년 전부터 해마다 남순 얘기는 어김없이 불거져 나왔어도 번번이 가라앉고 말더니. 우레만 울고 비가 오지 않아서 얼마나 궁금하고 답답했었는데, 참 잘 됐소. 자, 우리 이제 그만 연청 어른을 뵈러 갑시다!"
그러자 김홍도 말했다.
"이번 차사를 순조롭게 끝내고 난 광주(廣州)로 다시 돌아가고 그대는 서안(西安)으로 갔다가 나중에 남경에 낙엽귀근(落葉歸根)하게 되었으니 어쩜 우리 난형난제는 서로 자리를 바꿔가며 서로의 고초를 헤아리게끔 하늘이 정해주는 것 같소!"
이같이 말하며 둘은 어깨를 나란히 하고 밖으로 나갔다. 원매가 두 아역을 데리고 상자 하나를 의사청 마당에 내려놓은 채 기다리고 있었다. 윤계선이 물었다.
"내가 원하는 물건을 가져왔나? 운토(雲土) 맞지?"
"인도(印度)에서 운반해온 것입니다."
원매가 웃으며 덧붙였다.
"말로는 운토보다 몇 배는 더 좋다고 합니다. 총 1백 근 남짓합니다. 하관의 창고에 아직 두 상자가 더 있사오니 이걸로 모자라시면 사람을 파견하십시오."
두 사람의 말뜻을 알 길 없는 김홍이 다짜고짜 상자를 열어보았다. 새까만 벽돌같이 딱딱한 물건이었다. 손을 대보니 만져지는 촉감은 반들거렸다. 하나 집어 올리며 김홍이 호기심을 주체할 수 없어 물었다.
"이게 대체 뭐 하는데 쓰는 물건이오?"

"독물(毒物)이오!"

윤계선이 웃음기를 싹 거두고 짤막하게 대답했다. 깜짝 놀란 김홍이 소스라치듯 물건을 내려놓자 윤계선이 덧붙였다.

"이건 속칭 부용고(芙蓉膏)라고 하는 아편인데, 이것에 맛들이면 천석꾼 만석지기도 말짱 헛것이지. 이 물건은 어제까지도 부자 소리 듣던 사람이 어떻게 하루아침에 쫄딱 망하여 무일푼의 신세로 거리에 나앉게 되는지를 깨닫게 해주는 데는 직통이지. 그대가 광주로 내려가기 전에 한번 머리 맞대고 이 물건이 암암리에 거래되는 걸 엄단하는 조치를 고민해 봅시다."

그러자 김홍이 고개를 끄덕였다.

"말로만 듣던 아편이 이렇게 생겼구먼. 그런데, 그대는 어찌 이런 독물을 가까이하는 거요? 설마 맛들인 건 아니겠지?"

"이 사람이!"

윤계선이 당치도 않다는 듯 나무라는 척했다.

"믿어지지 않겠지만 저 물건이 약으로도 요긴하게 쓰인다 하오. 태의원에서 필요로 하여 고항이 나서서 구해주는가 보오!"

임무를 마친 원매가 예를 갖춰 인사하고 물러가려 하자 윤계선이 불러 세웠다.

"민간의 어떤 서방(書坊)에서 〈홍루몽(紅樓夢)〉 전집을 각인(刻印)하여 출간한다고 하더니 자네, 그리로 가보았는가?"

이에 원매가 대답했다.

"예, 전집은 류소림(劉嘯林)이 사재를 털어 각인하기로 했으나 얼마 후 류소림이 병으로 죽는 바람에 진척이 없던 중에 내정(內廷)에서 이 원고를 필요로 한다며 도서채방국(圖書採訪局)에서 가져갔다고 합니다. 아니나다를까, 하관이 그리로 가보니 원고들이 방안 가득 높다랗게 쌓여 있었습니다."

"조설근의 심혈인데 잘 지켜주도록 하게."

윤계선이 소리 없이 한숨을 내쉬었다.

"폐하께오선 틀림없이 중추절을 남경에서 보내실 텐데, 자네는 박학홍유과(博學鴻儒科)에 천거받은 재학(才學)인 만큼 처사에 각별히 신경을 써야겠네. 벗들이 모여 술잔을 기울이며 회문(會文)하여 즐기는 자리가 있더라도 무조건 무학승평(舞鶴昇平)을 칭송해야지 무단히 세 치 혀를 잘못 놀려 설화(舌禍)를 자초해서는 아니 되겠네. 일단 돌아가서 기다리게. 모든 준비가 끝나는 대로 여가가 생기는 걸 봐서 자네를 다시 부를까 하네."

원매가 물러가자 문지기가 아뢰었다.

"한림원의 두광내 편수께서 뵙기를 청하옵니다."

그리 달가운 손님이 아닌지라 윤계선이 히죽 웃으며 김홍에게 말을 건넸다.

"고집불통 외고집 마왕(魔王)이 왔다네. 친왕들이 술을 권해도 끝끝내 입술에 대는 시늉 한번 하지 않고 자리를 떠버렸다던 그자 말이오. 지금은 시간이 없으니 돌아갔다가 오후에 공문결재처로 들라하게."

퉁명스레 한마디 내뱉고 윤계선은 곧 김홍과 함께 류통훈을 만나기 위해 서화청 북쪽서재로 걸음을 재우쳤다.

"마침 잘 왔소. 안 그래도 방금 푸상의 서찰을 받아보고 부르려던 참인데!"

평소에 침착하고 흔들림 없이 굳세 보이기만 하던 류통훈이 그러나 초조한 기색이 역력하여 이마에 땀까지 흘리며 방안에서 서성거리고 있었다. 두 사람을 보자마자 그는 다짜고짜 분통을 터트렸다.

"이게, 이게 참 어찌된 일이오! 이 중요한 문서가 청하역관(淸河驛館)에서 자그마치 나흘씩이나 묻혀 있었다는 것이 말이나 되는 소리요?"

이같이 말하며 류통훈이 이제 막 화칠(火漆)을 뜯은 서간(書簡)을 책상 위에 던져놓았다.

얼굴을 맞대고 살아온 긴 세월에 류통훈의 이런 모습은 처음 보는 윤계선이 적이 놀라워하며 속지를 꺼냈다. 곰곰이 음미할 사이도 없이 급급히 훑어보던 그의 낯빛이 흙빛이 되어갔고, 어느 순간 꼿꼿이 굳어진 눈길은 밑으로 내려갈 줄 몰랐다. 눈을 크게 뜨고 윤계선이 중얼거리듯 말했다.

"천하에 푸헝이 무슨 일을 이렇게 처리한단 말이오? 한로(旱路)로 13일째면 벌써 강남 경내로 들어서고도 남을 시일이지. 폐하께서 당도하셨는데 우리 봉강대리(封疆大吏)들은 감쪽같이 모르고 있었으니 아하, 이를 어쩌나!"

김홍이 편지를 받아보니 내용은 짤막했다.

연청 중당, 그 동안 별래무양하시오? 폐하의 급한 부름을 받고 이 아우는 기윤, 하이란차, 조후이 그리고 의비, 혜비 두 후궁을 거느리고 어가를 수행하여 미복차림으로 남하 길에 올랐소. 노선은 폐하께서 아직 구순(口脣)을 열지 않으시어 잘은 모르겠소만 먼저 산동에 도착하여 다시 한로(旱路)로 남경에 들어갈 것 같소. 아계는 북경에 남아 군기업무를 주지하기로 했소. 폐하께서 미리 고지하는 것을 윤허치 않으시기에 잠깐 틈을 내어 몇 글자 적는 바임을 밝혀두오. 서찰을 받아보는 대로 김홍은 어가를 영접할 준비에 차질이 없도록 최종점검이 요망되오.

—7월 24일 푸형으로부터

 글은 대단히 다급하게 쓴 것 같았다. 뒷부분은 미처 먹을 찍지도 못한 듯 필묵이 희미했다. 김홍 역시 대경실색하기는 매일반이었다. 어찌 할 바를 몰라하며 김홍이 말했다.
 "허허, 이를 어찌하면 좋을꼬. 여섯 중에 둘은 아녀자이고 기윤은 일개 문약한 서생인지라 만에 하나 무슨 불찰이 생겨도 자기 한 몸 제대로 건사하기 힘들 텐데 어찌 폐하를 호위한단 말이오? 백룡어복(白龍魚服)이 혼잡한 장장 2천리 황톳길에서 그 무슨 차질이라도 빚는 날엔 폐하의 신변은 누가 보장할 수 있단 말이오? 아하, 이것 참 여러 사람 목숨 재촉하게 생겼구먼."
 "이럴 때일수록 차분해질 필요가 있소."
 어느새 마음을 진정시킨 윤계선이 허리를 곧추 펴고 자리에 앉아 창밖의 해그림자를 바라보며 말을 이었다.
 "이는 폐하께오서 황자 시절부터 쭉 해오셨던 방식 그대로이지. 어느 누구도 말릴 순 없을 테니까 너무 초조해하지는 마오. 요즘은 직예, 산동, 안휘, 강남 네 개 성에 큰 비적들의 움직임이 뜸해졌는지라 큰 어려움이 없을 거요. 또한 폐하께오서 미행을 통한 진풍경을 즐기시는 만큼 본인의 신변에 무심하실 분이 절대 아니오. 아계 역시 얼마나 총명하고 안목이 특출한 사람인데 아무런 호가(護駕) 대책도 없이 폐하의 출경(出京)을 묵인했겠소. 푸상의 서신은 끝에 날짜가 분명치 않아 발송한 시일이 20일인지 24일인지를 잘 모르겠소. 설령 20일이라고 할지라도 도중에 민풍(民風), 관풍(官風)을 살피시면서 천천히 움직이신다면 아직 남경에 당도하지 못하셨을 가능성도 크오. 북경에 있는 아계는 불면의 나날을 보내고 있을 테니 우리도 잠자코 기다려 봅시다. 보름동안 북경에서 쾌마편으로 보내오는 긴급문서들이 없는 걸 봐선 모든 조정의 모든 마필(馬匹)이 수시로 연락을 하기 위해 폐하의 노선에 따라 수천리 길에 널려있을 수도 있소. 청하역관에서 중요한 서찰을 며칠씩이나 묵힌 것도 이 때문이 아닌가 싶소. 차분히, 잠자코 기다려 봅시다!"

가능성이 충분한 윤계선의 분석에 세 사람은 그제야 조금 안심하는 눈치였다. 물론 황제와 연락이 두절됐다는 사실만으로 입술이 바짝바짝 마르고 속이 활활 타 번져 피가 다 마르는 초조함은 여전했다. 주저앉듯 고통스레 의자에 털썩 엉덩이를 내린 류통훈이 열 받은 이마를 툭 치며 한숨을 내쉬었다.

"내가 울화통이 치미는 것은 아계와 푸헝 때문이오. 대체 뭘 하는 사람들인지 모르겠소. 내가 북경에 있었더라면 건청문 밖에서 무릎꿇다 못해 기절하여 죽어나가는 한이 있더라도 내 시체를 밟지 않는 한 미행을 못나가게 막았을 텐데! 아이고 폐하, 어찌 그리 모험을 하시어 이 늙은 목숨을 재촉하시는 것이옵니까? 대체 어디 계시는 것이옵니까, 부디 계시를 내려주시옵소서…… 흑흑……."

주체할 수 없는 불안에 가슴을 쥐어뜯고 있던 류통훈은 급기야 목을 놓아 울음을 터뜨리고 말았다. 일지화를 추적하랴, 어가를 영접하는 차사를 맡아하랴 몸이 열 개라도 모자라는 류통훈이었다. 몇 개월 사이에 십년은 늙어 보이는 류통훈의 주인 섬기는 충정에 윤계선과 김홍은 콧마루가 찡해졌다.

"연청 어른, 그만 고정하세요. 우리도 죽을 지경이오."

낯빛이 암담한 김홍이 류통훈을 위로했다.
 "조만간 아계 중당으로부터 무슨 소식이 있을 터이니 진정하고 기다려봅시다. 이런다고 달라지는 것도 없는데."
 그러자 류통훈이 콧물을 닦아내며 말했다.
 "이 사람은 하루라도 폐하의 소식을 모르면 도무지 숨을 쉬고 살 수가 없소. 부탁하건대 오늘밤 류용더러 한번 더 다녀가라고 전해주오. 차사에 대해 꼭 일러둘 말이 있어서 그러오. 지금 당장 오할자(吳瞎子)에게 서찰을 보내어 강호의 동향을 면밀히 주시하라고 해야겠소. 그리고 산동, 안휘의 법사아문에 발문하여 경내에서 근자에 발생한 크고 작은 사건일지를 전부 정리하여 올려보내라고 해야겠소. 지금 나로서 할 수 있는 일은 이것뿐이오. 서둘러 주오!"
 그의 말에 윤계선과 김홍은 연신 고개를 끄덕여 공감을 표했다. 두 사람이 작별을 고하고자 일어서니 발이 걷히는 소리와 함께 마흔 살 가량 되어 보이는 중년사내가 바람을 달고 성큼 들어서며 물었다.
 "무슨 일인데 서두르라고 하는 거요?"
 "푸상!"
 세 봉강대리는 느닷없는 푸헝의 등장에 깜짝 놀라 두 눈이 휘둥그레졌다. 마치 생전 낯선 사람을 바라보듯 잠깐 멍해있던 류통훈이 잠시 후에야 더듬거리며 입을 열었다.
 "대체…… 어찌된 일이오? 폐, 폐하는 어디 계시고 혼자 나타났소?"
 말이 끝나기 바쁘게 다시 발 걷히는 소리가 잘랑댔다. 문가를 향해 턱짓을 해 보이며 히죽 웃기만 하는 푸헝에게서 의아쩍은 시선을 돌리던 세 봉강대리는 그만 입이 쩍 벌어지고 말았다. 언홍(嫣紅)과 영영(英英) 두 후궁이 양옆에서 발을 걷어올리자 가슴 까맣게 태우며 오매불망 기다려왔던 건륭이 씩씩하게 모습을 드러냈던 것이다. 또 다른 충격에 마음이 오그라들어 당장 어찌 할 바를 모르는 세 봉강대리의 앞으로 성큼 다가간 건륭이 자상한 미소를 지었다.

"주인이 간 곳을 몰라 초조한 마음이 불가마 위의 개미들이 따로 없는 게로군!"

"맙소사!"

윤계선과 김홍이 비명 비슷한 소리를 지르며 쓰러지듯 땅바닥에 길게 엎드렸다. 건륭을 발견하는 순간 혼신의 맥이 풀려 허물어지듯 의자에 구겨진 류통훈은 애써 몸을 일으키려 했으나 두 손을 덜덜 떨며 허우적댈 뿐 일어나지를 못했다. 한눈에 그 동안의 노심초사를 엿볼 수 있는 초췌한 류통훈을 보며 건륭이 급히 다가가 두 손으로 눌러 앉혔다.

"경들을 놀라게 해서 참으로 마음이 아프네. 안색이 안 좋은 것이 심질(心疾)이 발병하는 것 같네. 약병이 어디 있나?"

류통훈이 오른손을 심하게 떨며 가슴속에서 조그마한 유리병을 꺼냈다. 손 떨림이 멈추지 않아 마개를 열 엄두를 못내는 류통훈을 대신하여 마개를 열고 조금씩 마시게끔 약병을 입에 대주며 건륭이 안쓰러운 기색을 감추지 못했다.

"자, 한 모금 더 마시게…… 그래…… 그렇지…… 꿀꺽 넘겨버리게…… 됐네, 의자에라도 잠시 누워있게, 곧 좋아질 걸세!"

건륭에 의해 막무가내로 의자에 반쯤 눕혀진 류통훈의 두 눈에서는 눈물이 울컥울컥 샘솟듯 쏟아졌다. 창백한 입술을 달싹이며 뭔가 할말이 있는 것 같았으나 들리는 건 아무 것도 없었다. 길게 엎드린 윤계선과 김홍의 눈에서도 줄 끊어진 구슬 같은 눈물이 그칠 줄 몰랐다.

잠시 눈물 흐르듯 침묵이 흘렀다. 약을 먹고 심장박동이 조금씩 원상태를 회복해 가는 기미가 보이자 "움직이지 말라"는 건륭의 명에도 불구하고 류통훈은 힘겹게 일어나 그 자리에 무릎을 꿇었다. 이때 평소처럼 부삽 같은 곰방대를 손에 든 기윤이 들어와 아뢰었다.

"신이 죽을 나눠주는 배급소에 다녀왔사옵니다. 쌀죽은 고양이 상판대기에 처바르기에도 모자랄 정도로 양이 적어 그렇지 그림자 비칠 정도로 묽어 빠지지는 않았사옵니다. 떠먹어보니 곰팡이 냄새가 약간 날뿐 모래 씹히는 건 없었사옵니다. 빌어먹게 생긴 국자로 조금씩 떠주고 내쫓으니 위에 기별도 가지 않은지라 사람들이 다시 꾸역꾸역 가마솥 근처로 몰려들었사옵니다. 국자를 휘두르며 기민(饑民)들을 내쫓는 아역이 어느 아문에서 나왔는지 입 한번 쌍스러워 다시 보게 되었사옵니다. 폐하의 면전에서 이런 말을 혀끝에 올린다는 것이 대단히 불경스러우나 그 험상궂게도 생긴 아역은 배고파 무질서하게 달려드는 기민들더러 '닭털('陰毛'를 뜻함)에 부추 묻혀 놓은 것처럼 기어들지 말고 줄을 서라, 줄을 서!'를 외쳤사옵니다."

결코 웃을 수 있는 분위기는 아니었으나 덕분에 세 사람의 눈물 콧물로 무겁기만 하던 기운은 깨끗이 날아가는 듯했다. 윤계선과 김홍이 울다가 웃을 수도 없고 그제서야 고개를 들어 기윤을 바라보니 어느 집의 선머슴을 방불케 하는 남루한 행색에 비죽비죽 맘대로 뻗은 머리카락이 마구 뒤엉켜 있었다.

"자넨 그만 주절대고 어서 행색이나 바꾸고 오게. 나머지 셋은 그만 일어나고!"

건륭이 웃으며 말했다. 햇볕에 그을려 되레 건강해 보이는 건륭은 피곤을 모르는 것 같았다.

감정을 추스른 류통훈이 의자에서 일어나려 하자 건륭이 손을 내밀어 제지했다.

"경이 또 무슨 소리를 하고 싶은지 짐이 다 아네. 아계가 고간(苦諫)하고 푸헝이 곡간(哭諫)하여 말렸었네. 무사히 도착했으면 기윤의 말을 듣고 웃기나 할 일이지, 경은 기어코 만승지군(萬乘之君)이 구중(九重)을 자주 내려오는 것은 바람직하지 않다는 간언을 되풀이하려고 그러나? 계속 그리 고집을 부리면 짐이 귀경할 때도 미복잠행할 것이니 설마 그런 걸 원하는 건 아니겠지?"

나무라는 척하여 류통훈의 고집을 꺾어 놓는 건륭의 얼굴엔 미소가 넘실거렸다. 불장난하여 아비에게 혼이 나는 세살배기 어린애처럼 고개를 푹 떨군 류통훈의 모습에 푸헝과 김홍도 슬며시 웃음을 깨물었다. 건륭이 웃으며 다시 입을 열었다.

"짐을 애중히 여기는 경들의 깊은 뜻을 짐이 어찌 헤아리지 못하겠나? 지난번 남순 계획을 만천하에 알리면서 짐은 '조식천하(藻飾天下)'라는 네 글자를 특별히 천명했었지. 나름대로 해석은 여러 가지로 할 수 있겠지만 짐은 말 그대로 밖에는 폭우요, 집안은 가랑비인 그런 곳에서 사는 백성들을 위로하고 싶었네. 그리고 적어도 배를 곯고 한 몸 뉘일 데 없는 백성들이 있어선 안 된다는 생각에 미복을 강행했던 것이네. 백행(百行)에 종사하는 억만 백성들이 모두가 등 따시고 배부른 태평의 성세를 살아갈 수 있게끔 그네들의 올망졸망한 울타리에 웃음꽃 넘쳐나게 해주고 싶었네.

이는 일각에서 비난의 목소리를 내는 '분식천하(粉飾天下)'와는 그 뜻이 극과 극으로 상이하다 하겠네. 짐이 언제 떠나 어디어디를 경유하여 어느 시점에 당도하니 그리 알라는 식으로 남순 길에 오른다면 이는 '귀 막고 야옹' 하는 식의 자기 기만이 아니고 또 무엇이겠는가? 철저히 계산되고 분식된 '성세(盛世)'는 짐의 총기를 흐리게 하여 짐으로 하여금 천추의 못난 군주로 낙인찍히게 할 수밖에 없다는 걸 경들은 모르지 않을 터이지. 먼 얘기 할 것 없이 방금 기윤이 말했던 바처럼 쌀죽 나눠주는 아역들이 짐이 당도했다는 소식을 미리 접했더라면 적어도 국자를 좀더 큰 것으로 바꿨을 테고 한결 부드러운 안면을 보이지 않았을까?"

처음엔 위좌(危坐)하여 경청하던 윤계선과 김홍은 그러나 끝 대목에 와서는 등골에 가시가 박히는 느낌에 감히 앉아 있을 수가 없었다. 급히 일어난 두 사람은 이구동성으로 "지당하신 정문일침(頂門一鍼)"이라며 고개를 떨구었다.

"짐은 경들을 겨냥해서 한 소리는 아니네."

건륭이 앉으라고 내리누르는 손시늉을 하며 말을 이었다.

"짐은 지금 자언자어(自言自語)를 하고 있는 셈이네. 법가(法駕)에 앉아 또는 용주(龍舟)에 올라 산호해효(山呼海哮) 하는 만세소리를 들으면 이치(吏治)가 저절로 쇄신되고 가가호호(家家戶戶)에 하늘에서 꿀떡이 떨어지겠나? 구중에서 내려와 백룡어복의 한로(旱路)로 나서는 짐은 마음이 편한 줄 아는가? 운무가 끼면 한 치 앞도 그 정체를 헤아릴 수 없는 것이 현실이네. 또한 멀리서 보면 모든 것이 아련하고 아름답게만 보이는 법이네. 억만 중생들의 어버이가 구중궁궐에서 조감하는 데만 익숙해져 사악한 아첨꾼이나 간교한 무리들의 사탕발림소리나 듣고 있으면 세상

꼴이 어찌 돌아가겠으며 백성들은 누굴 믿고 살겠는가? 오는 길에 몇몇 사가에 머물렀었네. 생각보다 사정이 열악한 곳도 있었고, 그런 대로 배는 곯지 않겠다 싶어 마음이 놓이는 곳도 있었지. 백문(百聞)이 불여일견(不如一見)이라는 말을 수없이 되뇌이며 그 많은 간언을 뿌리치고 결연히 결정한 미복이 참으로 잘했노라고 흡족해 했었네. 그러나 회북(淮北) 일대에는 작년에 수마(水魔)가 기승을 부렸는지라 장정들이 전부 밖으로 나가 돌고 촌락에는 여인들과 개들만 남아 있었네. 윤원장, 자네가 군기대신의 신분으로 안휘순무에게 서찰을 보내어 질의를 하도록 하게. 1인당 구호식량을 50근씩 내어주라고 하였는데, 어찌 백성들의 수중엔 고작 15근밖에 들어가지 못했는지 묻고 나머지 35근의 행방에 대해 따져 묻도록 하게!"

이름이 불려지자 퉁기듯 일어났던 윤계선이 건륭의 말이 끝나길 기다렸다가 조심스레 입을 열었다.

"어의를 받들어 모시겠사옵니다. 현재 강남으로 몰려든 이재민들은 어림잡아 10만 정도로 추산하고 있사옵니다. 그중 대부분은 회북과 하남, 산동의 이재민들이었사옵니다. 회북에 수마가 할퀴고 갔사오니 온통 갈대밭으로 뒤덮여 있을 것이옵니다. 강남지역의 의창(義倉)과 양고(糧庫)에 기존의 갈대 멍석을 새것으로 갈 때가 됐사오니 강남의 식량과 그곳의 갈대를 맞바꾸는 것이 두 곳의 생업에 큰 도움이 될 거라 기대하고 있사옵니다. 통촉하여주시옵소서, 폐하."

"바람직한 발상이네."

건륭이 희색을 지어 보였다.

"경들이 재해지역의 백성들에게 적극적인 관심을 보이니 짐은 대단히 흐뭇하네. 돌아가서 지혜를 모아 사선에서 허덕이는 백성들에게 어떤 실질적인 도움을 줄 수 있을지 좀더 상세히 토의해보고 나서 기윤이 글로 작성하여 짐에게 올리도록 하세."

건륭의 말이 끝나기 바쁘게 김홍이 재빨리 끼어들어 몇몇 행궁을 수선하고 복구한 상황을 보고하고 자신이 곧 양강총독을 그만두고 광주(廣州)로 가게 된 것에 대해 조심스레 화제를 돌렸다. 광주는 양인(洋人)들이 많고 민풍(民風)이 거칠어 치안강화가 불가피할 것이오니 홍의대포(紅衣大砲) 몇 문을 추가 주조하고 포대를 축조하게끔 윤허해 주십사 주청을 올렸다. 조용히 김홍의 말에 귀기울여 듣고 있던 건륭이 미간이 좁혔다.

"양인들이 천주니 예수니 믿고 다니는 것에 대해선 간섭하지 않기로 했네. 비싼 값에 부지를 사서 교회를 짓는 것도 우리 천조(天朝)와의 무역을 촉진시키는 차원에서 부분적으로 허락할 것이네. 다만 저들의 믿음에 대해선 간섭하지 않으나 우리 땅에서 선교를 하는 건 불허하네. 우린 유도(儒道)와 석도(釋道)만 있으면 충분하니 말일세. 고로, 내국인이 자신의 정체성을 상실하고 그자들의 서양종교를 믿는 행위가 발각된다면 즉시 3천리 밖으로 유배될 것이고, 선교하는 양인들 역시 즉각 본국으로 추방되어 두 번 다시 우리 땅을 밟지 못하게 해야 마땅할 걸세! 아편인가 뭔가 하는 독물도 의약품으로 요긴하게 쓰이긴 한다지만 용도 외에 지나치게 범람하여 우리의 건강을 해치는 단계까지 와 있으니 더 이상 간과할 수가 없네! 종실의 패륵, 패자들 중에도 인이 박혀 해롱대는 자들이 있다고 들었네. 짐은 이미 내무부에 그 신분의 고하를 막론하고 철저히 수사하여 엄벌에 처하라는 어명을 내렸네!"

건륭은 한사코 행궁에 머무는 걸 마다했다. 마침 광동(廣東)으로 떠날 채비를 하고 있던 김홍이 짐을 꾸려놓은 빈집이 있었는지라 몇 사람은 상의 끝에 김홍의 저택에 여장을 풀기로 했다. 그러나 건륭은 행궁의 화려함도 싫고 총독아문에 들어 신하들의 차사에 지장을 초래할 수도 없다며 비로원(毗盧院)에 머물 의사를 밝히며 덧붙였다.

"짐이 그리로 가 있을 테니 문후 올리러 자주 들락거리느라 할 것 없이 평소에 하던 그대로 차사에만 전념하도록 하게. 주청 올릴 일이 있으면 기윤이나 다른 수행원들 편에 전하면 되겠네. 그런데 윤원장, 짐은 아직 아침수라 전이네! 저네들도 뱃가죽이 등에 들러붙었을 것일세."

"오시(午時)를 넘긴 시각에 아직 아침수라도 들지 않으셨다니요?"

윤계선이 깜짝 놀라 일어나며 푸헝을 나무랐다.

"폐하께서 아침곡기를 거르셨는데, 여태 언질을 주지 않았단 말이오? 어찌 그럴 수가 있소? 초조와 불안에 떨다 문득 폐하의 용안을 뵈니 서럽고 반가운 마음에 그만 곡기를 거르시게 만든 신들의 불찰을 용서해주시옵소서, 폐하!"

윤계선이 머리를 조아리고는 서둘러 수라상을 준비하러 가려고 했다. 이에 건륭이 웃으며 말했다.

"이재민들은 몇 날 며칠도 굶는데, 한 끼 거른 것이 뭐가 큰일이라고 그리 호들갑인가! 있는 대로 대충 요기하면 될 일이지. 짐이 벌써 금릉에 당도했다는 소문이 퍼지면 좋을 게 하나도 없네."

그러자 윤계선이 연신 알겠노라며 굽실거렸다.

"무슨 말씀인지 알겠사옵니다. 심려 거두시옵소서, 폐하! 하오면 작은 화방(伙房)에서 신들을 위해 준비한 음식을 폐하께오서 드시고 신들은 막료들의 밥을 빼앗아 먹도록 하겠사옵니다. 막료들은 큰화방에 들어 아역들과 밥그릇 쟁탈전을 벌이게끔 하는 것도 무척 재밌을 것 같사옵니다."

그 말에 사람들은 모두 웃었다.

건륭은 류통훈만을 옆자리에 앉히고 점심상을 받았다. 윤계선, 푸헝, 조후이, 기윤, 김홍 등은 화청에서 점심을 먹으며 건륭이 일반 향객(香客)의 신분으로 머물고자 하는 비로원에 대한 경비의 수위를 놓고 고심했다. 윤계선과 김홍의 친병들을 소집하면 1천 명은 넘을 터이지만 건륭이 신분을 밝히지 않은 이상 비로원 측이나 다른 향객들에게 이름 모를 위압감을 느끼게 하여 추호도 그 정체에 의혹을 품게 해서는 아니 된다는 것이었다. 친병들을 전부 향객으로 변장시켜 비로원 곳곳에 투입시키려면 1천 명으로는 부족하다는 김홍의 걱정에 윤계선이 말했다.

"비로원 동북쪽으로 번고(藩庫)를 비롯한 중요한 창고들이 밀집돼 있어 그곳 수비군들만 2천 명이 넘소. 여차했을 경우 인해전술로 밀어붙일 수도 있으니 그런 염려는 안 해도 되겠소. 다만, 폐하의 가까이에서 시중드는 근위(近衛)가 부족하여 창졸간에 발생하는 주액지변(肘腋之變)을 어찌 막을지 그것이 문제인 것 같소. 그렇다고 수행원을 많이 붙이면 향객답지 않을 테고."

"지나치게 염려할 건 없소."

만두를 크게 베어 입안에 넣고 씹으며 비로원 주변의 지도를 들여다보던 푸헝이 조후이에게 말했다.

"밥을 먹고 가서 하이란차와 교대를 해주게. 천하무림의 고수들인 오할자(吳瞎子)와 단목양용(端木良庸)이 있고 빠터얼 같은 약

삭빠른 시위와 눈치 잰 두 귀비가 있는 한 별문제 없을 것이오. 폐하의 쿵푸실력도 어지간한 자객을 물리치기엔 여유가 있으시지 않소. 단지 난 그 옛날의 명성을 먹고사는 비로원이 너무 피폐하여 그런 곳에 폐하를 머물게 한다는 것이 내키지 않을 뿐이오."

그러자 윤계선이 말했다.

"1년 전에 재건축을 했었소. 방장(方丈)은 남경 제일의 고승인 법공(法空) 스님이지. 도덕이 고심(高深)하고 불경에 해박한 지식을 두루 갖춘 분이라 폐하와 선(禪)에 대해 논의하며 시간을 보내고 폐하에게로 범접하는 좌도(左道)의 사기(邪氣)를 미리 막아드릴 것이오."

이때 마침 조후이와 교대를 한 하이란차가 들어섰다.

"배고프지? 어서 와 앉게. 좋은 걸 주고 싶어서 불렀네!"

기윤이 옆자리의 의자를 툭툭 치며 반색했다.

워낙 외향적인 성격인지라 언제 보아도 화끈한 하이란차가 짝이 맞지 않는 젓가락으로 소고기 한 덩이를 집어 냉큼 입안에 넣고 우적우적 씹었다. 붙임성이 좋은 데다 하는 짓이 밉지 않아 건륭을 수행하여 오는 길에 그는 벌써 나이 비슷한 푸헝, 기윤과 말을 놓고 벗처럼 허물없는 사이가 되어 있었다. 대충 씹어 넘기고 다시 고기 한 점을 입안에 던져 넣으며 방금 전 윤계선의 말을 하이란차가 받았다.

"좌도(左道)니 우도(右道)니 하는 게 어딨어요? 윤 총독께선 지나치게 염려하시는 것 같아요. 이 세상에 귀신이 있느냐, 없느냐는 저랑 조후이에게 물어보면 정답을 말씀해드릴 수가 있죠. 과연 그 무슨 원귀가 존재하는 게 사실이라면 전쟁터에서 수천을 베어버린 우리 두 사람이 여태 멀쩡히 살아 있을 수 있겠어요? 언젠가 우리 둘이 귀신을 찾아 나서봤어요. 밤중에 원혼들이 득실거릴 듯한 그 옛날의 전쟁터를 다시 찾았어도 귀신 그림자조차 발견하지 못했는 걸요!"
 "조후이처럼 엄숙하고 점잖은 사람이 자넬 만나더니 그리 싱겁게 변해버렸나?"
 기윤이 입가의 기름기를 닦아내며 농담을 했다. 입을 닦은 수건을 저만치 내던지고 좌석 밑에서 두 권의 책을 꺼내든 기윤이 하이란차에게 물었다.
 "귀신을 찾아 나섰다고 했는데, 솔직히 남자귀신과 여자귀신 가운데 어느 쪽이 더 만나고 싶었어?"
 볼이 미어터지게 먹고 있던 하이란차가 돼지뒷다리 기름이 묻지 않은 새끼손가락으로 책을 두어 장 넘겨보고는 말했다.
 "대갈통에 털이 나고는 묵향 한 번 맡아보지 못한 사람에게 웬 공자 왈, 맹자 왈이오? 칼싸움밖에 모르는 내게 이리 난해한 책을 선물한다는 것은 소에게 거문고 들려주는 격이나 다름없지 않겠소? 그리고 남자귀신, 여자귀신은 왜 묻소? 뻔한 걸 가지고. 여자귀신도 계집은 계집이니 당연히 여자귀신을 만나고 싶겠지."
 아직 지도를 들여다보느라 여념이 없던 푸헝이 푸우! 웃음을 터트렸다.
 "여자귀신은 떼거지로 달려들어 주체하기가 쉽지 않을 걸?"
 "난 무엇이든 다다익선(多多益善)이라서 무조건 많은 걸 좋아한다오!"
 그 말에 사람들은 배꼽을 잡고 뒤로 넘어갔다. 기윤이 껄껄 웃더니 턱수염을 쓰다듬으며 입을 열었다.
 "어쨌든 솔직해서 귀엽다니까! 내가 돈이 썩어나 책을 사주는 게 아니고 조후이랑 한 권씩 나눠가져 열심히 읽어 좀더 황홀한 첫날밤을 보내라는 깊은 뜻이 담겨 있다네! 치고 빠질 때를 제대로 가르쳐주고, 오르고 내리는 순서를 콕 집어주거든. 이 〈시운(詩韻)〉이라는 책이."

"그러게 사람은 겉만 보고 모른다니까! 산더미 같은 서적에 파묻혀 사니 유식하고 지적으로 놀 것만 같지만 얼마나 속물인가 좀 보세!"

푸헝이 기윤을 손가락으로 가리키며 농담을 했다. 그러자 기윤이 전혀 아랑곳하지 않고 헤헤거리며 말했다.

"세상 없는 성인군자도 올라갔다 내려갔다, 뺐다 넣었다 하는 짓을 안 하고 살 수 있을 것 같소? 운우지정(雲雨之情)을 떠나서 후대를 번식하는 일은 천륜이라서 결코 무시할 수가 없는 일이지."

천연덕스러운 기윤의 말과 몸 동작에 사람들이 홍소를 터뜨려 흐드러지게 웃고 있을 때 류통훈이 조후이를 데리고 들어섰다. 마음의 긴장을 풀어놓고 있던 사람들은 뚝 웃음을 멈추며 저마다 자리에서 일어났다.

"오늘부터 어가를 호위하는 차사는 이 사람의 지휘에 따라야겠소."

표정이 근엄한 류통훈이 들어서자마자 그 자리에서 말했다.

"푸헝과 하이란차, 조후이 세 사람은 내일 당장 군사들을 정비하기 위해 사천(四川)으로 떠나게. 러민이 한양(漢陽)에서 어의를 받고 대기하고 있으니, 자네들은 한양에서 사흘간 머물렀다가 성도(成都) 군영(軍營)으로 출발하게. 이는 지엄한 어의임을 밝혀두는 바요!"

어의라는 말에 푸헝 등은 급히 무릎을 꿇었다. 그리고는 큰소리로 외쳤다.

"어의를 받들어 모시겠사옵니다, 폐하!"

일어나라는 손시늉을 하고 난 류통훈이 그제야 미소를 보였다.

"폐하께서 수라상을 물리기 바쁘게 여러분들을 접견하시고자 하셨지만 이 사람이 잠시 낮잠을 청하시라 권유했소. 좀 있다 빠터얼이 부르면 건너가도록 하오."

푸헝이 방금 다섯 사람이 나름대로 의논했던 바를 류통훈에게 들려주었다. 그리고는 덧붙였다.

"그럼 이 순간부터 폐하의 신변은 연청 어른께서 신경을 많이 써주셔야겠소. 그런데, 중추절을 쇠고 나서 사천의 군사를 정비하러 가는 줄로 알고 있었는데, 어찌 상황이 변동되었소?"

"난병(亂兵)들의 행태가 더 이상 간과할 수 없는 지경에 이르렀다고 하오. 러민과 악종기가 올린 주장을 읽으시고 폐하께오서 진노하시어 젓가락까지 내던지셨소."

류통훈이 잡히는 대로 의자를 당겨 앉아 조후이와 하이란차를 향해 말했다.

"폐하께오선 남순을 마치고 자네 두 사람에게 3개월간의 휴가를 상으로 내리시고자 하셨네. 그동안 성혼식도 갖고 유람도 하면서 원기를 회복하게끔 성려(聖慮)가 깊으셨는데, 이 사람이 자네들을 푸상에게 딸려 보내는 것이 바람직할 것 같다고 주청을 올렸고 폐하께서 이를 윤허하셨네. 별 싱거운 인간 때문에 3개월의 달콤한 휴가를 날렸다고 크게 원망하지는 않겠지?"

이에 조후이가 말했다.

"대장부로 태어나 어찌 사사로운 정에 빠져 국사(國事)에 소홀히 할 수가 있겠습니까? 전 그 정도 사리분별은 가능한 사람입니다."

하이란차도 맞장구를 쳤다.

"푸상을 따라가면 반드시 승전고를 울릴 수 있을 것입니다! 그동안 금천(金川)에서 받은 수모를 설욕하고 개선장군이 되어 돌아와 만인의 축복을 받으며 성혼하는 것이 훨씬 멋진 일이 아니겠습니까?"

류통훈이 머리를 끄덕였다.

"난병들이 왕벌 없는 벌떼들이나 다름없다고 하네. 읍내로 들어가 상가를 쳐부수고 재물을 약탈하는 것도 부족해 민간의 부녀자들을 겁탈하여 죽음에 이르게 만든 패악무도한 사건들이 속출한다고 하니 심각한 문제가 아닐 수 없네. 차라리 짐승이면 잡아나 먹고 비적들이면 의리나 있지, 이건 이것도 저것도 아니니 그곳 지방관들이 여간 골머리 썩는 일이 아닐 것이네."

이리 되면 하이란차, 조후이와는 직접적인 예속관계에 있게 되는 푸헝이 정색을 했다.

"금천은 고한(高寒) 지역인지라 지금쯤이면 아마 내지(內地)의 한겨울 같은 추위가 엄습해 올 것이오. 원장, 내게 은자 20만 냥을 빌려주오. 사천에 당도하는 즉시 월동준비를 해야겠소. 아니면 동상을 입는 병사들이 수없이 많아질 거요."

"조후이와 하이란차가 금천에서 들고 나온 군향(軍餉)이 있지 않소. 그 은표와 황금을 남경에서 즉석으로 은자로 교환하면 20만 냥에서 얼마 모자라지 않을 거요. 부족한 액수는 내가 번고에서 취해주도록 하겠소."

언제 한번 급하고 초조한 기색이 없이 늘 여유만만하게 보이는 윤계선이 천천히 부채를 흔들며 입을 열었다.
"나도 중양절을 쇠고 서안으로 출발할 거요. 실은 나 역시 자네를 보좌하러 가는 거지. 사람까지 다 '빌려' 간 마당에 은자인들 못 빌려주겠소? 다같이 합심하여 고전(苦戰)을 이겨내고 사뤄번을 단두대에 올리도록 전력투구해 봅시다……."
윤계선의 호소력에 사람들이 저마다 의기가 충천해 있을 때 저 만치에서 몽고족 시위인 빠터얼이 모습을 드러냈다. 자신들을 부르러 오는 줄 아는 푸헝이 조후이와 하이란차에게 말했다.
"건너가야겠소."
낮잠을 조금 청하고 일어난 건륭은 정신이 한결 맑아 보였다. 옥색 비단 두루마기 하나만 입고 허리띠도 매지 않은 채 편한 차림으로 책꽂이에서 〈자치통감(資治通鑑)〉을 꺼내어 펼쳐보던 건륭이 세 사람이 들어서자 고개도 들지 않은 채 말했다.
"면례하고 자리에 앉게."
"예, 폐하!"
세 사람이 간단히 예를 갖춘 다음 발소리를 낼세라 조심스레 나무걸상에 앉았다. 한참 책 속에 머리를 묻고 있던 건륭이 한숨을 쉬며 고개를 들었다.
"경들은 혹시 '관구(冠狗)'라는 말을 들어보았나?"
"신은 못 들어보았사옵니다."
조후이의 얼굴에는 창피한 기색이 역력했다.
"신은 워낙 학식이 얕아 〈삼자경(三字經)〉이나 〈삼국연의(三國演義)〉를 읽는데도 상당히 어려움을 겪었사옵니다. 하오니 폐하께서 열람하시는 〈자치통감〉은 감히 읽을 엄두도 못 낼 것이옵니다.

그러나 하이란차는 자신에 찬 음성으로 아뢰었다.

"신은 알 것 같사옵니다. '관구(冠狗)'라면 '모자를 쓴 개'를 뜻하지 않을까 추측해 보옵니다."

뭔가 기억이 잡힐 듯 말 듯하여 고민하는 푸헝을 향해 건륭이 웃으며 물었다.

"자네도 기억이 아리송한가 보네?"

그 순간 문뜩 떠오른 바가 있는 푸헝이 기억을 놓칠세라 입을 열었다.

"〈자치통감〉제 24장에 몸통은 사람이오나 머리는 누렁이인 해괴한 동물을 서한(西漢) 때의 창읍왕(昌邑王)이었던 류하(劉賀)에 비유했던 같사옵니다……. 그 외엔 기억이 어렴풋하여 감히 말씀 올릴 수가 없사옵니다."

"그게 아니라……."

건륭이 천천히 말을 이어나갔다.

"창읍왕이 환각상태에서 이 괴물을 보고 공수(龔遂)에게 길흉을 물었지. 이에 공수가 아뢰어 말하길, '이는 곧 천계(天戒)이옵니다. 군주의 옆에 있는 신하들은 모두가 관구(冠狗)라 하겠사오니, 버리면 존재하고 그리하지 못하면 망할 것이옵니다' 라고 했다네."

세 사람은 여전히 어리둥절한 표정이었다. 이제 곧 사천으로 군사를 정비하러 떠나게 되었으니 건륭이 필히 이와 관련하여 군정(軍政)에 대해 훈회가 있을 줄로 생각했던 세 사람은 느닷없는 건륭의 질문에 그저 황당할 뿐이었다. 건륭이 혼탁한 이치에 회의를 느낀 나머지 상심에 겨워 이런 말을 한다고 생각한 푸헝이 정중히 예를 갖춰 말했다.

"한낱 음혼(淫昏)한 제왕에 불과했던 창읍왕이 괴물을 본 것은 그리 놀라워 할 바가 아니라고 생각하옵니다. 우리 대청은 백년 개국이래 최고의 전성시대를 맞고 있음은 삼척동자도 다 아는 일이옵니다. 내우외환이 없고 국력이 강성하여 진시황 이래로 비견할 바가 없는 태평성세가 이어지고 있사옵니다. 다만 이치(吏治)가 여의치 않는 것이 옥에 티라고 하겠사오나 이는 어느 조대(朝代)를 막론하고 성세의 고질(痼疾)이오니 폐하께서 크게 염려치 않으셔도 꾸준히 이치의 강도를 높여간다면 언젠가는 획기적인 변혁을 맞이할 그날이 도래할 것이옵니다."

"두 무장은 어찌 생각하나?"

푸헝의 말을 듣고 우울한 기색을 조금 떨쳐낸 듯한 건륭이 조후이와 하이란차에게 물었다. 그러자 조후이가 먼저 대답했다.

"신은 비록 우매하여 역사를 잘 모르오나 장수하여 노익장을 과시하는 몇몇 노인들은 한결같이 지금의 성치(聖治)는 성조(聖祖) 때를 능가한다고 입을 모으셨사옵니다. 천하가 청명하여 건곤이 낭랑하온데, 폐하께서오서 어찌 돌연 '관구(冠狗)'를 운운하시며 우울해하시는지 그 까닭을 몽매무지한 신은 깨달을 수가 없사옵니다."

그러자 하이란차가 말했다.

"신은 폐하께오서 무너지는 이치 때문에 고심하고 계시는 걸로 보고있사옵니다. 신의 우견으론 천하의 썩어 문드러진 관원들을 빗대는 말로 쓰이는 '구관(狗官)'이나 방금 말씀하신 '관구(冠拘)'나 뜻은 거기서 거기일 것 같사옵니다."

"짐도 그리 생각하네."

건륭이 마침내 깊은 한숨을 토해냈다.

"그래서 이 마음이 납덩이처럼 무거운 거겠지. 가진 자의 횡포는 갈수록 심해지고 권력은 오합지졸들의 잔치마당으로 전락해가니 전처럼 칼을 가는 모습만 보여주어서는 아무 소용이 없네. 이젠 칼을 갈아 서슬 푸른 날이 피를 부르는 장면을 보여주는 수밖에!"
건륭의 굳게 다문 입술 끝이 날카로웠다.

〈제⑨권에서 계속〉